CHRISTOPHER NICOLE

LOS BORODIN V

Ira y deseo

SÉLECTOR
ACTUALIDAD EDITORIAL

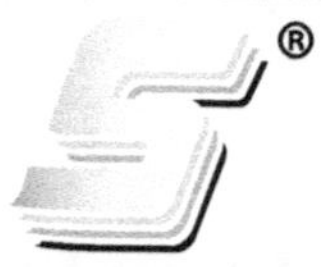

SELECTOR®
actualidad editorial

Doctor Erazo 120, Col. Doctores, C.P. 06720, México, D.F.
Tel. (01 55) 51 34 05 70 • Fax (01 55) 51 34 05 91
Lada sin costo: 01 800 821 72 80

Título: LOS BORODIN V. IRA Y DESEO
Autor: Christopher Nicole
Adaptadora: Angélica Monroy López
Colección: Novela

Diseño de portada: Socorro Ramírez Gutiérrez
Ilustración de portada: iStockphoto

Título original: *Rage and Desire*.

D.R. © Selector, S.A. de C.V., 2013
Doctor Erazo 120, Col. Doctores,
Del. Cuauhtémoc,
C.P. 06720, México, D.F.

ISBN: 978-607-453-149-7

Primera edición: agosto 2013

Sistema de clasificación Melvil Dewey

823
N916
2013

Nicole, Christopher
Los Borodin V. Ira y deseo / Christopher Nicole.–
Ciudad de México, México: Selector, 2013.

328 pp.

ISBN: 978-607-453-149-7

1. Literatura. 2. Narrativa. 3. Historia.

A no ser que los personajes de esta novela
sean identificados históricamente, son de
la invención del autor y no están destinados
a representar personas reales,
vivas o muertas.

A no ser que los personajes de esta novela
sean identificados históricamente, son de
la invención del autor y no están destinados
a representar personas reales,
vivas o muertas.

CAPÍTULO I

LA PLAZA ROJA ESTABA ABARROTADA POR UN SINNÚMERO DE personas, como no se observaba ni en los desfiles del Primero de Mayo. En el transcurso de la mañana, la muchedumbre se encaminaba de prisa hacia el centro del Estado soviético, atravesando a zancadas el puente Moskvorevstky desde el sector universitario, al sur del río Moskova, para salir en montón de la ciudad propiamente dicha, hacia el sector al norte del río. Luego, se aglomeraron en la plazuela frente al Museo de Historia, delante de la GUM, la tienda del Estado y las escalinatas de la catedral de San Basilio, por encima de la cual las cúpulas en forma de cebolla lanzaban destellos dorados heridas por los rayos del sol del mediodía. Mucha de aquella gente había estado allí mismo una semana antes para celebrar la rendición de Japón, que acababa de poner punto final a la más atroz de las guerras que hubiesen devastado a la humanidad. Aunque aquella había sido una celebración fingida: sólo durante unos cuantos días la Rusia soviética había estado en guerra contra Japón. Esa mañana de verano de 1945, habían asistido a rendir homenaje a una heroína de la Unión Soviética, una mujer que, durante cuatro largos años, había combatido junto con los guerrilleros para diezmar el poderío de la Alemania nazi y, lo que era más importante aún, una mujer que había sido un ídolo para todos los amantes de la música —¿podía haber un ruso que no lo fuera?— mucho tiempo antes de que las tropas de uniforme gris penetraran a través de las fronteras con Polonia.

Pocos de los miles de asistentes eran admitidos dentro de la plaza misma. A la gran mayoría los retenían amontonados en filas alrededor de la plaza, los numerosos soldados y policías que mantenían la guardia. El empedrado reluciente, la calzada de los desfiles de toda Rusia, estaba reservada para los dirigentes de la patria y para los familiares de la destacada mujer desaparecida; no obstante, hasta el momento, no había más que un pariente en el estrado familiar, un joven de la misma sangre quien, por supuesto, se sentía muy incómodo en medio de tantos personajes famosos y poderosos. Gregory Nej era un hombre alto, lo cual era, sin duda, una herencia de los Borodin, pero cuyos ojos oscuros, cabello castaño y facciones afiladas pertenecían legítimamente a lo Nej. Llevaba el uniforme verde oscuro, adornado con las cintas rojas de un oficial del Ejército Rojo, pese a que no había, ni podía haber en aquella enorme muchedumbre, algún camarada que lo identificara como compañero de alguna hazaña de guerra. Ahora era un figura solitaria en medio del gentío, apartado frente a la tumba de Lenin y el alto muro y los monumentales edificios del Kremlin.

Hacia el lado derecho de Gregory, se encontraba el mariscal Joseph Vissarionovich Stalin, el auténtico héroe de la reciente guerra a los ojos de su pueblo, el hombre que los había gobernado a lo largo de los cuatro años más funestos de su historia. Stalin era de estatura media, ancho y macizo, aunque quizá, como era de esperarse en un hombre de su edad, ya le había crecido demasiado el vientre. Stalin contemplaba la escena por encima de la barrera de su enorme bigote que ocultaba por completo su boca y le daba a su rostro una eterna expresión de beatitud. En sus ojos no había brillo; guardaba bajo su frialdad los inmensos planes secretos que jamás cesaban de rondar por su mente.

Era totalmente entendible que el mariscal Stalin ocupara el sitio de honor en los funerales de Tatiana Nej. Aquella espléndida aristócrata rubia había sobrevivido a la revolución y a la guerra civil por haber cautivado a Vladimir Lenin, igual que a todos los demás, incluyendo a su propios criados. En efecto, uno de éstos, Iván Nej, se las había arreglado para quedarse con ella como un trofeo, a cambio de salvarle la vida. Más tarde, el que era secretario del Partido Comunista, en seguida de la inoportuna muerte de Lenin, usó a Tattie como un medio de propaganda, mientras él prosperaba hacia la cumbre de la dictadura soviética. Lenin le había dado a Tattie una academia de danza, pues le complacía verla bailar; Stalin había sido el que envió a Tatiana y a su grupo de alumnas a unas giras por Europa que la llevaron a la fama hasta encumbrarla y convertirla en una figura mundial; de ese modo, Stalin había lanzado la cultura soviética al frente de las formas artísticas. Asimismo, fue él quien, posteriormente, designó a Tatiana Nej comisario de Cultura, a pesar de sus antecedentes aristocráticos y de las maquinaciones de su hermano, el desterrado príncipe Peter, quien mantenía un conflicto constante con el Estado soviético, también por medio de su hermana, la princesa Ilona y sus poderosos parientes políticos. De entre todos los Borodin —cuya familia principesca fuera otrora la primera de la rusia zarista—, sólo Tattie había preferido permanecer en Rusia, sin considerar lo que podría sucederle al país y a ella misma durante los años de disturbios y revolución.

Pero ahora había fallecido embestida trágicamente por un pesado camión, mientras iba rumbo al aeropuerto de Moscú en compañía de su amante, el coronel británico Clive Bullen, para salir de Rusia e iniciar una nueva vida en el occidente capitalista, al que, en realidad, siempre había pertenecido. Sin duda, entre la multitud, había muchas personas que murmuraban entre sí en el sentido de que un final tan trágico para los sueños de Tattie era, ni más ni menos, el que se merecía. Pero la mayoría lloraba genuinamente por su muerte, como era patente en el caso del mariscal Stalin.

Al lado izquierdo de Gregory Nej estaba su tío, Michael Nej, con su esposa Catalina y su hija Nona. No podía ser motivo de sorpresa que también allí estuviera Vyacheslav Molotov, pequeño, oscuro, de mirada intensa, o Lavrenti Beria, alto, rubio y calvo, con los rayos del sol lanzando destellos en los cristales de sus anteojos. Éstos eran los verdaderos pilares del Estado soviético, los sobrevivientes de todos los que habían sido condenados y ejecutados durante las purgas de la década de los treinta, los hombres elegidos por Stalin para que lo apoyaran y, sin duda, para que lo sucedieran llegado el momento.

Mas, entre todo aquel conjunto de dirigentes, se notaba la ausencia de un hombre y ése era el origen de los comentarios de todos los espectadores. Por supuesto que, de entre todos los integrantes del Politburó, Iván Nej era el que tenía razones más poderosas para estar allí. No sólo siempre había estado más próximo a Stalin que su propio hermano Michael, y ocupado el puesto de vicecomisario de la policía secreta, sino que, además, era el marido de la insigne mujer desaparecida, el hombre que se había adueñado de ella sacándola de las ruinas dejadas por la revolución. También, era verdad que las terribles peleas entre los cónyuges eran la comidilla de Moscú y que, al mismo tiempo, se sabía que Tattie había exhibido en muchas ocasiones a su amante en las propias narices de su marido. De cualquier manera, Iván Nej debía haber estado ahí presente.

Como no lo estaba, principiaron a circular, crecer y extenderse los rumores de que Iván Nej había caído en desgracia, de que se hallaba en prisión y de que el motivo de su caída del poder no era política, sino criminal; se aseguraba que no había sido capaz de soportar la separación de aquella mujer a la que toda la vida había adorado; se señalaba que el accidente en el que Tattie había muerto no lo había sido sino que, más bien, había sido un asesinato deliberado que urdieron y ejecutaron con su acostumbrada seguridad los hombres de la NKVD; es decir, los policías secretos del propio Iván. Asimismo, se mencionaba que Joseph Stalin, disgustado al verse obligado a faltar a su palabra —puesto que él personalmente autorizó a Tattie para que saliera de Rusia y se fuera a vivir a Inglaterra—, había aniquilado al que fuera su hombre de confianza.

Por supuesto, ni una sola de las personas que se hallaban entre la muchedumbre sabía la verdad. Sin embargo, parecía probable que leyeran un anuncio publicado en *Pravda* con la noticia de que Iván Nej había sido ejecutado por crímenes cometidos contra el Estado, aunque jamás llegarían a saber con exactitud por cuál. En la Rusia soviética, la gente nunca se entera de la verdad sobre esas cosas y, por lo demás, se cuida muy bien de preguntar. Bastaba con verificar que Iván Nej no estaba presente para presenciar el instante en que las cenizas de su mujer eran colocadas en el nicho abierto en la muralla del Kremlin, que su hermano Michael y su hijo sí estaban allí y que el mariscal Stalin tenía aspecto de estar muy consternado y que, incluso, se le vio enjugar unas lágrimas de sus ojos cuando echó los brazos al cuello de Gregory Nej y estrechó al joven contra su pecho durante un momento, antes de separarse para hacer el saludo militar a la placa conmemorativa.

A continuación, Stalin se fue con paso rápido hacia el Kremlin, seguido por sus ayudantes. Para un hombre que cargaba sobre sus hombros el peso de todos los rusos, tenían que estar estrictamente racionados los instantes que pudiera dedicar a lamentar la pérdida de una amiga muy querida.

El estampido sordo de un disparo de pistola se quedó retumbando en la amplia habitación con muros sin ventanas. Frente a él, volaron por los aires los trozos de un cartón despedazado y el aire encerrado se impregnó con el olor acre de la pólvora.

Gregory Nej dejó los compartimientos del tiro al blanco y avanzó sobre el cemento del corredor haciendo sonar los tacones de sus botas. Como de costumbre, volvió a preguntarse si aquellas celdas eran en realidad a prueba de ruido y si alguna parte del sonido de los disparos llegaría hasta la avenida, frente a Lubianka, en el corazón de Moscú, y qué sentiría al escucharlo algún ciudadano que había vivido los últimos cuatro años bajo el fuego. ¿Qué pensaría de los estampidos que se oían bajo sus pies?

Como si pudiera importarle a cualquier oficial de la NKVD lo que un ciudadano cualquiera pudiera pensar, y mucho menos a un oficial de la Sección Especial. Gregory no era un simple oficial, sino, además, un instructor.

Como si aquello o cualquier otra cosa pudiera importar. Gregory estaba solo; total y absolutamente solo.

En efecto, desde tiempo atrás, había asumido la soledad como algo que concordaba a la perfección con su trabajo y se había vinculado con su padre mucho más que con su madre, sabiendo que jamás sería capaz de reconciliar el internacionalismo rebosante de Tattie con el comunismo en el que él había sido educado. Por tanto, se había presentado como voluntario para ser parte de las unidades especiales de su padre, decidido a sumergirse por completo en la labor de hacer de Rusia, de nuevo, una gran potencia.

Pero su madre siempre había estado allí y él no había puesto jamás en duda su supervivencia, ni siquiera durante los años de la guerra, cuando ella fue guerrillera detrás de las líneas alemanas. Por eso se había sentido profundamente apesadumbrado al conocer la decisión de Tatiana de abandonar Rusia y de partir con su amante inglés, aun cuando aceptaba que tal decisión iba de acuerdo con su efervescente personalidad.

No obstante, ahora... el recuerdo del cuerpo lacerado permanecería en su mente para el resto de su vida. Haberla mirado era algo horrible; pero la sugerencia de que su padre podría haber sido el responsable de su muerte era una idea tan espantosa que no podría soportarla. Gregory no sabía qué hacer ni a quién acudir. Por supuesto, no era posible acudir a su tío Michael para pedirle ayuda y consejo, puesto que éste sentía aversión por la NKVD. Gregory no tenía nada más que su trabajo y su soledad para sostenerlo.

Llegó hasta el lugar donde estaban colocadas las figuras para el tiro al blanco. Una sola de las balas que se habían disparado era suficiente para matar a un hombre. Revisó los blancos y constató que no todos los tiros habían sido perfectos y su tarea residía en conseguir la perfección. Dio la vuelta para dirigirse a los reclutas y aspiró una bocanada de aire. Los reclutas eran doce: ocho hombres y cuatro mujeres. Vestían uniformes de faena, de tela caqui, con manchas más oscuras debido al sudor que aún chorreaba de sus cabellos, ya que, exactamente antes de llegar a las casetas de tiro al blanco, habían pasado una hora practicando ejercicios en el gimnasio, ejercicios a los cuales se sometían en vista de que la mayoría de las veces tendrían que hacer uso de sus armas en circunstancias similares; es decir, igualmente fatigados, con la respiración acelerada y las manos sudorosas. Ocho jóvenes y cuatro muchachas; Gregory suponía que el mayor de ellos no tendría más de veintiún años. Aunque, de hecho, él no tenía más de veinticinco. Hacía cinco años que él estaba allí mismo, en las casetas de tiro, asido con las manos sudorosas al mango de la pistola, aguardando el veredicto del instructor, quien, en aquel entonces, era Anna Ragosina, la más temida de todos los agentes especiales de su padre y, según se decía, la mujer fatal de toda Rusia. Cinco años de guerra contra la Alemania nazi, aunados a su nacimiento y su apellido, habían conducido a Gregory a ocupar el antiguo puesto de Anna dentro de la organización, pese a que, desde luego, él jamás llegó a igualar su reputación.

Sin embargo, debía buscar la perfección.

—Más arriba —ordenó—. Es necesario que apunten más alto. Si hieren al enemigo en el estómago, morirá sin duda, pero muy despacio. Antes podría responder a la agresión, comunicarse con su gente y emplear las últimas reservas de sus fuerzas. En cambio, una bala en el pecho es mucho más rápida y eficaz, puesto que priva al enemigo de su capacidad para pensar, actuar y disparar.

Los reclutas se irguieron cuando él pasó frente a ellos, intentando dominar el ritmo de la respiración; una de las chicas soplaba para apartar un mechón de cabello rubio que había caído sobre su frente y uno de sus ojos. Se esforzaban por demostrarle su respeto, no sólo por ser el capitán Nej, su instructor, ni por ser el hijo del comisario Iván Nej, sino porque en verdad lo estimaban. Gregory lo sospechaba y semejante idea era preocupante para un instructor de la NKVD; no obstante, así era y todos los reclutas sabían que su instructor había llegado al campo de tiro tras asistir a los funerales de su madre. Trataban de exteriorizar sus condolencias, sin atreverse a manifestarlas con palabras.

Por otro lado, con frecuencia él se preguntaba si había llegado a querer a Anna Ragosina. Era innegable que, hasta cierto punto, la había admirado y envidiado, también le había temido y, en alguna ocasión, la había amado o, por lo menos, la había deseado. Sacudió la cabeza para deshacerse de aquel pensamiento inoportuno, se colocó la gorra en la cabeza y echó a andar por el corredor en dirección a su oficina, abrió la puerta y permaneció en el umbral, paralizado por la sorpresa, ya que allí estaba ella en persona, parada junto a la ventana.

Entró a la habitación y cerró la puerta, sin comprender sus sentimientos. De nueva cuenta, experimentaba el temor y, de nuevo, aquella otra emoción que a menudo poblaba sus sueños. Anna no había cambiado, continuaba siendo la mujer más excitante que él hubiese conocido. A pesar de sus valiosas experiencias, muchas de las cuales eran pavorosas, según él se había enterado, el rostro de Anna todavía se asemejaba al de una madona, con su perfecta simetría, la serenidad que transmitía, su óvalo perfecto enmarcado en el cabello liso y negro que él recordaba tan bien. Lo mismo que él, vestía uniforme, pero resultaba muy sencillo adivinar que tampoco su cuerpo se había modificado y que debía ser tan esbelto y firme como antes. Aquel cuerpo se lo había entregado Anna una vez. Mejor dicho, ella le había ordenado que utilizara su cuerpo allí mismo, en el gimnasio, porque eso también era parte de su método de entrenamiento.

—¡Vaya, camarada Nej! —exclamó ella al verlo y le sonrió ampliamente—. Me parece que debo decir camarada capitán. Bueno, ¿no te alegra volver a verme?

—¡Anna Petrovna! —extendió los brazos abiertos, pero ella no le permitió más que un inocente par de besos en cada mejilla—. Pero... se me había dicho...

—¿Que ya me había retirado? —Anna se sentó y cruzó las piernas, encendiendo un cigarrillo antes de que él pudiera encenderlo con sus fósforos—. Me concedieron unas vacaciones, Gregory Ivanovich. Estuve trabajando muy duro durante la guerra y durante mucho tiempo.

—Ya lo sabía —fue a sentarse frente a ella, detrás de su escritorio—. Y de esa prolongada guerra saliste transformada en una heroína de la Unión Soviética. Te aseguro que yo anhelaba febrilmente unirme a ti y a los guerrilleros más allá de las líneas alemanas, pero me lo impidieron.

—Fue tu padre el que te lo impidió. No puedo entender por qué lo hizo; quizá pretendía salvar por lo menos a uno de la ruina de su familia.

Gregory se inclinó sobre su escritorio.

—Háblame de mi hermana.

—Combatimos las dos juntas —dijo suspirando—. Miré el cadáver de Svetlana luego de que los alemanes acabaron con ella. Yo era la comandante de la unidad en la que Svetlana servía allá en el Pripet. Su muerte queda bajo mi responsabilidad. Yo quería que lo supieras, Gregory Ivanovich.

Él suspiró a su vez y se reclinó con un dejo de fatiga sobre el respaldo del sillón.

—También murieron otros. Fueron millones los que murieron. Por lo menos tú, protegiste a mi madre de los ataques alemanes en el Pripet.

Anna Ragosina torció la boca para emitir una leve sonrisa.

—Comprendo tu dolor. Esta mañana estuve en la plaza, entre la multitud, observando tu pena. Yo la compartí contigo. Tu madre y yo jamás fuimos verdaderas amigas, pero yo siempre admiré su valor, su talento y su belleza. ¿Es muy intenso el odio que sientes por tu padre?

Gregory se ruborizó.

—No resulta fácil odiar al propio padre y aún no se ha comprobado que sea culpable —alzó la cabeza y sonrió—. Lo bueno es que ya estás de vuelta con nosotros y eso me alegra sobremanera. ¿Has vuelto a ponerte al frente de esta sección?

—Hasta ahora, no se me ha asignado ninguna misión. Yo también llegué a creer que mi carrera ya se había terminado. Pero el mariscal Stalin mandó por mí —se encogió de hombros—. Así que vine otra vez —lo estuvo observando durante un minuto—. Me alegro de que tú te sientas contento por volver a verme, Gregory Ivanovich.

Ruborizado de nuevo, Gregory bajó la mirada. No podía apartar de su mente la noción de que alguna vez Anna había sido la amante de su padre y que, en realidad, era la hechura de éste.

—No tengo la menor idea del motivo por el que el mariscal Stalin me ordenó que regresara —prosiguió exponiendo Anna—. Quizá otra vez me nombren instructora; tal vez él pretenda que yo elimine a alguien —agregó sonriendo al joven.

Gregory volvió a inclinarse sobre el escritorio.

—Anna...

Ésta se había puesto de pie, se ajustó la gorra y lo miró.

—Sólo he estado unos días en Moscú y no me agrada el alojamiento que me han dado. ¿Puedo ir a quedarme en tu casa, contigo?

—¿Conmigo? —también Gregory se levantó, mientras sentía que se apresuraban los latidos de su corazón—. ¡Por supuesto! Si así lo deseas.

—Sí, hasta que el mariscal Stalin me mande llamar —indicó Anna sin dejar de sonreír—. No creo que se oponga a que yo pase el tiempo lo mejor posible. ¿No quieres compartir mi tiempo, Gregory Ivanovich? Ya una vez dijiste que estabas muy contento de hacerlo. Me quedaré hasta que el mariscal exponga lo que tiene en mente.

De pie junto a la ventana de su oficina en el Kremlin, Stalin miraba con aire pensativo hacia la Plaza Roja donde la gente, ya sin restricciones, vagaba de un lado para el otro, deteniéndose para observar la nueva placa, hablaba entre sí y después alzaba la vista para apreciar la enorme ciudadela. Sin duda, algunos sabían dónde se ubicaba la oficina del mariscal; pero a él no podían verlo detrás del gigantesco cristal a prueba de balas que cubría la ventana.

Stalin tenía una expresión sombría; tenía los hombros caídos y la cabeza inclinada. Quien lo viera, podría suponer que continuaba deprimido por el funeral de Tatiana Dimitrievna, el último contacto con una valiosa mujer que había aportado algo de alegría y de color al monolito soviético. Pero los hombres que estaban con él en la oficina sabían que ya se había disipado todo recuerdo de Tatiana Nej y que estaba muy preocupado por los asuntos de Estado, en particular por un acontecimiento de proporciones gigantescas que acababa de llamarle la atención.

Se apartó de la ventana y los cuatro hombres que estaban sentados frente al escritorio se enderezaron sobre sus sillas. Stalin volvió a ocupar su lugar frente a su escritorio, tomó en sus manos una gran fotografía que estaba encima y la miró con detenimiento, estudiándola de nuevo. A continuación, levantó la cabeza.

—¿Una sola bomba hizo todo esto?

Tanto Molotov como Michael Nej lanzaron una mirada de soslayo a Beria. Éste era el comandante de la NKVD y el conocimiento de lo que estaba ocurriendo en el resto del mundo era de su incumbencia.

Beria se quitó de la nariz los anteojos de *pince-nez* que utilizaba, limpió las lentes con su pañuelo y se aclaró la garganta.

—Sólo una bomba, Joseph Vissarionovich.

Stalin se le quedó mirando un segundo.

—Una en Hiroshima. Otra en Nagasaki. ¿Es posible pensar que los estadounidenses tienen más bombas como ésas?

—Es muy probable —reconoció Beria.

Stalin hizo girar su cabeza lentamente para pasear su vista sobre los cuatro hombres que se encontraban en la habitación y deteniéndola en el único, aparte de él mismo, que portaba uniforme militar.

—¿Qué sucedería si atacaran la Unión Soviética con esas bombas?

Los rasgos grandes y macizos del mariscal Zhukov tenían una expresión de tristeza.

—Quedaríamos totalmente destrozados.

—¿Acaso no contamos con aviones y cañones antiaéreos? —inquirió Beria.

—Claro que sí; podríamos destruir muchos de sus aviones. Pero con que algunos cuantos sigan adelante es más que suficiente.

—Con un solo aeroplano que pase por las líneas de defensa es suficiente, si el aparato va cargado con esas armas.

—Entonces, ¿no tenemos modo de defendernos? —masculló Stalin.

—A no ser que dispongamos de un armario lleno con esas armas —declaró Zhukov—. Sólo entonces los estadounidenses lo pensarían dos veces antes de emplear las suyas. La situación sería la misma que con los gases venenosos: los alemanes tenían miedo de usar el gas en la guerra, pues sabían que también sus enemigos lo utilizarían contra ellos.

—Pero nosotros tendremos bombas como ésas —se apresuró a mencionar Beria—. En eso están trabajando ahora nuestros hombres de ciencia.

—¿Cuándo podrán facilitarnos alguna? —preguntó Stalin con voz muy suave.

—Bueno, eso no podría decirlo, Joseph Vissarionovich. Es un asunto de física y de química... de fórmulas y cosas semejantes —intentó sonreír—. Con armas tan letales y poderosas como esas bombas, hay que ir con precaución y proceder paso a paso.

—¿Cuánto tiempo? —quiso saber Stalin.

—Bueno... podría ser mañana —respondió Beria y de nuevo se quitó las gafas para limpiarlas con el pañuelo— o bien podría ser dentro de varios años.

—¿Varios años?

—Sí, varios años durante los cuales los estadounidenses y los ingleses tendrán el monopolio total del poder en el mundo —explicó Zhukov con aire sombrío.

—Y ellos nos aborrecen —murmuró Molotov—. Si nos apoyaron contra Hitler, fue porque lo odiaban aún más.

Stalin se mordió los labios y parecía que estaba absorbiendo sus bigotes; luego, se volvió hacia el único hombre entre los presentes que no había hablado hasta el momento.

—Y bien, Michael Nikolaievich, ¿no es amiga tuya toda esa gente?

Michael Nej respiró hondo, aunque estaba en espera de que esa pregunta se le iba a plantear tarde o temprano. Pese a que ya tenía el cabello casi blanco en su totalidad, Michael no demostraba tener los sesenta años que había cumplido; tenía la cara limpia y el cutis fresco, con la expresión recia y las facciones perfectamente delineadas, como en su juventud. Su energía y su vigor no habían menguado desde el periodo en que estaba al mando del Ejército Rojo que había terminado con el Ejército Blanco y había tomado Sebastopol, hasta los últimos años en que dirigió la defensa de Leningrado. Entre todos los presentes, incluyendo a Stalin, su desempeño como bolchevique era el más puro y el más completo.

Lo mismo como soldado revolucionario que en su calidad de comisario había permanecido a la vanguardia de los asuntos exteriores de Rusia durante casi treinta años y era uno de los pocos individuos en los que Stalin confiaba absolutamente. Aquella confianza no se había afectado por la repentina detención de su hermano, un asunto que, para Michael, seguía siendo un misterio, pese a que la había pronosticado desde mucho tiempo atrás. No obstante, Michael continuaba desempeñando el puesto de vicecomisario de Relaciones Exteriores, lo cual en parte se debía a su personal falta de ambición y a esa rudeza que con frecuencia requieren los líderes revolucionarios; pero, en especial, a una serie de acontecimientos en su vida privada, al hecho de que alguna vez había sido también el amante de una princesa rusa (de Ilona, la hermana de Tattie) y a que, lo que resultaba aún más sorprendente, había llegado a ser el amigo del millonario estadounidense que era el marido de la citada princesa. Asimismo y de una forma que ninguno de sus camaradas lo había conseguido, se las ingenió para acortar la brecha que separaba al comunismo del capitalismo, al menos *in mente*. Michael sabía que aquella habilidad suya le hacía todavía más valioso a los ojos de Stalin.

—Estados Unidos no utilizará jamás esa bomba contra nosotros —declaró Michael serenamente—, a no ser en defensa propia.

—¿Ah, sí? —inquirió Molotov con sorna—. ¿Qué estaban defendiendo cuando dejaron caer la bomba sobre Hiroshima?

—Buscaban una manera rápida de poner término a la guerra —explicó Michael—, un medio para evitar la invasión del territorio de Japón con todo el derramamiento de sangre que ello podría implicar. Los estadounidenses no necesitan emprender ahora una guerra de agresión. Tienen todo lo que requieren en su país. Lo mismo que a nosotros, sólo les interesa su propia seguridad.

—Esperemos que tengas razón, camarada —disertó el mariscal Zhukov.

Stalin tosió para aclararse la garganta y todos se volvieron para verlo.

—Estoy de acuerdo con Michael Nikolaievich —aseguró Stalin, y sus bigotes se movieron suavemente para expresar que había sonreído—. Parecen sinceros en su deseo de compartir los frutos del triunfo con todos sus aliados —su sonrisa se amplió aún más—. Incluso con Chiang-Kai-Shek.

—¿Estarán dispuestos a compartir también los secretos de la bomba atómica? —quiso saber Molotov.

La sonrisa de Stalin se esfumó.

—No nos servirá de nada, Vyacheslav, sentarnos a llorar, a lamentarnos y a rechinar los dientes. Nos enfrentamos a una situación específica y tendremos que hacerlo de la mejor forma que sea posible. Por el momento, nos superan en mucho en armamentos. Eso es lo que debemos esforzarnos por modificar; pero, entre tanto, debemos presionar para avanzar con rapidez en los planes que tengamos. A ti, camarada Molotov, te pongo a cargo de nuestra reconstrucción interna; podrás tomar a Nikita Khruschev para que te ayude, puesto que al mismo tiempo deberás proseguir desempeñando tus deberes en el terreno de las relaciones exteriores. Khruschev es el hombre ideal para esa misión, pero yo quiero que sea responsable ante ti. Nuestra gente cree que ahora que la guerra ha concluido, también han terminado todas sus privaciones. Habrá que convencerlos de que, por el contrario, sus penurias acaban de iniciar. La Rusia europea está destrozada; es mi deseo verla reconstruida dentro de los próximos doce meses.

—¡Eso es imposible! —exclamó Molotov.

—Si fuera algo muy fácil, no te encargaría el proyecto —advirtió Stalin—. Tú harás que se convierta en realidad y, para ello, harás todo lo que debas hacer; sólo tendrás que supervisar que se haga. En el plazo de una semana a partir de hoy, quiero ver sobre este escritorio los esquemas y las propuestas para un plan de cinco años. ¿Me han entendido?

Molotov resopló y después asintió con la cabeza.

—Además, tendrán la responsabilidad común sobre toda la región de la Europa oriental —prosiguió exponiendo Stalin—. Nuestras tropas ocupan legalmente Rumania, Bulgaria, Yugoslavia, Albania, Hungría, Polonia, Checoslovaquia, la mitad de Alemania y la mitad de Austria. Es una lástima que no hayamos llegado a Grecia antes que los ingleses, pero aún hay esperanzas de llevar a cabo algo allí para nuestro beneficio. Ahora bien, Vyacheslav, es mi deseo que los gobiernos de esas naciones ocupadas lleguen a ser nuestros amigos y aliados más fieles para un futuro próximo, antes de retirar las tropas para que regresen a casa.

—Eso es igualmente imposible —reiteró Molotov—. Incluso cuando todos firmen tratados de defensa recíproca con nosotros, ¿podremos confiar en ellos? Recuerden lo que nos hicieron los rumanos o los polacos en 1940.

—A decir verdad, me siento defraudado al ver que me rodean hombres que se empeñan en afirmar que es imposible efectuar todas esas cosas. Lo que deben hacer es corroborar que esos gobiernos queden en manos de las personas en las que podremos confiar. Eso no me parece muy complicado.

—Tú estás hablando de una Europa comunista —aclaró Molotov.

—Ése ha sido el sueño del partido desde hace veinte años —murmuró Beria.

—Más de veinte años —le recordó Stalin—. Por desgracia, el establecimiento del comunismo en Europa tendrá que aguardar un poco más; pero, en la Europa oriental, es decir, en los países que están más cerca de nosotros, no sólo es posible sino fundamental para el bienestar del Estado.

—Semejante plan es una locura —precisó Michael Nej.

Todas las cabezas se volvieron para observarlo con asombro; ninguno de los presentes hubiese osado expresarle a Stalin algo así.

—¿Por qué opinas eso, Michael Nikolaievich? —le preguntó Stalin con sutileza.

—¿Tú crees que los estadounidenses permanecerán de brazos cruzados ante tales medidas, Joseph Vissarionovich? Acabamos de aceptar que, por ahora, somos impotentes ante su poderío y, precisamente en este momento, tú propones una provocación deliberada contra ellos.

—En Yalta, Estados Unidos e Inglaterra manifestaron su acuerdo de que la Europa oriental quedaba en nuestras manos —recalcó Stalin—. Todo ha sido puesto por escrito. Ahora no pueden cambiar de opinión.

—Estuvieron de acuerdo con que obtengamos las reparaciones por cuenta de los países que combatieron contra nosotros —indicó Michael—. También se señaló que quedaba bajo nuestra responsabilidad la labor de reeducarlos para apartarlos del fascismo y conducirlos a la democracia. Jamás se habló de que debíamos convertir esas naciones en colonias o en estados títere.

—Mi querido Michael: estás empleando tonalidades muy sombrías para pintar el cuadro. Yo no he propuesto otra cosa que reeducar a esos pueblos para apartarlos del fascismo y conducirlos a la democracia, la democracia soviética.

—A eso, los estadounidenses elevarán fuertes objeciones —insistió Michael—. Quizá ahora nos aprecien y nos tengan consideración, pero no tardarán en desconfiar de nosotros como antes.

—En ese caso, debemos evitar sus desconfianzas y sus recelos —expuso Stalin—. Y tú serás el que desempeñe esa tarea, Michael Nikolaievich.

—¿Yo?

—Tú mismo. Gracias a George Hayman y a sus informes de guerra desde Leningrado para ser difundidos en sus cuantiosas publicaciones, de nosotros, tú debes de ser el más conocido en Occidente —Stalin volvió a sonreír—. A excepción mía, por supuesto. Pero tú, como vicecomisario de Relaciones Exteriores, tienes muchas responsabilidades respecto de Europa.

—Pero es... —Michael lanzó una mirada de reojo a Molotov.

—No. Vyacheslav sólo encabezará oficialmente la operación. Lo que yo pretendo que hagas, Michael Nikolaievich, es mostrar el plan a Estados Unidos, Gran Bretaña y Francia, de tal modo que no puedan hacer excepciones. Esta nueva Liga de las Naciones que están creando... —hizo una pausa para destacar el tono de desprecio en su voz—. Debes ser tú quien exponga allí nuestro caso y represente nuestros intereses —su sonrisa se amplió—. Esa organización se reunirá en Londres en enero y después edificará su sede permanente en Nueva York. Tú siempre has querido visitar Estados Unidos. Ahora lo harás y, de paso, verás de nuevo a tu hijo.

—¿A Estados Unidos? —inquirió Michael con las mejillas matizadas por un leve rubor provocado, en parte, por la excitación que le había generado la noticia y, en parte, por la mención hecha de su hijo, al que había engendrado con la princesa Ilona Borodina antes de que ella se casara con George Hayman. Pero el rubor desapareció casi de inmediato—. No lograremos buenos resultados —dijo con firmeza.

—Sí los tendremos a condición de no olvidar que todo eso es esencial para la seguridad de la madre Rusia. Yo te repito lo que ya le mencioné a Vyacheslav: haz lo que debas hacer; condúcete en forma tan implacable como debas hacerlo. Y también miente si se presenta la necesidad de mentir. Saca provecho de toda la buena voluntad que la gente de Europa, el pueblo común y corriente, Michael Nikolaievich, siente hacia nosotros y hacia ti, por lo que conseguiste en Leningrado. Lo que vas a hacer es comprarnos tiempo; el suficiente para reeducar a esos pueblos con la finalidad de que incorporen sus fuerzas a las nuestras para siempre, el tiempo necesario para que erradiquemos sus viejas instituciones y sus ideas pasadas de moda y el tiempo indispensable para disponer de esos líderes que tratan de oponerse a nosotros. ¿Y sabes una cosa, Michael? Si hacemos bien las cosas, podríamos ganar el tiempo que se requiere para elaborar nuestra propia bomba —hizo una pausa para pasear su mirada sobre todos los presentes—. Desde hace mucho tiempo —destacó—, estamos aquí sentados, discutiendo, y todos tienen mucho trabajo que hacer.

Los hombres se levantaron.

—Tú te quedarás, Lavrenti Pavlovich —le ordenó Stalin mientras caminaba hacia la puerta junto a Michael sobre cuyos hombros le echó el brazo amistosamente—. No me has preguntado nada acerca de Iván —le dijo.

—Esperaba que tú me hablarías de él cuando lo consideraras prudente —respondió Michael.

—¿Sabías que hay fuertes sospechas de que Tattie fue en realidad asesinada? Junto con el pobre coronel Bullen, naturalmente. Se cree que el asesinato se cometió por órdenes de Iván.

—He oído rumores en ese sentido.

—Pues bien: tendrá que ser sometido a juicio —puntualizó Stalin—. No hay nadie en Rusia que esté por encima de la ley —hizo una pausa, pero Michael no respondió nada—. De manera que, por ahora, Iván está bajo arresto en una de esas celdas donde él mismo encerraba a tantos pobres desdichados —continuó detallando Stalin—. No se le ha maltratado de ningún modo. Se trata de un asunto civil y no político. Si él puede desmentir los cargos, nadie estará más contento que yo; tú lo sabes, Michael Nikolaievich.

—Jamás lo he dudado, Joseph Vissarionovich —aseveró Michael.

—¿No quieres ir a visitarlo?

Michael vaciló un instante y a continuación respondió sacudiendo la cabeza:

—Iré a verlo si él lo solicita, pero si es verdad que mató a Tattie, no volveré a verlo jamás.

—Sí, lo comprendo porque tengo los mismos sentimientos —apretó con su mano el hombro de Michael—. Estoy convencido de que despertarás los mismos sentimientos entre los Hayman cuando te encuentres con ellos en Nueva York.

Lentamente, Stalin se dejó caer en su sillón y clavó la vista en el comandante de la NKVD. Beria, intranquilo, apartó sus ojos.

—Ya sé que se trata de un asunto muy penoso, Joseph Vissarionovich —advirtió al cabo de un momento de silencio—. Nadie podría comprenderlo mejor que yo y considero que Iván Nej es el único culpable. Él era el responsable del espionaje; fue él quien creó todas esas unidades especiales que después propagó por todo el mundo. Todas esas unidades le informaban exclusivamente a él. A pesar de que yo soy el comandante de la NKVD, sólo le presentaban sus informes a él. Iván Nej instituyó una fuerza dentro de otra y, en eso, tú lo secundabas, Joseph Vissarionovich. A mí no me puede echar la culpa de sus errores.

—Nadie te está echando la culpa de nada, Lavrenti Pavlovich —replicó Stalin—. Siempre será un error mirar hacia atrás por encima del hombro. Conozco bien los poderes que le conferí a Iván Nej. Cuando lo hice, requería a un hombre como él y una fuerza como la que había construido. Pero, al mismo tiempo, lo vigilaba y observaba que constantemente adquiría mayor poder, hasta que obtuvo tanto que yo tuve que eliminarlo —movió abruptamente la mano sobre el escritorio como para quitar una basura.

—Sólo porque al fin se sobrepasó —renegó Beria, insistiendo en su punto de vista—. Si no hubiera hecho eso, si no hubiera asesinado a su propia esposa...

—¿Tú consideras que haya sido así? —le interrumpió Stalin con voz pausada—. ¿Crees que yo me limito a esperar a que las otras personas se excedan en sus poderes? ¿De veras piensas que Iván Nej hizo alguna vez algo que no fuera ordenado por mí?

Beria alzó lentamente la cabeza para observar a Stalin con la boca abierta.

—Pero... —musitó y se humedeció los labios.

—Por supuesto que lo que te estoy diciendo es estrictamente confidencial —le aclaró Stalin—. Eso queda entre tú y yo. A cualquiera que llegara a sugerir algo así, se le acusaría de ser culpable de traición.

Beria tragó saliva.

—Pero es que ella... era amiga tuya —susurró—. En toda Rusia se creía...

—¿Que yo amaba a Tatiana Dimitrievna como a una hermana? Pues, eso es cierto, Lavrenti Pavlovich; sin embargo, ya estaba en camino de traicionarnos.

—¿Por qué? ¿Sólo por casarse con un inglés?

—No, por haber abandonado Rusia con la intención de refugiarse en Occidente. Tú la conocías, Lavrenti Pavlovich. ¿Puedes imaginarla ofreciendo una conferencia de prensa? Pensaba ofrecer la primera en el avión, tan pronto como despegara de Moscú. ¿Te imaginas lo que podría decir Tattie que sabía casi todo lo que ha acontecido dentro de Rusia desde noviembre de 1917? ¿Crees acaso que le permitiríamos escribir sus memorias, ya que probablemente Hayman la convencería para que las escribiera?

—Entonces, ¿por qué le concediste el permiso para que emigrara? Seguramente que...

—A Tatiana Nej, la gran bailarina, la artista inmortal, no podía negársele ningún pedido sin correr el riesgo de perder la imagen de prestigio que nos habíamos forjado en Occidente. Su asunto amoroso con Bullen recibió amplia cobertura, lo mismo que el papel que desempeñó entre los guerrilleros, allá en el Pripet. Ahora era más famosa que nunca. Haberle negado la autorización de partir en compañía de su amante equivaldría a resucitar la imagen que teníamos en la década de los treinta y ésa es una percepción que debemos desaparecer para siempre, Lavrenti Pavlovich. Bien puedes creerme que me apena profundamente lo que fue necesario hacer. Mi dolor es auténtico, pero debía hacerse así.

Beria intentaba recuperar el aliento poco a poco.

—Pero, Iván Nej...

—Si espera seguir con vida, jamás se atrevería a formular semejante acusación y es indudable que eso es lo que espera. Aunque me parece que sería más conveniente que no compareciera ante un tribunal para un juicio público. Tú me entiendes, ¿no?

—Yo...

—No quiero discutir más este asunto. Tienes carta blanca. Tú y yo tenemos cosas más importantes de qué hablar. Cosas de vida o muerte, Lavrenti Pavlovich —se inclinó sobre el escritorio—. Debemos remediar los efectos negativos provocados por los errores de Iván Nej.

Beria lo miró con aire de pocos amigos.

—¿Tienes alguna otra labor que encomendarme?

—¡Oh, sí! Tengo reservada para ti la tarea más importante que existe en toda Rusia, Lavrenti Pavlovich. Debes saber que yo tengo plena conciencia de que correré un gran riesgo al desafiar a los estadounidenses. Cualesquiera que sean las ventajas que Michael Nej pueda obtener al cumplir con la misión que le he encomendado, el peligro aparecerá en cuanto los estadounidenses se enteren de nuestros propósitos. Considero que el riesgo es justificado e incluso necesario; pero, de todas formas, es grave. No podremos mantener ocultos nuestros intentos por largo tiempo; yo diría que tres años cuando más. Cuando haya finalizado el plazo, Lavrenti Pavlovich, deberemos estar en posición de enfrentar a los estadounidenses en el mismo nivel. Para entonces, contaremos con nuestras propias bombas atómicas. Como yo no creo que podamos darnos el lujo de esperar a que nuestros científicos las produzcan, necesito que las fórmulas para fabricarlas estén aquí, en Rusia, cuanto antes. En eso consiste tu tarea, Lavrenti Pavlovich: consígueme esas fórmulas.

Beria lo observó, como asustado.

—¿Cómo? ¿De dónde voy a sacarlas, Joseph Vissarionovich?

—De Estados Unidos, amigo mío. Es allí donde las puedes encontrar, ¿no es cierto?

Beria se rascó la calva pensativamente.

—De Estados Unidos... —masculló.

—¿No tenemos allá gente nuestra?

—Unos cuantos —reconoció Beria—. Nos tomará mucho tiempo organizar bien las cosas. Hemos tenido agentes en Inglaterra, en Francia y en Alemania desde hace años; pero Estados Unidos no nos pareció importante o a ti no te lo pareció sino a partir de 1941.

—Lavrenti Pavlovich —le dijo Stalin con amabilidad—, no me interesa lo que haya ocurrido en 1941; estoy interesado en el año de 1945. Tú quieres tiempo y eso es lo que nos falta; creí haberlo dicho con mucha claridad. Tú debes dedicar todo tu tiempo y tus esfuerzos a Estados Unidos. Deberás organizar a un grupo de agentes que sean auténticas fuerzas de choque y que se distribuyan por toda la nación. Eso no te resultará muy complicado con tantos refugiados que van y vienen por todos lados. ¿Ya tienes agentes en esos campamentos para refugiados?

—Por supuesto —afirmó Beria.

—Muy bien. Procura que encabecen las listas de los emigrados a Estados Unidos. Y no pienses que los secretos de la bomba atómica sean lo único que buscamos: es indispensable que tu gente se involucre en todos los ámbitos de la vida estadounidense para convencer y reclutar nuevos elementos. Recurriremos a los mismos métodos que utilizamos en el pasado en Alemania, en Inglaterra y, en particular, en Francia, para infiltrarnos en los sindicatos y en las uniones gremiales con la finalidad de originar una enorme desorganización; no obstante, en las circunstancias actuales, no debe saberse en Estados Unidos que nosotros tenemos injerencia en esas actividades. Tus agentes deberán estar relacionados con una central de control en Estados Unidos y cualquiera de las personas reclutadas deberá creer con firmeza que se trata de un comunismo estadounidense auténtico que ha nacido y crecido en el país. ¿Me has comprendido?

Beria hizo un gesto afirmativo, pero en su expresión podía leerse la incertidumbre.

Stalin exhaló una gran bocanada de aire.

—¿Quién es tu comandante en Estados Unidos?

—Dimitri Bogolzhin.

—¿Es un buen elemento?

—Uno de los mejores —aseguró Beria.

—¿De qué modo te pones en contacto con él?

—Él se pone en contacto conmigo mediante una clave en las cartas que le redacta a un intermediario, que es nuestro agente en Inglaterra. Como podrás comprender, Joseph Vissarionovich, hasta el momento no hemos puesto en práctica una política activa hacia los estadounidenses. Los deberes de Bogolzhin sólo se reducen a recopilar datos y nada más.

—No parece haber tenido mucho éxito con la información relativa a la bomba atómica.

—Bueno... —murmuró Beria un poco avergonzado—. Desde hace tiempo sabemos que estaban trabajando en un arma excepcional.

—¿Por qué no se me informó sobre el particular?

—Porque era Iván Nej quien manejaba el asunto. Yo daba por hecho que él te mantenía bien informado.

Stalin se le quedó viendo largo rato; después, le dijo:

—Bueno, ahora tú estás a cargo del asunto. Designarás a un nuevo comandante para Estados Unidos que tendrá el dominio completo sobre toda América del Norte y que sólo será responsable ante ti y ante mí. Esa persona, sea hombre o mujer, contratará agentes que sólo él mismo conozca y se encargará de disponer de ellos cuando dejen de tener valor para nosotros. Esa persona deberá generar la máxima desorganización en la industria estadounidense y la más grande inquietud en la sociedad estadounidense. Esa misma persona será la encargada de obtener los secretos de la bomba atómica.

—Un poder tan grande... —advirtió Beria y suspiró— es una responsabilidad enorme. Para desempeñar el cargo se requieren cualidades de firmeza, de energía y de valor, puesto que deberá tomar sus decisiones sin la más mínima alusión a nosotros. Yo dudo de que Bogolzhin sea el hombre indicado para el cargo.

—Yo no lo dudo, sino que estoy convencido de que no lo es.

—Y no será nada fácil encontrar aquí a la persona idónea para enviarla allá. Casi todos nuestros elementos más destacados fueron asesinados por los alemanes. ¡Oh, sí! Por supuesto que será muy difícil.

—Yo dije que ya fuera hombre o mujer —le recordó Stalin—. La persona más apta para ocupar ese cargo, Lavrenti Pavlovich, la mejor provista en todos los sentidos para ejercer el puesto, está aquí mismo, en Moscú, en este instante, en espera de que le demos alguna asignación.

Beria levantó la cabeza enérgicamente.

—Pero si esa mujer es la criatura de Iván Nej —manifestó en tono de protesta.

—Tú le encargaste la tarea de arrestar a Iván Nej, ¿no es verdad?

—Por instrucciones tuyas, Joseph Vissarionovich; me sentí muy apenado al dar esas órdenes.

—Sin embargo, esa mujer te obedeció y sin titubear. Yo la conozco, puedes creerme. La he estado analizando desde un principio y te puedo asegurar que ella no es criatura de nadie. Claro que fue Nej el que la sacó de la escuela, quería una mujer para él, puesto que en realidad jamás pudo tener a Tatiana Dimitrievna. No hizo otra cosa más que sacarla del colegio y llevársela a su casa; pero luego la tuvo en entrenamiento para que fuera su propia sombra. A pesar de eso, ahora ella ha superado por mucho a Iván; además, habla inglés. Debe ser ella la que envíes a Estados Unidos.

—Pero recuerda que Anna Ragosina es una figura de la que se ha comentado mucho. Sin duda, está identificada por los del FBI.

—Su nombre es bien conocido, Lavrenti; pero no hay ni una sola fotografía de Anna Ragosina. Irá a Washington como secretaria de confianza en la embajada y con un nombre falso. Sólo nuestro embajador sabrá quién es ella en realidad y los poderes que posee.

—¿No puede suponerse que se encuentre con alguien que la reconozca?

—Vamos, Lavrenti, te estás volviendo muy pesimista. ¿Cómo podría ocurrir eso?

—¿No podría encontrarse con John Hayman? Lucharon juntos en el Pripet durante cuatro años. ¿Crees que no la identificaría de inmediato?

—Hay ciento treinta millones de habitantes en Estados Unidos, Lavrenti Pavlovich. Por lo tanto, las probabilidades de que Anna se encuentre con John Hayman en la calle son de ciento treinta millones contra uno. Como secretaria confidencial en la embajada soviética, tampoco es factible que la inviten a alguna fiesta en la que quizá se tope con el hijo del millonario Hayman. Por supuesto que tú puedes advertirle ese riesgo; aunque no considero que requiera de algún recordatorio. Es una mujer muy capaz de cuidarse por sí misma —se inclinó sobre el escritorio para dar énfasis a sus palabras—: manda a Anna Ragosina a Washington, camarada. Es esencial que tengamos esos secretos atómicos y ella nos los conseguirá.

Michael Nej abrió la puerta de su departamento, la cerró con un portazo, arrojó su abrigo y su bufanda sobre una silla y llamó:

—Catalina, Catalina.

Su esposa salió apurada de la pequeña cocina, secándose las manos en su delantal. Catalina Lissitsina, de cuarenta y cinco años, era un mujer de baja estatura, cuya cabellera corta y lisa continuaba conservando el mismo color negro intenso que Michael le había admirado desde el día en que la conoció y cuyos rasgos seguían recordando a sus antepasados tártaros. Hacía más de veinte años que estaban casados y, desde antes del matrimonio, ella había vivido con Michael como su amante durante algunos meses; sin embargo, Catalina seguía aproximándose a su marido con cierto aire tímido, temeroso y de gran respeto, como si le inquietara que la ilusión de estar casada con él se esfumara de pronto. Pero los dos estaban muy contentos el uno del otro. Juntos habían emprendido grandes aventuras, juntos llegaron a ser padres y habían sobrevivido a los horrores del sitio de Leningrado y ahora vivían con comodidad en el departamento de tres recámaras de un edificio reservado para los altos comisarios y Catalina, por medio de su esposo, había llegado a la cima del éxito social y financiero para cualquier mujer rusa.

—Catalina —le dijo Michael por tercera vez, besándole la frente—. ¿Dónde está Nona?

—En la universidad, pero pronto estará en casa —Catalina lo miró con inquietud—. ¿Ha ocurrido algo?

Michael le sonrió.

—Nada malo para nosotros, mi amor. Tengo noticias estupendas —la estrechó entre sus brazos y luego la apartó, colocándole las manos sobre los hombros—. ¿No te gustaría que nos fuéramos a Londres?

—¡A Londres! —exclamó sin creer en lo que había escuchado.

—Sí, a Inglaterra.

—¡Oh! Pero es que... —se quedó callada, pero con la boca un poco abierta y volvió ligeramente la cabeza hacia la puerta de la cocina—. La camarada Petrovna está aquí.

Michael dejó caer sus brazos al dar media vuelta para quedar frente a una mujer alta y esbelta que estaba parada en la puerta.

—¿Judith? —preguntó en voz baja y después exclamó—: ¡Judith, por Dios! ¿Por qué Petrovna? —dio un paso para acercarse a ella y se detuvo, consciente de la presencia de su mujer.

Judith Stein Petrovna estaba sonriendo.

—Me he casado con Boris —se encogió de hombros levemente—. Desde hace años que me lo estaba solicitando.

—Y has vuelto a Rusia. ¡Judith! —se decidió a acercarse a ella y a tomarla cariñosamente entre sus brazos.

Catalina los estaba mirando sin ninguna expresión en su rostro. Ella misma era sólo una niña durante la Primera Guerra Mundial y la revolución, pero había leído mucho acerca de los acontecimientos de aquellos tiempos. Por lo tanto, sabía que estaba presenciando un resurgimiento del pasado ante sus ojos. Judith Stein figuraba entre las personas famosas que encabezaban los tumultuosos sucesos de entonces y ya se sabía que había llegado a ser la amante del amigo íntimo de Lenin, el propio Michael Nej, antes de abandonarlo y de partir de Rusia, cuando los bolcheviques ejecutaron a sus padres.

Catalina estaba al tanto de que Judith y Michael sólo se habían vuelto a ver en una ocasión desde 1920. Judith había vivido en Nueva York, después en Londres y, más adelante, incluso en Alemania, trabajando siempre por la causa sionista —su verdadera causa— y, como consecuencia de eso, debió pasar tres años en el campo de concentración de Ravensbrück. Pero había sobrevivido a ello y ahora se encontraba aquí, en Moscú, una mujer hermosa, con una figura esbelta y majestuosa como la de una estatua y su cabello negro estriado con mechones grises.

Judith llevaba un vestido de muy buen corte, zapatos de tacón alto y se le veía mejor arreglada de lo que era posible para cualquier mujer rusa en 1945. Y ahora, ella estrechaba a Michael entre sus brazos.

Michael se separó de ella y dio un paso atrás, lanzando una mirada de soslayo a su mujer.

—¿Ya conocías a Catalina? —preguntó.

—Sí, la conocí en 1933 —informó Judith—. ¿No lo recuerdas? Fue la única vez que la vi —se volvió para mirarla, sonriendo—. Me ha recibido amablemente en tu casa.

—Y ahora estás aquí de nuevo —expresó Michael alegremente—. ¡Después de tantos años! —abrió los brazos, como si fuera a abrazarla de nuevo y después los dejó caer—. Precisamente ahora, cuando nos vamos.

—¿Es cierto que se irán a Londres?

—Por lo menos durante una temporada —explicó Michael—. Voy en representación del Sóviet ante las Naciones Unidas. Quizá posteriormente deba ir a Nueva York, pues allá estará la sede de la ONU.

—Eso es maravilloso para ti —indicó Judith—. Podrás ver a George y a Ilona —no se advirtió el menor rasgo de inquietud o de celos en el rostro bien maquillado de Judith. El hecho de que Michael hubiese estado enamorado de Ilona antes de amarla a ella, no era motivo de queja. Ilona siempre había sido su mejor amiga—. También verás a John —entonces sí se notó cierto temblor de incertidumbre en su voz, al fijar sus ojos en Catalina.

—Sí —asintió Michael—. Tengo la esperanza de verlos a todos muy pronto. Los senderos del destino son inexplicables, ¿no es cierto? John Hayman pasó toda la guerra aquí, en Rusia, combatiendo con los guerrilleros y yo no lo vi sino hasta hace seis meses. Ahora iré a vivir en la misma ciudad adonde él radica —de nuevo fijó la vista en Catalina.

Ésta conservaba su máscara imperturbable, ya que ella tampoco debía manifestar sus celos por aquel pasado legendario. El hecho de que Michael fuera de nuevo a estar junto a su hijo John y a la madre de su hijo, debía interpretarse sólo como un motivo de alegría, aunque ella tuviera sus reservas.

—¿Y Nona? —preguntó—. ¿También Nona podrá ir con nosotros?

—No veo por qué no habría de ir —aseveró Michael y fue a sentarse sobre el sofá, haciendo un gesto con las dos manos a las mujeres para que se sentaran a su lado—. Pero antes tendremos una celebración de bienvenida —agregó—. Ya sabía que Boris estaba de vuelta en Rusia, pero no sabía que tú estuvieras con él. Tendremos ocasión para reunirnos todos a comer, ¿no te parece, Catalina?

—¡Por supuesto! —pero, al observar a Judith y la serie de sombras que cruzaban por su rostro, se percató de que era ella, Catalina, la intrusa en aquel lugar; los dos viejos camaradas tendrían mucho de qué hablar. Se levantó—. Voy a preparar un poco más de té —dijo y se fue a la cocina.

Judith la miró dejar la habitación.

—Ya supe... Ya supe lo que le ocurrió a Tattie —advirtió—. Apenas podía creerlo.

—Ninguno de nosotros podía creerlo —acotó Michael—. La vida ya no puede ser la misma sin Tattie.

—¿Es cierto... lo que dice la gente acerca de su muerte?

—¿Que Iván fue el responsable? Sí, parece que así fue. Si se comprueba, Iván sufrirá la pena capital. Te doy mi palabra.

Judith fijó los ojos en él. Ambos conocían a Iván desde hacía muchos años y ella había experimentado en carne propia las crueldades y brutalidades que le provocaba su ira. Ya no había nada que decir sobre Iván; además, ella tenía muchas otras cosas en mente.

—Catalina es muy amable, ¿no?

—Sí, así es.

—¿Y tú eres feliz con ella?

—Estoy muy contento y satisfecho —detalló Michael pausadamente y con cuidado—. Por lo menos en cuanto a mi vida doméstica —luego sonrió—. Tal vez estoy demasiado viejo para andar en busca de la felicidad; esa clase de felicidad. Ya fui muy feliz en el pasado.

Ella lo miró un instante, se ruborizó y se puso de pie.

—¿Ya me perdonaste por haberte dejado? ¿Has perdonado a George por haberme ayudado a huir?

—Claro, a ti te perdoné desde hace tiempo. Yo sabía, entonces, que no podías permanecer junto a mí.

—¿Y has perdonado a George?

—Han transcurrido muchos años desde entonces, Judith, y George y yo hemos combatido hombro con hombro en muchas ocasiones. Parece que ahora también deberemos luchar juntos y me complace que así sea.

—¿Y también te alegra desempeñar la misión que te han conferido?

Michael recordó que Judith siempre había sido una mujer extraordinariamente suspicaz y que, a menudo, sus preguntas eran incómodas.

—Nos aguardan tiempos difíciles —contestó—. Mi labor consiste en convencer a los países de Occidente, en particular a Estados Unidos, de que ya no somos los bolcheviques de manos ensangrentadas que antes éramos, sin otro empeño que el de las matanzas en masa y la instauración del comunismo en el mundo.

—¿Y todo eso es verdad? —inquirió Judith y se quedó callada, mordiéndose los labios—. Lo siento, Michael pero...

—Sí, hay cosas que no se olvidan con facilidad. Tus padres fueron asesinados, Judith, y es imperdonable lo que Iván hizo con ellos. Tampoco puede perdonársele lo que hizo con Tattie... Supongo que él es un recordatorio de todo lo terrible en nuestro pasado. De hecho, su comportamiento no contribuye a facilitar mi tarea; pero debes saber que muchos de los actos de Iván, así como de los míos y los que ahora vaya hacer, fueron y serán indispensables para la construcción del Estado soviético. No había otra forma de constituirlo; además, me supongo que no habrás pensado en una restauración del zarismo.

—No —expuso ella—, yo no pensaría en semejante solución; no obstante, Peter continúa considerándola. Él y su hija Ruth viven ahora en Estocolmo. Yo... yo estuve viviendo con ellos cuando salí del campo de concentración... —hizo una pausa y bajó los ojos para mirar al suelo, pues si bien ella había tenido que compartir a Michael con Ilona Borodina, éste tuvo que compartirla a ella con el hermano de Ilona, el príncipe de Starogan.

—Sí —aceptó él—, pero yo tampoco le hago reproches a Peter. Su familia entera fue asesinada y su casa destruida. Supongo que aún considera que Tattie fue forzada y secuestrada por Iván.

—Claro que lo cree —puntualizó Judith—. Y ahora declarará que también fue Iván quien la mató.

—Ya te dije que Iván sufrirá su castigo. Pero sí me siento apenado por las personas como Peter, las que viven de recuerdos, las que han acumulado una enorme cantidad de odio... y son incapaces de hacer algo para remediarlo.

—En cambio tú —le indicó Judith— puedes regocijarte con tus recuerdos.

—He sido un hombre afortunado.

Judith se puso a caminar alrededor de la habitación, se detuvo frente a la ventana y después se volvió para mirarlo.

—También he sido una mujer afortunada: me han condenado a muerte por lo menos dos veces y aún estoy aquí; sin embargo, la gente como tú y como yo, Michael, tenemos una deuda con la fortuna que nos ha protegido tanto.

—Reconozco que estamos en deuda —Michael la observaba vigilante.

—Debes saber que yo... me casé con Boris con ciertas condiciones —le explicó Judith.

—¿Qué acaso no lo amas?

—Te aseguro que es un hombre espléndido y maravilloso; pese a ello, lo mismo que tú, ya estoy muy vieja para sentir amor. Al igual que tú, yo he amado y he sido feliz. Eso es suficiente para una vida entera.

Michael fijó los ojos en ella. "¿Se estará refiriendo a mí? —reflexionó mientras la contemplaba—. ¿Habrá recordado a Peter Borodin? ¿Es posible también que se refiera a George Hayman?"

—Entonces —Michael se esforzó por sonreír—, ¿tu matrimonio es platónico?

—Por supuesto que no, pero si yo acepté regresar a Rusia no fue para convertirme en ama de casa, sino para continuar con mi trabajo. Considero que, en estos momentos, aquí hay más que hacer para mí que en cualquier otra parte del mundo.

Michael frunció el ceño.

—Te refieres al sionismo, ¿verdad?

Judith atravesó la habitación, se sentó junto a él en el sofá y tomó una de sus manos entre las suyas.

—Deberá haber un Estado judío, Michael, y quedará situado en Palestina. Al cabo de dos mil años, mi pueblo tendrá una patria.

—Me parece que la Liga Árabe ya ha externado su punto de vista.

Judith sacudió la cabeza con impaciencia.

—Habrá negociaciones, hay sitio para todos; pero ésa será nuestra patria, Michael. Nuestra casa, la de todos, Michael, lo mismo los judíos rusos que los judíos alemanes, los judíos ingleses y los estadounidenses. Tendremos nuestro hogar. Y hay cinco millones de judíos en Rusia.

—Un poco más —aclaró Michael— de acuerdo con los últimos recuentos.

Judith apretó sus manos sobre la suya.

—¿Me apoyarás?

Titubeó un segundo mirándola a los ojos. A continuación, se encogió levemente de hombros y sonrió.

—Yo conversaré con Joseph Vissarionovich sobre el asunto. El jefe está de humor internacionalista por ahora. Seremos tú y yo juntos, Judith, los que hablemos con él.

CAPÍTULO II

ANNA RAGOSINA PARECÍA DESPRENDERSE CON MOVIMIENTOS muy lentos de la rígida postura de atención que había adoptado; aflojó los brazos, curvó las piernas y dejó caer lánguidamente la cabeza para poder observar a Beria, quien estaba sentado frente a su escritorio.

Éste sonrió.

—Puedes sentarte, camarada Ragosina.

La miró mientras se sumía poco a poco en el sillón colocado al otro lado del escritorio y después se inclinó hacia adelante para ofrecerle un cigarrillo. Pensó en que era posible que le tuviera miedo a esa mujer y se dijo que le temía al pensamiento o a la idea de aquella mujer. Reflexionó en que, sin duda, era una de las mujeres más hermosas que él hubiese contemplado, con aquel rostro fino, perfecto y frío de madona, en el que no se había manifestado expresión alguna, ni siquiera en aquel momento en el que necesariamente debía estar asombrada.

Su cuerpo sinuoso, flexible y bien torneado que, sin embargo, llenaba el torso de su uniforme hasta que parecía reventarlo, ofrecía un aspecto muy atractivo, de la cabeza a las botas largas que cubrían sus piernas. La creación de Iván Nej, quien ahora iba con las riendas sueltas a raíz de la caída de su dueño. Resultaba interesante la idea de que, probablemente, podría llegar a ser ahora su criatura, podría estar bajo su mando. Incluso podría exigirle que se fuera con él a la cama, si él se atreviera a pedírselo. Toda aquella carne blanca —estaba seguro de que tendría la carne muy blanca, pues no podía pensarse que una mujer como Anna Ragosina perdiera su tiempo en tomar baños de sol— y todo aquel torrente de pasión contenida —también estaba convencido de que, detrás del rostro virginal y de sus ojos verdes debía haber un volcán de pasiones esperando despertar—, quedaría a su disposición si él alzaba un dedo. Anna Ragosina siempre obedecía órdenes. Pero, ¿tendría él el valor de levantar el dedo?

—¿Quieres un cigarrillo? —le preguntó Beria empujando la caja sobre el escritorio.

Sacudió la cabeza con un movimiento brusco, como de impaciencia.

—¿Tendré un dominio local completo? —inquirió.

El poder, eso era lo que ambicionaba.

—Así te lo he informado.

Anna fijó sus ojos en él. Le costaba trabajo creer lo que acababa de decirle. Un comando independiente. Era la segunda ocasión que se le asignaba uno; pero no era lo mismo encabezar a un grupo de guerrilleros detrás de las líneas alemanas, que a todos los agentes rusos en Estados Unidos y allí era donde vivía John Hayman. Sintió una oleada de calor que le subía a las mejillas e insinuó una sonrisa, lo cual, a su vez, alentó a Beria a sonreír.

Ella podía leer los pensamientos que rondaban por su mente sin mayor esfuerzo. Estaba segura de que él la deseaba y, además, de que no haría absolutamente nada para insinuar siquiera sus deseos. A pesar de su tamaño y de su potencia aparente, era un hombrecillo tímido que esperaba alguna señal por parte de la mujer de que sus insinuaciones eran aceptadas. ¿Por qué no hacérsela? Aunque eso no significara que tales insinuaciones fueran aceptables. Anna no había considerado aceptables las insinuaciones de ningún hombre. El intercambio sexual con Iván Nej había sido como acostarse con un cadáver. Gregory estaba muy confundido, muy perseguido por algún concepto de culpa, demasiado ansioso para constatar que podría resultar un buen amante.

Anna había deseado en verdad acostarse con un hombre: con John Hayman. Cuando se le otorgó el mando de los guerrilleros de los pantanos del Pripet, sabiendo que estaban allí John Hayman y Tatiana Nej y el resto de las chicas, que se habían refugiado en los bosques junto con los restos del desbaratado Noveno Ejército ruso, experimentando la certeza de que entonces sí se iban a realizar sus sueños. Pasaron juntos cuatro años en aquellos pantanos, mataron a muchos alemanes, comieron juntos y se bañaron juntos —y ella lo había besado alguna vez—; pero John estaba enamorado de Natasha Brusilova y, como todos los demás, la había aborrecido e incluso temido, aunque no dejaba de percibir su atractivo. Ella anhelaba que hubiese cambiado del campo romántico al de la crueldad y, al ver que no era así, también sus sueños se modificaron, imaginándose que, algún día, sus deseos en cuanto a John Hayman llegarían a realizarse. Ahora, él vivía en Estados Unidos.

—El único peligro que podrías correr sería encontrarte con John Hayman —afirmó Beria sorprendiendo momentáneamente a la joven—. No hay duda de que te reconocería.

—De inmediato, por supuesto —recalcó Anna—. También me identificarían Natasha Brusilova, su esposa, y su madre, Ilona Hayman.

—Pues bien, eso es algo que debemos considerar, aunque estimo que los riesgos son muy escasos. Tú estarás en Washington y, según creo, los Hayman viven cerca de Nueva York. Tampoco tienen ellos algo que ver con tus actividades y tus objetivos.

—Por el contrario, camarada Beria —rebatió Anna alzando vivamente la cabeza—. Ellos son mis objetivos principales y primordiales.

—¿Te has vuelto loca? —le replicó Beria con el ceño fruncido.

Anna le miró sin parpadear.

—No es posible que me ordenen infiltrarme en un país entero, si no me permiten elegir a mis asistentes; por lo demás, se me ha dado carta blanca.

Se acentuó el gesto severo de Beria.

—¿Qué quieres?

—Quiero que Gregory Nej sea asignado a mi misión.

—¿Gregory Nej? Ahora sí declaro que estás loca. No existe ni la más remota posibilidad de que no lo reconozcan; su relación con los Hayman es sabida por todos.

—Lo que queremos es que lo identifiquen, camarada Beria. Escúcheme: me envían a coordinar una amplia red de agentes para obtener uno de los secretos mejor guardados en el mundo; para ello, requeriré toda la ayuda de la que pueda echar mano. Necesitaré gente a la que pueda colocar en ciertos puestos a los que sólo esa gente podría llegar. George Hayman es un poderoso editor de periódicos en Estados Unidos y hay que tener presente que, al mismo tiempo, es el tío de Gregory Nej.

—Sí, ya lo sé; pero además debemos considerar que George Hayman está igualmente enterado de que Gregory Nej es un miembro de la NKVD y de que es muy leal del partido.

—Sabe que Gregory era todo eso, pero han ocurrido muchas cosas desde que ellos dos se encontraron: la madre de Gregory ha muerto y corren rumores de que fue asesinada —levantó la mano como para impedir que Beria hablara—. Yo no sé cuál sea la verdad en ese asunto, camarada, ni quiero saberla. Sólo le solicito que se ponga en el lugar de George Hayman, si recibiera una carta de su sobrino, quien ahora es prácticamente un huérfano, pidiéndole que lo admitiera para hacer una visita a Estados Unidos. Estoy convencida de que Ilona estará encantada, en especial si al mismo tiempo recibe otra carta, ésta de Michael Nej, rogándole que acepte a Gregory como huésped.

—¿Por qué Michael habría de escribirle?

—Porque Gregory Ivanovich le pediría que lo hiciera y él se sentiría feliz de hacerlo, puesto que está al tanto de lo desdichado y miserable que se siente el pobre desde el fallecimiento de su madre.

—Aún no comprendo cuál es tu objetivo —indicó Beria.

—Supongamos que Gregory Nej viaja a Estados Unidos, con su desgracia a cuestas y lleno de confusión respecto de lo que le ha acontecido. Supongamos que se siente atraído por el modo de vida de los estadounidenses y decide desertar para quedarse allá. Como capitán de la NKVD, su actitud pondrá a los estadounidenses en guardia. Sin duda se convertirá en un personaje de gran interés para el Pentágono y para el FBI. Con el respaldo de George Hayman y en virtud de los datos que pueda aportar a los estadounidenses, es evidente que éstos depositarán su confianza en él. Entonces, tendremos a uno de los nuestros en el corazón mismo del sistema militar estadounidense —se reclinó sobre el respaldo de su sillón y cruzó la pierna—. Me parece que todo eso sería de una enorme utilidad para mí.

Beria la estaba mirando con atención. Lo que más le sorprendía era la manera en que Anna había trazado un plan muy sencillo, el modo en el que había tomado una situación existente y la había retorcido para que respondiera a sus propios fines. Principiaba a entender por qué Stalin la había elegido para desempeñar la misión.

—¿Tú crees que Gregory realizará lo que propones?

—Gregory Nej hará cualquier cosa que yo le pida.

—¿Y será capaz de hacerla de un modo convincente?

—Claro —respondió ella—. Es un joven muy hábil y muy inteligente.

Beria permitió que sus ojos recorrieran el cuerpo de la chica, de la cabeza a los pies, muy despacio.

—Eres una mujer sorprendente, camarada Ragosina —mencionó—. Detrás de ese rostro y ese aspecto encantador, tienes el espíritu, la mente y las energías de un hombre. Me pregunto cuántos otros secretos escondes.

Anna pensó que eso era lo más cerca que él iba a llegar de una proposición. Por ahora, ya había obtenido lo que ella quería. Beria merecía una recompensa; además, era el jefe de la NKVD, dueño del poder de vida o muerte sobre todos sus integrantes, un hombre que, según ella sospechaba, sería mucho más fácil de manipular que Iván Nej.

Le dirigió una sonrisa prometedora y permitió que su mano derecha subiera sobre su pecho abultado para desabrochar el primer botón de la chaqueta de su uniforme.

—Basta tu palabra, camarada Beria, para que todos mis secretos queden a tu disposición, ¿no es verdad?

—¡Judith Stein! —Stalin rodeó su escritorio para acercarse a ella, tomarle las dos manos entre las suyas y besarla en ambas mejillas—. Ya nos habíamos encontrado en la estación de Leningrado, cuando iba a partir hacia el frente del sur con Michael Nej. ¿Lo recuerda?

—Sí, por supuesto, camarada —declaró Judith.

—Y ahora la tenemos de nuevo en Rusia. Cuesta trabajo creerlo. Es un día de fiesta para el comunismo —su sonrisa se esfumó—; pero me han comentado que desea partir otra vez.

Judith lanzó una mirada de soslayo a Michael y se ruborizó.

—Es que yo...

—Ya leí su memorándum, camarada —Stalin volvió a sentarse frente a su escritorio y palmeó una carpeta que estaba encima.

—No se trata de mis deseos, camarada —explicó Judith—. Yo quisiera pasar el resto de mis días en Rusia, pero me ha parecido que sería mejor efectuar primero una visita a Palestina para conversar con la gente, para comprobar con mis propios ojos la situación en que se vive allá, las condiciones que nuestra gente debe soportar, los sentimientos de los árabes, las...

—Por supuesto que todo eso es imposible de realizar —puntualizó Stalin— por el momento.

—¿Imposible? Pero... —de nuevo lanzó un vistazo a Michael quien aguardaba a un lado, con el rostro inalterable.

—Mi querida camarada Petrovna —expuso Stalin, señalando una silla, con un gesto de la mano para que Judith se sentara—. ¿No ha observado lo que ocurre a su alrededor? ¿Puede haber en todo el mundo un país más devastado y asolado que Rusia? —emitió una leve sonrisa—. A no ser que se trate de Alemania, pero los alemanes perdieron la guerra; nosotros la ganamos. Ahora es nuestro deber, tiene que ser el deber de todo ciudadano soviético, contribuir a la reconstrucción de nuestra patria. Y, precisamente ahora, camarada, ¿me propone que mande fuera de la nación a varios millones de nuestros ciudadanos?

—No se trata de ordenarles salir, excelencia —dijo Judith con tono de desesperación—. No creo que todos ellos deseen partir, pero los que sí estén dispuestos...

—Por ahora, no podemos prescindir de uno solo de nuestros ciudadanos —alzó el dedo índice de su mano derecha—. Quizá dentro de un año... sea posible que yo reconsidere el asunto.

Judith apretó los labios que quedaron convertidos en una delgada línea.

Stalin volvió a sonreír.

—No es largo el tiempo de espera, camarada Petrovna; no es largo el plazo de ninguna manera. Y no es necesario que desista de sus planes; creo que es una buena idea que visite Palestina. Más aún: le propongo enviarla a Palestina como mi representante especial para que investigue allá las condiciones para su gente. ¿No le gustaría efectuar esa visita?

—Yo... Es usted muy generoso, camarada.

Stalin volvió a levantarse y a rodear el escritorio para tomar las manos de Judith, ayudarla a ponerse de pie y besarla de nuevo en las mejillas. Sonriente, alzó la voz como si quisiera llenar toda la habitación con su actitud.

—Mi obligación es hacer todo lo que esté en mis manos en favor de mi pueblo, para todo mi pueblo. Mi responsabilidad es ayudarlos, siempre y cuando ellos, a su vez, ayuden a la madre Rusia. Michael Nikolaievich se ocupará de su pasaporte.

—Yo... Yo no sé cómo agradecerle, camarada. Pero Boris...

—El camarada Petrov deberá permanecer aquí y continuar con su trabajo —expresó Stalin— y usted, camarada, sólo hará una visita breve. Muy pronto estará de vuelta con su marido. Le deseo mucho éxito y toda clase de felicidades —siguió sonriendo hasta que la puerta se cerró detrás de ellos. Luego, oprimió el botón del interfono—. Quiero ver ahora mismo al camarada Beria —solicitó.

Mientras esperaba, rompió en pedazos el memorándum de Judith y lo arrojó al cesto de papeles.

—Háblame de Judith Stein —pidió Stalin.

Beria frunció el entrecejo.

—¿Judith Stein? ¿Te refieres a Judith Petrovna?

—Así es; retornó a Rusia.

—Sí, está casada con Petrov. Yo redacté un informe acerca de ella.

—Así lo hiciste, camarada Lavrenti Pavlovich. Ahora, quiero que me refresques la memoria respecto de ella. Todo lo que sepas sobre esa mujer.

Beria contempló el cielo raso como para hacer memoria.

—Nació en Moscú en 1888 en una familia judía bien acomodada. Su padre era abogado. Desde muy joven, ella, junto con su hermano Joseph, estuvo involucrada en actividades socialistas. Participó en la rebelión de Moscú, en 1905. Fue detenida, pero quedó en libertad por intercesión del príncipe Peter Borodin de Starogan. De nuevo, anduvo inmiscuida en actividades socialistas, sobre todo con Mordka Bogrov y Michael Nej en el complot que culminó con el asesinato de Stolypin. Fue arrestada otra vez con sus cómplices y, en aquella ocasión, la condenaron a muerte. La sentencia fue conmutada por prisión perpetua y el exilio en Siberia por el zar, de nueva cuenta a solicitud de Peter Borodin.

—¿Era su amante? —le interrumpió Stalin.

—Yo diría que sí, Joseph Vissarionovich. Nuevamente quedó libre en 1914, debido a la amnistía decretada por el zar para celebrar el vigésimo aniversario de su reinado. Al principio de la Guerra del Káiser, vivía como una burguesa; prestaba sus servicios como enfermera. Fue reclutada por los elementos disidentes realistas para tomar parte en la conspiración para el asesinato de Rasputín. Se dice que estaba presente cuando mataron al monje, aunque no existe una información verídica al respecto. Cuidaba a las zarevnas durante un ataque de sarampión cuando se produjo la caída de los Romanov y se fue al exilio a Siberia con los zares y sus familiares. Allá la encontró Michael Nej y se la llevó a Petrogrado como su amante. Vivieron juntos durante la guerra civil, tres años más o menos; pero, entonces, fueron ejecutados los padres de Judith por haber conspirado para ayudar a huir al príncipe Peter Borodin, el más perseguido de los contrarrevolucionarios.

—Ya entiendo. Prosigue.

—Entonces, con la ayuda de George Hayman, el estadounidense dueño de los periódicos, Judith escapó del país. Luego, residió en Nueva York varios años, laborando con Hayman en sus periódicos; hay algunas evidencias de que, por entonces, se convirtió en la querida de Hayman, y se vio involucrada en el sionismo. Partió de Nueva York para vivir en Londres en 1929; pasó algún tiempo en Berlín y después radicó en París hasta 1941, con Petrov. Cuando los alemanes invadieron Rusia, éste perdió su inmunidad diplomática en Francia. A él lo enviaron de vuelta a casa; pero a ella la confinaron en el campo de concentración de Ravensbrück. Quién sabe cómo salió viva de allí hacia el fin de la guerra, no tengo mayores detalles de ese asunto. Más adelante, vivió algún tiempo en Estocolmo, otra vez con Peter Borodin, y allí fue donde Petrov la halló y se casó con ella.

—Mencionaste a un hermano, ¿verdad?

—Sí, Joseph Stein. También escapó de Rusia en la década de los veinte. Murió asesinado en 1933 por una pandilla de nazis.

—¿Y no había una hermana?

—Raquel Stein; ella llegó a ser la princesa Borodina.

—¿El príncipe Borodin se casó con una judía?

—Sí, hacia el fin de la Guerra del Káiser; más bien dicho, durante la guerra civil. En esa época, todo andaba muy revuelto. De cualquier forma, la princesa Borodina murió en Nueva York. Había una niña que aún vive con su padre, quizá recuerdes el nombre: Ruth Borodina.

Stalin asintió.

—Recuerdo que Iván Nej armó un lío terrible con ella cuando la mandó secuestrar en lugar de a su padre, en 1938. Ahora, háblame de Petrov.

Beria se encogió levemente de hombros.

—No hay mucho qué decir: es más joven que su mujer. Se destacó en el Sóviet de Moscú. Siempre ha demostrado un talento especial tanto para los idiomas como para la labor diplomática. Su padre era un negociante burgués. Cuando surgió la necesidad de contar con un representante diplomático en Nueva York, en los primeros años de la década de los veinte, Lenin eligió a Petrov para el cargo. Pasaba por ser un mercader de exportación e importación, ¿comprendes? Se desempeñó bien en el puesto; pero, cuando nuestras relaciones con Estados Unidos se normalizaron y pudimos tener un embajador en Washington, Petrov fue trasladado a París. Allí permaneció hasta 1941, como ya te informé. Durante la guerra, prestó sus servicios en Leningrado bajo la dirección de Michael Nej, con cierta distinción.

—Entonces, podemos suponer que conoció a su actual esposa en Nueva York —apuntó Stalin.

—Creo que eso es lo más probable —aceptó Beria.

—Precisamente cuando Judith estaba trabajando para George Hayman y frecuentando a su esposa, la princesa Borodina y a su hermano, el príncipe.

Beria hizo un signo afirmativo.

—Y ahora está de regreso en Rusia, inquietando a los posibles emigrantes judíos para que se les autorice viajar a Palestina. Eso no me gusta nada, Lavrenti Pavlovich. No me cabe en la cabeza que ella sienta otra cosa más que odio por nosotros. ¿Y ahora, Palestina? Todo eso me suena a conspiración. A lo mejor todo es un complot para enredarnos con los árabes.

—¿Quieres que la arrestemos?

Stalin lo observó con una sonrisa de conmiseración.

—Esa mujer es una figura internacional, Lavrenti Pavlovich, saldríamos perdiendo con su detención. Tampoco podríamos maquinar otro accidente tan pronto luego del anterior. No, no; le permitiré que vaya a Palestina o a cualquier otro lugar para que indague las condiciones para los judíos. Eso es lo que ella dice que pretende hacer y considero que, dejarla ir, será la mejor forma de averiguar qué es lo que trama. Tú te encargarás de mantenerla vigilada constantemente. Y bajo ninguna circunstancia, Lavrenti, permitirás que Petrov salga de la Unión Soviética. ¿Me has comprendido?

—Por supuesto —Beria se levantó.

—Y ese otro asunto —le dijo Stalin, fingiendo que revisaba todavía algunos expedientes—. ¿Ya lo tienes entre manos?

—Claro —aseguró Beria—, la camarada Ragosina partirá a Washington al fin de esta semana. Y también se están preparando algunos otros arreglos que ella solicitó.

—No quiero saber detalles sobre la operación —declaró Stalin—; sólo me interesan los resultados.

—Los tendrás. Además, quería mencionarte, Joseph Vissarionovich, que he retirado todo lo que dije en su contra. Es una mujer notable, en verdad magnífica. Tengo la más absoluta confianza en el éxito de la misión que le hemos conferido.

Stalin alzó la cabeza para observarlo y Beria se sonrojó.

—Yo estaba seguro de que así ocurriría, Lavrenti Pavlovich —le dijo—, tan pronto como la conocieras más a fondo.

Anna Ragosina encendió un cigarrillo, aspiró el humo profundamente y lanzó una bocanada hacia el cielo raso de la pequeña recámara. Fumaba rara vez, pues era una costumbre burguesa, según se le había inculcado; pero, en aquella ocasión, consideraba necesario fumar para aplacar el sofocante disgusto que siempre experimentaba inmediatamente después del acto sexual.

En parte, aquella sensación se debía al ambiente que la rodeaba: la reducida habitación de paredes desnudas y tan delgadas que las voces y los ruidos de las familias vecinas se escuchaban como si se produjeran detrás de la puerta e, incluso, el ajetreo de Moscú, varios pisos debajo de ellos, llegaba hasta la cama. Por otro lado, también era lo inapropiado del hombre que le hacía compañía.

No obstante, en esa ocasión apenas si tenía necesidad del cigarrillo. Los pasados diez minutos habían resultado muy poco satisfactorios, pero estaba emocionada al pensar que viajaría a América.

¡Estados Unidos! Poco a poco, la realidad del viaje se iba asimilando en su cerebro. Por supuesto que su respuesta había sido gratificante. Beria había quedado impresionado a tal grado que, luego, estaba encaprichado con seguir con ella. Él no había tenido ni la más ligera sospecha de que ella había sido un hervidero de incertidumbre, de esperanzas, de temores y de confusión, detrás de la hermosa máscara de su rostro. Tampoco había imaginado el disgusto y el desagrado que la joven experimentaba al estar con él.

De hecho, nadie había sospechado esas cosas en los sentimientos de Anna Ragosina. Y nadie las sospecharía. Ni siquiera Iván Nej, quien la había creado, supo jamás todo lo que ocurría detrás de los ojos verdes de Anna. Y, sin duda, él no se hacía ilusiones al respecto. Había sido Iván quien se llevó consigo a una colegiala intolerante y amargada para transformarla en una réplica femenina de sí mismo; él había tomado todo el odio efervescente que pudiera sentir una huérfana cuyos padres habían sido ejecutados por la policía secreta, para persuadirla de que jamás debía encaminar aquel odio vehemente contra el Estado, sino que debía orientarlo a trabajar por el Estado, contra todo hombre y toda mujer que fuera su enemigo y sin contar con otro amigo que no fuese Iván Nej. Ya para entonces, éste se había enamorado del frío magnetismo de los ojos verdes de Anna, de la sutil sensualidad de su cuerpo esbelto y fuerte. El hecho de que ella aborreciera sus caricias y de que lo considerara abominable como ser humano, no le había pasado jamás por la mente; tampoco se le ocurrió que estaba cometiendo un error al elegirla a ella como chivo expiatorio cuando él ordenó la fracasada detención de Ilona Hayman en el año de 1932. En ese tiempo, decidió que Anna debía sufrir el castigo por la equivocación, asumiendo que, al exiliarla a Siberia, ya no volvería a importunarlo. Pero Anna había regresado y, ahora, Iván estaba en una celda, donde ella lo había mandado encerrar con todo lujo de crueldad y de humillaciones personales que pudiera imaginarse, en tanto que ella estaba en camino hacia Estados Unidos para organizar un nuevo sistema destinado a controlar todo el país y quizá el continente entero. Y aquella mujer no tenía más que treinta y cinco años. Su futuro era prometedor, suponiendo que tuviera éxito en su misión. Y Anna Ragosina, habiendo vivido siete años con Iván Nej, cinco años más en un campo de trabajos forzados y cuatro años en los pantanos del Pripet combatiendo a los alemanes, no tenía en todo su ser algún sitio para el temor y la duda. Tendría éxito o moriría; tan fácil como eso.

Pero ella tendría éxito.

Gregory se movió para quedar entre los brazos de Anna, metiendo la nariz en la carne de su cuello para aspirar su perfume. Había muchos detalles en los que se parecía a su padre, pero no carecía de esos rasgos de nobleza de los Borodin, totalmente ausentes en Iván.

—No estoy muy convencido de poder efectuar bien mi cometido —susurró Gregory.

—Tú podrás hacer lo que tú quieras —Anna aplastó el cabo del cigarrillo en el cenicero. Sería necesario alentarlo un poco más.

—Eso de engañar a mi propia familia... y luego... Todo el mundo me señalará como un espía.

—Después, todo el mundo te identificará como a un héroe de la Unión Soviética. Los espías que triunfan siempre son tenidos por héroes.

—¿Podré verte alguna vez, Anna? De cuando en cuando... Si yo pudiera verte de cuando en cuando...

Anna bajó la vista para observar su propio cuerpo y, acto seguido, volvió levemente la cabeza para ver el de Gregory. Si ella había sido la creación del padre de aquel joven, éste debía ser suyo por completo y sin reservas. Ella tenía que ser el único bastión en el que el joven pudiera refugiarse y asirse a ella para salir de la existencia caótica que llevaba y con la garantía de que ella no cambiaría jamás y que nunca lo abandonaría ni se separaría de él... a menos que fuera para beneficio del Estado. Quizá pensara que no lo abandonaría ni siquiera en aquel caso. Era una suposición que ella debía fomentar, aunque tuviera que correr algún riesgo. Por otro lado, a ella siempre le habían atraído los riesgos.

Bajó la mano para acariciar lentamente su pecho.

—Sí podrás verme de cuando en cuando —le prometió—. Yo buscaré el modo de que nos veamos.

El carcelero hizo girar la llave, corrió el cerrojo y empujó la puerta para que se abriera hacia adentro. Lavrenti Beria cruzó el umbral; la puerta quedó abierta y el carcelero se retiró algunos pasos hacia afuera.

Iván Nej hizo girar despacio su cabeza. A Beria le pareció advertir cierta expresión de derrota en su rostro. Iván había estado al frente de la policía secreta durante el tiempo suficiente para saber que la única forma de conservar la vida en aquellas celdas era la de retraerse por completo a la intimidad de su mente, la de convencerse de que cualquier cosa que le sucediera a su cuerpo era un mal pasajero y, en especial, renunciar a toda esperanza; no obstante, según suponía Beria, tras varios años de amistad íntima con Stalin, a Iván le resultaría muy difícil renunciar a la esperanza.

Asimismo, le resultaría imposible renunciar al odio contra su amo terrenal cuando se enterara de que lo había abandonado por completo. Tal vez fuera posible domesticar y gobernar ese sentimiento, reflexionaba Beria. Joseph Vissarionovich ya había cumplido sesenta y seis años y, a pesar de que mantenía muy firme la cabeza y muy clara su memoria, no podría continuar así durante mucho tiempo. Iván Nej, con su inclinación por la intriga, su brutalidad y su avasalladora crueldad, podría resultar muy útil llegado el momento de la dimisión de Stalin, siempre y cuando estuviera preparado a admitir dónde residían sus mejores intereses.

El hombrecillo estaba desnudo y había sido rapado, no sólo en la cabeza sino que se le había rasurado el bigote, que había sido su orgullo, y todo el vello de su cuerpo. Los rasgos afilados de su cara y su cuerpecillo delgado estaban lastimosamente expuestos, lastimosamente blancos. Sin duda, Anna Ragosina había ordenado que lo raparan, ya que a ella también la habían rapado en el campo de trabajos forzados al que aquel hombre la había enviado tiempo atrás, pues Anna Ragosina jamás olvidaba un ultraje. Beria podía imaginar lo que ella le había dicho a Iván, la manera en que le había sonreído mientras lo humillaba y lo vejaba. Beria sintió un estremecimiento.

Además, habían despojado a Iván de sus anteojos, así que no podía hacer algo más que parpadear con la cabeza vuelta hacia el que acababa de entrar, en espera de que hablara para reconocerlo.

—Los engranajes giran de modo misterioso, Iván Nikolaievich —planteó Beria.

Iván lo miró directamente; había identificado el timbre de su voz.

—Deberán seguir girando en otro sentido —dijo.

—Ya no girarán en tu favor, Iván —declaró Beria—. A menos que yo te ayude. No van a someterte a juicio.

Iván levantó enérgicamente la cabeza.

—Así lo ha decidido Joseph Vissarionovich —prosiguió exponiendo Beria con voz suave—. Yo no he tenido nada que ver con esto e incluso podría afirmar que es una decisión equivocada; pero es el caso de que tú sabes demasiado.

Iván permaneció callado. Sólo podía aguardar a conocer su destino.

—Joseph Vissarionovich no desea volver a saber de ti —advirtió Beria sin alterar el tono de su voz.

El cuerpo de Iván pareció contraerse y retorcerse como el de una serpiente. Dejó caer la cabeza sobre su pecho.

—Pero yo he decidido ejercer mi discreción y considerar el futuro —aclaró Beria.

Iván volvió a alzar la cabeza.

—Te trasladaremos a la celda cuarenta y siete.

A Iván se le cortó la respiración. Era la celda más remota y aislada en los sótanos de la prisión de Lubianka, de donde no era posible escuchar los gritos de los torturados ni los gemidos de los infelices a los que dejaba morir de hambre en el calabozo.

—Te quedarás en la celda cuarenta y siete —le informó Beria—, hasta que yo pueda vislumbrar lo que el futuro nos depara. Estarás bien alimentado, te enviaré algunos libros para que leas y algunas ropas para que te vistas. De mí no tienes nada que temer, Iván, si te portas como es debido.

Iván aspiró despacio.

—Y cuando yo te deje en libertad, y cuando te regrese tu uniforme y tu poder —mencionó Beria— y si me parece prudente hacerlo, te gratificaré como corresponda.

—Sí —murmuró Iván—, así lo espero.

—Tendrás mucho tiempo para reflexionar acerca de la forma en que te han traicionado y te han abandonado. También, tendrás tiempo para pensar en los que te han traicionado.

—Sí —contestó Iván.

—¿En quién pensarás sobre todo? —quiso saber Beria.

—En Anna Ragosina —clamó Iván.

Beria arqueó las cejas.

—Pensaré en que la tengo aquí en la celda, a mi merced, para hacer con ella lo que yo desee —masculló Iván.

—¡Qué interesante! —aseveró Beria. Pensó que la idea de Iván le había desilusionado, pero, en definitiva, resultaba muy interesante—. Muy bien, Iván Nikolaievich —le dijo—; ya veremos lo que pueda hacer por ti cuando Anna Ragosina haya completado su actual misión —salió y cerró la puerta de la celda al abandonarla.

CAPÍTULO III

GEORGE HAYMAN ESTABA PARADO FRENTE A LA PUERTA DE LA recámara de su hija. Llamó con los nudillos, aguardó un segundo y después entró. Felícitas Hayman no respondía a los llamados a su puerta, sentía una inclinación especial a sentarse junto a las ventanas para mirar caer la nieve.

—Es tiempo de que te bebas un martini —extendió la mano con el vaso.

—Precisamente lo que yo esperaba —Felícitas tomó el vaso y besó a su padre en las mejillas. Felícitas era más Borodina que Hayman, tal como George lo había percibido siempre. Había adquirido su estatura por ambos lados de la familia, pero su tez pálida y tersa, el cabello dorado y los rasgos delicadamente redondeados eran herencia directa de Rusia—. ¿Ya llegaron los demás? —preguntó.

—No, pero llegarán en cualquier momento. Tu madre y yo quisiéramos que tú también bajaras para estar con nosotros —le dirigió una sonrisa—. Tenemos noticias.

Felícitas volvió la cabeza de repente y George se lamentó de la frase que acababa de decir. La palabra noticias no podía tener más que un significado para ella, cuando su prometido había desaparecido y seguramente estaba muerto, que el anunciar alguna desgracia, incluso cuando hubiesen transcurrido cuatro años desde entonces.

En muchas ocasiones, estando George frente a aquella chica, se sentía muy viejo. En realidad, ya había cumplido los sesenta y ocho años. Ya andaba con la espalda ligeramente encorvada, aunque eso podría haber sido el efecto del juego del golf en el que, por ahora, concentraba todas sus energías; su estatura todavía rebasaba un metro ochenta y cinco centímetros. Su cabello oscuro tenía mechones grises, pero no se había dejado engordar, pese a que ya era visible la prominencia de su vientre. Últimamente había tenido mucho tiempo desocupado; el necesario para preocuparse por aquella muchacha. ¿Muchacha? Felícitas había cumplido los treinta y dos años y aún eran desconocidos el uno para el otro.

Él suponía que un padre siempre es un desconocido para su hija, cuando ésta deja de ser una chiquilla. En el caso de Felícitas y él mismo, la separación se había intensificado por la guerra. A diferencia de su esposa, Ilona, quien había pasado los últimos cinco años en casa, él los había pasado en Europa, ocupado en desempeñar diversas misiones a petición de Franklin Roosevelt, como una especie de embajador extra oficial, una tarea pesada que parecía no haber finalizado, puesto que acababa de recibir la solicitud para que visitara al presidente Truman en Washington. Pero, en 1938, cuando estuvo largas temporadas seguidas en Nueva York, Felícitas era una joven fresca, risueña, que montaba a caballo con inquebrantable entusiasmo, contemplando una existencia que debía transcurrir por completo bajo la luz del sol. En cambio, el verano anterior, cuando George volvió por fin a su casa, Felícitas se había convertido en una mujer de treinta y dos años, avejentada, retraída, recordando sin cesar a su prometido sepultado en el fondo del Pacífico, en la bahía de Pearl Harbor, envuelta su existencia por una niebla gris de indiferencia y desesperanza.

Y lo peor de todo era que parecía no tener deseos de salir de aquella niebla. Ése era el verdadero problema, un problema que George estaba dispuesto a reconocer, pero que no comprendía y que le disgustaba.

—Las noticias que traigo, vienen de Rusia —le explicó George—. Tú no conoces a tu primo Gregory, ¿verdad?

Felícitas frunció el ceño, intentando ordenar sus pensamientos.

—¿Gregory? ¿Te refieres al hijo de mi tía Tattie y de ese monstruo?

—A ese mismo. A mí me simpatizó. Parece que quiere venir a visitarnos durante una temporada. Ya han transcurrido varios meses desde la muerte de su madre y se dice que aún está muy consternado por eso.

—¿Quiere venir... a nuestra casa de Cold Spring Harbor? ¿Un ruso?

George la acompañó a través de la puerta. Había descubierto que los exiliados, contando a los que pertenecían a su propia familia, quedaban incluidos en dos categorías: los que jamás olvidaban sus antecedentes y los que no deseaban volver a recordarlos. Felícitas había estado en Rusia una sola vez en su vida, aun cuando las circunstancias la obligaron a permanecer una larga temporada; pero, en ese entonces, sólo tenía cuatro años de edad. George estaba convencido de que ya no recordaba nada de su viaje. Su fastidio por las cosas de Rusia tenía que ser producto de lo que había escuchado decir y de lo que había leído.

—Pues sí —respondió—. Considero que es algo muy positivo que los rusos vengan a conocernos y que nosotros los conozcamos a ellos. ¿No lo crees así? En particular si se trata de familiares nuestros —hizo una pausa al oír el ruido de un automóvil que se detenía a la puerta.

Felícitas se estremeció y terminó de beber su martini cuando los dos bajaban las escaleras.

—Por mi parte, no tengo ningún deseo de volver a Rusia jamás —declaró.

—Muy bien; pero quizá puedas motivar a Gregory para que él no regrese nunca más. Te pido que no le comentes nada a tu madre, pues ella quiere darnos la sorpresa a todos —apresuró el paso cuando la puerta principal se abría.

—¡Abuelo! —Diana Hayman corrió a lo largo del piso de parquet para ser levantada por los aires en brazos de su abuelo, cuando éste y su hija llegaban juntos al último peldaño de la escalera. Hacía tiempo que George aceptaba para sí mismo que, después de Ilona, la pequeña Diana era para él la criatura más preciosa del mundo, no tanto por ser su primera nieta ni porque representaba la reconciliación que su nacimiento provocó cuando Ilona aceptó por fin a la esposa de su hijo George luego de tanta hostilidad inicial; sino, sobre todo, ya que la niña, por su vivacidad innata, la fuerza precoz de su carácter y su belleza en botón, era para George el ser humano más maravilloso y magnífico de cuantos él hubiese visto en su vida desde aquel día, cuarenta años antes, en que cabalgaba hacia la ciudad sitiada de Puerto Arturo, donde las bombas de los japoneses principiaban a caer, y quedó cara a cara con la propia Ilona.

A los doce años y a punto de irrumpir en una adolescencia triunfal, Diana brindaba a George el más extraño de los contrastes, pues, lo mismo que su madre, era de baja estatura, poco más de un metro y medio y, al igual que su madre, tenía el cabello castaño muy oscuro con casuales reflejos rojos. Pero su rostro revelaba los más puros rasgos de los Borodin, a excepción de la nariz, un poco más alargada que la corta y redondeada rusa; sus ojos grandes, chispeantes, bien separados en proporción con el óvalo de su cara, parecían no provenir de ninguna rama de la familia: no eran azules ni grises ni tampoco castaños o verdes, pero se añadían como toque final a la hermosura total de la jovencita que, sin duda para George, haría muy pronto de ella la belleza más destacada de Nueva York.

Por ahora, todavía era toda para su abuelo y continuaba mecida en sus brazos, inclinándose hacia adelante para besar a su tía Felícitas. A continuación, George saludó a George hijo y a Beth, el alto y elegante periodista, erguido junto a la frágil artista morena que era su mujer.

—¿Cómo está el camino? —preguntó George.

—Cubierto por el hielo —contestó Beth besándolo en la mejilla.

—Tuve que poner cadenas a las llantas —explicó el joven George—. Creo que las cosas se pondrán peor.

—¡Ilona! —Beth, seguida por Diana, apresuró el paso hacia la gran puerta del salón donde había aparecido su suegra, para saludarla. George se volvió rápidamente hacia su hijo.

—¿Has visto a John? —susurró.

—Ayer estuve con él. No está interesado en el asunto —aseguró el joven George.

—Hoy estará con nosotros, a lo mejor podremos tener otra conversación.
George hijo sacudió la cabeza.

—No está dispuesto a trabajar para mí, papá, y tú lo sabes. Sobre todo, debido a sus experiencias y sus antecedentes... Ahora bien, si tú te olvidaras de esa tontería de tu retiro y regresaras al periódico...

George le hizo una mueca.

—Estamos perdiendo dinero, ¿no es verdad?

—Espera a que te muestre nuestras cuentas de ganancias —le comunicó el joven—. Te morderás la lengua por la envidia. Pero, hablando en serio, papá...

—Es inútil —le interrumpió George—. Te voy a decir algo para que quede entre nosotros: la semana entrante, tengo una cita en la Casa Blanca. Parece que ya encontraron algo que yo pueda hacer y, si deseas saberlo, me siento emocionado por ello. De cualquier modo, hablaré con John —miró por la ventana al Studebaker que acababa de detenerse en la avenida—. Ya llegaron.

George alzó su copa de vino y, volviendo levemente la cabeza le sonrió con cariño a su mujer. Las comidas de los domingos se habían convertido en los momentos más preciosos de su vida familiar desde que John había retornado a casa con su esposa rusa y su pequeño hijo. Ninguno de ellos hubiese querido que aquellas reuniones finalizaran. ¿Por qué habrían de terminar?, se preguntó a sí mismo y le preguntó a Ilona con su sonrisa afectuosa.

Ilona había cumplido los cincuenta y nueve años, pero mantenía su porte altivo, en su rostro apenas se insinuaban las arrugas y apenas podían divisarse los mechones grises en su melena dorada, que ahora llevaba recogida en un elegante chongo sobre la nuca. Ilona había nacido en el seno de la más antigua familia principesca de Rusia y no tenía la intención de cortarse ni uno solo de sus cabellos, pese a que era ciudadana estadounidense desde hacía treinta años. Se vestía con discreta elegancia y parecía salida de una de las páginas de la revista *Vogue*, aunque, debido a la guerra, en fechas recientes había tenido que comprar sus vestidos, incluyendo el de lana azul que portaba en aquel momento, en las tiendas de Saks en lugar de importarlos directamente de la casa Balenciaga de París.

La fortuna, el lujo y la elegancia no eran ninguna novedad para cualquiera de los dos. Por nacimiento, Ilona era la princesa Borodina; George, por nacimiento, era el heredero de la empresa incorporada de Publicaciones Hayman. Era significativo el que ella hubiese renunciado a los derechos de su linaje en aras de su carácter romántico y apasionado y que él hubiese hecho prosperar y difundirse el viejo *People* de Boston hasta convertirlo en el

American People y hubiese hecho progresar la casa de publicaciones de su padre, transformándola en una poderosa empresa internacional. George lo había hecho todo por ella y ella lo había sacrificado todo por George.

Y ahora, la familia estaba de nuevo en casa. Para siempre. Natasha estaba sentada a la derecha de George. Con su cuerpo esbelto, gracioso y fuerte, sus rasgos bien definidos y encantadores, su cabello castaño cortado, aparecía de nuevo como la *prima ballerina* que había sido antes de la guerra, sin que hubiera quedado algún vestigio de los cuatro amargos años que pasó como guerrillera en los pantanos del Pripet. Probablemente porque aquellos cuatro años fueron los más provechosos de su vida: en ellos se había efectuado su matrimonio con John Hayman y había venido al mundo Alex quien, en aquel instante, ocupaba una silla alta al lado de su madre y se embarraba la cara con la papilla de plátano que estaba comiendo.

En seguida, Diana ocupaba un sitio al lado de su nueva tía y, evidentemente, continuaba fascinada por ella; al otro lado estaba su padre, junto a Ilona. Beth estaba a la izquierda de George, Felícitas en medio y John a la derecha de su madre. "La familia Hayman —pensó George—, en la segunda, la tercera y la cuarta generaciones."

Todos eran suyos, salvo John, quien, ni tenía la apariencia de un Borodin ni era un Hayman por nacimiento; no obstante, había crecido y había sido educado como un Hayman y, si bien con el correr del tiempo debió actuar primero como un Borodin y más adelante luchar con el pueblo de su padre, jamás había declinado las prerrogativas relacionadas con el apellido Hayman. Sólo ahora, cuando se negaba a reanudar su trabajo en el periódico bajo las órdenes de su medio hermano.

Podía inferirse que la guerra había dejado a gran número de jóvenes sumidos en la incertidumbre sobre sí mismos, incluyendo a aquellos con un sentido positivo de identidad y no como aquel desorientado vástago de una principesca casa de Rusia que, ya siendo hombre, descubrió que su verdadero padre había sido un comisario bolchevique. Los otros muchachos, como George hijo, que habían combatido tan tenazmente y con tanto éxito como cualquiera y ostentaban varias condecoraciones para comprobarlo, pero que sabían quiénes eran y lo que hacían, jamás habían olvidado que debían ocupar cierta posición en cuanto volvieran a la vida civil y civilizada.

Sin embargo, en especial para John, el hecho de andar inestable de un lado para el otro resultaba un pasatiempo muy riesgoso. De alguna forma, John llevaba en su fuero interno tres filosofías absolutamente opuestas, luchando constantemente una contra la otra y dividiendo su espíritu.

Por eso, reflexionaba George, tal vez John habría de ser el más afectado de todos ellos por el anuncio que Ilona se disponía a hacer.

George hizo tintinear su copa al darle unos golpecitos con el borde del cuchillo, las pláticas cesaron y todas las cabezas se volvieron.

—Mi esposa desea comunicarles algunas noticias —dijo George.

—Gregory, el primo de todos los aquí presentes, viene a Estados Unidos —expuso Ilona— y se quedará con nosotros.

Hubo un momento de silencio.

—¿Gregory? —preguntó el joven George, quien fue el primero en romper la pausa—. ¿Gregory Nej?

—¿El hijo de mi tío Iván? —inquirió John.

—El mismo.

—Pero... Si pertenece a la NKVD —recordó Natasha con voz suave y con un inglés ligeramente acentuado.

—Eso no significa necesariamente que sea un ogro —protestó Ilona.

Natasha se ruborizó y bajó la vista. Ella, lo mismo que su suegra, había estado en la prisión de Lubianka.

—¿Lo conociste cuando desempeñaba su puesto oficial? —le preguntó el joven George, también con sutileza.

Natasha movió la cabeza.

—Él era aún muy joven.

—¿Crees que lo dejarán entrar al país? —inquirió George hijo—. ¿Qué dirá el FBI?

—Yo me ocuparé de eso —declaró George—. Ya estoy preparado para abogar por él.

—¿Estás seguro? —le preguntó Natasha.

George le apretó la mano.

—Será difícil que descubra algún secreto de Estado por aquí, en Cold Spring Harbor. Cuando yo lo conocí, en 1941, me pareció un joven simpático y amable. Ya sabemos que tiene como padre a un sujeto cruel y sanguinario; pero eso no es culpa suya y le puede ocurrir a cualquiera. También tuvo como madre a Tatiana y a Svetlana como a su hermana. Debe sentirse solitario, abandonado y muy confundido sobre todos los acontecimientos que han sucedido. Considero que deberíamos reservar nuestro juicio hasta que lo conozcamos mejor. Si George no desea mostrarle ninguno de nuestros archivos del periódico, yo no tengo inconveniente.

—Bueno, pues yo... —George hijo calló y se ruborizó.

—¿Habla inglés, abuelo? —quiso saber la pequeña Diana.

—Allí tienes una buena pregunta —indicó su padre.

—Habla muy bien inglés —afirmó Ilona.

—¿Y tú qué dices, John? —le preguntó George.

—Lo conocí en Moscú —informó John—. A mí me pareció una persona agradable.

—¿Entonces...?

—Pero ha sido entrenado por Anna Ragosina.

Todos los comensales aguardaron en silencio. John Hayman había pasado cuatro años en los bosques del Pripet, bajo las órdenes de Anna Ragosina. Quizá John conocía a aquella misteriosa mujer mejor que nadie en el mundo, con excepción de Iván Nej; tal vez también con excepción del propio Gregory.

—Yo he llegado a pensar que a ti te agrada la famosa Anna Ragosina —advirtió George.

—Es una mujer despiadada —indicó Natasha—. Fría como el hielo. Y es malvada.

John miró de soslayo a su mujer.

—Yo opino —dijo por fin—, que es imposible vivir y trabajar con alguien durante tanto tiempo y, además, deberle la vida, deberle nuestras vidas, Natasha y tú lo sabes, sin sentir un gran respeto. Es indudable que algunos de sus actos fueron horribles y aterradores; pero las cosas que los alemanes nos hicieron, a Svetlana sobre todo, también lo eran. Todo aquel periodo fue espantoso y, en ese entonces, la gente como Anna Ragosina era necesaria —seguía viendo a su mujer—. Creo que llegué a sentir afecto por ella, o por lo menos, la admiraba. Anna es lo que es porque desde niña se le ejercitó para comportarse de esa manera. Ni por un instante podrá olvidarse de su entrenamiento.

—¿Eso significa que tampoco Gregory se olvidará del suyo? —cuestionó el joven George.

De nueva cuenta, John vaciló antes de responder; luego, se encogió de hombros.

—También es el hijo de mi tía Tattie. Me dará mucho gusto volver a verlo.

—¿Una exposición? —preguntó Ilona—. ¡Oh, querida mía, qué maravilla!

Beth Hayman bebió un sorbo de café.

—Aún estamos en los preparativos, pero las Galerías Streseman parecen muy interesadas.

—¿Y habrá entre los cuadros, algunos...? —Ilona se quedó callada y se ruborizó. Cuando conoció a su nuera por primera vez, se sintió ofendida y escandalizada por los desnudos masculinos que ella pintaba; después, permitió que esos sentimientos iniciales se acrecentaran hasta convertirse en un auténtico rechazo a la joven el cual sólo quedó superado por varios años de trato mutuo.

—Mucho me temo que sí los habrá —aclaró Beth—. Lo siento, Ilona; pero los críticos consideran que es de lo mejor que yo soy capaz de pintar.

—Aunque en ninguno aparezco yo —comentó George hijo sarcásticamente—. Eso sí te lo prometo.

—Bueno... —dijo Ilona suspirando—. Por supuesto que asistiré a la exposición.

—Y adquirirás algo —le dijo sonriente su hijo— por un precio ofensivo. Eso animará a los demás a comprar.

George sirvió brandy para todos los hombres y, con un vaso en la mano, se acercó a John para ofrecérselo cuando éste estaba a solas mirando por la ventana.

—Continúa cayendo —señaló John mirando cómo nevaba.

—Por lo tanto, deberás pasar aquí la noche —mencionó George.

John volvió la cabeza para verlo.

—No seré yo el que diga que no.

—Entonces, así será —George bebió un sorbo de su brandy y observó por la ventana el anochecer—. Ya supe que estuviste conversando con tu hermano. ¿De modo que ya sabes lo que vas a hacer? —le preguntó George.

—Bueno, por ahora, estoy trabajando en las memorias que tú, tan generosamente, me encargaste que escribiera.

—Y que ya casi están listas —acotó George—. Yo estoy retirado, John, pero sigo en contacto con los asuntos del periódico, en particular con las cosas que yo mismo encargué.

—Sí, ya lo sé. A mí me pareció conveniente continuar escribiendo, mientras lo tengo todo tan reciente en la memoria —le explicó John.

—Por lo tanto, lo acabarás en un par de meses —le insinuó George—. ¿Y después, qué?

—Pues bien... A lo mejor para entonces me ponga a pensar en algo.

—Pero no en el periódico, ¿verdad?

—¡Vamos, George! Ya sabes que jamás he sido de gran utilidad como periodista; incluso como corresponsal de los torneos de ajedrez fui casi una nulidad. Si acaso...

—Si acaso fueras tú el que estuviera dirigiendo las cosas, sería distinto.

—Yo no quise decir eso —aclaró John—, pero desde luego que sería diferente. Yo ya sabía, casi desde que nací, que ése era un trabajo que me correspondería hacer, así como George lo sabía desde pequeño.

—¿Estás resentido porque tú no eres el jefe? —George siempre había tratado a todos los integrantes de la familia con absoluta rectitud.

John lo sabía y, por eso, ahora sacudió la cabeza.

—No, no tengo resentimientos. George es tu hijo mayor y los periódicos le pertenecen. Toda la compañía le pertenece. Yo no soy más que un vástago peculiar del bolchevismo.

—He allí un punto de vista muy profundo.

—Es la verdad.

—¡Bah! ¿Sigues escribiéndote con Peter?

—Sí, mi tío Peter me ha escrito.

—¿Continúa tan iracundo como siempre?

—Si te refieres a que siga soñando con reconquistar Starogan y a volver a entregar el trono al zar, puedo responderte que no —advirtió John—. Pero sigue percibiendo al comunismo como el peor azote que haya caído sobre el mundo desde la invasión de los mongoles.

George frunció el ceño.

—¿Quieres decir que Peter ha vuelto a respaldar esa tontería contrarrevolucionaria? Ya no hay cabida en el mundo para tal cosa, John. Y, en Europa, con los rojos dominando la mitad del continente, el asunto sería muy peligroso, incluso en Estocolmo.

—Ya partió de Estocolmo. Ahora se halla otra vez en Londres.

—¿En Inglaterra? ¡Es un auténtico necio, por Dios! Allá tienen un gobierno profundamente inclinado hacia la izquierda.

—Estás dejando ver su lado republicano, George —agregó John sonriendo—. Los ingleses tienen un gobierno laborista; no es lo mismo que uno comunista. Pero, de cualquier modo, mi tío Peter me ha invitado a que le exponga cuáles son mis planes y me ha sugerido que él podría tener buenos proyectos para mí. Yo no he respondido a su carta.

—Pero vas a responderle, John, por el amor de Dios. ¿Estarías dispuesto a luchar contra tu propio padre?

—No lo sé, George, pero siento un gran respeto por mi padre. También por muchos rusos, personalmente, incluso por Anna Ragosina. Pese a ello, allí está el hecho de que asesinaron a mi abuela y a todos mis tíos y mis tías; también, a los padres de Natasha. Por mucha paciencia que utilicen en hacerlo, tienden con tesón a hacer que todo el mundo se vuelva comunista. Y su sistema engendra gente como Iván Nej, e inclusive como la propia Anna y les concede una autoridad total sobre la vida de los demás.

—¿No reconoces que todo eso haya sido necesario para la revolución? —preguntó George—. ¿No crees que esos procedimientos se diluirán en esta generación? ¿No supones que sea posible trabajar con ellos lo mismo que con cualquier otro gobierno?

John contemplaba por la ventana.

—No —aseguró al cabo de una pausa—. Jamás te había confesado esto, George, ni a ti ni a nadie, aunque creo que Natasha ya lo sabe. Cuando estábamos en el Pripet, Anna manifestó una inclinación amorosa hacia mí —se ruborizó ligeramente y se encogió de hombros—. Yo era su segundo en el mando y pasábamos mucho tiempo juntos, sobre todo cuando Natasha estaba embarazada.

—¿Y qué sucedió?

—Fue su manera de interpretar las cosas lo que me detuvo: no le importaba nada en lo absoluto, sino lo que ella deseaba en aquel momento. No había ningún valor moral, ningún concepto de ética, ni siquiera del amor. Creo que no pensaba en eso. Yo era un animal macho y ella un animal hembra. Los dos compartíamos el mando e íbamos matando hombro con hombro; para ella, era igualmente razonable que durmiéramos hombro con hombro.

—Así ocurre en esas circunstancias —indicó George.

—¿Teniendo a Natasha en la siguiente bolsa para dormir?

—Ya entiendo.

—Para la gente como Anna Ragosina, no hay nada más allá del mundo material; absolutamente nada. Nuestra sociedad, la civilización occidental si lo prefieres, George, la que procede de Roma y, antes, de Grecia, se funda en la ética. Si se aniquila esa civilización, quedamos convertidos en una manada de cerdos peleando, gruñendo y destrozándonos unos a otros para apoderarnos del nabo más grande y poder devorarlo. En Rusia, se carece de ética y no hay nada más que el dominio del Estado. Y el Estado no es nada más que un grupo de hombres y mujeres muy humanos, cuya única idea es la de que deberían quedarse por lo menos donde están; dentro de esa perspectiva, todo se permite. Es verdad que en nuestra propia política hay una gran cantidad de corrupción; pero lo sabemos y nos esforzamos por hacer algo y remediarlo. En Rusia, no hay corrupción en la cumbre, pues no se ha admitido semejante palabra.

George asintió con la cabeza.

—Sí. Puede admitirse que son diferentes, ¿y qué?

John se bebió de golpe el resto del brandy que todavía quedaba en su vaso.

—Hay ocasiones en que tu tolerancia me saca de quicio. Bueno, puedes darte el lujo de ser tolerante. Ya lo has hecho todo, a todo has sobrevivido. Y tienes la confianza suficiente en tu viejo y querido país, pensando que refugiados en Estados Unidos todos podremos sobrevivir. Muy bien: hemos sobrevivido a Hitler, aunque eso nos costó unos cuantos cientos de vidas y algunos millones de vidas al resto del mundo. Stalin es un hueso más duro de roer que el mismo Hitler.

—No me había percatado de que estuvieras tan emocionalmente involucrado en esos asuntos —expresó George.

John sacó a relucir una de sus sonrisas. Cuando John sonreía, todo rastro de cólera o de disgusto desaparecía como por encanto.

—Sólo he intentado explicar por qué no puedo adoptar la misma postura que mi padre, por mucho que lo quiera y que lo admire.

—Y al mismo tiempo me estás explicando por qué no podrás llegar a ser jamás un buen amigo de Gregory.

La sonrisa de John desapareció.

—Sólo he mencionado que le dispenso el beneficio de la duda, George. Quizá tengas razón en lo que piensas acerca de él. Espero que así sea y le pido a Dios que así sea.

—Pero siempre tendrás presente que es el hijo de Iván.

—Siempre tendré presente que fue entrenado por Anna Ragosina, George. Eso es lo que cuenta.

Se estaba más a gusto cuando la casa estaba en silencio, en especial después de una jornada de pláticas, risas y voces. Era entonces cuando la misma casa parecía apreciar la quietud de la medianoche.

Continuaba nevando sin cesar y la capa que cubría los prados ya medía varios centímetros, había emparejado los montoncitos arrojados desde el camino y ya empezaba a cubrir, poco a poco, los automóviles estacionados frente a la puerta. También George hijo, Beth y la pequeña Diana, habían decidido pasar allí la noche en lugar de emprender el largo camino a Nueva York.

La habitación de Felícitas dominaba la Sonda de Long Island y la playa ahora cubierta de nieve. Durante el verano, la playa era uno de sus paseos predilectos, pero también le agradaba observarla en invierno. Estaba solitaria cuando ella iba a caminar por allí, casi siempre por la mañana muy temprano, al caer la tarde en el tiempo cálido y al mediodía durante el invierno. Aquel día no había ido a caminar por la playa porque había sido necesario permanecer en casa y atender a la familia, pero, ciertamente, iría a pasear al día siguiente.

Felícitas tenía plena conciencia de que sus padres, de que todos los de la familia en realidad, creían que ella estaba enferma. Cierta vez, su padre había insinuado, con sus habituales modales amables, que si ella lo consideraba necesario, podía acudir a un psicólogo amigo suyo, que quizá pudiera mitigar algo de su ansiedad y su depresión. La propuesta no había dado ningún resultado, ya que su padre no ejercería presión alguna para persuadirla de hacer algo que ella no deseara hacer y, también, porque su madre detestaba incluso la sola palabra psicólogo. Su madre era un poco anticuada y, a la gente que andaba mal de la cabeza, la llamaba loca, sin términos medios.

El joven George era más práctico. Le había expresado que lo que ella requería era hacer de tripas corazón, sacudir aquella tristeza que la embargaba y buscarse algún trabajo. Pero su hermano siempre había percibido la existencia desde un punto de vista pragmático; incluso, le había sugerido que se pusiera a trabajar en la revista *You*, que su madre había fundado. La publicación mensual de Ilona, que abarcaba las modas, las artes y algunos asuntos políticos, era un éxito financiero, a pesar del escepticismo con que la habían considerado su marido y su hijo en un principio; pero, prácticamente, Ilona se había retirado desde que George dejó de asistir a diario a las oficinas del grupo periodístico de los Hayman.

Beth había sido aún más práctica e inclusive le había ofrecido trabajo como modelo; aunque en eso ni siquiera podía pensarse. Beth le había hablado con entera franqueza, porque Felícitas era una auténtica ejemplar de las mujeres Borodin: alta, esbelta, con grandes senos y poderosos muslos. "Serías un modelo perfecto para pintar un desnudo", le había señalado.

Pero Beth exhibía sus cuadros en las galerías públicas y, de cuando en cuando, vendía alguno. Por otro lado, Felícitas no tenía necesidad de trabajar, ¿por qué habría de hacerlo? Sentada en una oficina o posando en un taburete, vería interrumpida la corriente de sus pensamientos.

Como era de esperarse, John no le había dicho nada; pero era evidente, a juzgar por la manera en que la miraba, que compartía la preocupación de la familia.

Ella hubiese querido tranquilizarlos, pero todos sus intentos para conseguirlo sólo ocasionaban que ellos la miraran con mayor dureza. Había intentado explicarles que ya no le afligía dolorosamente la muerte de David Cassidy, por lo menos, no en aquel sentido profundo y desesperado con el que le había llorado durante el primer año después de su desaparición y que, según lo consideraban sus parientes, todavía sentía. No obstante, sí podía decirse que aún lo amaba. La sonrisa de David, su modo de andar, sus caricias, sus besos, eran sus recuerdos cotidianos. Jamás habían llegado más allá de los besos; ella siempre se había mostrado reacia a compartir su cuerpo con alguien que no tuviera un derecho legal a poseerlo, pues estimaba que su cuerpo era casi perfecto y, en su fuero interno, tenía la extraña sensación de que, en cuanto fuera poseído por otro, ya no volvería a serlo otra vez.

La familia tampoco entendería eso. Siempre, aun cuando era niña, habían estado especulando acerca del motivo de que ella no saliera con algún muchacho y de que hubiese tardado tanto en comprometerse en matrimonio. Felícitas afirmaba que ella tenía que saber primero con quién iba a comprometerse y eso había causado reacciones muy variadas, incluyendo las de su madre, quien aseguraba que ella lo había sabido desde el primer instante en que conoció a su padre. Pero eso ocurrió hacía mucho tiempo; ahora, su madre sonreía con suficiencia y le refería: "Querida mía, jamás llegarás a conocer a un hombre, sino hasta después de haberte casado con él. Es uno de los grandes juegos de azar de la vida".

Lo cual era una tontería. A pesar de su juventud inquieta y complicada, su madre afirmaba que, en primer lugar, sólo podía conocerse a un hombre si, socialmente, valía la pena conocerlo. Pero Felícitas había tenido esa experiencia en alguna ocasión, cuando estudiaba la secundaria en el colegio. El joven en quien había puesto los ojos era Daniel Rourk. Felícitas cometió el error de invitarlo a pasar un fin de semana en su casa de Cold Spring Harbor. Por supuesto, Daniel ya estaba al tanto de la fama de sus padres, pero apenas si se habían ocupado de ellos y, según intuía Felícitas, el muchacho no estaba bien preparado para mirar de cerca la inmensa riqueza y la suprema elegancia de los Hayman. La familia, incluyendo a su madre, se había comportado escrupulosamente correcta con el invitado, intentando hacerlo sentirse en su casa, pero era obvio que no lo aprobaban como pretendiente de su hija y Daniel tampoco dio su aprobación respecto de sus padres ni a su familia. Bueno, Felícitas suponía que el joven Daniel "era un poco inclinado a la izquierda", según había declarado George hijo.

Más que eso, como ella llegó a sospecharlo, porque, a partir de entonces, Daniel la ubicó en la execrable clase de los explotadores capitalistas y, al siguiente año escolar, la hizo a un lado. Felícitas se sintió profundamente herida, pensó que jamás podría recuperarse y sentía rencor contra su madre por haberse mostrado tan reconfortada al saber que el romance había finalizado. Pero Felícitas se había recuperado y había vuelto a conocer el sentimiento del amor con David Cassidy y fue un gran alivio para ella constatar que, en aquella ocasión, la familia entera la respaldaba.

Pero tampoco eso había prosperado, por circunstancias trágicas. Y si alguna vez Felícitas llegaba a casarse o si acaso amara de nuevo, tendría que conocer de nuevo. Eso, precisamente, era lo que estaba aguardando. Cada vez que iba a pasear por la playa estaba a la expectativa. Si bien evitaba conocer a la gente en sus excursiones privadas, no tenía duda de que cualquier día, en cualquier instante, hallaría al hombre que ocuparía el lugar de David. Las reiteradas desilusiones no eran motivo de desaliento. Tendría que acontecer algún día, puesto que ya había sucedido dos veces. Entonces, se congratularía por haber esperado para compartir su existencia.

Por lo tanto, si en las reuniones familiares como la de aquel día, se sentía provisionalmente infeliz al contemplar la dicha en que vivían John y Natasha, George hijo y Beth, no tardaba en recuperarse, casi en el momento en que estaba sola de nueva cuenta. Además, el tiempo que pasaba a solas consigo misma, sin otra ocupación que la de pensar, le permitía ver a todos sus familiares y al mundo entero en su verdadera dimensión. De hecho y evidentemente, había algo que andaba mal en las dimensiones de la riqueza y el poder de los miembros de aquel grupo, de su gente y de todos los grupos de gente que poseían cadenas de tiendas o bancos o grandes empresas, mientras otra clase de personas, como Daniel Rourke, tenía que luchar toda la vida para poder subsistir. Había algo de ofensivo en la felicidad confiada de los ricos cuando la mayor parte del mundo estaba en un estado tan deplorable, y también era algo denigrante que esos ricos y sus amigos, colocados en los puestos más encumbrados, presumieran de determinar la política y el progreso para ese resto del mundo empobrecido, muy firmes y seguros ya que obraba en su poder la más poderosa de las armas que la humanidad hubiese conocido.

Algunas veces, aquellos pensamientos estremecían de miedo a Felícitas.

El hecho de que sus sentimientos fueran ambivalentes no le preocupaba en lo más mínimo. Si David Cassidy hubiese vivido, si los dos se hubieran casado, ella habría contribuido con gusto a conservar la estructura, la inviolabilidad de su casta; el padre de David era banquero. Pero ella se enorgullecía de haber decidido que, de todas formas, ella habría de destinar buena parte de su tiempo a sus pensamientos. Y todas sus horas solitarias dedicadas a pensar la habían hecho dueña de la certeza de que, tan pronto como volviera a conocer de nuevo, se iba a casar con cualquiera que fuese al que conociera, sin importarle lo que los demás dijeran.

Le abrieron la puerta para que entrara y George Hayman entró despacio a la Oficina Oval. Ya varias veces había estado allí en el pasado como para asombrarse por algo; en muchas ocasiones había pensado que, para un republicano como él, ya había transcurrido demasiado tiempo en esa oficina desde 1933. Pero, ciertamente, no había esperado encontrarse allí de nuevo, pues ya se había retirado del negocio de los periódicos así como de la política. Estaba convencido de que se trataba de confiarle alguna misión y, por tal motivo, todavía no le había mencionado nada a Ilona.

—¡Señor Hayman! ¡Qué gusto que haya podido venir! ¿Ya conoce a Dean Acheson, al general Marshall?

George hizo una inclinación de cabeza y saludó de mano; ya conocía muy bien al secretario de Estado y al general, quizá mejor que el presidente mismo, pero así eran las formalidades de la política estadounidense.

—Siéntese —le invitó Harry Truman—. ¿Qué tal va el retiro?

—Aún no estoy aburrido de él —dijo George con precaución.

—Pero muy pronto lo estará —la sonrisa de Truman era repentina e inesperada, rompiendo la expresión esencialmente triste de su rostro—. Tal vez le gustaría realizar un viaje.

—¿Como el que hice para el presidente Roosevelt?

Truman se le quedó mirando unos instantes y después lo señaló con el índice erecto.

—Todo lo que digamos aquí, debe permanecer aquí, ¿lo ha comprendido?

George afirmó con la cabeza.

—Bueno, voy a decírselo entonces —declaró el presidente—. Y no quiero que me malinterprete. En mis notas particulares, Franklin Roosevelt fue el más grande de los presidentes que este país haya tenido. Y era mi amigo, pero jamás tuvo que enfrentar esos asuntos del comunismo. Me imagino que eso se debió a que él pregonaba que cada nación tiene el derecho de establecer el gobierno que haya elegido y porque consideraba que el gobierno de los zares era muchas veces peor que el de los rojos; tal vez en eso tuviera razón. No obstante, los zares planteaban un problema para Inglaterra y para Alemania; los rojos lo son para nosotros. Ahora bien, yo acepté lo que Franklin Roosevelt acordó en el tratado de Potsdam, ya que no me quedaba más remedio; mas no era de mi agrado ni tampoco lo es del secretario de Estado, Dean Acheson.

—Pero conservamos la esperanza de que todo se resuelva bien —agregó el propio Acheson.

—Y no está resultando bien —advirtó Truman—. Como usted debe saberlo, Yugoslavia ha instituido un gobierno comunista. Agréguele los de Bulgaria y Albania. Nadie podría decirme que cualquiera de esos gobiernos no estarían donde están ahora, si no contaran con que el Ejército Rojo está ocupando su nación. ¿No opina lo mismo?

—Sí, pero también el Ejército Rojo ocupa Polonia, Rumania, Hungría, la mitad de Alemania, la mitad de Austria, sin mencionar Checoslovaquia —aseguró George.

—Es verdad.

—Toda la Europa oriental —acotó el general Marshall con voz serena y pausada.

—Con excepción de Grecia —dijo Acheson.

—Y entre todos ellos se libra una feroz guerra para saber cómo seguirán viviendo —intervino Truman—. El hecho más relevante es el de que, señor Hayman, los rusos continúan peleando en la guerra y nosotros hemos dejado de luchar. Y lo que es más: nos resultaría enormemente difícil convencer a nuestro pueblo y, en particular al Congreso, de que debemos empezar de nuevo. Puedo afirmarle que Churchill opina lo mismo que yo. Él puede ver lo que está ocurriendo en Francia, en Italia y quizá incluso en Inglaterra. Churchill vendrá acá en la primavera próxima y yo le solicitaré que hable ante las dos Cámaras del Congreso con el fin de que les exponga lo que está sucediendo. Pero antes, yo debo saber con exactitud lo que está ocurriendo.

Hizo una pausa, pero George prefirió esperar. El presidente miró de reojo a su secretario de Estado.

—Por supuesto que tenemos todos los tratados debidamente firmados y sellados —se adelantó a decir Acheson—. Sostenemos una conversación mutua constante con el Kremlin. No contamos con pruebas fehacientes de que estén haciendo algo que no deberían hacer ni de que esos yugoslavos o albaneses o los que usted quiera, no deseen en realidad vivir bajo ese socialismo extremo. Todas las pruebas son circunstanciales y también aparecen tan enturbiadas con el doble sentido y los términos diplomáticos, que es muy complicado discernir lo que es verdad de lo que no lo es.

—Lo que verdaderamente deseamos es que las conversaciones se realicen al margen de los gobiernos —aclaró Truman—. Sería muy valiosa una conversación entre dos amigos acerca del porvenir. Y sabemos, precisamente, que un viejo amigo suyo, señor Hayman, encabeza la delegación rusa en la sesión de apertura de las Naciones Unidas que se efectuará en Londres el próximo mes. Si por casualidad estuviese usted en Inglaterra al mismo tiempo, señor Hayman, ese amigo suyo no se negaría a recibirlo y a platicar con usted.

—¿Qué es lo que piensan que Michael Nej pueda decirme? —preguntó George—. Es cierto que es mi amigo, pero también es un alto comisionado del Politburó y está firmemente convencido de lo que está haciendo.

—De cualquier modo, es mucho más lo que podría obtenerse de una conversación entre amigos —afirmó el presidente— que lo que podría conseguirse de una entre embajadores que, en esencia, desconfían el uno del otro. Pero, además, es posible que, si emprende el viaje a Europa, pueda visitar a otros viejos amigos, digamos que en Praga o en Varsovia, con el beneplácito de Nej, para que pueda ver las cosas de una forma que nuestros funcionarios no pueden percibir. Absolutamente nadie sabrá que usted, señor Hayman, reporta sus hallazgos a esta oficina.

—¿No les parece que ya estoy un poco viejo para ese tipo de trabajo de espía de daga y disfraz? —preguntó George.

Truman volvió a sonreír.

—¿A qué edad se está viejo? Yo lo veo muy joven aún.

—También, cabe destacar que la mayor parte de los últimos cinco años la pasé en Europa. Hace sólo seis meses que yo estaba por allá. Tenía la esperanza de pasar algún tiempo con mi familia.

—Llévese consigo a su familia —sugirió Truman—. Ésa sería una buena forma de encubrirse, puesto que todo el mundo creería que está pasando unas vacaciones.

—¿Y qué hay del hecho de engañar a un buen amigo?

La sonrisa de Truman desapareció y el presidente frunció el ceño.

—No quisiera ponerme a cantar el himno nacional en su honor, señor Hayman, pero sí le diré que lo que le estoy solicitando es un asunto de vida o muerte para usted y para todos nosotros. ¿Le gustaría ver a sus hijos o a sus nietos combatiendo en otra guerra sangrienta?

—¿Sería posible que lleguemos a ese extremo? —inquirió George—. Tenemos la bomba; ellos no la tienen. ¿No podría ser, señor presidente, que en cualquier momento alzara usted la mano para declarar que ya es bastante?

Truman observó a Marshall.

—No es tan sencillo como eso —manifestó el general.

—Ni tampoco resulta práctico para nada —dijo Truman— y los rojos lo saben. ¿Cómo diablos podría ponerme a considerar la idea de dejar caer una bomba atómica sobre Europa? Eso sólo sería posible si alguno de por allá amenaza con lanzar una sobre nosotros. Ese día llegará, se los garantizo; pero lo detendremos tanto como sea posible. Nuestras medidas de seguridad en Nuevo México hacen tan difícil entrar en Los Álamos sin un pase, como entrar al cielo con un costal de pecados. Por ahora, ya sabemos que si nuestras cartas no sirven para nada en el juego, contamos con la bomba, que es nuestra carta triunfal. Pero sólo podríamos jugarla al final, cuando no quede otra opción. Y, eventualmente, los rusos tendrán su propia bomba. Mi gente me señala que no hay duda al respecto; pero no tengo prisa de que se apoderen primero de toda Europa.

—Pero, si no los detiene por la fuerza —indicó George—, ¿qué es lo que tiene pensado?

Truman se inclinó hacia adelante sobre su escritorio.

—Tengo pensado que sería posible poner en estado de alerta a la gente acerca de lo que está ocurriendo. No sólo a nuestra gente en Estados Unidos, sino a la gente de Europa. Quiero hechos con los que pueda demostrar lo que los rojos están persiguiendo. Hechos precisos que yo pueda hacer públicos.

—¿Y creen ustedes que yo puedo conseguir información sobre esos hechos? —preguntó George.

—Si no lo creyera, no estaría usted aquí. ¿Qué me responde, Hayman? Iría por última vez y en una ocasión más importante que todas las demás.

—Eso mismo me aseguró Franklin Roosevelt no hace mucho.

—Era un optimista incorregible —opinó Truman—. ¿Lo hará, señor Hayman?

George Hayman vaciló unos segundos.

—Creo que usted debería saber, señor presidente, que el sobrino de Michael Nej, Gregory, me ha escrito para preguntarme si puede venir a visitarnos. Llegará poco después de la Navidad.

—Lo siento, pero no sabía nada de eso. ¿No podría su hijo atenderlo y pasearlo un poco? Su ausencia, señor Hayman, no será larga.

—Ése no sería ningún inconveniente, por supuesto —expuso George—; pero yo quería referirme a que Gregory Nej es un capitán de la NKVD.

El presidente se reclinó en el sillón.

—En verdad que usted tiene muy buenos contactos.

—¿Eso quiere decir que todavía desea que yo vaya a Europa?

—Sí, más que nunca.

—Muy bien; en ese caso, quizá quiera arreglar que el joven no tenga dificultades con los servicios de inmigración.

—¿Por qué no lo recoge en Inglaterra y lo trae consigo a su regreso? Yo le garantizo su entrada.

—Eso me parece muy bien —expresó George—. Bueno, resultará muy agradable volver a Europa cuando no hay disparos de cañón ni de fusil a todas horas.

—Muy bien, hombre —Truman se puso de pie y le tendió la mano—. Dean le dará las instrucciones.

George le estrechó la mano al presidente mirándolo a los ojos.

—Dijo que entrar a los laboratorios atómicos es más difícil que entrar al cielo con un costal de pecados a cuestas; es decir, sin las debidas credenciales. ¿Cómo está el servicio de seguridad aquí, en Washington?

Natasha Hayman aguardaba en el umbral de la puerta del pequeño estudio hasta que su marido dejó de escribir para quedarse mirando por la ventana. El departamento daba hacia el Central Park y John pasaba mucho tiempo contemplando las lejanas colinas cubiertas por la nieve. Natasha podía comprenderlo. Era muy sencillo que se le manifestaran constantemente los recuerdos de lo que había tenido que soportar en los pantanos del Pripet: la lluvia y el sol ardiente, el lodo y la nieve, el hambre y el frío, la lucha salvaje para poder vivir y los cruentos combates contra los alemanes. Esos recuerdos se les presentaban a ambos en sus sueños y, por supuesto, se afinaban cuando era necesario escribirlos para que se publicaran en serie en el periódico más importante de Nueva York.

—¿Natasha? —se volvió ligeramente—. ¿Por qué no entras?

—No quería interrumpirte.

Él le sonrió.

—Ahora estoy detenido en una etapa. ¿Qué ocurre?

—Un hombre llamó por teléfono —le comunicó ella—. Se llama Arthur Garrison. Dice que te conoce muy bien.

—¿Arthur Garrison? Su nombre no me dice nada.

—Asegura que jugaba al ajedrez contigo en el colegio.

—Tendría que remontarme a muchos años atrás.

—De cualquier forma, él quiere que le llames y que le des una cita para reunirse contigo. Tiene algo que ver con un libro que está escribiendo acerca del ajedrez en Rusia: el moderno ajedrez ruso o algo por el estilo. Señala que es el mejor ajedrez del mundo; mejor aún que el estadounidense.

—Quizá tenga razón, pero yo no estoy actualizado en ese asunto.

—Dice que tú debes saber mucho, John, puesto que pasaste cuatro años en Rusia.

—¡Por el amor de Dios! —exclamó John—. ¿Cree que pasamos el tiempo jugando ajedrez?

—Bueno —mencionó Natasha—, me pareció que tal vez te convendría hablar con él, así que anoté su número de teléfono. Dentro de un mes, más o menos, habrás acabado esas memorias.

Natasha había cruzado poco a poco la habitación. Él levantó su brazo para rodearle la cintura y estrecharla.

—No nos moriremos de hambre, mi amor, si eso es lo que te preocupa. Nada nos faltará en mucho tiempo. El jefe me está pagando muy bien este pequeño trabajo, mucho más de lo que merece, y yo no le dije que no.

—No estaba pensando en el dinero —aseguró Natasha—. Sólo pensaba en que te volverías loco si no tienes nada qué hacer, ¿no es cierto?

—Sí, es verdad; pero eso del ajedrez pertenece al pasado. ¿Sabes?, también para eso se me pagaba sin merecerlo. George me ofreció un empleo como corresponsal de ajedrez para el *People*, porque yo sabía algo acerca de ese juego y ciertamente no sabía maldita cosa sobre cualquier otro asunto. Luego, descubrí que, mientras escribía sobre los torneos de ajedrez, podía hallar un magnífico pretexto para salir y entrar en Rusia cuando estaba trabajando para mi tío Peter. Pero sí puedo garantizarte que es muy poco el dinero que se obtiene escribiendo sobre ajedrez y no es algo que yo quisiera hacer. Ya tengo treinta y siete años, Natasha, y debo encontrar algo qué hacer con mi vida; algo que tenga un verdadero significado. ¿Puedes entenderlo?

—¡Por supuesto! Pero no quisiera que trabajaras de nuevo para Peter Borodin, ni ahora ni nunca.

—¿Porque estaría trabajando contra Rusia? Tú aborreces a los bolcheviques más que yo.

—No, sino porque es muy riesgoso —respondió ella—. Muy pronto hallarás lo que quieres hacer en realidad, John. Hasta entonces, debemos continuar con nuestra existencia. Ve a ver a ese hombre, Garrison. Por lo menos, harías algo que te gusta. El ajedrez sí te gusta, ¿verdad?

Él la abrazó sonriendo.

—Hasta que tú te cruzaste en mi vida, amor mío, el ajedrez era lo único que me divertía. Está bien. Veré a Garrison, pero no te prometo nada.

John propuso que se encontraran en el restaurante del Oak Room, pero Garrison prefería una pequeña *trattoria* del Greenwich Village.

—Soy yo el que pagará —dijo por el teléfono— y yo no me apellido Hayman.

Aquél era un principio poco prometedor, pero Garrison resultó ser un hombre muy simpático y amistoso, con unas enormes manos de zarpa de oso y una boca tan ancha que recordaba la cueva en la que el oso podría tener su guarida.

—Tú no me recuerdas —comentó—, pero que el diablo me lleve si yo no me acuerdo de ti. En ese entonces, jugabas un ajedrez bastante aceptable.

Garrison lo llevó hasta el fondo del lugar, lo más lejos posible de la puerta de entrada y se sentó frente a él con su espalda contra el muro.

—Es probable que sufras de amnesia —le dijo John—. Yo siempre jugué muy mal al ajedrez.

Garrison emitió algunos sonidos guturales que no eran palabras y después declaró:

—Siempre leía tus columnas en el periódico.

—¿Sí? Desde hace años que no aparece ninguna en el país.

Pidieron espagueti con albóndigas y cerveza para beber.

—Tengo la sensación de que no te caigo bien —expresó Garrison.

—Y yo tengo la impresión de que no eres capaz de diferenciar entre una defensa francesa y una carta francesa —repuso John.

Garrison se echó una gran carcajada.

—¡Caramba! —exclamó luego—. No te invité a comer para que lo averigües —empezó a llenar de espagueti la cueva de su boca durante varios segundos, manteniendo una corriente constante con la pasta, desde el plato hasta sus labios y masticando con gesto pensativo—. ¿Cómo está tu madre? —preguntó después.

John prefirió enredar la pasta en su tenedor.

—Está bien.

—¿Y tu famosa tía?

—Ha muerto —contestó John. Tenía despierta la mente que le enviaba sin cesar señales de advertencia; pero ya había andado entre peligros lo suficiente como para haber aprendido la virtud de la paciencia.

—Murió, pero no fue en un accidente, según he oído decir.

John se quedó callado, observándolo.

—Si no quieres hablar sobre el asunto, tienes razón, pero tu tía debe haber tenido varios puntos en su favor. Aquella lucha de los guerrilleros en el Pripet... —Garrison volvió a comerse una bocanada de pasta y prosiguió masticando—, eso sí debió ser algo muy serio.

—Así fue.

—¡Claro! Pero, al igual que ella, tú también estabas peleando por la madre Rusia.

—Yo estaba luchando por conservar la vida —aseveró John—. Y también defendía a mi prometida. Si hubiese quedado frente a la misma situación, habría hecho lo mismo en Noruega, en Francia o en Italia.

—Lo comprendo —admitió Garrison y bebió un trago de cerveza—, pero estabas en Rusia. Porque tú eres ruso por nacimiento y por parentesco; tu prometida era rusa y continúa siendo rusa ahora que es tu esposa.

—Te concedo diez puntos —John terminó de comer y apartó su silla de la mesa—. La comida estuvo excelente —se puso de pie—. No vuelvas a llamarme o haré que cambien mi número telefónico.

—Siéntate, por favor —lo invitó Garrison sonriente—. Aún te van a servir un helado napolitano —pero, de repente, desapareció su sonrisa y adoptó una expresión grave—. De modo que antes de que sigas diciendo tonterías, observa esto.

John leyó lo que decía la tarjeta que el otro le había entregado:

—"Oficina Federal de Investigaciones". ¿Esperas que crea en esto?

Garrison se encogió de hombros.

—Puedes llamar al jefe, si quieres. Yo te espero aquí.

John se le quedó mirando un segundo; después, se sentó de nuevo.

—¿Me estás investigando? —le preguntó.

—¿Debería investigarte?

—Seguramente puedes buscar un motivo o inventar alguno.

—Ya sé que en ocasiones gozamos de mala reputación —reconoció Garrison con mucha sorna—. Sólo pretendo hablar contigo. ¿Sabes, señor Hayman, que tú eres un personaje muy complicado que se presta a confusiones? Dime cuando me equivoque en algo de lo que diga: tu padre es un destacado integrante del Politburó en Moscú; tu madre es la esposa de un millonario estadounidense que vota por los republicanos. Tu tía acaba de ser asesinada, pese a haber desarrollado una carrera artística muy prominente, tras haberse separado del comisario de Seguridad Interna, que viene a ser tu tío. Otro tío tuyo es nazi...

—Error —le interrumpió John—, es zarista, que no es lo mismo. Estuvo trabajando una temporada para Hitler, pues no veía ninguna otra esperanza de acabar con los bolcheviques.

—Y tú trabajaste con él, persiguiendo el mismo fin —apuntó Garrison.

—Durante algún tiempo.

—Y, sin embargo, a fin de cuentas, combatiste con los rojos. ¡Qué diablos! ¿No eres acaso un héroe de la Unión Soviética?

—Sí, lo soy.

—Condecorado por el viejo Joseph Stalin. Eso es lo que yo llamo tener una existencia complicada. He conocido a sujetos que saltan por encima de la barda; pero, en tu caso, se diría que tienes cuatro patas y cuatro campos separados para poner cada una.

—¿Y qué hay con eso?

—Que no te quieras pasar de listo —le indicó Garrison—. Eres el hijastro de George Hayman y te crees que con eso basta para quedar por encima de la ley. Quizá; lo que queremos saber es sobre cuál de tus cuatro patas estás parado ahora.

—El hecho de que sea el hijastro de George Hayman no me pone por encima de la ley, señor Garrison —afirmó John con voz grave y serena—; pero sí significa que no tengo por qué dejarme empujar por tipos duros como tú.

De modo que mi respuesta es: ocúpate de tus malditos asuntos y deja los míos en paz.

De repente, la expresión amistosa y amable volvió a iluminar el rostro de Garrison. Abrió la boca para sonreír ampliamente y le ordenó al mesero dos cafés.

—Vamos a ser amigos y todo saldrá mejor. En mi opinión, tú no estás involucrado con los rojos ni con los camisas negras; con ninguno de los dos. Creo que eres estadounidense ciento por ciento. Al principio, no lo creía así, pero ahora sí lo creo.

—¿Y qué hay con eso?

De nuevo se desvaneció la sonrisa; pero, ahora, Garrison adoptó una expresión seria, aunque no agresiva.

—También he escuchado decir que, por el momento, andas suelto; es decir, que no tienes perspectiva de realizar un trabajo. Yo diría que hay demasiado potencial en ti para que estés sin trabajo.

John fijó los ojos en él, como si no creyera en sus palabras.

—¿Piensas ofrecerme un empleo?

—Eso no tendría nada de malo. Podrías almorzar en fondas modestas, como ésta, a expensas del gobierno; podrás llevar tarjetas en las que nadie cree. Por supuesto, deberás someterte a un periodo de entrenamiento. Hay que aprender claves, códigos y procedimientos. Asimismo, pretendemos que nuestra gente tenga nociones elementales para cuidarse por sí misma —hizo un guiño—. Pero no creo que podamos enseñarle algo a un individuo que logró sobrevivir cuatro años en el Pripet.

—No podrán enseñarme nada —admitió John—. Y, cuando haya pasado por ese periodo de entrenamiento, ¿me enviarán a la cacería de bandidos y pandilleros? No, la vida es breve y hay que vivirla bien.

—Cuando hayas pasado por ese entrenamiento —explicó Garrison—, nos ayudarás a conservar a esta vieja y querida patria tal como está. Tú no eres un policía de patrulla con la pistola en las manos vigilando las esquinas, Hayman; eres un hombre con un vasto conocimiento de Rusia y de los rusos, un conocimiento que muy pocas personas tienen en este país. Ahora bien, es posible que sean tus amigos; pero ya deberías saber, tan bien como yo, que no deben estar pensando que el comunismo tendrá que detenerse en Brest-Litovsk, ni siquiera en el Canal de la Mancha. Si no estás enterado de ello, tendrán que formar parte de tu entrenamiento las lecturas asiduas de los escritos de Lenin y de Trotsky, sin contar con los del bonachón de Stalin. Ahora bien: te puedo garantizar que hay unos cuantos millones de personas vagando por Europa en estos momentos, viviendo en campamentos. Son personas que han perdido sus hogares o que fueron expulsadas de sus casas y a todas habrá que reubicarlas. La mayoría de ellas preferirían venir a establecerse aquí, antes que quedarse allá. Bueno, tendremos que hacer lo posible por ellos; pero ocurre que casi toda esa gente procede del oriente de Praga, es decir de la parte de Europa ocupada por los rojos y muchos de ellos son rusos. No quisiera que me malinterpretaras: el noventa y nueve punto nueve por ciento de esos sujetos son refugiados honestos y el hecho de que prefieran vivir entre nosotros que entre los rusos acrecienta mi estimación por ellos; pero disfrazar como refugiado a un tipo en particular sería la manera más sencilla de introducir un agente o varios a Estados Unidos. Según los reportes que recibimos de nuestros hombres apostados allá, algunos de esos refugiados llenan esos requisitos.

—De modo que, al llegar, ustedes los devuelven —completó John.

Garrison sonrió levemente.

—No siempre es fácil, no siempre es lo indicado.

John frunció el ceño.

—¿Eso significa que verían con agrado la llegada de esas personas?

—De algunas.

—¿Por qué?

—Porque desde hace tiempo ya tenemos a unos cuantos aquí. Ya sé que en la guerra y en el amor todo se vale. Tenemos a nuestros hombres en Rusia; pero jamás nos habíamos ocupado mucho de los rojos antes de la guerra. Nuestro enemigo era el crimen organizado. Lo que ocurriera en Europa, incluso dentro de la Alemania de Hitler, no nos preocupaba demasiado antes de 1938; nuestro negocio era la seguridad interna. Luego, todo cambió y se nos ordenó que concentráramos nuestros esfuerzos en los japoneses y en los nazis. Los rojos tenían manga ancha. Más tarde, fueron aliados nuestros. Ahora, no somos más que ellos y nosotros. Nadie más, señor Hayman. Gran Bretaña y Francia, Alemania e Italia, incluso los japoneses y los chinos, no tendrán significado alguno la próxima vez que repartamos las cartas del juego y pongamos las fichas de las apuestas. Desde mi punto de vista, ése será el escenario durante un largo tiempo por venir. Nuestra labor estriba en localizar a los agentes rusos que ya están en este país desde hace años y, como han pasado tanto tiempo aquí, pueden ser cualquiera. Pero los nuevos tipos que nos envíen deberán hacer contactos, reunir las células, recibir órdenes y transmitir informaciones; si sabemos quiénes son, habremos recorrido la mitad del camino.

—¿Y cómo podremos reconocerlos? —quiso saber John—. ¿Les preguntaremos si son ellos cuando vayan descendiendo del barco?

—Me alegro mucho de que hayas usado el plural y hayas dicho "nosotros". No, Hayman; nosotros nos esconderemos en nuestras guaridas, haremos una correlación de las informaciones, utilizaremos la cabeza y así recabaremos algunas respuestas y confiaremos en que sean las verdaderas.

Precisamente eres tú el que puede ayudarnos a saber lo que es verdadero o falso. No se trata de un trabajo muy placentero, ni siquiera podrás portar un arma. Es cuestión de sentarse frente a un escritorio y analizar los archivos, los datos y los expedientes de todos y cada uno de los rusos o polacos o casi rusos que pretendan entrar al país y también habrá que revisar las fotografías y recordar hechos asociados con esos rostros y buscar cualquier cosa, absolutamente cualquiera, que no parezca tan intrascendente. No pedimos milagros; quizá cuatro de cada cinco agentes se nos escurran de las manos, pero si conseguimos ponerle una etiqueta al quinto, sea hombre o mujer, ya habremos obtenido una ganancia —hizo una pausa y se reclinó sobre el muro—. ¿Qué me dices?

—¿Puedo pensarlo?

—¡Desde luego y a costa mía! —Garrison ordenó que trajeran otras dos tazas de café—. La paga es escasa. ¡Con mil demonios! ¿Cuándo no ha de ser escasa la paga en los trabajos del gobierno? Las horas son regulares en tu empleo.

Durante un largo rato, John permaneció en silencio. Le costaba trabajo creer en lo que se le había propuesto, pero la idea le atraía. De hecho, sus sentimientos hacia Rusia eran ambiguos. Ciertamente, no podía detestar a un pueblo en cuyo lado había combatido durante cuatro años; no obstante, ahora estaba convencido de que la forma de vivir de aquel pueblo no era para él y estaba igualmente seguro de que aquel modo de vivir no debía exportarse ni propagarse, mucho menos al lugar donde él vivía.

Entonces, ¿no sería lo mejor concentrar sus esfuerzos para mantenerlos fuera de aquella nación? O, por lo menos, ¿no sería más conveniente mantenerlos bajo control mientras estuvieran en su país? Una decisión así colmaría de felicidad a Natasha y a su madre, incluso su tío Peter estaría muy satisfecho. No podía adivinar cómo reaccionaría George, pues éste parecía pensar que incluso el comunismo podía ocupar un sitio en el esquema histórico de las cosas.

Podría decirse que Garrison era capaz de leer sus pensamientos.

—Me faltó mencionarte algo —le aclaró—: Si decides trabajar para nosotros, debe ser algo que habrá de quedar entre tú y yo. No se lo revelarás a nadie, ni siquiera a tu mujer, ¿me entiendes?

—Pero... ¿Dónde voy a trabajar?

—Te mantendremos bajo cubierto. El trabajo será de nueve a cinco, igual que un empleo cualquiera. Arreglaremos las cosas que podrás hablar del supuesto trabajo con que te encubriremos con tu esposa y con quien quieras.

—Ajá... —John aún titubeaba.

Garrison le dedicó una de sus generosas sonrisas.

—Creo que vas a terminar por decirme que sí —concluyó.

—Tal vez; sin embargo, hay algo que debo decirte.

—Dímelo.

—Bueno, tengo un primo que se llama Gregory Nej.

—Sí, es el hijo del comisario Iván Nej y de Tatiana Borodina. Tiene veinticinco años y es capitán de la NKVD. Tiene planeado venir de visita y estar una temporada en la casa de tu madre y de tu padrastro, a principios del año entrante.

—¡Caramba! Todo es cierto —expresó John—. Estás muy bien informado.

—Esperamos estarlo mejor. ¿Qué ibas a decirme de tu primo?

—Sólo que viene a quedarse con mi familia. Tendré que verlo con mucha frecuencia.

—¿Crees que ése sea un riesgo para tu seguridad?

—No... Sencillamente me preguntaba si estarían de acuerdo con que iniciara mis investigaciones con él.

—Olvídate del asunto —le dijo Garrison—. Aún puedo decirte algo acerca de los rojos que posiblemente ignores, Hayman: jamás envían espías que porten uniformes y medallas y que proclamen que son integrantes de la NKVD. Eso resultaría demasiado obvio y nuestra vida no tiene nada de eso. Nosotros te notificaremos a quién debes investigar; tú, preocúpate por la manera de hacerlo.

—Bueno, ése sí que es un alivio —dijo John suspirando—. Gregory viene como invitado nuestro. Si yo tuviera que rastrearlo, seguirlo y observarlo con una lente de aumento, habría dicho que no aceptaba el empleo.

—Pero ahora dirás que sí lo aceptas. Pues eso sí que está muy bien —Garrison se levantó y le tendió su manaza—. Así que ahora te irás a casa y reanudarás tu trabajo con esas memorias que estás escribiendo. Yo me pondré en contacto contigo.

—Sí —John se dejó apretar la mano con fuerza—. Todavía falta algo más.

—¿Qué?

—¿Quién te sugirió que me hablaras y propuso que yo podría estar interesado en trabajar para ti?

—Ya te advertí que estás trabajando para una organización secreta, de modo que no puedes plantear preguntas, a no ser las que nosotros mismos te autoricemos a formular —hizo un guiño y sonrió—; pero, en este caso, puedo decirte que fue un amigo. Un amigo tuyo y amigo nuestro, Hayman.

CAPÍTULO IV

—¿ESTÁS NERVIOSA? —QUISO SABER GEORGE HAYMAN VERTIENDO café en las tazas.

—¿Qué te hace pensar que lo esté? —Ilona lanzó una mirada por la ventana de su recámara, ubicada en los pisos más altos del Hotel Dorchester, a través de la extensión nevada del Hyde Park de Londres.

—Es que no has probado tu desayuno —respondió George—. Los ingleses se sienten muy orgullosos de sus desayunos. Si tú no lo pruebas, pondrás muy intranquilo al *chef* y es posible que todo el personal del hotel se declare en huelga.

—¡Vamos, George! —le dijo Ilona sonriendo; no obstante, era evidente que estaba nerviosa, no sólo ante la posibilidad de encontrarse de nuevo con Michael Nej, de acuerdo con la suposición de George, sino debido a la idea de recibir a su hermano Peter. Eso era lo que más le preocupaba. Por otro lado, también le inquietaba, ahora y durante todo el viaje, el hecho de haberse separado de Felícitas. Trataron de convencerla para que los acompañara, pero ella se negó rotundamente. Como consecuencia, Ilona había renunciado a la gira por Europa que iba a hacer George a solicitud del presidente Truman, y pensaba emprender el viaje de vuelta, tan pronto como recogiera a Gregory.

—Sólo estaba bromeando —George le oprimió suavemente la mano—. En realidad, los ingleses son personas maravillosas... —se quedó callado y alzó la cabeza al escuchar que llamaban a la puerta—. Adelante.

El camarero entró haciendo reverencias. Ya había caído en la cuenta, por el tamaño de las propinas, de que aquel estadounidense era millonario, pues además ocupaba las mejores habitaciones del hotel.

—Le ofrezco disculpas, señor —dijo el camarero—. Abajo están algunas personas que desean verlo.

—¿Ya llegaron? Apenas son las nueve de la mañana —mencionó George.

—¿Les pido que se retiren, señor?

—No, por Dios —expresó George—. El señor y la señora Nej y el capitán Nej, ¿no es cierto?

—Sí, señor —contestó el camarero consultando su lista—. Y también la señorita Nej y la señora Petrov.

—¿La señora Petrov? —preguntó Ilona mirando a George—. ¡Judith!

—¡Debe ser ella, por Dios! —admitió George—. Pídales que suban, por favor —agregó dirigiéndose al camarero. Tanto él como Ilona ya estaban completamente vestidos.

—¿Le escribiste una carta? —indagó Ilona.

—No, quise escribirle, pero nunca lo hice. Me alegro de que haya venido. Tendremos una reunión en grande. Al mismo tiempo, mataremos dos pájaros de un tiro.

Ilona abrió la boca para hablar y, al oír que llamaban a la puerta, la volvió a cerrar. El camarero se había dado prisa. George se apresuró a abrir la puerta.

—¡Michael! —exclamó al verlo—. ¡Catalina! ¡Nona! —saludó con un beso a las mujeres y extendió el brazo para saludar de mano a Gregory. Advirtió, aliviado, que el joven no vestía uniforme—. ¡Gregory! Nos da mucho gusto verte.

Con mucha sobriedad, Gregory le estrechó la mano; pero ya George se había desentendido de él para ver a Judith, la única mujer que alguna vez amenazó el sereno bienestar de su matrimonio.

—¡Qué felicidad me da volver a verte! —dijo por fin.

—También me alegra mucho volver a verte, George —repuso Judith y avanzó unos pasos frente a él para ir a saludar a Ilona.

Todos ellos se conocían desde hacía mucho tiempo como para detenerse en presentaciones y en explicaciones. A George le pareció muy significativo y muy grato que Michael e Ilona fueran a sentarse juntos para conversar acerca de John, pocos minutos después de haberse vuelto a ver, tras un largo tiempo, comentando los dos sobre sus proyectos, mientras Catalina escuchaba y aportaba sus opiniones. George se preguntaba lo que Michael pensaría en realidad sobre el plan de que su hijo llegase a ser el administrador en una empresa de publicidad un tanto oscura en la avenida Madison, una de las ocupaciones más burguesas que pudieran encontrarse; sin duda, Ilona se había quedado boquiabierta al saber la decisión de John de ocupar aquel puesto. Además, George cavilaba sobre la manera en que Judith y Nona permanecían de pie junto a la ventana, mientras Judith señalaba al distante Serpentine y platicaba sobre Peter Pan, como si Nona fuera la hija que ella hubiese podido tener fácilmente de su unión con Michael. Pero George no podía saber lo que los camareros del Hotel Dorchester podían decirse para sus adentros al verse rodeados por tantos rusos cuando trataban de retirar los platos sucios del desayuno.

Sólo Gregory no tenía nada qué decir y miraba las caras que lo rodeaban, escuchando la conversación.

—¿Qué te parece todo esto? —le preguntó George—. ¿Qué te parece Londres..., este hotel..., la gente?

Gregory pensó un poco antes de contestar.

—Este hotel es muy hermoso y muy elegante —respondió por fin—. No pensaba hallar Londres tan dañado por los bombardeos, a pesar de que los daños son mucho más considerables en Leningrado. Aquí, lo malo es que llueve todo el tiempo y la gente no sonríe. ¿Las personas sonríen en Estados Unidos?

—Allá tenemos un clima mucho mejor —aclaró George—. Por cierto que estamos ansiosos por tenerte allá con nosotros, Gregory. Toda mi familia está muy emocionada.

Gregory parecía intranquilo. Vestía un traje café que no había sido confeccionado en Savile Row y él mismo se las ingeniaba para darle a su vestimenta cierto toque de envilecimiento. ¿O no sería aquella apariencia una mera asociación de ideas? No obstante, era imposible imaginar a aquel apuesto joven, limpio y modesto, como alguien involucrado en las siniestras actividades que se desarrollaban en Lubianka.

—También yo estoy emocionado —reconoció Gregory—. En Rusia todos están muy interesados en Estados Unidos. A menudo se habla de ese país. ¿No le molesta que le haya solicitado que me permitiera quedarme en la casa de su familia?

—¡Por supuesto que no! Nos habríamos sentido ofendidos si hubieses ido a quedarte en otro sitio.

—Pero, ¿no quedarán muy apretados en su departamento con mi presencia? Pueden colocar un colchón en el suelo para que yo duerma.

—Bueno... En realidad no tenemos un departamento, Gregory. Estoy convencido de que no deberás dormir en el suelo. Tu tía te explicará todo lo necesario.

—Pero, de cualquier forma, deben tratarme como un miembro más de la familia —insistió Gregory—. No se preocupen demasiado por mí; podré realizar paseos, ¿no es verdad?

—Claro que sí. ¿Sabes conducir un automóvil?

Gregory frunció el ceño.

—No, jamás he aprendido a conducir. ¿Es necesario?

—Es muy útil —le explicó George—. Ya haremos que aprendas pronto, si quieres, cuando estés allá. Me las he arreglado para conseguir las cabinas de los oficiales para ti y para Ilona, a bordo de un barco de transporte de tropas. Saldrán este fin de semana.

—¡Oh! Pero, ¿no vendrá usted con nosotros?

—Debo hacer una gira por Europa debido a mis negocios; sin embargo, estaré de regreso antes de un mes. Tú te quedarás por algún tiempo, ¿no es verdad?

Fue algo extraño, pero aquella pregunta pareció poner a Gregory en una situación incómoda.

—Siempre y cuando... no les resulte molesto —tartamudeó.

—Te aseguro que no lo serás —afirmó George.

—Y, ahora, escúchenme —dijo Michael interrumpiendo—: Todos iremos esta noche a cenar en la embajada.

Ilona clavó en George una mirada inquisitiva.

—Hay problemas, Michael —señaló George—. Esta noche vendrá Peter Borodin a cenar aquí. Vendrán Peter y Ruth y ese alemán con el que Ruth se casó. Así que sería preferible que todos se reúnan aquí con nosotros.

Se volvieron los rostros hacia él, para mirarlo.

—Pero, George —le advirtió Ilona—. Si Peter se encuentra con Michael... —volvió el rostro para mirar a éste.

—Tiene razón Ilona —admitió Michael—. La última vez que Peter me vio, poco faltó para que me echara las manos al cuello. Von Ribbentrop tuvo que contenerlo. ¡Por Dios, qué lejana me parece ahora toda esa gente! Pero, recuerda que Gregory cenará con ustedes.

—Claro que sí —asintió George—. Ya aparté una habitación para él en este hotel. Aunque, ¿no creen que Peter se haya suavizado?

—Peter no se suavizará jamás —declaró Ilona y miró fijamente a Judith para que confirmara sus palabras.

—No se había suavizado la última vez que lo vi —especificó Judith—. Fue en el verano pasado, en Estocolmo. George... ¿No te has dado cuenta de que ese alemán con el que Ruth se casó es Paul von Hassell?

Se produjo un momento de silencio.

—¿Paul von Hassell? —preguntó Ilona—. ¿Es el mismo que estaba comprometido para casarse con Svetlana?

Judith asintió y en su rostro se vislumbró un gesto de dolor.

—¿El hombre de la ss? —la voz de Ilona aumentó de volumen.

—Vamos, Ilona —intervino George para tranquilizarla—. Von Hassell salió de Minsk antes de la ejecución de Svetlana. Salió de Minsk precisamente porque había sido arrestado. Tengo entendido que lo detuvieron por insubordinación, cuando intentó proteger a la chica.

—Era un oficial de la ss —insistió Ilona con vehemencia—. ¿Por qué no lo ahorcaron o lo fusilaron? O, por lo menos, ¿por qué no lo dejaron preso?

—Porque, en verdad, no había cometido algún crimen —expuso Judith—. Créeme lo que te digo, por favor. Se separó tan pronto como constató lo que los nazis estaban haciendo en realidad. Ellos lo encerraron en la prisión durante casi un año. Luego, se dejó enredar en el complot para asesinar a Hitler.

—Abandonó a la pobre Svetlana —recalcó Ilona con un gesto iracundo, como si hubiese sido ultrajada—. Y ahora se ha casado con Ruth. ¿Cómo pudo Ruth aceptarlo, por el amor de Dios?

—No abandonó a Svetlana —corrigió Judith—. Quedaron separados y ella fue ejecutada. Por ese motivo se volvió contra los nazis. Después, le salvó la vida a Ruth. A mí y a ella; a ambas. Él fue quien nos sacó de Ravensbrück y nos condujo hasta Suecia y él mismo estuvo a punto de perder la vida, Ilona, te lo juro. Fue él, con la ayuda de Peter. Es un hombre bueno, Ilona. Luego, al llegar a Estocolmo, vivimos todos en la misma casa; todo el tiempo estábamos uno frente al otro y la pobre Ruth... había pasado una época tan llena de infortunios... —se detuvo bruscamente: su estancia en Ravensbrück era algo de lo que ella se había prometido no volver a hablar jamás.

Catalina Nej le tomó una mano.

—Y, en consecuencia, se enamoraron. Eso me parece estupendo. Ahora, debemos buscar el amor y olvidarnos del odio. ¿No es cierto, Ilona?

Ésta se le quedó mirando con un gesto grave en el rostro, en tanto Gregory pasaba la vista de una a la otra de sus tías, sin saber cuál era el punto de vista que debía asumir.

Pero ya para entonces Ilona había recapacitado.

—Me parece que tienes razón, Catalina —expresó—. Como no todos podemos cenar juntos, se me ocurre que vayamos todos de compras.

—¡Wow, eso sería espléndido! —exclamó Catalina—. ¿Me llevarán a Harrods? A mí me han comentado que es un almacén casi tan bueno como el GUM de Moscú.

Ilona le lanzó una mirada a George con expresión de asombro.

—Bueno, casi iguales —dijo después, sonriendo—. Te llevaremos para que decidas por ti misma. Y, ahora, los señores nos concederán unos cinco minutos para arreglarnos.

—Parece que tendrás muy ocupado todo el día —advirtió Michael. Él y George habían bajado a esperar en el vestíbulo del hotel. A Gregory se lo llevó uno de los camareros para mostrarle su habitación.

—Sería muy positivo que pudieras venir esta noche —le aseguró George—; si crees que puedes resistirlo.

Michael sacudió la cabeza.

—Será mejor que no. Ya estoy muy viejo para que me enojen las ironías de Peter, pero no quisiera echarle a perder la cena a Ilona.

—Quizá Peter esté más accesible —dijo George—. Han transcurrido muchos años desde entonces.

—No para alguien cuyo hogar fue destruido y que perdió todo lo que poseía —puntualizó Michael.

—¿Eso significa que tú comprendes su punto de vista? —preguntó George asombrado—. ¿Lo dices sabiendo que, si alguna vez llegara a ser el príncipe de Starogan, lo primero que haría sería colgarte?

Michael sonrió.

—Creo que primero haría que ahorcaran a Iván —luego, adoptó una expresión grave—. ¿Sabes que ésa es una posibilidad? De hecho, por lo menos van a fusilarlo.

George afirmó despacio con la cabeza.

—Eso restauraría mi confianza en la justicia soviética.

Michael suspiró.

—Yo siempre pensé que Iván era capaz de hacer algo como eso de lo que lo acusan; pero el caso es que él amaba en realidad a Tattie. Debe haber estado cegado por los celos cuando ella lo abandonó y, hasta el momento en que ella comunicó sus intenciones de salir de Rusia, anidó la esperanza de que Tatiana regresara a su lado. No es posible dejar de sentir lástima por él. No es que yo le disculpe las atrocidades que ha cometido en todos los campos; pero es natural que entienda los sentimientos de Peter hacia él. No se puede ser el *valet* de un hombre durante largo tiempo sin llegar a conocerlo muy bien. Por otro lado, si yo estuviera en la posición de Peter, me sentiría igual que él.

—¿Piensas tú alguna vez en Starogan, en los viejos tiempos?

Michael se quedó pensativo y después sacudió la cabeza.

—Hago lo posible por no pensar en ello. Starogan es como si perteneciera a otra existencia —se quedó mirando a George y se sonrojó. Starogan era el sitio donde el criado y la princesa, destinados a llegar a ser amantes clandestinos, habían crecido juntos. Aquello había ocurrido antes de la explosión del mundo. Desde entonces, las explosiones del mundo se habían sucedido—. Asimismo —agregó Michael con una sonrisa— aún tenemos que contemplar el porvenir. No se puede ser lo suficientemente viejo, mientras podamos mirar hacia el futuro.

—Sí —afirmó George.

—Yo puedo mirar un porvenir que incluye mi vida en Estados Unidos. Catalina y yo tendremos que irnos cuando queden instituidas en Nueva York las Naciones Unidas, ¿lo sabías? Apenas puedo creer que eso sea lo que me acontezca, George. ¿Tú crees que me guste Estados Unidos?

—A mí sí me gusta —refirió George. Se percataba de que él y Michael estaban sondeándose mutuamente y de que Michael, que lo conocía tan bien como a Peter Borodin, ya había sacado la deducción del motivo por el que George se encontraba de nuevo en Europa cuando apenas hacía seis meses que había regresado a su patria afirmando que ya era para siempre.

—Muy bien —dijo Michael—. Esperaré los informes de Gregory acerca de aquel país. Está muy emocionado ante la perspectiva de visitarlo.

—Eso fue lo que me comentó, Michael. Por tu carta, deduzco que el premier Stalin no está muy contento con la partida de Gregory.

—¿Qué más podría esperarse? Entre otras muchas cosas, Joseph Vissarionovich cree a pie juntillas que el mundo termina en el río Vístula.

—¿Eso cree? —preguntó George viendo que se le presentaba la oportunidad.

—Es un firme y sólido punto de vista ruso —contestó Michael sosteniendo su mirada.

—Nadie lo creería así —acotó George—. Sobre todo en fechas recientes.

—George —le dijo Michael—: fuimos invadidos en 1941 y tú estabas allá. Fuiste testigo de lo que ocurrió. No puedes echarnos en cara el que no queramos que eso se repita y queremos estar seguros de que no volverá a suceder.

—¿Y eso entraña obligar o atraer a todos los vecinos más cercanos para que abracen el comunismo?

—Eso significa que nos sentiremos más tranquilos si estamos rodeados por amigos y no por enemigos en potencia. ¿Por qué supones, de buenas a primeras, que hemos ejercido alguna presión contra los búlgaros o los yugoslavos? ¿No podrías aceptar para ti mismo que ellos podrían optar por el socialismo en lugar del capitalismo? Los países como Rumania y Polonia no son como Francia e Inglaterra, ¿sabes? No poseen una larga historia de complicaciones políticas y, por lo tanto, cuentan con una burguesía bien defendida y atrincherada. En ese sentido, la historia ha pasado por encima de ella. Hasta 1939, contaban con una aristocracia de terratenientes y acaparadores del dinero y con un campesinado que estaba muy cerca de la servidumbre. Pero ahora, los aristócratas han quedado desacreditados por sus infiltraciones dentro del fascismo y los campesinos demandan una parte más grande en las riquezas de la nación.

George tomó nota de la mención, supuestamente inadvertida, de dos países que no habían abrazado aún el comunismo.

—Y el Ejército Rojo los está ayudando a conseguirlo.

Michael se encogió de hombros.

—Allí está el Ejército Rojo para conservar la paz y para ocuparse de que el pueblo, el pueblo, George, y no sólo los pocos que se encuentran en la cumbre, llegue a obtener la clase de gobierno que desee. ¿No es eso lo que propugna la Carta del Atlántico?

George lo examinaba con atención.

Michael le sonrió.

—Y no me digas que Estados Unidos ha retirado todas sus tropas de Europa o que tiene la intención seria de retirarlas.

—Puedes tener la completa seguridad de que no estamos ejerciendo influencia alguna sobre los pueblos para que elijan un gobierno determinado —detalló George.

—¿Será posible? Dime entonces por qué no hay gobiernos comunistas instaurados en los países donde dominan los estadounidenses.

—No estoy en condiciones para responder rápida y concisamente a tu pregunta —convino George—. Bueno, Michael, vamos a suponer que tú tienes razón en algunos aspectos. Pese a ello, los rumores que provienen de Polonia, de Hungría y de Checoslovaquia sobre los métodos empleados por tus hombres para mantener la paz y permitir al pueblo elegir su propio gobierno son verdaderamente desalentadores.

—Si te refieres al hecho de que hemos tenido que encerrar a cierta gente, es porque son más sensibles o están más apegados a sus antiguos antecedentes de lo que estás tú. Recuerda que no estamos separados de ellos por cientos de miles de kilómetros del océano. La verdad del asunto, George, es que tu señor Truman ha dejado de confiar en nosotros. Es la misma historia de siempre: tu gobierno era amigo del nuestro mientras estábamos combatiendo contra los nazis, pero ahora que la lucha ha finalizado, empiezan a recordar que tenemos un sistema social totalmente opuesto al que ustedes tienen, en el cual, algunas docenas de hombres se hacen millonarios y se adjudican todos los poderes políticos, mientras que el resto revienta de hambre.

—Abrigo la esperanza de que puedas apreciar profundamente lo que es Estados Unidos cuando vayas allá —le advirtió George—. Pero deberás andar con precaución, no sea que tropieces con esos cuerpos de los medio muertos de hambre que obstruyen las avenidas.

Michael se sonrojó y bajó los ojos.

—Estaba usando una metáfora. Nos oponemos a las iniquidades de todos los ricos.

—¿Pero no a las del poder? —el que sonrió en esta ocasión fue George—. A mí no puedes decirme que en aquellos días de Starogan tú empleabas tus horas libres para correr a los campos de trigo y ayudar a los campesinos a cosecharlo, junto con el resto de la comuna.

—Es necesario que a la gente común y corriente se le gobierne. Sin duda, yo debo reconocer que me encuentro entre los afortunados. Pero no siempre fue así.

—Eso no lo discutiremos.

—Lo cierto es, George, que el hecho de que tú no tengas confianza en nosotros es un absurdo. Considera que nosotros no tenemos una bomba atómica; ustedes sí. Pero no confían en nosotros. Ahora bien, si tu gobierno propusiera compartir sus secretos atómicos...

—¿Acaso lo haría el tuyo si la situación fuera a la inversa?

Michael le hizo un guiño.

—Los gobiernos siempre andan con secretos cuando se trata de cosas como la bomba. Yo no critico al tuyo; sólo te estoy pidiendo a ti que percibas la situación con ojos imparciales, aunque ya sé que así lo haces. Coméntale a Truman que nosotros los rusos sólo estamos interesados en proteger a la madre Rusia y en proseguir la vida a nuestro modo; pero sí hemos tomado la determinación de proteger a la madre Rusia de otro holocausto.

—Así se lo diré a Truman —aseguró George—, si tú me das tu palabra de que eso es lo que tu viejo tío Pepe Stalin se propone hacer.

Michael se le quedó mirando y George recordó que aquel hombre era incapaz de mentir en forma convincente.

—Yo represento a Joseph Stalin, George —dijo Michael tras un momento de silencio—. Por lo tanto, todo lo que yo diga es como si él lo dijera si estuviese aquí presente.

—¿Y no tienes inconveniente en que yo efectúe una gira a través de Checoslovaquia y Polonia y lo compruebe con mis propios ojos y pueda hablar con quien yo quiera?

—Me parece una idea magnífica, George. Partirás con mis bendiciones. Oficialmente. Quizá entonces puedas creerme.

—¿Y qué me dices de los judíos rusos? ¿De los proyectos de Judith?

Entonces, los ojos de Michael se empañaron y su mirada se tornó sombría.

—Hay casi doscientos millones de habitantes en Rusia, George, todos en pugna continua para subsistir, para mejorar en un país en ruinas. Las minorías, incluyendo a los judíos, deben desempeñar su papel para reconstruir el Estado y ocupar su propio sitio —Michael hizo una pausa y lanzó un suspiro—. Sería necesario rogarle a Dios para que Judith acepte este hecho antes de... Bueno... —sonrió vagamente—. Antes de que desperdicie otra porción de su vida.

"Eso —se dijo George— es lo más interesante y lo más terrible de todo lo que has mencionado esta mañana, viejo amigo, que ahora te has convertido, en definitiva, en un enemigo."

Todos fueron a los almacenes de Harrods, donde Ilona pudo conducir a la sorprendida pareja de Catalina y Michael a lo largo de las interminables galerías de exhibición de la enorme tienda, mientras que Gregory y Nona los seguían más despacio y George y Judith más despacio aún. No transcurrió mucho tiempo sin que se encontraran solos en el departamento de los muebles antiguos.

—Seguramente encontraste muy cambiada Rusia tras veinticinco años —sugirió George—. Creo que mi hijo George se interesaría en una serie de artículos tuyos...

—No —le interrumpió Judith—. No podría sacarlos del país.

—Es verdad —admitió George—. Ése es otro aspecto del cambio.

—Creí que no te habías dado cuenta.

—¿De que Stalin se las ha ingeniado para establecer una dictadura tan rígida como no se había conocido en el mundo? Sí. Lo ha hecho con la ayuda de sus Nej, sus Molotov y sus Beria.

—No con la ayuda de Michael —corrigió ella.

—¿Sabes algo? Hasta esta mañana, yo hubiese pensado como tú. Ahora... considero que Michael está decidido a hacer lo que se le pida y a decir lo que se le ordene que diga.

—Supongo que, si lo vas a juzgar, deberías declararlo inocente —manifestó ella con tono pensativo—. Quiero decir que él cree sinceramente en el comunismo. Eso no tiene nada de raro, si se consideran las penurias que sufrió a manos del zar. Pero piensa en el comunismo con tanta vehemencia que está convencido de que será factible persuadir a todo el mundo de que sólo es posible vivir bajo esa doctrina o, por lo menos, bajo el gobierno de esa tendencia. La idea de que las personas, incluyendo a los rusos, hayan sido forzados a aceptar el comunismo es inadmisible para él.

—Y, sin embargo, respalda absolutamente el régimen de Joseph Stalin.

Judith se encogió de hombros.

—Quizá Michael continúe esperando que el sistema cambie al concepto idealista que todos tenían en un principio.

—¿Y qué me dices de Boris?

—Jamás se ha hecho ilusiones sobre el régimen, George. Boris sólo es un patriota ruso —se ruborizó levemente—. Por eso lo amo.

—Tengo la idea de que todo eso que me estás diciendo significa que esta actitud desconcertante del gobierno ruso no es otra cosa que propaganda.

—Yo diría que sí. Stalin emplea las palabras, las ideas y las emociones para ir manipulando lo que él desea que ocurra, tal como tú podrías utilizar un martillo, clavos y un desarmador para construir un cajón para los conejos.

—¿Y qué me dices de las pruebas visibles y patentes? El joven Gregory en viaje a Estados Unidos para tomarse unas vacaciones; tú misma, yendo de un lado para el otro para ver qué puede hacerse por los judíos... Aunque me parece que tu misión no tiene nada de fácil.

Judith se quedó mirando con aire perplejo una mesita de estilo Luis XV.

—Stalin rechazó por completo cualquier planteamiento de emigración general; pero sí me dijo que podría considerarlo dentro de uno o dos años y me pareció que estaba bien dispuesto a permitirme que, mientras tanto, yo preparara el terreno. Tal vez lo haya hecho sólo porque me aprecia —sonrió con cierta timidez—. Mi retorno a Rusia ocasionó gran revuelo en las noticias; eso de la heroína de la revolución y cosas por el estilo.

—Con toda razón. Judith: ¿estabas con Rasputín la noche en que murió?

Ella alzó vivamente la cabeza para mirarlo.

—Querrás decir, la noche en que fue asesinado. ¿Por qué jamás me lo habías preguntado, George?

—Quizá hasta ahora caigo en la cuenta sobre lo mucho que debía haberte preguntado antes y no lo hice; pero, no me lo tomes a mal. Me alegra mucho volver a verte y encontrarte tan bien y tan contenta. Tampoco te voy a preguntar nada acerca de tu estancia en Ravensbrück.

—Ni yo tampoco te lo diré. Lo que sí puedo asegurarte es que, si yo fuera un gato, ahora estaría viviendo mi séptima vida. ¿Por qué no habría de sentirme feliz? Ya no me queda nada que perder.

—¿Y me dices que Boris es el hombre?

Ella sostuvo su mirada.

—Boris ha sido el hombre desde hace diez años, George. Más que eso.

—¿Por qué no está contigo si Catalina pudo acompañar a Michael?

—Bueno, es que... él tenía trabajo que desempeñar por allá.

—Y eso no te gusta, ¿verdad?

Se encogió ligeramente de hombros.

—En realidad, no hace mucho que estamos casados. Lo acepto: hace doce años que está rondando en torno mío. Él ha sido mi primer marido y puede decirse que estoy recién casada. Hubiera sido muy grato poder ir juntos a Palestina.

—¿Es allá adonde piensas ir?

—Sí, luego de hablar aquí con algunas personas.

George se tomó la nariz con dos dedos y tiró de ella.

—¿Recuerdas que, hace muchos años, andabas inquieta por ir a Palestina?

—Sí, debí haber ido. Las cosas habrían sido diferentes.

—Podrías haber usado alguna más de tus vidas: aún hay disparos por allá. Como han estado entrenándose en eso desde hace quince años, ahora ya son muy buenos tiradores.

—Ya he estado antes frente a las armas de fuego —le dijo Judith—. Ahora, deberé hacerlo de nuevo, George. Hay un gran número de gente como yo, decidida a conseguir su restablecimiento. Si Publicaciones Hayman se pusiera de nuestro lado, sería de mucha ayuda.

—Simpatizamos con tu causa. ¿Tienes la intención de establecerte en Palestina?

—Sí, en cuanto pueda sacar a los judíos de Rusia; a los judíos que quieran emigrar.

—¿No consideras que para eso falta mucho tiempo?

—¿En qué otra cosa puedo invertir lo que me queda de vida?

George le tomó una mano y la apretó entre las suyas.

—¿Quieres que te dé un consejo?

—Claro, si eres tú el que me lo da.

—No vuelvas más a Rusia.

—¿No volver...? —se le quedó mirando con los ojos muy abiertos—. Es allá, en Rusia, donde me aguarda la tarea que debo realizar.

—No podrás hacerla en tanto Stalin esté vivo y permanezca en el poder, Judith. Puedes creerme: todo lo que he leído, todo lo que he escuchado decir, todo lo que tú misma me has dicho, me ha convencido de que el zarismo ha vuelto a implantarse en Rusia, sin dejar siquiera la esperanza de la sucesión hereditaria que, de cuando en cuando, engendraba un regente débil y acaso benevolente... Si Stalin te permite ir y venir y andar por Palestina, es por algún propósito propio y no para contribuir a tu causa. Cuando vayas a Palestina, si en verdad debes ir, quédate allá. Con seguridad, los judíos estarán muy contentos de tenerte con ellos. También, se contentarán de que Boris esté contigo, tan pronto como pueda.

—Pero... ¿cómo?

—Tendrán que otorgarle las vacaciones que le corresponden a su debido tiempo y tiene derecho a pasarlas con su mujer. No hay necesidad de que le diga a nadie que no piensa volver. Tú tampoco comentarás nada, hasta que lo tengas a tu lado.

Judith hizo el intento de sonreír.

—¿Estás intentando decirme que Palestina, donde se intercambian disparos continuamente, es un lugar más seguro para vivir que Rusia?

—Para ti sí lo es, Judith. Como acabas de mencionarme, tú eres una figura importante, una heroína de la revolución. Si empiezas a hacer ruido fuera, pondrás en entredicho al régimen; éste no podrá callarte públicamente. Recuerda lo que le ocurrió a la pobre de Tattie.

—Pero... Eso fue debido a los celos de Iván —lo miró fijamente—. ¿No es cierto?

—¿Tú lo crees? ¡Diablos! A mí no me hace feliz que estés en Palestina. Tendría más sentido que retornaras con nosotros a Estados Unidos...

Judith sacudió la cabeza.

—No, George. Definitivamente no. Ya hicimos el intento una vez. ¿Recuerdas?

George suspiró.

—Creo que tienes razón; sin embargo, puedes elegir el sitio. Ya has trabajado antes para los periódicos; haré que mi hijo George te dé un empleo como corresponsal en cualquier lugar del mundo que escojas.

—Sería en Palestina —respondió Judith e hizo un nuevo intento de sonreír—. ¿Ese ofrecimiento significa que no me ayudarás a sacar a los judíos de Rusia?

—Sí; te respaldaremos. Te lo prometo; pero debes salir de Rusia y permanecer fuera. ¿Estarás aquí cuando yo regrese de mi gira por Europa? No tardaré más de dos semanas.

De nuevo, hizo un gesto negativo con la cabeza.

—Partiré el viernes próximo.

—Bueno... ¿Por qué no asistes esta noche a nuestra cena?

Judith apretó los labios.

—En realidad, no tengo tiempo, George, para estar en una reunión familiar de los Borodin. Además, no me parece una buena idea encontrarme con Peter tan poco tiempo después de haberlo dejado. ¿No crees?

Peter Borodin aún conservaba su porte militar erguido y su cabello plateado era tan abundante como siempre. En realidad, era un hombre tan apuesto y bien parecido, como sus hermanas eran mujeres muy hermosas; se diría que ésa era una tradición de la familia. George lo había conocido aquel mismo día de 1904 en que conoció a las chicas, luego de haber cabalgado hasta Puerto Arturo con el ejército sitiador de los japoneses muy cerca de él. Desde un principio, Peter le había agradado así como había adorado a sus hermanas y, desde el primer instante, se admiró de todas las cualidades aristocráticas y militares que el descendiente de los Borodin había heredado de generaciones de antepasados principescos. El hecho de que el aparente sentimiento mutuo de amistad por parte de Peter hubiese quedado obstaculizado por el orgullo y la conciencia de su posición hasta el extremo de que, en aquel entonces, le resultara imposible reconocer que su hermana Ilona pudiese tener deseos de casarse con un corresponsal estadounidense y que, por ese asunto, hubiesen peleado con tanta cólera y tanta hondura, ya no tenía trascendencia ahora. Todo aquello había quedado sepultado en el pasado y, por parte de George, jamás hubo otro sentimiento que el de la simpatía por el joven príncipe, completamente embebido en la ambición y las ideas tradicionales sobre el honor y la gloria. Y, además de simpatía, experimentaba cierta compasión por Peter quien, con motivo de la muerte prematura de su padre, debió cargar con el principado de Starogan mucho tiempo antes de estar preparado para asumir sus responsabilidades; y todo eso para que el principado entero le fuera arrebatado de las manos por el estallido de la revolución. Además, como ocurría aquella noche, el príncipe

Peter había tomado la determinación de observar una conducta ejemplar y de no delatar de ninguna manera el odio y la rabia intensos que todavía encerraba su carácter, y por eso resultaba absolutamente encantador.

Incluso, se había mostrado amable con Gregory Nej. Éste, según estimaba George, había salido airoso de la prueba aquella noche. George dirigió una sonrisa complaciente a los tres jóvenes que habían estado conversando juntos toda la noche. Otra fuente de dicha y de gran esperanza. Ruth Borodina o Ruth von Hassell, como se llamaba ahora, había sido hecha prisionera durante dos años por la NKVD, sin duda antes de que Gregory Nej fuera integrante de la organización, pero, de cualquier modo, a merced de su padre. A continuación, había vivido tres años en Ravensbrück con su tía Judith; y era la hija del más acérrimo anticomunista del mundo y, además, era medio judía; no obstante, allí estaba platicando muy animadamente, sentada entre un capitán de la NKVD y su esposo quien, durante algún tiempo, fue uno de los más brillantes protegidos de Hitler. Era evidente que Gregory estaba moldeado de una forma muy diferente a la de su padre. Paul von Hassell se había rebelado contra el régimen de los nazis en cuanto comprendió los horrores que estaban cometiendo; a pesar de eso, aquellos dos jóvenes eran enemigos naturales. Paul von Hassell era uno de los que invadieron la tierra de Gregory, aunque estaba comprometido con la hermana de éste, la cual murió en una forma por demás trágica, como consecuencia de aquella invasión.

Sin embargo, el propio Paul era un hombre tan agradable que la misma Ilona, tras un recibimiento y un principio bastante fríos, se había suavizado y le había sonreído dulcemente, cuando Paul se estaba comiendo el postre. Se les había servido una rica cena privada en la suite del hotel.

Y los tres jóvenes integraban un simpático trío, se decía George: Gregory, con su nariz y su barbilla pronunciadas, heredadas de los Nej, y su cabello oscuro y corto; Paul, que todavía conservaba el erguido porte militar y con su imponente belleza rubia; Ruth, una versión resplandeciente de la clásica hermosura de los Borodin, aunque con la melena oscura: de las experiencias traumáticas que había sufrido en el pasado, no quedaba más que una expresión vaga y remota en su mirada. George se decía que nadie había conocido en realidad a Ruth antes de 1938 y dudaba de que alguien pudiera conocerla ahora, ni siquiera Paul von Hassell.

Pero sí le parecía que esos tres jóvenes representaban bastante bien algo de la esperanza para el futuro de la humanidad, en su manifiesta buena voluntad de perdonar y olvidar. Luego de su sombría plática con Winston Churchill, quien ya no era primer ministro, pero cuyas opiniones George estimaba sobremanera, y después de las conclusiones aún más amargas que había sacado de su conversación con Michael Nikolaievich, la contemplación de aquel terceto era el primer rayo de sol que hubiese mirado desde su arribo a Inglaterra.

—De modo que Michael Nej es el embajador soviético ante las Naciones Unidas —Peter Borodin se reclinó despacio en el sillón para encender el puro habano. Las damas los habían dejado solos y los cuatro hombres continuaban degustando su oporto—. Por supuesto que Michael siempre fue un hombre de carácter; eso lo advertí desde hace mucho. Cualquiera llega a conocer a sus criados a la perfección, ¿lo sabían? —le dirigió una sonrisa amable a Gregory—. También he reconocido tu carácter, muchacho: eres como Tattie, de cabo a rabo. Estoy muy contento de que te hayas salido; si quieres saberlo, yo siempre pensé que te saldrías, en particular, tras lo que le ocurrió a tu madre.

—¿Salirme? ¿De dónde? —le preguntó Gregory.

George se aclaró la garganta.

—Creo que...

—Salirte de Rusia —añadió Peter, interrumpiéndolo—. Desde mi punto de vista, tu presencia aquí entraña un gran riesgo, incluso cuando George esté a tu lado. Ese padre que tú tienes es una bestia indomable, como bien lo sabes. Empezará a perseguirte, aunque esté en la cárcel, en cuanto se entere de lo que tienes planeado hacer. Y como yo no creo que vayan a juzgar a tu padre ni que le vayan a hacer algo —le sonrió sarcásticamente a Gregory—, no tardarás en tener detrás de ti a un puñado de rusos intentando secuestrarte y lo conseguirán, si no tienes precaución.

—Me parece que debías saber, Peter —le aclaró George—, que Gregory irá a Estados Unidos de visita; no ha salido de Rusia para siempre, ¿no es así, Gregory?

—Es que yo... —balbuceó Gregory ruborizándose—. Por supuesto, ya sé que todos los aquí presentes son enemigos del Sóviet, pero no estarán sugiriendo que yo...

—Yo sé que, a fin de cuentas, vas a desertar —le aseguró Peter—. Eso, precisamente, es lo que debes hacer —emitió una risa breve—; la única cosa sensata que debes hacer. Dentro de los próximos tres años, los estadounidenses borrarán del mapa a Rusia.

—¡Por el amor de Dios, Peter! —exclamó George.

—Pero, mi querido amigo, eso es lo razonable. Todos podemos apreciar cómo los comunistas están esmerándose por apropiarse de toda Europa. Todos sabemos que ése es su objetivo final. Precisamente ahora es el momento indicado para arreglar el asunto de una vez para siempre. Tus compatriotas, George, tienen la bomba atómica; los rusos, no. Un golpe rápido y ya está.

—Si quieres saberlo, Peter, en ocasiones, estoy seguro de que estás loco —expresó George.

—Lo malo con la gente como tú, George —dijo secamente Peter Borodin—, es que es incapaz de adoptar una decisión penosa, aunque vea que es necesaria. Prefiere condescender, con la esperanza de que el problema llegue a solucionarse por sí mismo. Ese proceder fue el que ocasionó la última guerra: todos ustedes, junto con los ingleses y los franceses transigían, con la esperanza de que Hitler desapareciera y, sin embargo, si en 1935 hubiesen asestado un recio golpe preventivo, todo habría finalizado desde entonces. Todo el mundo sabe, sin un asomo de duda, que, tarde o temprano, habrá una guerra entre Estados Unidos y la Rusia soviética. Si se trata de que Estados Unidos garantice su triunfo, como espero que lo deseen todos los que estamos aquí —paseó la mirada sobre todos los presentes deteniéndose en Gregory—, me parece absurdo que no hagamos esa guerra a tiempo; es decir, cuando los estadounidenses puedan estar seguros de lograr la victoria. No debería cometerse el error de pensar que, eventualmente, los soviéticos no tendrán también la bomba atómica. Nuestros hombres de ciencia son tan brillantes como lo fueron los alemanes.

—Tú mismo le hiciste una sugerencia tan disparatada a Roosevelt, antes de la guerra, ¿lo recuerdas? —le advirtió George.

—Así lo hice y él decidió ignorarme por completo; pero no condeno su comportamiento. Es posible que él tuviera cierta información que yo desconocía, como la de que los alemanes iban a atacar Rusia y estimara que era una buena idea que, entre los dos, dieran el golpe para acabar con ella. En cambio ahora, ya no hay pretexto.

George terminó de beber su oporto y dejó sobre la mesa la copa vacía.

—Creo que ya deberíamos llamar a las señoras —dijo.

—Ahí estás de nuevo —se quejó Peter—. Pretendes haber sido ofendido. Ésa es una forma de cobardía, George. Tú sabes que yo tengo la razón, deseas estar de acuerdo conmigo; pero algún rasgo de tu religión o de la ética en tu fuero interno te lo impide: esperemos que sigas favorecido por la fortuna y que no llegues a vivir para lamentar tu debilidad.

—Así lo esperamos —George le sonrió a Gregory—. No me resta más que ofrecerte disculpas por la actitud de tu tío —le dijo—, y tratar de convencerte de que no es otra cosa que un lunático.

—Pero, ¿no hay algo de verdad en lo que ha dicho, señor Hayman?

George, quien se había puesto de pie para dirigirse a la puerta, se detuvo y se volvió a mirar a Gregory con gesto grave.

—Me parece que no te entiendo —le dijo.

—Quiero decir que, si yo fuera el presidente Truman, ciertamente no esperaría hasta que los soviéticos tuvieran la bomba para declararles la guerra.

George abrió la boca, la volvió a cerrar y por fin dijo:

—Pero es que estás hablando...

Gregory le sonrió.

—Estoy hablando de mi pueblo —manifestó— y tengo muchos amigos allá; mas no considero que el estilo soviético sea el que deba adoptar el mundo... Yo soy capitán de la NKVD, ¿ya lo sabían?

—Por supuesto.

—La corporación está encabezada por Lavrenti Beria. Antes de él, la gobernaba mi padre. Muchas veces, la NKVD hace cosas verdaderamente atroces y da órdenes a otros para que, a su vez, las realicen.

—¿Tú reconoces eso? —inquirió Peter asombrado.

—Por desgracia, sí, señor. Por lo tanto, quiero preguntarle algo, señor Hayman: ¿en Estados Unidos funciona una NKVD?

—¿Eh?... No, el FBI no entra dentro de esa categoría —George abrió la puerta—. Creo que ya debemos llamar a las damas, antes de que digamos algo de lo que más tarde podríamos arrepentirnos. Tal vez continuaremos con esta plática más adelante.

—Se diría que has visto un fantasma —comentó Ilona, acercándose.

—He visto muchos.

Peter partió temprano. George suspiró aliviado cuando la puerta se cerró detrás de él.

—Con el debido respeto, Ruth —expuso—, te confieso que cuando estoy con tu padre estoy en zozobra por lo que pueda acontecer. ¡Una guerra preventiva! ¡Por el amor de Dios! Y tú, Gregory, te has puesto de su lado... —lanzó una mirada furibunda a su sobrino.

Gregory se levantó.

—Siempre es interesante escuchar otras opiniones, señor —explicó—. Las del príncipe Peter me parecen interesantes y muy instructivas. Y ahora, me disculparán, voy a retirarme. Tía Ilona —se inclinó para darle un beso en la mejilla—, *frau* Von Hassell, *herr* Von Hassell.

Ilona se quedó observando la puerta hasta que se cerró.

—Ahora lo has ofendido, George.

—Parece un joven confundido —espetó George—, o bien, un consumado hipócrita. Ninguno de los dos tipos me agrada.

—Ya estará bien cuando lo tengamos en casa —advirtió Ilona—. Allá no hay... Bueno, no tenemos... —miró de soslayo a su sobrina.

—¿Intrigas? —preguntó Ruth.

—No querrás decirnos que Peter anda involucrado en intrigas también aquí, ¿no es cierto? —inquirió George. Éste había decidido que la carta que Peter le escribió a John no significaba otra cosa que la añoranza de un hombre que estaba envejeciendo y se estaba quedando solo.

—En realidad, las intrigas constituyen su vida misma —señaló Paul von Hassell—. Ahora está más convencido que nunca de que la guerra entre la Unión Soviética y los países de Occidente es inevitable, como acaba de afirmarlo hace un rato; además, le gustaría que eso ocurriera mientras él viva, pues sabe que el Occidente vencerá, por lo menos si declara la guerra cuanto antes.

—¡Por Dios! —exclamó Ilona—. Les aseguro que está loco, siempre lo ha estado.

—Estoy de acuerdo contigo —asintió George— y así se lo manifesté; pero mucho me temo que existe mucha gente que comparte sus ideas.

—Sí que las hay —aseveró Paul—. Está en Inglaterra invitado por un grupo de la extrema derecha, sueña con revivir esa organización contrarrevolucionaria que él presidía antes de la guerra. Y como usted indica, señor Hayman, al pensar en todos los polacos, los checos y los húngaros que han escapado hacia el Occidente los cuales detestan a los soviéticos. No considero que el príncipe Peter vaya a andar escaso de reclutas.

—¿Y dónde encajas tú en todo esto? —le preguntó George.

Paul titubeó un instante.

Inmediatamente intervino Ruth.

—Mi papá tiene por cierto que Paul será su mano derecha, sólo por el hecho de que está casado conmigo.

—Pues sí... —susurró Paul.

—Pero no lo será —prosiguió diciendo Ruth.

—Es que... —murmuró de nuevo Paul.

—Es que yo no quiero volver a escuchar, ver o hablar con un ruso, si puedo evitarlo —declaró Ruth—. Lo siento mucho, tía Ilona, pero ya está dicho. Gregory Nej es un joven amable y simpático; pero sólo con verlo me estremezco de terror, porque me hace recordar muchas cosas horribles. Estoy segura de que esta noche tendré pesadillas. Tengo muchas cosas mejores que hacer como para darme de golpes en la cabeza contra una muralla de piedra y también Paul.

"Así se derrumban las ilusiones de Peter", pensó George y le vino a la mente la idea de que Ruth era la persona más franca y de mayor sentido común entre las que se habían reunido aquella noche.

—¿Qué piensas hacer? —le preguntó Ilona en esa forma directa y concisa que la caracterizaba.

—Bueno... —dijo Ruth y no prosiguió.

—Es una lástima que la señora Petrov no haya venido esta noche —se apresuró a expresar Paul—. Nos hubiera agradado mucho volver a verla.

—Judith permanecerá en Londres uno o dos días más —informó George— y estoy convencido de que estará encantada de verlos. Ahora está un poco preocupada con Palestina.

—Precisamente acerca de Palestina pretendíamos hablar con ella —sostuvo Paul.

—¿No me dirán que también ustedes piensan ir allá? —quiso saber Ilona.

—¿Por qué no? —inquirió Ruth—. Yo soy judía, lo mismo que mi tía Judith.

—Sí, pero... —Ilona se quedó viendo a Paul con expresión inquisidora.

Paul sonrió.

—Y yo soy un antiguo nazi —volvió la cabeza para mirar a George—, pero ahora tengo pasaporte sueco. ¿Considera usted, señor Hayman, que me negarán la entrada?

—Deberás dirigirte a las autoridades británicas y no a las judías —contestó George—; no obstante, ¿no les parece todo muy extraño?

—¿Extraño? —preguntó Paul—. Es cierto. En muchas ocasiones, en el pasado, descubrí que la vida es muy rara.

—¿Ya has hablado con tu padre sobre tu decisión? —le preguntó Ilona a su sobrina Ruth.

La joven y su marido intercambiaron miradas.

—Aún no —respondió—; pero, por supuesto, se lo diremos.

—Eso le caerá muy mal —subrayó Ilona.

—Sí, le romperá el corazón —recalcó George.

—Acabará por comprender —expuso Ruth en tono confidencial—. Debe ser así, pues yo no puedo y no debo dedicar mi vida entera a sus causas absurdas. Poseo una vida propia y causas a las que podría dedicársela —con gesto desafiante, miró los rostros que la rodeaban.

—¡Pobres muchachos! —exclamó Ilona en cuanto se retiraron—. ¡Por Dios! ¿Sabes una cosa? Ese sentimiento de compasión y de lástima es el que he sentido desde que estamos aquí. Siento lástima por todo el mundo. ¿No te parece terrible?

—Yo siento lo mismo —aseguró George—. Por el momento, Europa es zona de desastre —fue a pararse junto a la ventana para mirar hacia el parque—. Me pregunto cuánto tiempo transcurrirá antes de que los europeos alcen de nuevo la cabeza.

—¡George! —exclamó entonces Ilona como si se hubiese asustado de pronto—. Olvídate de esa maldita gira que efectuarás. Sin duda, ya has oído y visto lo suficiente como para enterarte de cómo están las cosas. Regresa a casa con nosotros.

—Vamos a ver, mi amor —repuso George con voz serena—. No tienes por qué preocuparte de que yo me deprima o me desilusione. ¿No recuerdas que ya lo he visto todo desde antes? Así que tú te llevarás a Gregory en el barco y lo pasearás en grande cuando llegues allá. Y, una vez que pongas los pies en suelo estadounidense, ten muy presente que las zonas de desastre han quedado lejos, muy lejos detrás tuyo.

—Ojalá que así sea —agregó Ilona—. ¡Oh!, por cierto, diré amén —se acercó a él y le tomó la mano—. ¿George, has planeado visitar Palestina en tu recorrido?

Un torbellino de nieve sopló furioso durante toda la tarde y el auto Buick, alquilado, patinaba hacia un lado y el otro sobre el asfalto nevado, mientras Anna Ragosina luchaba a brazo partido con el volante. La conducción de automóviles había sido parte de su entrenamiento, pero ya le faltaba práctica; no había vehículos en los pantanos del Pripet. Por fortuna para ella, la calzada del Cross Bay Boulevard estaba desierta en aquella tarde de enero y ella pudo detener el coche a un lado del camino para quitarse los anteojos y limpiarlos. Eran anteojos de lentes transparentes y no los necesitaba para nada; pero, si iba a representar un papel, prefería actuarlo todo el tiempo.

Llevaba puesto un voluminoso saco de tela gruesa y corriente, con cuello de piel que le impedía los movimientos de la cabeza y se tocaba con un sombrero del mismo material; empleaba anillos de pedrería falsa en los dedos y un vestido negro, barato, adquirido en Penney; con eso quedaba completo su atuendo. Con los anteojos y toda la cabellera oculta dentro de la gorra, se imaginaba que nadie querría verla dos veces. Eso, precisamente, era lo que pretendía.

Bajó el vidrio de la ventanilla y miró con disgusto el panorama de Jamaica Bay que se extendía a un lado y al otro de la carretera, empañado por la nieve que continuaba cayendo. A la distancia podía vislumbrar las luces del Aeropuerto Internacional de Idlewild y, mientras miraba, soplando las nubecillas de niebla que salían de su boca con el aliento, observó un enorme avión de cuatro motores que principiaba su descenso al laberinto de pistas y hangares del aeropuerto. Ella misma había volado en uno de ellos desde Washington, apenas dos horas antes. Le parecía que había pasado una eternidad.

Ya no debía estar lejos su lugar de destino. Había preferido quedarse en el sector de Rockaway Park, ya que le pareció que estaba cerca del aeropuerto y bastante retirado de la ciudad.

Echó a andar el auto, atravesó el puente de Cross Bay, entró a Rockaway Park y, por fin, miró el anuncio del hotel en una avenida lateral, junto a la playa. Era un hotel pequeño que, sin duda, debía estar atestado de gente durante el verano; aunque en el mes de enero lucía desierto y una persiana suelta golpeaba contra el muro. Pero Bogolzhin se lo había sugerido para la primera entrevista y él conocía el terreno mucho mejor que ella, que había llegado apenas unas semanas atrás. Eso, debía admitirlo.

Detuvo el coche frente a la puerta de entrada, donde había varios espacios libres para estacionarlo, entró, llamó en el timbre del mostrador de la recepción y se quedó mirando a una corpulenta rubia teñida que se adelantó para atenderla.

—¿Tiene una habitación para mí? Mi marido hizo la reservación.

La rubia la inspeccionó de arriba a abajo.

—¿Es usted la señora extranjera?

—Así es —afirmó Anna—. ¿Habrá alguien que suba mi equipaje y que estacione el automóvil?

—¿No viene su esposo con usted? —preguntó la rubia al tiempo que revisaba el libro de registros—. Aquí dice un cuarto para dos: el señor y la señora...

—Mi marido tiene su auto —aclaró Anna con cierto tono de impaciencia—. Aquí estará dentro de poco.

—Me dijo por teléfono que usted era francesa —declaró la rubia—. ¿De veras lo es?

—Claro, soy de París; pero estamos trabajando aquí durante una temporada.

—¡París! —exclamó la rubia con entusiasmo—. Yo estuve alguna vez en París, antes de la guerra. Dígame: ¿estuvo usted en la guerra?

—A mí me evacuaron a tiempo.

—Quizá será mejor que firme usted el libro —sugirió la rubia—, puesto que su esposo no está aquí.

Anna firmó el libro.

—Chantal —dijo la rubia—. Es un nombre muy bonito, ¿no? Significa cantante, ¿no es verdad?

—Algo por el estilo —refirió Anna—; mi padre trabajaba en una fábrica de máquinas de coser —le habían explicado que los estadounidenses eran muy listos, aunque aquella rubia regordeta parecía más bien tonta.

—¿Cómo piensa pagar? —dijo ésta.

—Con dinero —respondió Anna con tono mordaz.

—¿Quiere decir al contado? Son cinco dólares.

—¿Debo pagarlos de inmediato?

—Así es, queridita —contestó la rubia.

Anna pagó. La rubia contó cuidadosamente los billetes y los guardó en un cajón.

—Bueno —dijo—, veré qué puede hacerse con su equipaje. Aunque usted no lo crea, yo también tengo un marido; es un inútil el condenado. ¡Oye, Al! —gritó estridentemente de tal modo que su vozarrón retumbó en toda la casa—. Aquí hay una dama con equipaje; ven a recogerlo.

Anna no pudo entender la respuesta que parecía provenir de una habitación interior.

—También debe acomodar el coche —le recordó Anna.

—Puede quedarse donde está —determinó la mujer—. Allí se congelará lo mismo que en cualquier otro lado. Mejor venga conmigo a ver su habitación —se dirigió a las escaleras—. Hay que subir, ¿entiende? Yo me llamo Frannie Hale.

Anna subió las escaleras detrás de ella y, cuando al fin llegaron, anunció la señora Hale:

—Éste es el número siete.

Era una habitación pequeña con el techo oblicuo y una sola ventana que miraba al patio posterior y no a la calle y una vieja cama matrimonial con un acentuado hundimiento en el medio. Anna se dijo que el patio debía verse mejor bajo la gruesa capa de nieve que ocultaba su suciedad; la colcha ostentaba un visible remiendo en el centro.

—¿Esto cuesta cinco dólares? —inquirió.

—El señor Chantal advirtió que no quería nada costoso —le comunicó la señora Hale.

—¿Tiene por lo menos un baño? —preguntó Anna. Desde que disfrutaba de las comodidades de su reducido departamento de Washington, había empezado a valorar algunos aspectos de la vida occidental.

—Allí está el baño —indicó la señora Hale señalando hacia una puerta lateral—. Al le traerá su equipaje en cualquier momento —se acercó a la puerta de salida y se detuvo, como si reflexionara—. Procure no estar bañándose cuando Al venga. A ése le gusta andar husmeando.

Anna estaba sentada en un rincón del bar del hotel, bebiendo escocés. El baño que acababa de tomar no había sido muy grato y su cena —una hamburguesa en la helada cafetería que se ubicaba a más de doscientos metros de distancia— fue poco satisfactoria. Puesto que se suponía que era francesa, no se atrevió a pedir vodka en el mostrador del bar, pero sí dejó sorprendido a Al, quien también atendía en el bar, cuando ordenó escocés puro.

Pensó que Al podía convertirse en una molestia. Anna se había recogido la melena dentro de una pañoleta y aún llevaba sus anteojos; pero como se había despojado del saco grueso, ya no podía hacer mucho para esconder sus piernas ni su busto y, según había advertido, Al estaba muy interesado en revisarlos. A pesar del clima, había muchas personas en el bar, incluyendo a varias mujeres; pese a su modestia como hotel, el bar parecía un sitio apropiado para las citas. De cualquier manera, Al continuaba aproximándose a ella para preguntarle si deseaba que volvieran a llenarle la copa.

Anna miró su reloj. No había necesidad de molestarse hasta que Bogolzhin apareciera. Se sentía triste y comprendía que, a pesar de su apariencia serena y despreocupada, hubiese deseado estar en Rusia, en especial en momentos como aquellos. De acuerdo con sus reflexiones, ya se había acostumbrado demasiado a que la identificaran por doquier como Anna Ragosina, cuyo solo nombre inquietaba nerviosamente a los demás. No podía quejarse por estar en Washington. Allí tenía su nueva identidad y era muy alabada y frecuentada por el embajador, hasta el extremo de que el resto del personal de la embajada sospechaba que el jefe había importado a su querida desde Moscú y, sin duda, él así lo hubiese deseado.

Pero una entrevista clandestina como ésta, le recordaba su última misión extranjera, en aquella calamitosa ocasión en la que Iván Nej la envió a Berlín para asesinar al príncipe Peter Borodin. Cierto que en Estados Unidos no había una Gestapo para preocuparse por ella; mas, en Berlín por lo menos se había hospedado en un buen hotel.

—¡Chantal! —Bogolzhin dio un portazo al entrar y se quedó observando a la chica a través del salón. Era un hombre muy alto y espigado, con la nariz ganchuda. Apenas le llegaba Anna a la barbilla, pero se colocó de puntillas para besarlo en cada mejilla y para murmurarle al oído:

—Chantal es mi apellido, necio, llámame Anna.

—Anna querida —dijo él y la besó con pasión.

Ella lo empujó para que se apartara.

—Ve a traer algo para beber y, de paso, métete un trozo de hielo bajo los pantalones —le recomendó. Volvió a sentarse en su lugar y lo miró. Beria le había asegurado que era un buen hombre. Ella tenía que esperar para constatarlo.

Para desconcierto de Anna, Bogolzhin volvió trayendo vasos de vodka, aunque, al parecer, en aquel país, era necesario mezclarlo con jugo de naranja. Se sentó a su lado y le hizo una mueca que parecía una sonrisa; luego, miró a Al, quien se alejó con discreción.

—¿Y bien? —inquirió ella—. ¿Qué fue lo que me trajiste?

—Muchas cosas.

—¿Hablas francés?

—No —respondió él—. Por eso me designaron a Estados Unidos.

—Si hablamos en inglés nos escucharán y, de hecho, no podríamos hablar en ruso —mencionó con disgusto—. Iremos a nuestra habitación —terminó de beber y se puso de pie.

—Ésa sí es una buena idea —asintió él.

—Iremos para hablar —especificó ella. Lo condujo escaleras arriba, abrió la puerta y, con un gesto de la mano, lo invitó para que entrara—. Siéntate —con una sacudida se despojó de los zapatos, desató la pañoleta, agitó su cabellera, se quitó los anteojos y se recostó en la cama, observando que el hombre circulaba despacio en torno de la recámara—. No hay micrófonos ocultos —aseveró—. Ya estuve inspeccionando. Además —sonrió—, me han dicho que los estadounidenses no hacen esas cosas a menos que tengan razones de peso.

Bogolzhin emitió un gruñido y permaneció parado, mirando por la ventana. Sin duda, a pesar de sus sueños y sus deseos, en aquel instante se sentía inquieto al hallarse a solas con la famosa Ragosina en un dormitorio.

—Siéntate —repitió ésta—. No te voy a morder, camarada, ni tampoco tengo la intención de manosearte.

Él le lanzó una mirada de desconcierto y fue a sentarse en una silla, el único mueble que había en la habitación además de la cama matrimonial y de un tocador.

—No quisiera tener que gritar para que me escuches —le dijo Anna dando golpecitos con la palma de la mano sobre la cama, junto a ella.

Bogolzhin se incorporó de repente y se sentó, muy despacio y con gran cuidado, sobre la cama, tan cerca de ella que sus caderas se tocaron.

—Ahora, dime...

—Lo traigo todo escrito —sacó de su bolsillo varios papeles.

—¿Lo tienes escrito? —preguntó ella alarmada—. ¿Qué no te entrenaron correctamente?

—Son tantos los nombres que quise anotarlos —explicó.

—Bueno, permíteme esos papeles —analizó la primera lista. Cada uno de los nombres llevaba incluido un número de teléfono a su lado y, en muchos casos, además se había registrado la ocupación. Era un trabajo muy profesional para la entrega de información, aunque fuera un modo muy poco profesional de ejercer el espionaje—. ¿Todas estas personas —indagó ella— son comunistas?

Bogolzhin sacudió la cabeza.

—No todas; la mayoría son simpatizantes, aunque no se han afiliado al partido. Algunas son, sencillamente, personas que desean protestar contra la bomba atómica y hay otras que se han manifestado en contra del gobierno de Estados Unidos. Asimismo, hay unas cuantas que no están interesadas más que en el dinero.

—¡Vaya! —exclamó Anna y continuó revisando las listas—. Este hombre, ¿te ha estado proporcionando información desde antes de la guerra?

—Sí, nos ha sido muy fiel.

—¿Tienes algún poder sobre él, algún dominio?

—Ninguno, camarada.

Anna frunció el ceño.

—¿No tienes manera de dominarlo? ¿No tienes cartas comprometedoras ni fotografías?

Bogolzhin meneó la cabeza.

—Es un comunista muy comprometido con sus ideas. Es absolutamente confiable, no tenemos a muchos como él. De los demás, sí tenemos bastantes. Esos hombres, por ejemplo... —apuntó a dos nombres en la lista—, no están satisfechos con el actual régimen en esta nación. Yo considero... —se quedó callado cuando se oyeron unos golpecitos en la puerta. De prisa, Anna metió las listas bajo la almohada y sacó la pistola que tenía escondida.

Con gesto de desaprobación, Bogolzhin movió la cabeza.

—¿Señora Chantal? —era Al Hale—. ¿Está usted allí, señora Chantal?

Anna volvió a meter la pistola bajo la almohada, se puso los anteojos, bajó de la cama, se acercó a la puerta y la abrió.

—Créame, señora Chantal, siento mucho molestarla... —Hale miró por encima de la cabeza de Anna, para ver a Bogolzhin, quien se había levantado de la cama y estaba parado junto a la ventana; luego, bajó la vista para ver el pelo suelto y los pies sin zapatos de la joven—. Sólo quería saber si quieren jugo de frutas con su desayuno de mañana.

—Me parece muy bien —expresó Anna.

—Y dígame, señor Chantal, ¿no sería posible que firmara el registro junto al nombre de su mujer?

—Sí, firmaré por la mañana —respondió Bogolzhin— antes de que nos vayamos.

—Bueno —accedió Hale y volvió a contemplar largamente a Anna—. Entonces, les deseo buenas noches.

Se cerró la puerta y Anna hizo girar la llave.

—Ese hombre sospecha algo —comentó.

—Sólo sospecha que no estamos casados —señaló Bogolzhin.

Anna le miró con el ceño fruncido.

—Ése no es asunto suyo.

—En Estados Unidos, camarada —explicó Bogolzhin—, la gente se preocupa más por la moral de cada quien que por si son o dejan de ser agentes extranjeros. El hecho de que un hombre y una mujer se registren en un hotel fuera de temporada para pasar una noche y lleguen separados, implica que tienen una aventura.

—¿Una aventura? ¿Qué quiere decir eso?

—Bueno, camarada, significa que no están casados, pero que desean dormir juntos.

Anna se sentó en la cama con gesto sombrío.

—¿Dormir juntos cuando no se está casado va contra la ley? ¿Por qué no se me advirtió eso antes?

—Creo que es un acto contra la ley en algunos estados; pero nadie se lo toma en serio. Lo que sí iría contra la ley sería que el dueño del hotel supiera con certeza que no estamos casados, pues se le podría acusar de traer a una prostituta para que yo durmiera con ella.

—Yo no comprendo a esta gente en absoluto —reveló Anna—. Y tú tienes la culpa por llegar con tanto retraso.

—Los caminos están muy mal debido a la nevada, camarada.

—Yo misma anduve por esos caminos —recalcó Anna acremente— y no estoy buscando pretextos. Deseo habilidad y eficacia. Vamos a ver... —sacó los papeles de abajo de la almohada—. ¿Quiénes están en esta otra lista?

—Son los agremiados en los sindicatos que podrían estar dispuestos a trabajar para nosotros.

—Ninguno de ellos debe ser un líder sindical —especificó.

Bogolzhin se encogió de hombros.

—Por regla general, los dirigentes sindicales son muy patriotas y están bien pagados. No creo que lleguemos a ningún lado con ellos. Pero estos otros son obreros..., saben expresarse muy bien y, por lo tanto, sus compañeros los escuchan. Además, se les considera como honrados y cabales. Es muy probable que los trabajadores se dejen dirigir por ellos. No importa si somos nosotros o no los que organicemos las huelgas oficiales, siempre y cuando consigamos desbaratar el trabajo. Eso es lo que tú dijiste que pretendías hacer.

—Y eso es lo que persigo —concluyó Anna. De pronto, ésta descubrió que estaba profundamente contrariada. Sobre todo, sentía enojo contra Al Hale; pero en realidad su molestia abarcaba a todo el pueblo estadounidense. Le disgustaban por tener tanto de todo y por ser tan mojigatamente absurdos—. Viéndolo bien —mencionó—, he decidido dormir contigo, aunque sólo sea para escupir a la cara a esta gente —se desabotonó la blusa—. Ven a la cama.

Por otro lado, pensó que siempre podía cerrar los ojos y fingir que estaba con Gregory. Estaba segura de que muy pronto lo vería.

Jamás hubiese imaginado que podría extrañar a Gregory.

CAPÍTULO V

LOS NUDILLOS GOLPEARON SOBRE LA PUERTA DEL CAMAROTE.

—¡Gregory! ¿Estás allí? ¿Gregory? Ya puede contemplarse Nueva York. Sube al puente. Es muy hermoso.

—Subiré dentro de un momento, tía Ilona —Gregory Nej se sentó sobre la cama, bajó las piernas y se dirigió al lavabo, mirándose en el espejo al tiempo que se afeitaba. Ciertamente, se sentía emocionado, aunque menos ante la perspectiva de ver Nueva York que ante la de poder hallarse de nuevo con Anna. ¡Tenía tantas cosas que comentarle! Muchas cosas que él no hubiese creído posible que se realizaran.

Gregory estaba bien dispuesto a reconocer, por lo menos para sí mismo, que experimentó un gran escepticismo cuando Lavrenti Beria le informó que la NKVD tenía ciertos reportes en el sentido de que los estadounidenses se estaban preparando para lanzar un ataque preventivo contra Rusia. A él le había parecido que no había necesidad de plantear un panorama tan apocalíptico para el futuro y que resultaba innecesario para convencerlo de lo que él debía hacer; él era un fiel oficial ruso y estaba preparado para desempeñar cualquier misión que se le encomendara, por muy difícil y desagradable que fuera.

Pero aquella decisión la tomó antes de conocer al príncipe Peter y de descubrir que él era, en el fondo, todo lo que su padre había querido que fuese, pues en las palabras de Peter le había parecido escuchar la verdadera voz del Occidente, donde la mayoría de la gente detestaba los sóviets y estaba decidida a hacer cualquier cosa para acabar con el Estado soviético. Los individuos como George Hayman, cuyos sentimientos eran auténticos, con certeza y que no deseaban otra cosa sino que hubiera paz entre los dos bloques de potencias, eran la excepción y no la regla. Creía a pies juntillas en la sinceridad de su tío George y lo había colocado en el mismo nivel que a su tío Michael, quien tampoco entendía cuáles eran las fuerzas que estaban en obra. El hecho de que esos dos buenos caballeros tuvieran que quedar decepcionados era la única contrariedad que obstaculizaba la labor que él debía emprender. Por supuesto, el tío Michael tendría que acabar por reconocer la verdad y por aceptar que todo había sido parte de un plan vital para la seguridad soviética.

En cambio, el noble George Hayman se enteraría de la verdad cuando ya fuera demasiado tarde. Eso le ocasionaba una honda pena a Gregory; pero en la guerra debe haber bajas y, sin duda, se trataba de una guerra, aun cuando no se llegaba a combatir con bombas y balas.

Su única responsabilidad era efectuar con eficiencia la tarea que le habían encomendado. Ahora estaba arrepentido por la manera tan poco acertada con la que había respondido al sermón de su tío Peter. Si George no estuviese tan decidido a aceptarlo y a llevarlo consigo, en aquel instante hubiera podido levantar barreras a su propia misión. Era necesario aprender a pensar antes de hablar, si deseaba manifestar su oposición a esas personas en un principio para dejarse conquistar después, poco a poco, para aceptar sus opiniones y sus puntos de vista.

Pero no debía dejar pasar mucho tiempo antes de conseguirlo. Anna había insistido en la urgencia de su tarea. "¡Ay, Anna! —se dijo—. ¡Ojalá que pudiera verla pronto!"

Se anudó la corbata, salió del camarote y subió al puente para apreciar los rascacielos de Nueva York que iban brotando poco a poco de la niebla matinal. A pesar de su determinación de ver con escepticismo todo lo estadounidense, quedó profundamente impresionado al contemplar el paisaje. Incluso el enorme barco en el que había viajado quedaba empequeñecido por los gigantescos edificios. Pensaba que era imposible quedar igualmente impresionado si llegara a Leningrado o a Sebastopol por mar.

Asimismo, le ocasionó una honda impresión el recibimiento que se le rindió a Ilona Hayman, un recibimiento que a él también le correspondía. Durante todo el viaje, había percibido la deferencia con que se les trataba, el modo aparentemente instantáneo en el que fueron conducidos a ocupar un lugar en la mesa del capitán. Ahora se les llevaba a lo largo de puentes y escaleras, donde les saludaban con mucho respeto los distintos oficiales y funcionarios, que se diría que los estaban esperando para sellarles el pasaporte sin la menor dificultad. Más allá, detrás de las barreras de la aduana y de la inmigración, los aguardaba un gran automóvil Rolls-Royce, con un chofer uniformado que rápidamente se entendió con los mozos que transportaban el equipaje, pues su tía Ilona, para una breve visita a Londres, había llevado un gran baúl y cuatro maletas, mientras que él, para una estancia prolongada en Estados Unidos, no llevaba más que una maleta. La portezuela posterior del auto se abrió y descendió de él una chica que le resultó encantadora.

—Ésta es tu prima Felícitas —le explicó Ilona—. Mira, Felícitas, éste es Gregory, el hijo de tu tía Tattie.

A pesar del aire frío, Gregory se había olvidado de ponerse los guantes y tuvo que esperar a que la muchacha, con movimientos lentos, se quitara el suyo de la mano derecha para estrecharle la mano. Pero le agradó la espera, pues tuvo la oportunidad de examinarla. Jamás había visto a una mujer tan elegante y, mucho menos, había esperado que se la presentaran. Por cierto, tanto su tía Ilona como su propia madre siempre habían destacado como las mujeres mejor vestidas de Rusia, pero él las veía viejas a ambas y, además, él nunca había salido de su patria y, por lo tanto, no podía hacer comparaciones con las mujeres que pudiera ver en el extranjero. En Londres, la gente estaba desalentada y modestamente vestida, tal como la había visto en Leningrado. Pero en aquella joven se manifestaba el lujo y la tradicional belleza de los Borodin, así como una desbordante femineidad, resaltada por cierta seriedad madura; estaba envuelta en un precioso saco de piel de marta con un sombrero que hacía juego, dentro del cual llevaba oculta la cabellera. En su mano derecha relucía al sol el enorme brillante solitario de su anillo.

Para Gregory, esa mujer constituía el ejemplar perfecto de la degeneración burguesa estadounidense. Probablemente no había desempeñado ni una jornada de trabajo en su vida y, con seguridad, no sabría diferenciar el cañón de la culata de una pistola. En comparación con Anna Ragosina, era una nulidad.

¡Cómo le hubiese gustado ver a Anna vestida así y luciendo diamantes! Podría haber sido la mujer más hermosa del mundo.

Felícitas le estrechó la mano.

—Bienvenido a Nueva York, Gregory —le dijo con voz tranquila, mientras él contemplaba sus fascinantes ojos azules. Pero su mirada era triste y se advertían en ella abismos que no iban de acuerdo con el resto de su persona. Gregory se dijo que quizá la había juzgado mal y la muchacha era consciente de su degeneración burguesa.

—Podrás ver mejor si te sientas adelante, Gregory —le propuso Ilona y él obedeció a regañadientes porque habría deseado sentarse junto al suntuoso saco de pieles.

—Aunque no hay mucho qué ver —comentó Felícitas subiendo al asiento posterior para sentarse junto a su madre y después el conductor, quien, al parecer, se llamaba Rowntree, avanzaba cuidadosamente a través del tránsito de los muelles—. Esperamos que nieve. Desde luego, tú estás acostumbrado a la nieve, Gregory.

—Ahora hay nieve por toda Europa —detalló él, girando levemente en el asiento de tal modo que pudiera mirar a las damas y el panorama. Pero le quedaba muy poco tiempo para volver la cabeza hacia el asiento posterior del enorme automóvil. Habían salido de los muelles a una amplia avenida en la que había un tránsito tan intenso como él no había visto jamás; aparecían los coches por todos lados y él no podía imaginarse por qué no se producían los accidentes constantemente. Pocas cuadras más adelante, atravesaron sobre un puente monumental, mucho más grande que cualquiera de los que cruzaban el río Moscova y mucho más alto también, hasta el extremo de que el agua medio congelada del río parecía encontrarse a cientos de metros de distancia.

—Éste es el puente de Queensboro —le describió Ilona.

—¿Entraremos en Brooklyn? —preguntó Gregory—. He oído hablar de Brooklyn.

—Pasaremos a un costado. El río East es éste. Subiremos a Long Island hasta llegar a un sitio llamado Cold Spring Harbor. Está más allá de donde el río se convierte en el Sound.

—Te agradará aquel lugar —mencionó Felícitas—. Es un zona muy tranquila y muy hermosa.

Con el rabillo del ojo, Gregory la observó cuando cruzaba las piernas, poniendo al descubierto las magníficas pantorrillas envueltas en medias de seda. De repente, el joven cayó en la cuenta de que jamás se había sentido tan impresionado a primera vista por una mujer.

Aunque, sin duda, eso se debía a que hacía largo tiempo que estaba separado de Anna y, ahora, los dos estaban en el mismo país. No transcurría mucho tiempo sin que volvieran a verse.

—Bienvenido a Estados Unidos —George Hayman hijo le tendió la mano a Gregory—. Hemos oído hablar mucho de ti.

Ilona sonreía muy satisfecha: sus dos hijos y sus familias habían desafiado la nieve y el hielo para acudir a darle la bienvenida a su primo quien ahora estrechaba las manos de Beth y de la pequeña Diana y quedaba después frente a John.

—¡Hola! —saludó John Hayman—. ¿Te acuerdas de mí?

—¡Claro! —exclamó Gregory—. Yo estaba allá cuando te impusieron la medalla. Fue el propio camarada Stalin quien te la puso —no pudo evitar un acento de reverencia en su voz.

—Sí, fue una ocasión memorable —admitió John—. ¿Recuerdas también a Natasha?

Gregory besó la mano de Natasha.

—La vi bailar en el teatro —expresó—. Estuvo usted maravillosa, madame Hayman.

—Creo que debes hablarme de tú y llamarme Natasha o Sasha, como todos los demás —indicó ésta. Alzó en brazos a su hijo—. Éste es Alex.

Gregory adoptó la expresión grave que la mayoría de los adultos asumen al quedar frente a un niño que es su pariente.

—Me parece que Gregory querrá ver su recámara —interrumpió Ilona—. Harrison... Ah, Harrison. ¿Ya subieron el equipaje?

—Así es, señora Hayman —contestó Harrison.

—El señor Harrison —preguntó Gregory con voz baja—, ¿es también un primo mío?

—No, por Dios —respondió Ilona—. Harrison es el mayordomo. Ya conocerás al resto de la servidumbre. No es necesario que recuerdes los nombres de cada uno. Sólo debes sonreírles y darles los buenos días y con eso estarán conformes. Yo te acompañaré arriba.

El joven George se les quedó mirando cuando subían las escaleras; luego, se dirigió a John.

—¿Qué te parece?

—Está exactamente igual a como lo recuerdo —expuso John.

—¿Aún te sientes escéptico respecto de él?

—¿Escéptico? No, por Dios.

—Eso significa —intervino Natasha— que desde el momento en que entró a trabajar en la publicidad se muestra escéptico con todo el mundo.

—¿Y a ti qué te parece, hermana? —le preguntó George *junior* a Felícitas quien, como de costumbre, contemplaba el paisaje por la ventana.

—¿Qué me parece qué cosa?

—¿Qué te parece el primo Gregory?

—No tengo opinión alguna acerca de él —indicó Felícitas—. Es un ruso —sin embargo, John advirtió que la chica se ruborizaba ligeramente al hablar. Se preguntó cuál sería el motivo.

Joseph Stalin se reclinó en el sillón y leyó la carta por segunda vez. Lavrenti Beria, inclinado hacia adelante hasta casi tocar el escritorio con el pecho, miraba con atención las reacciones de su amo; pero, como siempre ocurría, las expresiones de Stalin no se alteraron.

Dejó la carta sobre el escritorio.

—Puesto que a Petrov no se le autorizará salir del país —declaró—, sería más prudente que no recibiera jamás esta carta.

—Por supuesto, Joseph Vissarionovich. Pero, ¿la camarada Petrov no escribirá de nuevo? ¿O quizá regrese a ver lo que sucede? —hizo una breve pausa—. ¿O tal vez tú deseas que vuelva?

—Judith Petrovna no retornará jamás —aseguró Stalin—. Es evidente que no tiene la intención de hacerlo.

—¿De veras? —preguntó Beria con tono de incertidumbre.

—Así es —Stalin golpeó con su dedo la hoja de papel—. Alude a su entrevista con George Hayman en Londres y a la plática que sostuvo con él. Señala que Hayman le prometió respaldar su campaña para liberar a los judíos rusos según ella misma dice. ¿Y qué más? —tomó en sus manos la segunda hoja de papel—. ¡Ah, sí!... "Como siempre, George me expuso las razones y me dio buenos consejos. De hecho, me pidió que solicitara tu opinión sobre las condiciones que imperan aquí, en Palestina, y que lo hiciera lo más pronto posible. Procura conseguir tus vacaciones, que seguramente ya te corresponden, y ven a Tel Aviv. Sólo será por unos días..." y las palabras unos días, están subrayadas.

—Bueno —dijo Beria—, no veo por qué...

—Yo conozco perfectamente a esa gente —aseveró Stalin—. Durante años, he tenido tratos con ella. Judith Petrovna es una mujer muy astuta, aunque no me parece muy brillante, pues, de lo contrario, no habría escrito una carta semejante. Ya sabe que yo no tengo la intención de permitir que varios millones de personas, todas ellas con talento y capaces de trabajar arduamente, renieguen de Rusia porque tienen la desatinada idea de arrebatar un poco de tierra a los árabes para establecerse en ella. Incluso en el caso de que yo sintiera simpatía por su causa, eso lo consideraría como un auténtico acto de locura. Permitamos que los ingleses sostengan su guerra con los árabes; yo no tengo la intención de involucrarme en ella. Judith Petrovna lo sabe y, por eso, ha dejado de lado la idea de convencerme. Ahora espera forzarme a actuar en su favor por medio de una publicidad adversa. Para eso ha conseguido la ayuda de George Hayman con todas sus publicaciones. Pues bien, eso nos ocasionará molestias; de nada sirve negarlo. También, tornará más complicada la labor de Michael Nikolaievich, pero no provocarán ningún efecto aquí, en Rusia, donde no se leerán los periódicos de Hayman. No obstante, Judith Petrovna sabe muy bien que, en el instante en que esa campaña inicie, ella habrá quemado sus naves. Yo no la perdonaré jamás. Por lo tanto, sabe que ya nunca regresará a Rusia y lo que ahora pretende es que Petrov salga del país para que se reúna con ella, antes de que la campaña en los periódicos comience. En una palabra, Lavrenti Pavlovich, se trata de una traición frente a nuestras propias narices.

—Haré que la secuestren para que la traigan aquí —declaró Beria—. Yo haré...

—No harás nada; cualquiera de esos actos nos provocaría mucho daño. No, no —miró pensativamente el retrato de Lenin que colgaba de la pared frente a su escritorio—. Dime, ¿ya está establecido en Estados Unidos el joven Gregory Nej?

Beria se irguió muy orgulloso. Había estado inquieto cuando Stalin accedió a escuchar las disposiciones detalladas de Anna Ragosina; pero se sintió aliviado y gratificado cuando su amo había quedado satisfecho, encantado en realidad, ante la idea de usar a Gregory, el primo y sobrino de los Hayman.

—Según los informes, ya está plenamente establecido —reportó Beria—. La familia Hayman lo ha aceptado sin reservas. Y Anna está trabajando en firme. ¿Ya leíste las noticias que vienen de allá?

—¿Las noticias sobre las huelgas? ¡Claro que sí! Estoy muy complacido, muy contento. La camarada Ragosina ha avivado la situación. Parece que ya no funciona la mitad de la industria estadounidense.

—También se comenta ya de una extensión de las huelgas a las minas y a los ferrocarriles. Se afirma que en ese caso intervendrá el gobierno y meterá a las tropas a trabajar en las minas y en los trenes.

—Eso sí que estaría muy bien hecho —concedió Stalin—. Sería una medida que generaría división y, si las tropas deben ocuparse de los ferrocarriles y las minas de carbón, no podrán destinarse a otra cosa, ¿verdad? ¡Ah, esa mujer ha hecho todo espléndidamente! Ahora, sólo falta que el joven Nej se disponga a trabajar para conseguir esos secretos atómicos.

—Se requerirá tiempo para obtener las fórmulas de la bomba atómica, pero ella ya ha establecido varios contactos muy importantes.

—¿Y Nej? ¿Cuándo anunciará su deserción?

—En cuanto nosotros le pidamos que lo haga. Creo que, hasta ahora, Anna no se ha puesto en contacto con él. En ese aspecto, debemos ser muy cautelosos. Es él quien debe elegir el momento. Pienso que está esperando a que Hayman vuelva de su famosa misión para recabar datos. Entonces, querrá asociar su decisión de desertar con algún acontecimiento externo; por lo menos, Anna así lo supone.

—Sí —avaló Stalin—. Sería bueno que se apurara un poco. Sin duda, está viviendo en el seno del lujo; pero nosotros le aportaremos un acontecimiento que lo inquiete y que, al mismo tiempo, resuelva nuestros problemas. También, debemos demostrarle a la Petrov que no somos tan tontos como ella cree. Ya es tiempo de hacer algo con Boris Petrov.

—Claro —reconoció Beria en seguida—. Mandaré que lo detengan y después...

—¿Con cuáles cargos lo arrestarás?

—¡Vaya! ¿Es necesario formular cargos, Joseph Vissarionovich? Hasta ahora, siempre enunciábamos los cargos de acuerdo con el contenido de la confesión del reo.

Stalin emitió un largo suspiro.

—Los tiempos han cambiado, Lavrenti, creí que ya lo habías comprendido. Hubo un tiempo en que el mundo nos observaba como a parias. Todo el que quisiera vivir en el Estado soviético merecía sufrir cualquier cosa que le aconteciera porque, dentro de nuestras fronteras, podíamos hacer lo que quisiéramos y tomar las decisiones que sirvieran para bien del Estado. Pero ahora somos internacionalmente importantes y populares. Nos enfrentamos con el señorío de la Alemania nazi, la más grande maquinaria de guerra que el mundo haya conocido y la destruimos. Contamos con el ejército más poderoso del mundo y, con el correr del tiempo, veré que tengamos una marina potente y la fuerza aérea más eficaz que haya existido. Asimismo, cuando Anna Ragosina haya finalizado su misión y tengamos la bomba atómica, seremos la nación más poderosa del mundo. No obstante, la conquista de tal poder implica que los ojos del mundo estén siempre sobre nosotros.

—¿Eso qué tiene que ver?

—Mucho, ya que ahora necesitamos al resto del mundo como nunca antes. Requerimos la materia prima y los mercados de exportación para los productos de nuestra industria. Ya no podemos existir en el vacío y tampoco, si vamos a llegar a ser la nación más grande del mundo, podremos producir en Rusia todo lo que necesitamos. Sin embargo, no podemos conquistar en forma abierta a otros pueblos ni hacer colonias con ellos como antes lo hicieron los ingleses y los franceses e incluso los zares. En ese caso, los estadounidenses tendrían que reaccionar. ¿Crees que ya me he olvidado del pasado? Desde el punto de vista histórico, Polonia nos pertenece así como una buena parte de Rumania y de Persia y todo Afganistán; lo mismo sucede con Manchuria. Tendremos todo eso con el correr del tiempo, volveremos a crear el imperio zarista en su culminación. Quizá lo extendamos más; pero, por el momento, deberemos proceder tal como lo estamos haciendo aquí, en Europa: despacio, paso a paso. Tenemos la obligación de demostrarles a nuestros vecinos que somos sus buenos amigos, los mejores amigos. Les debemos probar que pueden confiar en nosotros.

—Jamás podremos entablar amistad con los estadounidenses —refunfuñó Beria.

—Ya lo sé. Por ello, es aún más importante estrechar lazos firmes de amistad con el resto del mundo y, por ende, deberán pasar a la historia los viejos días de la justicia arbitraria, de detener a la gente y retenerla encerrada durante años, sin juicio. Debes entender eso, Lavrenti Pavlovich. A los ojos del mundo, todos esos son actos de tiranía y de despotismo y ahora debemos presentarnos ante los demás como un modelo de gobernantes —sonrió—. Debemos aparecer como hombres buenos, ya no como Iván Nej. Éste no fue ningún problema, pues, evidentemente, era culpable de un crimen espantoso, junto con una serie de delitos abominables que él cometió. Ya ha quedado solucionado ese asunto, ¿no es verdad?

—¡Oh!... por supuesto, Joseph Vissarionovich.

—Muy pronto, el mundo se habrá olvidado de él; pero este lío de los judíos es muy diferente. En la actualidad, los judíos gozan de la simpatía de todos. Y Judith Petrovna es una figura internacional. Por desgracia, Boris Petrov también lo es: fue embajador extra oficial en Washington; luego, un integrante destacado de nuestra embajada en París y, más recientemente, uno de los defensores heroicos de Leningrado. Si llegamos a arrestarlo bajo cualquier acusación, la gente del mundo empezará a decir: "Mira, ya comienza otra purga en Rusia". No es eso lo que quiero y mucho menos deseo que la gente del mundo se adhiera al punto de vista que Hayman difundirá en sus periódicos. Quiero que el mundo esté de nuestra parte.

—Por supuesto —asintió Beria inquieto y agitado. Como no sabía qué decir, decidió atenerse a su punto principal—. Pero si no lo detenemos...

—Hay otros medios para eliminar a un hombre como Petrov de manera útil y muy segura —garantizó Stalin.

—¡Un accidente! —exclamó Beria—. Yo puedo arreglarlo, naturalmente.

Stalin suspiró de nuevo.

—No, no me refiero a un accidente. Sería muy sospechoso que ocurriera después del que le costó la vida a Tatiana Dimitrievna. Pero supongamos... Petrov ha llevado una vida muy agitada. Cualquiera que combatiera durante el sitio de Leningrado debe haber sufrido una gran tensión. ¿No podríamos presumir que Petrov se haya vuelto loco?

Beria se rascó la calva.

—No me parece que haya dado indicios de locura, Joseph.

Parecía que Stalin estaba esforzándose por reprimir una fuerte emoción, pero su voz se mantenía serena.

—Eso no implica que no esté loco, Lavrenti Pavlovich. Ha estado viviendo solo desde que su mujer salió de viaje. Es posible que haya sufrido un quebrantamiento o una depresión en la intimidad de su departamento. Es probable que haga cosas raras, tan raras que quizá pongan en riesgo su vida, pero que nadie ha advertido hasta ahora. A menudo, la gente desequilibrada intenta suicidarse. No podemos permitir que tal cosa le ocurra a un hombre de su talla. Creo que, por su propio bien, debe ser internado en un manicomio.

—¿Ah, sí? —preguntó Beria aún sin saber con certeza de lo que estaban hablando—. Pero, ¿no afirmará Boris Petrov que a él no le sucede nada por el estilo? Les asegurará a los médicos que él está perfectamente sano.

Con movimientos lentos, Stalin principió a llenar de tabaco su pipa; la sostenía entre sus dedos con tanta fuerza que existía el peligro de que la quebrara.

—Los locos siempre afirman que están sanos. Ésa es una de las primeras señales de demencia.

—¡Ah, sí! ¿Es verdad?

—Todo el asunto es muy penoso. Se le dará amplia cobertura. Todos nosotros apareceremos nerviosos y preocupados. El mundo entero proclamará su simpatía hacia Boris Petrov.

—Sí, pero... No sé cómo podríamos llevar a cabo esos planes, Joseph Vissarionovich.

—Yo haré todo lo necesario para que se realice lo que deseamos —concretó Stalin pacientemente, echando bocanadas de humo. Alzó una mano y fue enderezando uno por uno sus gruesos dedos, a medida que enumeraba sus puntos—. En primer lugar, Judith Petrovna se enterará de que su esposo está demente, internado en un manicomio. En seguida, considerará su deber regresar aquí lo más rápidamente posible para estar a su lado; sin embargo, sabrá que él no está loco y, por lo tanto, que se trata de una trampa en la que irremisiblemente caerá si es que vuelve. Si no se atreve a regresar, quedará expuesta ante el mundo como una sionista inhumana y cruel, lo que en realidad es. Pero, de todas formas, Judith revelará necesariamente lo que en verdad intenta hacer allá y aún más importante: perderá el respeto de todas las mujeres del mundo y, entonces, no podrá afectar para nada la opinión pública mundial, por muy altos que sean sus reclamos.

—Acudirá sin falta a Hayman para pedirle ayuda...

—Déjala que vaya. Si Hayman comienza a publicar en sus periódicos un desmentido sobre la locura de Boris Petrov, sin haber venido aquí a constatarlo, se revelará como un encarnizado antisoviético y el resto del mundo sacará sus propias conclusiones.

—Es cierto —musitó Beria, pensativo.

—Y después, el joven Nej comenzará a sacar sus propias inferencias. Algunas de ellas las expondrá públicamente, pues también él sabrá, y se lo dirá a todo el que quiera escucharle, que Boris no está demente y que la Unión Soviética a la que sirvió con tanta lealtad continúa gobernada por el capricho de un solo hombre y que sigue siendo lo que la prensa occidental declara de ella. Entonces, proclamará que él ya no puede proseguir trabajando para un gobierno semejante y expondrá sus razones para desertar. Una serie de motivos que todo el mundo creerá. ¿No tienes dudas, Lavrenti Pavlovich, de que puede confiarse en él? Considera que lleva el nombre de su padre.

—Puede confiarse por completo en él, Joseph. Aborrece a su padre, puesto que lo considera culpable de la muerte de su madre. Aparte de que tiene cierto grado de patriotismo, está bajo el poder absoluto de Anna Ragosina, hasta el grado de que estoy convencido de que si ella le dice que se pegue un tiro en la cabeza, él la obedecerá sin miramientos.

—Esperemos que no sea necesario llegar a ese punto —mencionó Stalin secamente—. Bueno, creo que ya es tiempo de que te pongas a trabajar.

Beria se levantó, pero se quedó parado demostrando su incertidumbre.

—¿Sí? —inquirió Stalin.

—¿Acaso no son verdaderas esas acusaciones que, según tú, nos lanzará Gregory Nej y que habrá de dar a conocer al público estadounidense?

Stalin lo miró.

—Por supuesto.

—En ese caso...

Stalin sonrió.

—¿Dé qué otro modo podría gobernarse un pueblo como éste, Lavrenti Pavlovich? ¿Cómo ha sido gobernado desde siempre?

—Pero... Sin duda, los estadounidenses creerán lo que Gregory declare.

—Ése es el objetivo.

—¿Y el resto del mundo?

Stalin se encogió de hombros.

—Supongo que algunos le creerán. Pero, ¿no has entendido, camarada, que, llegado el momento; es decir, cuando Nej sea plenamente aceptado por los estadounidenses y se haya infiltrado en el Pentágono, nosotros podemos desacreditar por completo sus acusaciones por el sencillo método de presentar sano y salvo a Boris Petrov? Con eso saldríamos ganando mucho más de lo que podamos perder con sus imputaciones.

—Pero... ¿Boris Petrov aceptará cooperar con nosotros, Joseph Vissarionovich?

La mirada de Stalin se tornó furiosa.

—Eso queda en manos de tu gente, Lavrenti Pavlovich. Tienen bastante tiempo por delante.

—Si baja por esta escalera, señor Hayman —explicó el guía mostrándole a George los escalones de piedra gastados y carcomidos—, llegará al corredor.

Con mucha precaución, George bajó por la escalera y, de pronto, se quedó sin aliento. Aquel sitio, muy debajo del nivel del suelo, era siniestro, tenebroso y hedía a desinfectante. De cualquier manera, se le hubiese cortado el aliento; el número veinticinco de la avenida Sucha era el lugar donde la Gestapo había tenido su cuartel general durante la guerra.

A pesar de no haber visitado Varsovia para que le hablaran de la guerra, insistió en bajar a aquel recinto, aunque sus compañeros trataron de disuadirlo. Allí estaba la verdadera historia de lo que aquella nación tan notable, tan llena de talento y, no obstante, tan autodestructiva, había padecido durante los seis años más largos de su historia. Pese a que Judith no era polaca, sí era judía y casi todos los hombres y mujeres que habían sido arrastrados a aquellas mazmorras eran judíos. Al contemplar el escenario de sus sufrimientos, pensó en obtener una visión interior de lo que ella debió haber sufrido. Ella y su desdichada sobrina.

El guía le mostró una habitación que parecía un salón de clases, con varios bancos duros dispuestos en hileras frente a una pared desnuda.

—A este cuarto le nombraban el tranvía —indicó—. A los prisioneros se les traía aquí abajo y se les sentaba en esas bancas para esperar su interrogatorio. En muchas ocasiones, se quedaban aquí hasta cuarenta y ocho horas, sin comer, sin beber y sin poder moverse. Si alguno se movía, los guardias acudían a golpearlo con sus garrotes —llevó a George más adelante por el corredor y abrió una puerta—. Allí dentro eran interrogados por fin. Se les azotaba, se les golpeaba y se les daba el tratamiento eléctrico. Puede observar aquí afuera, en el corredor, un gran aparato de radio que se mantenía a todo volumen todo el tiempo, para que los gritos de los torturados no pudieran oírse arriba, en la calle —dio la vuelta por un corredor más pequeño que salía de la sala de los interrogatorios—. Luego, los metían en estas celdas —abrió una puerta para que George pudiera mirar en la estrecha habitación el camastro burdo y los muros de piedra picoteados—. Algunas veces, los ejecutaban aquí mismo. Ésos son los agujeros de las balas. No sabían en qué momento se abría la mirilla de la puerta y se asomaba el cañón de la pistola. Mire, ¿ve esas inscripciones? Fueron grabadas en los muros por los prisioneros.

George comtempló las letras burdas cortadas en la piedra.

—B-O-Z-E-J-A-K —leyó—. Después, dice B...

—Si traducimos —señaló el guía—, allí dice: "¡Cómo nos golpean, Señor!" —abrió otra puerta—. Aquí también escribieron. Se lo voy a traducir: "Nadie se acuerda de mí y nadie sabe que soy una chica solitaria de 21 años y que voy a morir sin culpa 12.10.43. Domingo. Z.R."

—Sí, sí —expresó George como si se hubiera molestado repentinamente—. Creo que ya he visto lo suficiente. Debo volver a mi hotel y prepararme para mi entrevista con el señor Osobka-Morawski.

—¿Se entrevistará con el primer ministro? —el guía estaba evidentemente impresionado. Lo acompañó y le abrió la portezuela de la limosina que aguardaba, mientras George, parado sobre la banqueta, aspiraba bocanadas del aire limpio y permitía que el sol de los últimos días del invierno entibiara su carne que, de buenas a primeras, se le había enfriado. Pero toda Varsovia le provocaba escalofríos. La ciudad estaba devastada en su totalidad y ni en Leningrado podía verse una desolación mayor. Ahora se había iniciado el proceso de reconstrucción e incluso los polacos, con su genuina veneración por la historia, dejaban tal como estaban algunos edificios, como aquel de la avenida Sucha, a modo de recordatorio permanente de lo que la guerra había sido para ellos. Se metió en el auto, se sentó al lado del guía y principiaron a avanzar a lo largo de las avenidas desiertas. Sólo se cruzaron con un coche en el que iban dos oficiales rusos.

—Los salvadores —murmuró George con tono irónico y se quedó mirando al guía.

El rostro cacarizo de éste pareció arrugarse.

—¿Qué no los consideran como sus salvadores? —quiso saber George quien no en vano había sido periodista toda su vida, aunque ahora estaba oficialmente retirado.

—Antes de que llegaran los alemanes —expuso entonces el guía—, las naciones occidentales nos sugerían que aceptáramos la ayuda de los rusos, si queríamos continuar con vida. Eso me trae a la memoria un dicho que tenemos en Polonia: los alemanes se llevaron nuestros cuerpos; pero los rusos nos quitarán hasta el alma. Ahora... —se encogió ligeramente de hombros—, los alemanes se llevaron ya todo lo que pudieron y aún los rusos hallaron algo para llevarse.

—Sin embargo, el nuevo gobierno, dirigido por el premier Osobka-Morawski desea la amistad con Rusia —insistió George.

De nueva cuenta, el guía se encogió de hombros.

—El premier pasó toda la guerra en Rusia, señor Hayman. ¿Qué otra cosa podía esperarse de él? De todas formas, cuando se está postrado y hay un león que tiene las garras encima, es mucho más prudente tratar de ganar la amistad del león y lo mismo puede decirse del oso.

—¿Habrá muchos polacos que piensen como usted?

—Todos los que no pasaron la guerra en Rusia —respondió el guía—. Y también algunos de ellos; pero todos estamos cansados, no tiene usted una idea de lo cansados que estamos, señor Hayman. Aunque algún día dejaremos de estarlo y ya para entonces será demasiado tarde —el automóvil se detuvo—. Ya hemos llegado. Yo ya estoy viejo y hablo demasiado, pero el caso es que yo quería que usted se enterara. Le agradecería que se olvidara de quién le dijo todas esas cosas.

—Puede contar conmigo —le prometió George—. ¿Nos veremos mañana?

—Por supuesto, señor. Mañana iremos a Gdansk para visitar los astilleros.

George, con las manos metidas en los bolsillos, se fue caminando despacio hasta el vestíbulo del hotel. El guía le había sido facilitado por el gobierno y él mismo había llegado a Varsovia provisto de cartas de recomendación de Michael Nej. Por lo tanto, el guía debía haber sido considerado como un rusófilo o quizá como un comunista.

Ya para entonces, George había confirmado las impresiones que obtuvo durante los otros días de su viaje. Ilona había tenido razón: la gira no era necesaria para ratificar sus opiniones; sin embargo, era indispensable hacerla, pues si él debía informar a Truman acerca de lo que en realidad pensaba de la situación, estaba obligado a exponerle que era necesaria una guerra; tendría que recomendarle una guerra que no se libraría con hombres y balas, sino con ideas, con dinero y, sobre todo, con una resolución inquebrantable. Es decir, con las mismas armas que los rusos esgrimían.

Semejante conflicto se presentaría como una empresa muy larga y muy complicada. Puesto que el campo de la disertación comunista estaba integrado por los pobres, los desilusionados, los descontentos, parecía imposible imaginar alguna manera de arrasar a los comunistas, ya que cada niño que venía al mundo significaba una reducción mayor en el nivel de vida para la humanidad.

Alzó la cabeza con gesto enérgico. Él no era un hombre pesimista por naturaleza y le había prometido a Ilona que no se dejaría abatir por lo que enfrentara durante su gira. Sin duda, su estado de ánimo actual se debía a la horrible escena de la cámara de torturas y al insistente e inadmisible pensamiento que continuaba rondando en su mente: el hecho de que, después de todo, era posible que Peter Borodin estuviera en lo cierto.

—Señor Hayman, aquí tenemos un cablegrama para usted —el empleado del mostrador le enseñó el sobre—. Además, hay un mensaje del primer ministro —lo mismo que el guía, el empleado del mostrador estaba muy impresionado—. Su automóvil vendrá a buscarlo a las cuatro de la tarde.

George asintió distraídamente con un movimiento de la cabeza, tomó el sobre y su llave y caminó instintivamente hacia las puertas del ascensor, aunque sabía que éste funcionaba uno de cada tres días, como todo lo demás en el hotel. Entró a la caja del ascensor y frunció el ceño al mirar que el cable provenía de Tel Aviv. Rasgó el sobre y leyó el contenido. El elevador se detuvo y las puertas se abrieron; el joven que lo conducía, se quedó viendo a su pasajero. Pero George le solicitó que lo bajara y, una vez en la planta baja, salió de prisa hacia la recepción.

—Quiero enviar una respuesta a este cable —manifestó—. Y me harán el favor de conseguirme un vuelo, un asiento de tren o cualquier cosa para Tel Aviv. En el primer medio de transporte que salga para allá.

El empleado abrió muy grandes los ojos.

—¿Para Tel Aviv? ¿Quiere decir que viajará a Palestina? Pero el automóvil vendrá por usted a las cuatro de la tarde.

George ya estaba escribiendo la forma del cablegrama.

—Deberé ofrecer mis disculpas —advirtió—. Quiero salir cuanto antes; consíganme un lugar.

Cuando el avión penetró a las azules aguas del Mediterráneo y la vasta llanura del Sharon, vino a la cabeza de George, junto con un sentimiento de asombro, el pensamiento de que él jamás había estado en Palestina. Sus viajes y sus intereses siempre habían estado en Europa y en el norte de Asia, desde que quedó impresionado por el gran monolito de la Rusia zarista y fascinado por el variado carácter de la gente del deteriorado imperio. Cuando estaba cortejando a Ilona Borodina, antes de la Primera Guerra Mundial; cuando Lenin no era más que un anónimo escritor de panfletos y nadie en Estados Unidos, aparte de él mismo, había escuchado los nombres de Nej y de Stalin, aquella planicie histórica, el antiguo corredor del Asia a las riquezas de Egipto, pertenecía al imperio turco, igualmente en decadencia. Durante la guerra e inmediatamente después, quedó relegado a segundo término, pese a que, en 1917, el ministro de Relaciones Exteriores de la Gran Bretaña, Arthur Balfour, hizo el histórico anuncio de que los ingleses tenían el propósito de reubicar a los judíos en su tierra original.

Su interés en Palestina se despertó por primera vez cuando Judith se lanzó a su prolongada campaña. En ese entonces, él la había convencido para que no fuera a allá; pero se había equivocado y había actuado de manera egoísta, en vista de lo que ocurrió después. No obstante, desde aquella ocasión, el periodista pragmático que había en él le indicaba que, en Palestina, se encontraba una llaga cancerosa que acabaría por carcomer la paz del mundo, sin considerar las inclinaciones que pudieran sentirse por una o por otra parte ni la compasión por los infortunados ingleses que intentaban hacer frente a uno de los legados más espinosos que habían heredado de su antiguo imperio.

Tel Aviv era una típica ciudad colonial británica, calurosa y polvorienta y, sin embargo, notablemente limpia y tranquila, por el comportamiento ejemplar de los ciudadanos. La salvaban de la mediocridad los recuerdos de su antigua historia —que se remontaba a la época en que se llamaba Jaffa y los Cruzados transitaban por sus calles, cargando sus relucientes y pesadas armaduras— y por las aguas azules y resplandecientes que acariciaban sus playas. Podían contemplarse los indicios de inquietud en el hecho de que los policías estaban uniformados en tela de caqui, como para demostrar que representaban una fuerza militar; además, portaban sus armas de fuego al cinto, algo que los ingleses no hubiesen tolerado. Asimismo, George observó que los policías constituían un cuerpo de hombres endurecidos en las batallas, de individuos que se habían presentado de manera voluntaria para desempeñar la complicada tarea de conservar la paz entre los dos campos hostiles que vivían el uno al lado del otro y que se odiaban mutuamente con la misma intensidad. A pesar de eso, se mostraron muy corteses cuando verificaron su pasaporte y le formularon preguntas discretas acerca del asunto que lo había llevado hasta allí.

—Sólo he venido a visitar a un amigo —les contestó George—. Me quedaré un par de días cuando mucho y me dejaré ver en todo momento.

Pero la noticia de que George Hayman, el presidente de Publicaciones Hayman, estaba en Tel Aviv, corrió como reguero de pólvora y, muy pronto, quedó rodeado por un ejército de periodistas árabes, judíos e ingleses, que lo acosaban a preguntas para saber lo que estaba haciendo, lo que pensaba de la situación local y a cuál de los dos bandos estaba dispuesto a apoyar. Claro que ninguno de los periodistas creyó en el pretexto de que había venido a visitar a un amigo y George se consideró afortunado al poder refugiarse del asedio en la reclusión transitoria de un taxi, aunque una mirada por la ventanilla posterior del vehículo le advirtió que algunos de los periodistas lo seguían.

—Tengo reservada una habitación —le indicó rápidamente al empleado de la recepción al llegar al hotel.

—¡Sí, señor Hayman! Por supuesto... —el joven empleado le dirigió un guiño picaresco—. La señora Petrov lo está esperando allá arriba.

—Gracias, haga el favor de mantener lejos de mí a esos buitres que me persiguen. Basta con que no les informe el número de mi habitación —George se metió de prisa al elevador. Minutos después, cerraba detrás de sí la puerta del cuarto y miraba a Judith que estaba en el otro extremo.

—¡Qué bueno que me esperaste! —exclamó.

Judith se encogió levemente de hombros.

—Ya estoy acostumbrada a esperar. Pero tú no debías haber venido; yo no te lo hubiera permitido. Ilona... —tenía los ojos secos y no daba señales de haber llorado. Aunque George sospechaba que Judith Stein había agotado su caudal de lágrimas desde tiempo atrás. Le dio un beso en la frente.

—Ilona comprenderá, Judith.

—Pero, ¿acaso puede hacerse algo? ¿Hay alguien que pueda hacerlo? No me queda más remedio que retornar a Rusia.

Con mucha delicadeza, la empujó para que se sentara en una silla y él se fue a sentar a otra.

—No precipitemos las cosas. Hay algunos hechos que debo conocer con exactitud. No creo que sea posible que Boris haya tenido una depresión, ¿verdad?

—¿Boris? ¡Vamos, George!

—Dije que tenía que averiguarlo —repitió George.

—Boris es el hombre más sano, más cuerdo y razonable que yo haya conocido; incluyéndote a ti, George.

—Hay gente que se las ingenia para mantener la fachada y, por dentro, son un ovillo de temores y de incertidumbre —en aquel instante, recordó a su propia hija.

—Si es eso lo que piensas de Boris, es evidente que no podrás ayudarnos.

—No podré si tú no me lo permites. Pero, si estás absolutamente segura de que no ha perdido el juicio, no podrás volver a Rusia.

—Debo ir. ¿Cómo podría quedarme lejos de él?

—Si regresas, te internarán en un asilo para lunáticos, junto con él.

—No puedo creerlo —expresó ella—; sencillamente no lo creo. ¿Por qué habrían de hacerme eso? ¿Por qué a mí, en el nombre de Dios?

—Eso es lo que intento averiguar; pero tengo una horrible sospecha... —se puso de pie, se acercó a la ventana y miró hacia la calle atiborrada de gente—. ¿Le escribiste a Boris, como yo te lo sugerí?

—Sí, le escribí tan pronto como llegué a Palestina.

—Entonces, estoy en lo cierto. Beria o uno de sus esbirros abrió tu carta y trataron de adivinar lo que en realidad querías decir. ¿Escribiste con discreción?

—Por supuesto, sólo le pedía que viniera aquí a pasar unas vacaciones en cuanto pudiera hacerlo.

—Eso es —afirmó George—. Bien puedes creerme que me siento culpable por proponerte que le escribieras, aunque con eso tengo una prueba de que la razón estaba de mi lado cuando me preocupaba por tu seguridad. No obstante, sacaremos a Boris de allá, Judith. Te lo garantizó.

—Pero, ¿por qué le han hecho eso, George? ¿Puedes explicarme por qué?

—El porqué lo encontrarás en el hecho de que Rusia no se ha modificado ni un ápice desde 1937, Judith. Todos creíamos que ya se había producido un cambio, que sería necesario que se transformara luego de todo lo que ha soportado, después de que las tropas rusas combatieron hombro con hombro con las nuestras. Así lo creíamos, ya que ansiábamos que así fuera. Pero eso no ocurrió y, eventualmente, jamás sucederá. El viejo Pepe aún está a cargo de todo y es un completo dictador. Continúa siendo un paranoico, como lo era en la época del asesinato de Kirov. Por algún motivo, a Stalin le disgusta mucho lo que estás haciendo o piensa que estás a punto de emprender algo que le enfadaría mucho más. Y además...

—Pero es que Stalin me apoyó para lo que yo pensaba hacer.

—Lo que Stalin hace o dice en tu cara, Judith, es muy diferente a lo que hace o dice a tus espaldas. Puedes creerme que eso es precisamente lo que estamos estudiando a nivel mundial, y ahora, escúchame: voy a hacer todo lo que esté al alcance de mi mano. No te prometo lograr resultados pronto, pero no hay duda de que los obtendremos. Mientras eso sucede, deberás permanecer aquí, sin moverte.

—¿Cómo es posible que me quede aquí, George? ¿Cómo podría hacerlo?

—Lo harás porque tú posees más valor y mayor determinación que cualquiera de las mujeres que yo haya conocido. Conseguiste salir con vida de la Okhrana del zar, sobreviviste al destierro en Siberia y has sobrevivido a la Gestapo y al campo de concentración de Ravensbrück. ¿Vas a ceder ahora? Recuerda que tienes un trabajo qué hacer.

—¿Qué trabajo? Mi tarea está con los judíos de Rusia.

—Tu tarea consiste en ser judía. ¿No están todos muy satisfechos de que estés con ellos?

—¡Claro que sí! ¡Están fascinados! Pero...

—Mantenlos así durante un tiempo más. ¿Has tenido noticias de Ruth? Ella le miró con aire de irritación.

—No, ni espero tener noticias de ella. Se disgustó cuando dejé a su padre para irme a Rusia con Boris. Por eso no quise volver a verla en Londres; creí que tú lo habías adivinado.

—Sí, así me pareció; pero, de cualquier manera, considero que uno de estos días volverás a saber de ella. Entre tanto, Judith, piensa que todo saldrá bien —la tomó de las manos y tiró de ella para ponerla de pie—. Salgamos a comer algo, quiero regresar a Londres de inmediato. Tengo mucho qué hacer.

—¡George! —Michael Nej tenía su oficina particular en la embajada rusa, frente a los jardines de Kensington; una habitación amplia y bien iluminada, casi enteramente ocupada por un gigantesco escritorio de encino. Se puso de pie en seguida y dio la vuelta al escritorio con las manos extendidas para estrechar las de George—. Mi querido amigo, ¿qué vamos a hacer contigo? ¿Cómo fue que no pudiste aguardar para entrevistarte con el primer ministro?

—Ya le envié mis disculpas —le comunicó George—. Yo tenía que atender un asunto urgente.

—Los primeros ministros tienden a considerarse a sí mismos como asuntos muy urgentes en todo el mundo. Osobka-Morawski está muy ofendido.

—Le escribiré una carta —dijo George—; pero tú, no me has preguntado cuál era aquel asunto urgente.

El rostro de Michael Nej se ensombreció.

—¿Tiene algo que ver conmigo? ¿Se trata de Ilona? ¿Le ha ocurrido algo a John?

—No, nada de eso; pero sí tiene que ver contigo —aclaró George—. Boris Petrov fue internado en un manicomio.

Michael se le quedó mirando con la boca abierta; no había duda de que estaba auténticamente azorado.

—¿Boris? ¡No puedo creerlo!

—Pues sí. Tu viejo amigo Boris —le señaló George—. El hombre que peleó a tu lado en Leningrado. El hombre al que tanto tú como yo le debemos tanto por cuidar de Judith cuando nosotros no podíamos hacerlo.

—¡Judith! ¡Quedará devastada con la noticia! —Michael volvió detrás de su escritorio, se sentó, sacó una botella de brandy y dos vasos y sirvió el licor—. ¿Ya ha regresado a Rusia?

—No, no lo hará.

Michael bebió un sorbo de brandy y dijo seriamente:

—Me parece que no te comprendo.

—Tú no puedes creer que Boris se haya vuelto loco, ¿o sí? Ni siquiera podrías creer que ha tenido un ataque de nervios.

Michael frunció el ceño.

—Pero si tú acabas de decirme...

—Te dije que había sido encerrado en un manicomio. Y tú dijiste que no podías creerlo. Tampoco yo lo creo ni lo creerá nadie más.

—No me gusta lo que estás sugiriendo, George.

—Tampoco a mí; pero tú sabes perfectamente bien que Boris no está demente, Michael. Sabes que no existe posibilidad alguna de que haya perdido el juicio. Lo encerraron en el manicomio porque Judith le escribió para pedirle que se reuniera con ella en Palestina durante sus vacaciones. Tu jefe está tan endemoniadamente convencido de que todo el mundo está empeñado en jugarle una mala pasada, que es él quien se ha vuelto loco.

—Yo podría mostrar cierto resentimiento por esa observación, George.

—Puedes resentir lo que se te dé la gana, Michael. Yo estoy aquí para decirte que los periódicos de Publicaciones Hayman armarán un gran revuelo por este asunto y lo seguirán haciendo hasta que Boris salga de ese hospital y recupere los derechos normales de cualquier ser humano. Y entre esos derechos se incluye el de reunirse con su mujer durante sus vacaciones —irguió el índice y apuntó enérgicamente al aire. Y tú puedes decirle a Pepe Stalin lo que acabo de declarar, con mis saludos.

—¿Eres tú, George? —Peter Borodin se apartó de la puerta abierta de su departamento para darle paso—. Adelante, mi querido amigo, entra. No tenía idea de que estuvieses de regreso en Londres tan pronto.

—Decidí acortar mi gira —explicó George.

—¡Por supuesto! No podrías haber visto nada que no supieras de antemano —aseguró Peter tomando el sombrero y el abrigo de George. Contemplar aquel hombre que, en su juventud, no encendía su puro porque había un ejército de servidores que se lo encendieran y que ahora se abría paso con dificultad en la vida, no cesaba de asombrar a George—. ¿Te quedarás a comer?

—No puedo, Peter —contestó George—. Hoy mismo emprendo el viaje de regreso a casa.

—¿Te vas hoy? ¿En qué barco?

George caminaba junto a él a lo largo del estrecho corredor hacia el salón de la entrada; el departamento estaba ubicado en Knightsbridge —por cierto, muy cerca de la embajada rusa— y era más amplio y cómodo de lo que George había imaginado, pese a que, como en la mayoría de las casas en el Londres de la posguerra, había enormes manchas de humedad sobre los muros y un aspecto de abandono general.

—No me voy en barco —respondió George—. Me voy en avión.

—¿Por aire? —inquirió Peter escandalizado—. ¿No es muy peligroso volar?

—No, no hay ningún peligro.

—Pero, ¿la escasez de combustible? —Peter se había detenido en el umbral de la puerta del salón.

—No hay ningún problema. Volaremos de Croydon a Shannon, en Irlanda; allí, nos reabasteceremos de combustible; desde Shannon, el avión volará al aeropuerto de Gander, en Terranova, ése es el trayecto más largo, pero estos aviones modernos lo hacen con mucha comodidad, donde tomaremos de nuevo combustible; desde allí, volaremos al aeropuerto de Idlewild. El viaje dura aproximadamente veinte horas.

—A mí me parece un viaje riesgoso —comentó Peter encogiéndose de hombros para demostrar que ya no le interesaba el asunto—. ¡Ruth! —llamó después—. Aquí está George Hayman.

—Tío George —Ruth salió de la cocina, secándose las manos en una toalla e inclinó el rostro para recibir un beso de George en las mejillas.

—¿Está Paul?

—Salió hace un instante —dijo Ruth von Hassell—, pero no tardará en regresar. ¿Te quedarás a comer con nosotros?

—George va a volar hoy de regreso a Nueva York —explicó su padre—. Sólo vino a saludarnos... —por primera vez, cruzó por su cabeza que George había venido a tratar algún asunto.

—Vine sólo para verte a ti, Ruth —afirmó George—. La última vez que hablamos, tenías ciertos planes...

—¡Oh, sí! —Ruth lanzó una mirada a su padre—. Es verdad...

—Sí, por cierto —intervino Peter—. El proyecto de trasladarse a Palestina para reunirse con Judith.

—Por lo visto, gracias a Dios, ya lo han discutido.

—Es una idea descabellada —advirtió Peter—. Una princesa Borodina...

—¡Papá! —protestó Ruth—. Yo no soy una princesa, ya no puedo serlo.

—Mi querida niña —añadió Peter—, no es posible ser una princesa un momento y ya no serlo después. Naciste como tal y, ocurra lo que ocurra, morirás como una princesa. Y, como estaba diciendo, la idea de que una princesa se vaya a trabajar en un kibutz es absurda.

—Es allá adonde iré —aseguró Ruth.

—¿Cuándo? —le preguntó George.

—Bueno —respondió ella un poco nerviosa—. Hemos tenido dificultades para conseguir la visa de Paul. Las gestiones han demorado mucho tiempo. Pero, tarde o temprano, allá estaremos.

—No se trata de dinero, ¿verdad? —inquirió George—. Perdónenme si lo pregunto.

—No —indicó Peter—; nos las arreglamos bastante bien, George. Aún me solicitan para pronunciar algunas conferencias y escribir artículos para la prensa.

—Sí; pero, de todas formas... —miró de soslayo a Ruth.

Ella se sonrojó profundamente.

—Paul está preocupado por nuestra situación, tío George. Ése es otro motivo para que emigremos.

—Ésa no es ninguna razón —declaró Peter—. Yo le he ofrecido un empleo. Podría estar ganando algo de dinero, de ese dinero que yo debo gastar para mantenerlo.

Ruth bajó los ojos y se mordió los labios.

—Bueno, yo opino que deberían irse a Palestina tan pronto como puedan —recomendó George— y, si es posible apresurar las cosas con un préstamo, estoy a su disposición en cualquier momento. Lo cierto es que tu tía te necesita, Ruth. Te necesita enormemente.

—¿Mi tía Judith? ¿Qué le ha ocurrido?

George les narró lo que le había sucedido a Boris. Peter fue a la alacena y sacó la botella de jerez para llenar tres vasos.

—Son seres sin entrañas, George. Todos ellos lo son, sin exceptuar a Michael Nej. Quizá ahora estés de acuerdo conmigo en lo que siempre te he dicho.

—Sí, estoy de acuerdo —aseveró George—. Aunque no puedo estarlo con la solución que tú propones; no obstante, queda el hecho de que Judith te necesita, Ruth.

—Sí, tan pronto como podamos, nos iremos con ella, tío George —confirmó ella.

—Escríbele para que se lo comuniques.

—Le escribiré de inmediato.

—Muy bien, chiquilla. Dale mis saludos a Paul. Ahora, debo irme —apuró su bebida y echó a andar.

Peter lo acompañó a la puerta.

—Ya sé que tú te crees el hombre de más amplio criterio en el mundo, George —le dijo—; pero te advierto que, si alguna vez confías en un bolchevique, en cualquiera, después de todo lo que te ha sucedido, será necesario que tú también te internes en un manicomio para que te examinen la cabeza.

Los caballos galoparon sobre la arena de la playa y de sus cascos brotaban fuentes amarillas; sin errar, elegían su camino esquivando las hondonadas de las dunas y salpicaban en los charcos dejados por la última marea, poniendo cada pata en su lugar y permitiendo que los jinetes se las arreglaran lo mejor que pudieran. Gregory Nej se aferraba a la silla. Siempre se había creído un buen jinete, ya que su madre había intentado con toda la frecuencia posible recrear el ambiente de su propia juventud en Starogan, aquel paraíso prerrevolucionario que él sólo había oído mencionar, y se llevaba tanto a Gregory como a su hermana Svetlana a hacer correrías en el campo siempre que podía, procurando que se desenvolvieran como aristócratas, aunque fuera brevemente; sin embargo, Gregory estaba dispuesto a reconocer que era un fracaso absoluto como jinete en comparación con su prima. Sobre la silla del caballo, Felícitas Hayman era una auténtica Borodin; parecía haber nacido para cabalgar e incluso podría decirse que revivía y que reía y gozaba al espolear su caballo para que galopara más y más.

Como de costumbre, iba impecablemente vestida, desde las altas y relucientes botas negras y los ajustados pantalones blancos hasta el saco azul y el sombrero azul de alas duras que, como siempre, ocultaba hasta el último mechón de su encantadora cabellera dorada. Aquella espléndida melena que llevaba corta al estilo que los estadounidenses llamaban corte de paje era la única nota discordante en su apariencia física, pues debía haber llevado el cabello largo y suelto, como el de Tatiana o el de Ilona. Por lo demás, continuaba siendo la mujer más perfecta que él hubiese visto, físicamente; no obstante, sólo en raras ocasiones, como ahora, le dedicaba muy poca atención y desempeñaba sus deberes como guía —instigada por su madre— con un aire de aburrimiento más que de distracción. Él era siete años menor que ella y, sin duda, lo consideraba como un muchacho inexperto. Él tampoco había hecho algún intento serio para penetrar en sus murallas de reserva. Felícitas era su enemiga, lo mismo que todas aquellas personas.

Sin embargo, él no podía evitar que acudieran a su mente pensamientos e incluso sueños eróticos acerca de ella. Gregory se decía que aquello se debía a que desde hacía mucho tiempo no estaba con una mujer y tenía la obligación de pasar largo tiempo en compañía de aquella mujer precisamente. Jamás hubiese sospechado que la vida en la casa de los Hayman fuese como era ni había podido vislumbrar la existencia en Estados Unidos de ninguna forma. Lo que él se había imaginado era un departamento mucho más amplio de lo que pudiera haberse hallado en Moscú, junto con comidas abundantes y suculentas en los restaurantes y en los cafés, continuas sesiones de fiestas y reuniones en las que él conocería a las personas que le enseñarían muchas cosas nuevas sobre el país y la sociedad; también, había considerado los paseos largos y a solas por las avenidas de Nueva York, deteniéndose donde él quisiera, hablando con quien él quisiera, para sentir el verdadero pulso de la nación.

En cambio, vivía en aquella mansión lujosa, a kilómetros de distancia de la ciudad. Suponía que la gente transitaba en las calles de Nueva York; pero no había nadie que transitara por los terrenos de la mansión de los Hayman en Cold Spring Harbor si podían evitarlo. Era cosa de ir a la tienda, a la pequeña ciudad más próxima, a unos seiscientos metros de distancia. Ilona y Felícitas conducían ellas mismas el automóvil o eran conducidas por Rowntree. Los miembros de la servidumbre, desde Harrison, el mayordomo y el chofer, hasta el último, no eran seres con los que pudiera hablarse: estaban absolutamente entregados al servicio de los Hayman. Con Felícitas, apenas cruzaba palabra. Ilona sugería a diario algún paseo y Felícitas respondía de inmediato. A menudo, tales paseos eran a la ciudad. Ya había subido hasta el remate del edificio del Empire State; había visitado el Museo Metropolitano y Radio City, pero, con Felícitas a su lado, apenas había podido intercambiar una palabra con alguien más. Ilona insinuaba que las cosas cambiarían cuando George estuviera de vuelta y cuando la primavera llegara. Entonces, organizarían algunas fiestas y harían pequeños viajes para que conociera otras regiones del país. Pero él no tenía idea sobre cuándo volvería George y no creía que las cosas se modificaran teniendo a George a su lado en lugar de a Felícitas.

Por lo tanto, iba construyendo sus grandes impresiones sobre Estados Unidos escuchando la radio y observando ese extraño aparato llamado televisión, en el que podía verse al hombre que estaba leyendo las noticias o los cantantes que trataban de divertir, como si se tuviera una pequeña pantalla de cine en la propia sala. Eso le parecía fascinante. Aunque era necesario aceptar que todo lo que había visto hasta el momento en Estados Unidos, desde la mansión y sus magníficos alrededores hasta las ciudades vecinas, las carreteras y las vías de comunicación, le parecían maravillosos. Inglaterra era más o menos lo que él había esperado, su grandeza histórica era evidente, en los edificios y en la pompa y circunstancias con que se rodeaban los actos oficiales; pero también era patente que toda aquella grandeza procedía del pasado. A pesar de que Londres no era una ciudad tan severamente dañada como Leningrado, los londinenses parecían desesperadamente desdichados: había mucha escasez y los racionamientos eran tan estrictos como en Rusia. De hecho, por ejemplo, la variedad de artículos que se encontraban en Harrods era mucho mayor que la que exhibía GUM en Moscú y la gente común y corriente lo podía comprar todo si pagaban con libras esterlinas y con moneda extranjera, como sucedía en Rusia; pese a ello, todo el mundo sabía que eso era posible porque Inglaterra estaba respaldada por Estados Unidos y apenas era algo menos que un satélite de los estadounidenses, aunque mucha gente, como el propio señor Churchill, pudiera proclamar en voz alta el poderío y las responsabilidades de la nación.

Pero Estados Unidos era otro mundo. A él se le había advertido lo que le esperaba y se le había recordado que toda la economía del país estaba en manos de un pequeño grupo de capitalistas, judíos principalmente, que tenían sometido al resto de la nación debido a las deudas. Hasta el momento, no había visto nada por lo que pudiera calificar de incorrecta esta apreciación. Por supuesto que los Hayman estaban fuera de la situación normal; pertenecían al grupo selecto. Y así, mientras él fuera tratado y honrado como un huésped importante, era muy poco probable que llegara a conocer bien a la gente común y corriente.

Sin embargo, Gregory debía admitir que los estadounidenses eran los seres más contentos y satisfechos que él hubiese conocido. Y si bien cualquier asalariado estaba trabajando sólo para pagar la hipoteca y el préstamo que habían recibido para instalarse, habían sabido sacar buen provecho del trato, a juzgar por una simple mirada al gran número de vehículos en las avenidas, a las multitudes en los restaurantes y en las salas de espectáculos. Además, se le había señalado que, dentro de poco, habría un gentío en aquellas playas de Long Island.

Por otro lado, los estadounidenses no parecían muy inclinados a la guerra; aunque tampoco el ciudadano común alemán era demasiado guerrero. Pero la población hacía lo que sus dirigentes les ordenaban; eso era lo malo. Y los estadounidenses no podían ser diferentes a los demás. Gregory no tenía por qué sentir simpatía por ellos ni tampoco los debía envidiar. Si estaba allí era para trabajar.

Y, hasta ahora, le había resultado muy difícil ponerse a trabajar. La culpa la tenía Anna. Ya hacía varias semanas que Gregory estaba allí y ella no había hecho el menor intento para ponerse en contacto. Lo había dejado abandonado a su propia suerte. No tenía la menor idea de lo que estaba ocurriendo ni hacia dónde se suponía que emprendería la acción... Estaba como en el limbo, totalmente desorientado e indefenso.

Felícitas había reducido la velocidad de su caballo hasta dejarlo al trote, en cuanto apareció el techo de la casa, surgiendo por encima de las dunas. Gregory espoleó su caballo en las costillas para alcanzarla y advirtió la presencia de una mujer, de pie sobre un alto montículo de arena hacia la izquierda, absolutamente inmóvil, observando fijamente a los dos jinetes.

En seguida supo que era Anna Ragosina.

En forma instintiva, identificó a Anna, incluso cuando no podía distinguir con claridad su rostro, ni había indicios para reconocerla en el voluminoso saco que llevaba ni en la gorra igualmente corriente que ocultaba toda su cabellera. Pero debía ser Anna.

Gregory a duras penas podía contenerse mientras cabalgaba con Felícitas hasta los establos, detrás de la casa ni cuando se sentó con ella y con su madre para el infalible almuerzo ligero. ¡Anna estaba allí! La había mirado en aquel sitio y lo esperaría allí mismo hasta que estuviera libre para irla a buscar. Después de tantas semanas, había venido. Podría tocarla, podría estrecharla entre sus brazos; podría volver a ser él mismo, sin necesidad de desempeñar un papel.

—Bueno —dijo Ilona—, ¿cuáles son tus planes para esta tarde?

Le dirigió una radiante sonrisa a su hija mientras hablaba. Sin duda, Ilona estaba muy contenta con la manera en que las cosas iban saliendo. Ya le había explicado a Gregory los problemas de Felícitas. La tía Ilona estaba muy satisfecha de haber encontrado por fin en Gregory un pretexto para forzar a salir a Felícitas y, aquel día, por primera vez, la había visto montar de nuevo a caballo. Al parecer, las cabalgatas habían sido el pasatiempo favorito de la chica, pero hacía algunos años que no había vuelto a montar.

Pues bien, él también estaba feliz por haber hecho un poco de bien en este mundo, aunque, ciertamente, era un desperdicio en semejante criatura. Ahora que sabía que la mirada triste de sus ojos era, simplemente, a causa de su incapacidad para enfrentar la tragedia, había perdido algo del respeto inicial que experimentaba por ella. ¿En qué estado estaría Felícitas si hubiese perdido a una madre y a una hermana de modo tan violento y tan cruel como él las había perdido?

Pero lo que sí resultó muy gratificante fue ver a Anna de nuevo.

En realidad, cualquier sentimiento de simpatía quedaría desperdiciado en Felícitas. El breve brote de alegre energía que había puesto de manifiesto aquella mañana, se había esfumado.

—Yo creo que dormiré una siesta —anunció—. Estoy agotada.

Sin embargo, aquella depresión en la joven era precisamente lo que él necesitaba.

—Me parece una buena idea —asintió—. Un largo paseo a caballo luego de no montar en tanto tiempo, ocasiona mucha fatiga en los músculos.

Felícitas se volvió para mirarlo largamente y Gregory se preguntó si habría comentado algo equivocado.

—Yo creo que voy a dar un paseo —prosiguió rápidamente—, ahora que el tiempo ha mejorado tanto.

—Un paseo en la playa —añadió Ilona con entusiasmo—. Hay lugares muy hermosos en la playa. Felícitas conoce algunos rincones espléndidos.

Comprendió que había cometido un error al hablar demasiado directamente. Debía haber aguardado a que ellas se retiraran. Pero no había necesidad de preocuparse; Felícitas seguramente creyó que estaba haciéndole una broma.

—Yo voy a descansar —declaró con absoluta firmeza y dejó la mesa.

—Está de mal humor —explicó Ilona—. Lo siento, Gregory, ¿quieres que yo vaya contigo?

—¡Por supuesto que no, tía Ilona! —repuso él—. Sólo daré un breve paseo y no tardaré en regresar.

Se escapó de la casa, antes de que se le ofreciera otra opción. Al principio, caminó despacio, mientras estaba a la vista de los ventanales de la casa, por si alguien lo estaba observando; pero adelantó el paso tan pronto como quedó fuera de las miradas indiscretas. Su corazón empezó a latir de prisa y su mente comenzó a girar, anticipándose al placer que le esperaba. Al mismo tiempo, intentaba recordar con exactitud el lugar donde la había visto y, de pronto, la divisó inesperadamente. Anna se encontraba sobre el montículo de arena, sentada sobre una silla plegadiza y había improvisado un caballete frente a ella en el que había colocado un bastidor de tela en el que había trazos de pintura.

No volvió la cabeza al oír sus pasos y continuó extendiendo la pintura con sus pinceles.

—Estaba a punto de irme; creí que no me habías visto —advirtió.

—Cuesta trabajo escapar de toda esa gente —explicó él. Permaneció parado detrás de ella, contemplando los mechones de cabello que se escapaban por debajo del gorro; también, notó sus anteojos... ¿Anteojos?

—¿Te refieres a esa joven? —le preguntó sin volver la cabeza e inclinándose un poco hacia adelante para añadir una pincelada de azul pálido al cielo que estaba pintando—. ¿Es una de tus primas?

—Sí —contestó—. Es una muchacha apesadumbrada y melancólica —puso sus manos sobre los hombros de la mujer—. ¡Anna! —exclamó.

—A mí no me lo pareció.

—Hoy no lo estaba porque le encanta montar a caballo. Anna... Yo no sabía que usabas anteojos.

Por fin, ella dejó a un lado los pinceles y la paleta y volvió la cabeza, quitándose los anteojos al hacerlo.

—No los uso; pero cambian de modo conveniente mi apariencia.

Gregory aguardó a que ella se pusiera de pie y fuera hacia él, pero no lo hizo; así que fue él quien se acercó y miró la tela.

—Tampoco sabía que supieras pintar —dijo y notó que no sabía.

—He tomado lecciones de pintura —expuso ella—. También eso es útil para encubrirme. Como ves, vengo a Cold Spring Harbor para pintar. Por eso, cada vez que venga aquí, y por supuesto que no podré darte ninguna indicación acerca del momento en que ello suceda, tú vendrás a verme.

—¿Y cómo sabré que estás aquí?

—Saldrás a pasear por la playa todos los días, tal como lo haces ahora.

—No podré venir todos los días. A veces vamos a Nueva York y nos quedamos allá todo el día.

—¿Nos quedamos? ¿Te refieres a ti y a la muchacha triste?

Comprendió que se había sonrojado.

—Pues sí... En ocasiones también va mi tía Ilona.

—En ese caso, me armaré de paciencia —señaló con tono de frialdad y sin expresión en el rostro—. Pasarás por aquí lo más seguido que puedas; por las tardes, si fuera posible. Si yo vengo y no te veo, pasaré el tiempo pintando y regresaré hasta que te vea.

—Eso me parece muy bien —sin embargo, aquella propuesta no parecía hecha por Anna Ragosina—. Me ha dado tanto gusto verte, Anna —la tomó por las manos y trató de levantarla del banco plegadizo, pero no pudo moverla. Gregory era mucho más alto que ella; pero, al parecer, no tenía ni la mitad de su fuerza—. Anna —le dijo con voz suplicante—, nadie viene a esta playa por las tardes y en este tiempo. Podríamos escondernos allá, entre la maleza sobre la arena suave. No existe la posibilidad de que alguien nos vea.

Con un movimiento tosco, Anna soltó sus manos y lo dejó parado, sorprendido y desorientado, con los brazos colgando a los lados del cuerpo, hasta que comprendió que aquél era un aspecto de Anna desconocido para él. ¿Estaría celosa de Felícitas Hayman?

—Tampoco vine hasta aquí para joder —le dijo con indiferencia—. He venido para darte órdenes. Ya es tiempo de que dejes de cortejar a tu muchacha triste y de que te pongas a trabajar, Gregory Ivanovich. He recibido órdenes de Moscú.

El joven George aguardaba en el aeropuerto para recibir a su padre, cuando el avión, procedente de Washington, tocó tierra. El presidente Truman había querido hablar con George tan pronto como volviera de su gira por Europa y George había acudido directamente a ver al presidente; pero, evidentemente, la entrevista no había resultado bien. Era muy extraño ver a George Hayman tan nervioso e inquieto como estaba hoy.

—No estás contento, ¿verdad? —le preguntó su hijo cuando sacaba el automóvil del estacionamiento.

—No, no lo estoy con todo lo que he tenido que decir —indicó George—. ¿Quién podría estar contento? Mi opinión está muy cerca de las que circulan en las altas esferas de Washington.

—¿Y eso te preocupa? —el joven George frunció el ceño sin apartar la vista del camino.

—¡Claro! Por ahora, el asunto debe tratarse con guantes de seda. Al parecer, el presidente Truman considera que aún no tiene pruebas fehacientes sobre las intenciones de Stalin. Está muy inquieto por el discurso que

Churchill pronunció en Missouri... Parece que fue una maravilla, según leí en la prensa europea.

—Por supuesto que lo fue —reconoció el joven George—. Churchill acusó a los rusos de levantar una cortina de hierro a través de la Europa oriental y, detrás de ella, dedicarse a someter y a esclavizar a media docena de naciones.

—¡Vaya! —suspiró su padre—. Pues parece que mucha gente calificó el discurso como un ladrido más del viejo perro bulldog con su vetusto tema antisoviético. De modo que el presidente tiene miedo de asumir en estos momentos una posición firme contra los rojos, creyendo que provocaríamos un gran disgusto a muchos países que nos están apoyando. Pretende que los soviéticos cometan un acto de provocación abierta del que podamos echar mano; está convencido de que eso será lo que harán en un futuro muy próximo. Pues bien, yo digo que el viejo Pepe Stalin y sus gánsters son mucho más listos de lo que todos creemos. Además, soy de la opinión de que, en Washington, existen muchos hombres en altos puestos condenadamente inclinados a adherirse a los puntos de vista de Moscú.

—Pues de eso —agregó el joven George apretando el pie sobre el acelerador al llegar a una recta de la carretera—, no sabría qué responderte; pero sí estimo que Truman podría estar en lo cierto en cuanto a la opinión pública. Ha transcurrido muy poco tiempo desde que la lucha cesó como para principiar ahora a llamar enemigos a nuestros aliados.

—¿Te parece? —protestó su padre—. Por el momento, Truman no desea que se moleste a Stalin de ninguna forma.

El joven George le lanzó una mirada de soslayo.

Él prosiguió hablando.

—De acuerdo con nuestra embajada en Moscú, Boris Petrov pudo haber sufrido una especie de ataque o de desequilibrio nervioso. Parece que hay pruebas bien sustentadas de conducta extraña y de ruidos raros que procedían de su departamento. Yo intenté explicarle al presidente que todo eso era falso; pero él dijo que, mientras no podamos aportar pruebas concretas de que se trata de una farsa será imposible tomar medidas; entre tanto, quedaríamos expuestos a las mismas críticas que se le hicieron a Churchill: simple antisovietismo.

—Bueno —dijo el joven George con alivio—, quizá esté en lo cierto.

—Tampoco está bien dispuesto el presidente a que los periódicos emprendan una campaña en favor de los judíos, por lo menos en lo referente a la emigración en masa de los judíos rusos... Afirma que debemos tomar el conflicto de Palestina con mucha cautela. Piensa que, con una campaña de prensa, los cinco millones de emigrantes judíos aparecerían de repente en Palestina y eso lo sacaría de quicio.

—También en eso es posible que esté en lo correcto —expresó el joven George.

—¿Tú sí lo crees? ¿Supones acaso que si mañana mismo Stalin diera su aprobación, todos aquellos millones se irían a Palestina al día siguiente? ¿O quizá que llegaran todos juntos?

—Mira, ya sé que le hiciste una promesa a Judith...

—Sí, se lo prometí a Judith. Y todo lo que ella ha hecho hasta ahora ha sido por consejo mío. ¿Qué sugieres que le diga ahora?

Su hijo suspiró profundamente.

—Bueno, si estás decidido a sostener tu promesa, ni siquiera Harry Truman podría detenernos. Gracias a Dios, este país no es Rusia.

—¡No, qué diablos! No voy a ponerme a combatir al presidente —aseguró George ofuscado—. En especial cuando él está pensando que está en juego toda su política hacia Rusia. No me queda más remedio que explicarle a Judith la situación lo mejor posible. Pero debes saber algo: yo considero que tu tío Peter tiene razón por lo menos en un sentido. Nuestro gobierno mantiene los ojos cerrados sobre muchos factores, en particular acerca de Palestina, en espera de que todo se resuelva a su debido tiempo y por sí mismo. En relación con Palestina, supone que, de una u otra forma, los ingleses acabarán por solucionar el asunto. Espero en Dios que así sea para que el caso no explote en sus narices.

—Que así sea —pronunció el joven George al meter el automóvil al patio frente a la casa.

—¡George! —Ilona se encontraba sobre la escalinata de la entrada—. Estás más delgado.

—Eso me sienta muy bien —afirmó él dejándose abrazar y besándola con ternura—. Tuve que ir a Tel Aviv...

—Sí, sí; lo entiendo, George, no podrías haber hecho otra cosa. Lo que le ha ocurrido a Boris es terrible —ella lo tomó por la mano y entró con él en la casa, dejando que Rowntree y Harrison ayudaran al joven George con el equipaje—. También Gregory me preocupa.

—¿Gregory? ¿Está enfermo?

—No, pero se muestra más inquieto que los demás sobre las noticias acerca de Boris. Desea hablar contigo, George. ¿Crees que ya quiera volver a su casa?

—No. Sospecho que no quiere regresar a su casa —insinuó George—. Aunque alguna vez deberá hacerlo. Ya hace mucho tiempo que está ausente —frunció el ceño—; mas no comprendo para qué quiere comentarlo conmigo.

CAPÍTULO VI

—UNA MONEDA POR TUS PENSAMIENTOS —DECLARÓ ILONA Hayman.

George yacía de espaldas con sus manos detrás de la cabeza y la mirada perdida en la oscuridad.

—No me había dado cuenta de que estabas despierta —observó.

—Bueno, yo estaba segura de que tú lo estabas —contestó ella—. Me siento como si hubiera estado durmiendo en una montaña rusa.

—Lo siento; me estaré quieto.

—¿Se trata de Judith? ¿O de Gregory?

—Un poco de ambos, supongo —confesó George—. Cuando me la imagino sentada totalmente sola en Tel Aviv, nada más esperando noticias...

—Yo creía que estaba de camino hacia algún kibutz o algo así.

—Bueno, tú sabes lo que quiero decir.

—Por lo que yo sé de la situación en esos lugares, no es factible que se halle muy sola. De cualquier modo, ¿no crees que Michael podría ayudar?

—Es una posibilidad. ¡Maldito lío!

—Y ahora no sabes qué hacer con Gregory, ¿no es verdad?

—¿Qué puedo hacer? Ahí tienes a un capitán de la NKVD que me revela que no le gusta lo que acontece dentro de Rusia y que desea solicitar asilo político. Y también me ha externado que desea comprarlo con información. Y esto no me deja muchas opciones. Mañana me pondré en contacto con J. Edgar Hoover.

—¿Y esto no te hace feliz? A mí me complace que haya tomado esa decisión. ¡Cómo me gustaría que Tattie y Svetlana pudieran haber salido antes...!, bueno, de todo.

—Lo sé —respondió George.

—Pero a ti no te satisface lo de Gregory. Seguramente piensas que no es honesto.

—Me encantaría saberlo —dijo George—. Recuerdo una conversación que tuvo con Peter en Londres.

—¿Sobre qué?

—Sobre la defección. Peter, previsiblemente supongo, pensó que eso era lo que haría y Gregory no se ofendió.

—Tal vez lo estaba valorando ya desde entonces y lo único que requería era este asunto de Petrov para dar el salto. Puede ser que tengas razón —se apoyó sobre el codo y le dio un beso en la nariz—. De cualquier manera, algo es seguro: Washington estará de fiesta, lo mismo que George *junior*. Es la noticia de la década.

—Si como más de estas pizzas —hizo resaltar John Hayman—, me voy a hundir como una roca la próxima vez que vaya a nadar.

—Entonces, quédate en la playa —propuso Arthur Garrison—. ¿De acuerdo?

Como de costumbre, bebieron cerveza.

—Parece que está funcionando —dijo John—. Meto mi pequeño maletín bajo el brazo cada mañana y lo traigo a casa por la noche.

—¿Y tu mujer jamás sospecha? ¿Nunca te pregunta qué haces durante el día en la oficina?

—Por supuesto que sí. Le interesa; pero tengo una plática sobre el negocio de la publicidad con el señor Forbush cada tarde y mi maletín siempre está lleno con noticias relativas al mercado y con proyectos, así que puedo sostener una buena conversación sobre el tema. Tu gente es muy cuidadosa.

—Por eso estamos aquí. Y la palabra correcta es nuestra gente, ¿recuerdas?

—No es que yo disfrute engañando a mi esposa —mencionó John—; me siento como un canalla, si acaso lo quieres saber. Pero supongo que algún día podré confesarle lo que estoy haciendo en realidad.

—Algún día —asintió Garrison—. ¿Y qué tal con el resto de la familia?

—Bueno, a mi madre no le agrada por completo. Yo... sospecho que ella considera que la publicidad no es algo muy respetable.

—Es probable. Entonces, ¿qué le has comentado?

John se encogió de hombros.

—Lo de siempre, lo de que cada uno hace su propia vida. Debo decirte que George parece entender.

—Es el viejo, ¿no? —Garrison no pareció interesado—. ¿Y qué hay de tu hermano y de tu hermana?

—Bueno... creo que a mi hermano le divierte el asunto. En cuanto a Felícitas... es difícil afirmar qué es lo que ella piensa; no habla mucho. De todos modos, ella ha estado pasando la mayor parte del tiempo paseando en auto a Gregory Nej y mostrándole todo lo que hay que ver. De eso es de lo que quiero hablarte.

—¿De qué? —Garrison volvió a alzar su pizza y empezó a morderla atentamente.

—Gregory Nej, mi primo. Lo escuché hablar por radio. Bueno, yo sabía que estaba en el asunto. ¿Tu gente lo arregló?

—Pensamos que sería un buen material de propaganda: "Agente secreto rojo deserta". ¡Cielos!, jamás habíamos hecho nada parecido.

—Y ahora lo han hecho con él y él debe sobrevivir como pueda, ¿no es así?

—No por mucho tiempo. Es nuestra obra. Incluso, se ha llegado a hablar de encontrarle un trabajo dentro de la organización; alguno como el tuyo. Será de gran utilidad en él; pero el jefe pensó que antes podía tener un largo descanso y, como debes saber, el Pentágono también está interesado en él.

—¿Han conseguido sacarle algo?

—Mucho.

—Quiero decir, ¿algo de importancia?

Garrison se encogió de hombros.

—¿Quién lo sabe? Requiere tiempo analizar la información que uno consigue con esas pistas; pero puedo asegurarte que confirma todo lo que tu padrastro tenía que decirnos. ¿Sabes que fue enviado en un viaje de investigación por el presidente?

John asintió con la cabeza.

—Bueno, su opinión fue que el oso aún es oso, como lo comprueban sus conversaciones con Michael Nej y el tratamiento que los soviéticos han dado a Petrov. Bien, Gregory Nej acaba de confirmar este punto de vista y ha aportado información acerca de otros asuntos. Lo están llamando el desertor más valioso que hayan tenido.

—Ya lo sé —refirió John—, lo leí en los periódicos. En el periódico de mi hermano.

—¡Oh, por supuesto! Él exigió los derechos exclusivos sobre la historia, y que el viejo George sacara al joven de Inglaterra.

—Supongo que estoy en lo correcto al deducir que ahora tiene la intención de quedarse.

—¿Gregory Nej? Si quiere seguir respirando, jamás querrá dejar este país de nuevo.

—Esto lo convierte en un inmigrante —aclaró John—. Un inmigrante ruso. ¿Cómo es que aún no he tenido entonces algún dato sobre él?

—¿Por qué razón deberías tener un expediente acerca de él?

—¡Por el amor de Dios! —exclamó John—. Se me ha dado un expediente sobre cada uno de los inmigrantes europeos del este durante los últimos seis meses y se me ha ordenado que haga un comentario al respecto. Ahora que tenemos al inmigrante ruso más destacado que jamás hayamos tenido desde mi tío Peter, ni siquiera se me ha solicitado que lea su expediente.

—Ya te lo dije antes, no pensamos que fuera necesario —explicó Garrison—. El chico fue traído por tu propio padrastro.

—¿Y ustedes no consideran que éste sea un dato interesante?

—¿Estás acusando a George Hayman de estar jugando con los soviéticos?

—Claro que no; pero George es inocente en política. Créemelo.

—¿Así lo consideras? Y, ¿qué hay acerca de Nej? ¿No dirías que está arriesgando el cuello, siendo como es un capitán de la NKVD, yendo por la radio y la televisión declarando a toda Norteamérica la clase de piojos que son los rusos? ¿Crees que está loco?

—No —contestó John serenamente—; no pienso que esté loco.

—Entonces, ¿qué estás tratando de decirme? ¿Que no te gusta el muchacho?

—Me simpatiza mucho; es un compañero muy agradable. Como sabes, lo conocí antes, cuando yo estaba en Rusia.

—Maravilloso. Tal vez me dirás ahora lo que te preocupa.

—No lo sé con certeza. Sólo sé que si su nombre no fuera Gregory Nej, sino Iván Ivaniski, y no hubiera sido traído a este país por su tío John Doe, quien es un personaje célebre y establecido desde hace mucho tiempo aquí en Estados Unidos, y sólo estuviera pregonando que es un desertor, ustedes me hubieran aportado su expediente y yo se los hubiera devuelto de inmediato y les hubiera dicho: "No lo toquen ni con una pértiga de tres metros".

—Y todo hubiera sido instintivo, ¿eh? Como Sherlock Holmes.

—Lo de Sherlock Holmes era deducción. Lo mío, instinto, sí.

—Bueno, amigo John, tomo nota de tus comentarios y los transmitiré a quien corresponda; pero recuerda que se te está pagando por otra cosa, no por tus comentarios. El trabajo detectivesco incumbe a otro departamento. La división del trabajo; eso es lo que engrandece a una sociedad.

—Lo recordaré —expresó John—; pero hazme un pequeño favor.

—¿Cuál?

—Hay un oficial de alto rango en la NKVD, una mujer llamada Anna Ragosina. Tal vez hayas oído este nombre.

—Desde luego. He estado leyendo tus memorias en *The People*.

—Bueno, creo que será algo muy útil para nosotros si consigues averiguar lo que la camarada Ragosina está haciendo ahora.

—¿Cómo se supone que voy a indagarlo?

—¡Vamos! —dijo John—, tienes buenos contactos en Rusia.

—¿Y qué hay tan importante acerca de esta dama, excepto que parece haberlo hecho muy bien matando nazis durante la guerra?

—También lo hace muy bien en otras cosas. Una de ellas era adiestrar y dirigir las brigadas suicidas de la NKVD y entre las personas que entrenó estaba Gregory Nej —hizo una pausa, pero Garrison no pareció muy impresionado—. ¿No crees que esto pueda ser significativo?

—¿En qué forma? Sabíamos desde hace mucho que Nej era un oficial en la NKVD. Debe haber sido instruido por alguien.

—Parece que llevo las de perder —manifestó John—; pero, ¿tratarás de averiguar dónde está ella ahora? ¿Y qué está haciendo?

—De acuerdo. Si eso te hace feliz, veré lo que puedo hacer. Pero, puesto que obviamente no tienes mucho que hacer, te he traído algo en verdad jugoso —y colocó un expediente sobre la mesa—. Estúdialo y haznos saber tus comentarios. Tus comentarios, ahora.

John recogió el expediente y echó una mirada al nombre con incredulidad: Igor Borodin.

—Tome asiento, señor Hayman —J. Edgar Hoover se reclinó en su silla y estudió al joven que estaba frente a él—. No he tenido de usted sino buenos informes.

—Gracias, señor —John miró a Arthur Garrison, quien le sonrió. En esta ocasión, estaban reunidos en la habitación de un hotel, pero era un buen hotel, y el administrador estaba, evidentemente, muy acostumbrado a alquilar uno de sus cuartos por la tarde a hombres de rostros adustos. A no ser que supusiera que todos eran homosexuales, reflexionó John.

—Y ahora, usted ha pescado algo gordo, me han dicho —aseguró Hoover.

—Bueno, señor, no sé nada acerca de esto. Todo podría ser absolutamente genuino. Este hombre Borodin llena los datos como mi primo, si toda la información que ha proporcionado es auténtica.

—¿Como cuál?

—Bueno, él alega que es hijo de Víctor Borodin. Ahora bien, Víctor fue el primo hermano de mi madre. De hecho, es izquierdista en su modo de pensar, pese a ser un príncipe, y se unió al movimiento bolchevique en 1917 y permaneció en él durante algún tiempo, aunque sus padres y su hermano fueron asesinados durante la revolución.

—Indicó usted "algún tiempo".

—Bueno, la familia perdió contacto con él, pero cuando mi madre y George volvieron a Rusia en 1922, Víctor se puso en contacto con ellos y les dijo que en realidad estaba trabajando como contrarrevolucionario blanco para mi tío Peter, quien también era su primo, por supuesto.

—¿Sus familiares le creyeron?

—No sé si le creyeron o no; los soviéticos, ciertamente sí: lo fusilaron.

—¿Tuvo tiempo de mencionar una esposa o un hijo a su madre? —John movió la cabeza negativamente.

—Ésa es la parte extraña. Piense usted que ellos no estuvieron mucho tiempo juntos antes de que él fuera detenido. Mi madre también fue arrestada, sólo por hablarle.

—Recuerdo el asunto —asintió Hoover y echó una mirada al expediente—. Este joven alega tener veinticinco años. Tendría un año de edad cuando su padre fue ejecutado. Fue educado en uno de los orfelinatos estatales, ingresó en el Ejército Rojo, combatió durante la guerra y ahora decide pasarse al Occidente y solicita asilo político en Estados Unidos. En la actualidad, se halla en Alemania occidental. Ya veo. ¿Usted qué opina? ¿Dice que probablemente es primo suyo?

—Debo hablar con él para estar seguro; sin embargo, considero que, al menos, es probable.

—Bien, ahora dígame esto. Si puede probar todos los datos acerca de sus ancestros, debe saber que hay muchos tíos y tías y primos esparcidos por el lugar y que, por lo menos uno de ellos, está en condiciones de ayudarlo mucho aquí en Estados Unidos. Entonces, ¿por qué no le ha escrito a su madre en primer lugar? ¿Ha hecho algún intento de ponerse en contacto con cualquiera de su familia?

—No, que yo sepa.

—Me parece que esto huele mal —aseveró Hoover—. Consideremos a Gregory Nej. Él señala con toda franqueza que no hubiera venido acá si su familia no hubiera estado ya aquí; no intentó entrar furtivamente de Alemania occidental.

—Así es —respondió John sin titubear. Miró a Garrison y percibió un rápido movimiento de cabeza acompañado de un ceño fruncido. Obviamente no era éste el lugar adecuado para ventilar alguna de sus reservas acerca de Gregory Nej—. ¿De manera que lo va a rechazar?

—Por supuesto. Permítame decirle algo, Hayman: sabemos desde hace tiempo que los rusos están intentando erigir su fortaleza aquí. Esto es evidente por el incremento de actividad, los acercamientos que están efectuando con personas que se ubican en posiciones clave, por la infiltración en nuestras industrias; pero también sabemos que debe haber un jefe nuevo, una persona clave que estará controlando realmente todo el escenario. Cuando digo nuevo, estoy hablando en sentido figurado, pues los soviéticos jamás han estado muy organizados aquí que digamos y no han tenido un auténtico jefe. Pero ahora debe haber un comandante de área, ya sea instalado o en vías de instalarse, pues el solo aumento de agentes lo exige. El asunto es, ¿quién? Ya tenemos gente investigando esto dentro de la Unión Soviética y, aunque aún no tienen una respuesta concreta, se las han ingeniado para captar un rumor de que será alguien muy bien conectado y también muy joven para el trabajo. Ahora, me parece que Igor Borodin llena todos los requisitos.

—¿Y no diría usted que esos requisitos también los cubre Gregory Nej?

Hoover lo miró frunciendo el entrecejo y después observó a Garrison. Garrison se aclaró la garganta.

—Hayman no se convencerá de que este joven Nej sea sincero.

—Por el amor de Dios —expresó Hoover—. Ha desertado, ha descubierto el pastel por todos lados. No hubo ningún subterfugio acerca de él. Y es hijo de Iván Nej, ¿sabe quién es Iván Nej o quién fue, quizá? Parece haberse esfumado al estilo ruso.

—Conozco a Iván Nej —aseguró John.

—¿Puede usted imaginarse a alguien, aunque sea ruso, enviando a su hijo a una posible cita con la silla eléctrica?

—No creo que Iván Nej tenga nada que ver con la estancia de Gregory aquí —alegó John—, y más conociendo a la NKVD.

—Iván Nej tiene todo que ver con la estancia de ese muchacho aquí y con su deserción —indicó Hoover—. Fue el asesinato de su madre el que lo trajo aquí, y vino al menos con cierta idea de desertar en la primera oportunidad que tuviera. Lo reconoce abiertamente. El sistema soviético lo forzó; pero no se atrevía a hacerlo porque es un joven decente, hasta que supo que Boris Petrov fue enviado a un manicomio sólo por oponerse a la política rusa con relación a los judíos —Hoover apuntó con su lápiz—. Todo lo que Gregory Nej ha hecho es recto y transparente y fue sometido a un interrogatorio de una semana sin cometer ningún traspié. Creo en él y lo mismo su padrastro, Hayman. Así que lo suyo es pura corazonada. Me gusta la gente que tiene intuiciones profundas, pero no deseo que se transformen en obsesiones. Prefiero que nos concentremos en este Borodin. Lo estoy haciendo asunto suyo, Hayman. Garrison me ha mencionado cómo ha insinuado que quiere entrar en el asunto. Bien, le daré esa oportunidad. Borodin recogerá sus papeles y nos las arreglaremos para que se encuentre por casualidad con él cuando llegue aquí. Es su primo, se harán amigos. Pero recuerde que le tiene que dar la cuerda suficiente para que él se cuelgue y el mayor número de sus hombres que se pueda. ¿Cree que pueda hacerlo?

—Aunque signifique que tú mismo te conviertas en un rojo —Garrison sonrió—. Daremos testimonio en tu favor cuando llegue el momento de dejar el asunto.

—Es una misión importante, Hayman —agregó Hoover—. ¿Piensa que pueda desempeñarla?

—¿Cuál es el programa para hoy? —preguntó Felícitas, untándole mantequilla a su pan.

—¡Ah!... —Gregory Nej miró a diestra y siniestra de George, que estaba en un extremo de la mesa, a Ilona, que estaba en el otro—. Pienso que tendremos uno holgado.

—Y, ¿por qué no? —dijo Ilona—. Estoy convencida de que requieres un poco de descanso. Tu tío y yo vamos a ir a la ciudad; pero Felícitas estará aquí, ¿no es cierto, amor?

—Espero que sí —contestó Felícitas y esperó. Sabía exactamente lo que él iba a decir y hacer.

Él se ruborizó, como se podía haber previsto, y dijo:

—No creo que deba molestar a Felícitas esta mañana. Ya decidí dar un largo paseo.

—Por supuesto —asintió Ilona.

—No estoy seguro de que sea una buena idea —observó George—. Puede ser que en este momento no seas el hombre más popular en Rusia.

—Pero no estoy en Rusia, tío George —replicó Gregory.

—La NKVD tiene un brazo muy largo. Debes enterarte de que el FBI quería ponerte una guardia de veinticuatro horas; los persuadí de que no era necesario, por aquí, y decidieron tener a un hombre en la ciudad que pudiera vigilar las llegadas extrañas y echar un vistazo por el área. Pero la condición es que no te alejes de la casa.

—¡Santo cielo! —exclamó Ilona—. Jamás pensé que Gregory pudiera correr algún riesgo aquí.

—No creo que lo corra, pero debemos ser extremadamente cautelosos —explicó George.

Gregory sonrió.

—Entonces, seré muy precavido, tío George; pero no debes olvidar que yo también fui un oficial de la NKVD y, además, fui instructor. Sé más acerca de lo que están dispuestos a hacer que ellos mismos, debo pensar —y se inclinó sobre la mesa para rozar la mano de Ilona—. Pero te prometo que permaneceré cerca de casa.

Felícitas se le quedó mirando, pero ahora él estaba concentrado en su platillo. Obviamente, jamás había comido *waffles* antes de venir a Estados Unidos, y les había tomado gusto; no obstante, sabía que ella lo observaba. La parte superior de sus orejas estaba incandescente.

Era un tipo raro. Bueno, ella suponía que todos los rusos lo eran. Todas las leyendas que había escuchado sobre sus ancestros Borodin revelaban que habían sido sumamente raros. Y él era un desertor, y por lo tanto, pese a toda su pretendida confianza, tal vez estaba temeroso y, quizá, un poco inseguro de lo que había hecho. Sin importar lo sanguinario que se suponía que su padre era, Gregory era todavía un ruso, y había desertado de su patria.

Ella lo encontraba más ambiguo y, por lo tanto, más interesante que cualquier otro de los seres humanos que había conocido. Era exageradamente mundano. Al principio, eso le había atemorizado mucho. La primera ocasión que habían ido juntos y solos a Nueva York, él le había pedido, al regresar a casa, que detuviera el automóvil para que pudiera orinar en la cuneta, y ella se había avergonzado tanto, que no había podido hablar. Pero, cuando reflexionó al respecto, cayó en la cuenta de que tal vez ésa era la forma en que se hacía en Rusia, de la misma manera en que sus hábitos de comer no se ajustaban a un tenedor para cada plato o a las servilletas de lino, y observaba a las mujeres, o ciertamente a ella, con ojos hambrientos, deslizando la mirada de los hombros a los senos y después más abajo, en una forma que ella no había visto antes. Había sido muy joven para percatarse de cómo la había mirado Daniel Rourke, y David Cassidy siempre había sido el caballero perfecto; desde la muerte de David, los únicos hombres con los que había tenido un trato regular fueron los integrantes de su propia familia.

Así era Gregory Nej. El caer en la cuenta de esto la hizo sentirse bastante incómoda.

Pero, de hecho, él admiraba el cuerpo de Felícitas y, pese a ella misma, tenía que aceptar que eso le resultaba de lo más excitante. Como cuando estaban juntos, ya sea al ir de visita a un museo o al comer hamburguesas, él sinceramente parecía disfrutar de su compañía. Y lo que era más relevante: él era muy espontáneo con ella, ni le demostraba exagerada simpatía, como ella había llegado a esperar, ni el respeto que igualmente recibía de los extraños, por el simple hecho de ser la hija del millonario George Hayman.

Por todos esos motivos, ella estaba preparada para que Gregory le atrajera. Ella sentía que allí había alguien con quien podía hablar, alguien que, evidentemente, se sentía tan insatisfecho con el extremo político e ideológico que Rusia representaba, como ella con el otro extremo encarnado por Estados Unidos; de otro modo, él no hubiera desertado en primer lugar e incluso era posible compartir con él sus más íntimos pensamientos, los principios de su filosofía.

Debido a que Gregory era mucho más joven que ella, había pensado que no existía el menor riesgo de que el sexo se impusiera en sus relaciones. Por supuesto que él la encontraba físicamente atractiva y ella a él. Todas las relaciones iniciaban por una simple atracción como ésa; pero las mejores eran, seguramente, aquellas en las que este punto de partida se iba desarrollando hasta transformarse en la unión de las mentes.

Habiendo resuelto, con una decisión casi consciente, que sería su amiga, había quedado muy asombrada cuando, en las últimas semanas —en realidad desde su defección— él había preferido actuar cada vez más independiente-mente. Ella comprendía y aun simpatizaba con ello; pero lo lamentaba, en especial desde que estuvo convencida de que no entrañaba alguna antipatía por ella. Por el contrario —y quizá ése era el problema—, él todavía la miraba con aquellos ojos hambrientos. Sin duda, después de todo, el sexo ya se había introducido. El pobre chico se estaba enamorando de ella. Aquello era absur-do, en vista de la diferencia de edades y de la cercanía de su parentesco, de lo que Gregory estaba consciente, a juzgar por la barrera que estaba intentando levantar entre ellos. Lo que él estaba haciendo tenía sentido, la intimidad en-tre ellos sería increíblemente estúpida, y aún más para ella, puesto que era la mayor y también la única con los ideales que estaba decidida a defender.

Pero era una posición en la que jamás había estado antes.

—¿No has tenido noticias del Departamento de Estado acerca del em-pleo? —preguntó George doblando su periódico y dando el último trago a su taza de café.

Gregory negó con la cabeza.

—¿Podría hacer una solicitud?

—Yo no lo haría. Ellos se acercarán a ti cuando estén preparados. Me es-taba preguntando cómo andarás de fondos.

—¿De fondos? ¿De dinero? ¡Oh!, me dieron algo, todavía lo tengo. Parece que no lo necesito.

—Qué bueno; pero ten presente que, si necesitas algo, yo siempre estoy aquí —besó a Ilona y salió de la habitación.

—Debo irme a poner mis zapatos de salir —advirtió Gregory y también se levantó de la mesa.

—Me alegra verlo más feliz —destacó Ilona—. Y también eso es bueno para ti, Felícitas. Nunca te había visto tan, digamos, interesada. Por lo me-nos, no por tanto tiempo.

Felícitas dio un sorbo a su café.

—Te aseguro, madre, que no tengo el menor interés en Gregory Nej. Es sólo un muchacho.

Ilona la observó durante varios segundos.

—Sí —dijo finalmente—. Lo había olvidado. Pero él... bueno, es tan exci-tante. ¿No lo llamarías así, querida?

Natasha se movía por todo el departamento dejando cuenquitos de caca-huates salados y galletitas.

—En realidad, no entiendo por qué debemos recibirlo.

John verificaba que todo estuviera en orden en su bar, acomodaba las botellas con las que prepararía los martinis y llenaba la cubeta para los cu-bos de hielo.

—Hablas igual que mi madre. Él es un pariente, querida. El último consanguíneo que tenemos en Rusia.

—Él no está en Rusia ahora —aclaró ella—, y no veo cómo podemos saber que es el último de los Borodin. De cualquier forma, él es...

—Como tú dices, él está fuera de Rusia ahora —recalcó John—. Y vivió allí menos tiempo que tú, como sabes.

Ella lo besó en la mejilla.

—Perdóname. Como verás, estoy muy nerviosa.

—Lo veo, aunque en realidad no entiendo por qué.

—Bueno, se debe, supongo... a que no deseo recordar de lo que he escapado. A lo mejor me siento culpable. Al casarme contigo, he obtenido todo. Y esa pobre gente allá en Rusia... como Boris Petrov, me hiela la sangre.

—Por lo que George me ha comentado, es factible que también se le haya helado la sangre a Petrov. Pero estoy de acuerdo. Es increíble que si tú te haces acreedor a la antipatía de alguien superior a ti, él pueda encerrarte en un manicomio aunque no estés loco. Dime, cuando vivías en Rusia, ¿imaginabas que sucedieran cosas como ésas?

—En realidad tú no piensas en ellas; estás condicionado para no pensar. Es decir, yo sabía lo que implicaba oponerse a los soviéticos. Mis padres fueron asesinados por Iván Nej y aquella terrible Ragosina, ¿recuerdas? Y toda la hacienda fue echada por tierra sólo porque mi padre estaba obteniendo buenas ganancias.

John le apretó la mano.

—No era mi intención que recordaras eso.

—Jamás lo he olvidado; pero luego de aquello, después de que Tattie me adoptó, la memoria... como que se me embotó. Estaba demasiado temerosa para coordinar cualquier sentimiento real al respecto. Lo único que deseaba era sobrevivir. Y sabía que podía con la ayuda de Tattie, que aún podía prosperar. El hecho de que ella fuera esposa de Iván Nej, aunque lo había abandonado, era suficiente para hacer del mundo algo demasiado loco como para entenderlo. Pienso que, en la Unión Soviética, una está inclinada a volverse introvertida. Existe el gobierno, el Estado, que incluye personas como Iván Nej y Anna Ragosina, pero, en todo caso, es como si diera uno por supuesta su presencia, como enfermedades, males y golpes. No hay nada que pueda hacerse al respecto, salvo caminar con todo cuidado, respirar muy despacio y mantener los ojos fijos en tu propio asunto. Entonces, puede ser que no te molesten —se encogió de hombros—. Pienso que estoy hablando de un cobarde, de una nación de cobardes.

—Nadie puede decir eso después de esta última guerra —objetó él—. Y mucho menos de ti.

—¡Oh!, eso —se apartó de él para mirar por la ventana—. Cuando asesiné a aquellos nazis, fue algo completamente instintivo; supongo que una reacción a ser violada y golpeada. Creo que los golpes son peor que la violación, más humillantes. Lo único que deseaba era herir a alguien, a cualquiera, de la misma forma en que yo había sido herida. Pero... jamás le he confesado esto a nadie, John. ¿Recuerdas aquella mañana, cuando la granja fue invadida y todos fuimos reunidos allí, Tattie y las chicas, y tú y yo para saludar al coronel... ¿cuál era su nombre?

—Yo tampoco puedo recordarlo. Spicheren, o algo parecido.

—Se portó muy bien y sus hombres también fueron muy agradables. Yo pensé para mis adentros: "Benditos sean, van a arrancar todo el podrido sistema soviético y tal vez fusilen a Stalin y a Iván Nej, y a..." —ella lo miró—. Creo que también incluí a tu padre en mi odio general.

—No te culpo por ello.

Natasha se volvió hacia él.

—¿Y sabes algo? Pensé que no eran unos cuantos rusos los que sentían exactamente lo mismo que yo; millones quizá. Si Hitler se hubiera conducido con inteligencia y el ejército regular hubiera llevado a cabo el trabajo, en lugar de enviar a la ss y la Gestapo, hubiera ganado aquella guerra. Ciertamente, no hubiera tenido que luchar contra todos esos guerrilleros. ¿Te hubieras ido a los pantanos si ellos no me hubieran agredido?

—Creo que no —contestó él—. Es lo que pienso. ¡Ah! —la campanilla estaba sonando—. Alguien está aquí —abrió la puerta y saludó con un beso a Beth.

—¿Dónde está el primo extraviado?, mi marido tiene muchos deseos de conocerlo.

—Aún no ha llegado, pero va a venir. Prometió que lo haría.

—Tal vez cambió de parecer y podemos tener una reunión familiar —Beth abrazó a Natasha.

—Esto es lo que vamos a tomar —dijo John—: martinis.

—No está mal —el joven George se sentó y estiró las piernas—. ¿Van a venir papá y mamá?

—Así es.

—¿Con Gregory?

—Hasta donde yo sé. Y, créanlo o no, Felícitas asistirá también.

—¿Sí? —George bebió un sorbo y movió la cabeza en señal de aprobación—. Lo creeré cuando la vea.

—Lo cual será probablemente en este instante —afirmó John al tiempo que la campanilla repiqueteaba. Abrió la puerta y miró hacia el vestíbulo, allí estaba un hombre delgado, vestido con un traje mal cortado y con un radiante cabello lacio que apenas necesitaba arreglo.

—¡Igor! Entra, por favor.

Igor Borodin avanzó con cautela hacia adentro, observando con asombro a las otras tres personas. Sus hombros estaban encorvados y sus manos, entrelazadas.

—Éste es mi hermano George —explicó John—. Y ésta es su esposa Elizabeth. Y ésta es Natasha, mi mujer.

Igor Borodin se pasó la lengua sobre los labios.

—Madame Brusilova —dijo y besó su mano—. La vi bailar una vez en Leningrado.

—¡Oh! —Natasha se ruborizó y miró a su esposo—. Espero que lo haya disfrutado.

—Estuvo usted maravillosa —respondió Igor Borodin—. Apenas era un niño, pero jamás lo olvidaré. Todo el orfanato fue llevado para verla bailar.

—Es muy amable de su parte el recordarlo. Bueno, ahora estoy retirada. Estoy segura de que le gustaría tomar algo.

—Martinis —dijo John y sirvió uno.

Igor contempló el contenido y lo olió sospechosamente.

—¿Martinis?

—Principalmente ginebra. Mucho más fuerte que el vodka. A su salud.

—Y a la suya, camarada —se ruborizó y miró a ambos lados—. Les suplico que me perdonen; debí decir amigo o primo.

—No necesitas excusarte —dijo George hijo—. Ven y siéntate y cuéntanos lo que estás haciendo.

—Tengo un trabajo —señaló Igor.

—¿De qué?

—De guardia en un banco —explicó Igor dándose importancia.

—De... —Beth se cubrió la boca con una servilleta.

—Así es como conocí a John —mencionó Igor—. Cuando vine por primera vez a Estados Unidos, no pude hallar trabajo y, después, de pronto, este banco me da un trabajo como guardia. Y lo más curioso es que es el mismo banco donde John tiene, ¿cómo dicen ustedes?, su cuenta. Nos encontramos repentinamente al día siguiente de mi entrada.

—Él no me reconoció —confesó John—. Pero yo estaba seguro de que era ruso y tenía toda la facha de un Borodin. Así que le pregunté —recorrió la habitación con una mirada desafiante—. Y aquí estamos.

—La banca —pronunció George hijo—. ¿Te parece interesante?

—Por supuesto —respondió Igor—. Jamás pensé que hubiera tanto dinero en el mundo. Y he conocido mucha gente interesante.

—Estoy seguro de ello; pero, ¿no preferirías algo distinto; tal vez un poco más remunerado?

Igor se encogió de hombros.

—No tengo ninguna profesión.

—¿Has pensado alguna vez en escribir?

Igor lo miró extrañado.

—¿Escribir? ¿Escribir qué?

—Por ejemplo, acerca de Rusia. Podríamos emplear una serie de artículos sobre la vida de una persona común y corriente en Rusia —observó a John—. Yo tenía algunas esperanzas en Gregory, pero él tiene muchas cosas que mantener en secreto en el Departamento de Estado y no se le autoriza escribir nada para que se publique. Ni siquiera para el periódico familiar.

—Jamás me has pedido algún artículo —espetó Natasha.

—No; pero, para ser sincero, Natasha, la vida de una primera bailarina no le interesa al hombre común. Daría una impresión completamente equívoca de lo que en realidad es la vida en Rusia.

—Lo que quiere decir es —explicó Beth— que *The People* es, en realidad, un panfleto destinado a demostrar al gran público estadounidense lo infame que es el régimen soviético.

—No tenemos que demostrar nada —advirtió el joven George, con tranquilidad—; sólo decimos la verdad. ¿Qué te parece, Igor?

—¿Escribir acerca de Rusia? No podría hacer eso.

—¿Por qué no?

—Bueno... la NKVD. Podrían echarme mano.

—¡Oh, no! Estás en Estados Unidos de América. En la ciudad de Nueva York; no en Moscú.

Igor movió la cabeza negativamente.

—Usted no los conoce, señor Hayman. Son gente terrible. Podrían echarme mano. Me matarían.

—No lo puedo creer. ¿Tú qué opinas, John?

—Ya están aquí —John abrió la puerta, besó a su madre en la mejilla y estrechó la mano de Gregory—. ¿Qué tal está Washington?

—Muy caluroso —contestó Gregory.

—Bueno, pondré a funcionar el acondicionador de aire. Igor, ésta es mi madre, quien también es tía tuya, creo. Y éste es tu otro primo, Gregory Nej. Y éste es... —retrocedió para dejar que entraran al salón, George y Felícitas.

Igor miró con detenimiento a Gregory.

—¿Nej? ¿Gregory Nej? —y añadió—: Él es oficial en la NKVD.

—Lo fue —aclaró el joven George—. También decidió venir a vivir aquí. Debes haber leído acerca del asunto.

—Él es Gregory Nej —gritó de nuevo Igor—; su padre es Iván Nej. Su padre hizo fusilar a mi padre —con un alarido de angustia y desesperación se lanzó hacia Gregory.

La reacción de Gregory fue instintiva. Alzó las manos y le dio a Igor una bofetada en la mejilla que lo envió al suelo.

—Por el amor de Dios —gritó Beth.

—¡Gregory! —protestó Ilona.

—Detengan a Igor —solicitó George, y George hijo y John lo tomaron cada uno de un brazo mientras lo ayudaban a incorporarse.

—Él me atacó —refirió Gregory.

—Sí —corroboró Felícitas. Y recorrió con la mirada a Igor—. ¿Eres en realidad uno de nuestros primos?

Igor paseaba la mirada de uno a otro. John y George hijo lo soltaron, aunque permanecieron junto a él, e Igor indicó:

—Ese hombre es el demonio —declaró.

—¡Vamos! —dijo George y le ofreció su mano—. Yo soy George Hayman. Conocí bien a tu padre y estoy muy apenado por lo que ocurrió, pero fue hace mucho tiempo, antes de que Gregory naciera.

Igor se compuso la corbata y permaneció muy erguido, con los talones juntos.

—Lo siento —dijo—. Ha sido un gran privilegio conocerlos, tía Ilona, señor Hayman —su vista recorrió la habitación—. Conocerlos a todos ustedes después de tanto tiempo, pero no puedo permanecer aquí con este hombre. ¡Buenas noches! —y cerró la puerta del departamento detrás de él.

Los Hayman se vieron uno al otro.

—Fue una breve fiesta —hizo notar Natasha.

—Lo lamento —se disculpó Gregory—. Me parece que he echado a perder la noche.

—¡Tonterías! —exclamó George—. Supongo que algo parecido tenía que suceder alguna vez.

—Como yo dije —mencionó Beth ingenuamente—, ahora podemos tener una reunión familiar.

—¿Qué piensas de todo esto? —preguntó George hijo a John, reuniéndose con él—. ¿Te vas a volver a poner en contacto con él? Tengo la impresión de que alguno de nosotros debería hacerlo.

—Sí —contestó John con aire pensativo—; uno de nosotros debería mantenerse en contacto con él —tomó a su medio hermano por el hombro—. Yo lo encontré, déjamelo a mí.

El pescador estaba en los bajos, invisible desde el camino a causa de unas rocas y de las dunas, y arrojó su anzuelo con determinación. Era un hombre muy alto que no destacaba tanto en Estados Unidos como lo hubiera hecho en Rusia, supuso Gregory, y tenía hombros redondos y una enorme nariz aguileña. Estaba bien rasurado, vestía un suéter, pantalones metidos en sus botas de hule y un descuidado sombrero negro. Fumaba una pipa y parecía estar en absoluta paz con el mundo.

El corazón de Gregory principió a latir. Estaba desilusionado de que ese hombre no fuera Anna Ragosina, pero por lo menos era alguien, después de que habían transcurrido varios meses desde que la había visto en aquel lugar elegido. Meses solitarios y desesperados. Nada perdería sugiriendo la contraseña.

—Buenas tardes —saludó—. ¿Están picando?

El hombre no volvió la cabeza.

—Sólo los peces grandes —respondió.

—Yo no soy muy bueno para la pesca —comentó Gregory—. Tal vez usted me enseñe dónde están esos peces grandes.

—Será un placer —por fin Bogolzhin lo miró—. ¿Hay alguien cerca?

—Nadie —contestó Gregory.

—Eso está bien —Bogolzhin recogió su anzuelo, lo colocó donde estaban su mochila y su canasta al pie de las dunas, se sentó y empezó a sacarse las botas—. La pesca me aburre —expresó, hablando en ruso.

Gregory se sentó junto a él.

—¿Por qué no ha venido Anna? —quiso saber—. ¿Está enferma?

Bogolzhin lo estudió.

—La camarada Ragosina está muy ocupada —informó finalmente—. También es muy peligroso venir aquí, ahora.

—Tú estás aquí —repuso Gregory.

—Yo no soy tan importante como la camarada Ragosina —le recordó Bogolzhin—; pero también es peligroso para mí. ¿Ya sabes que en el hotel donde estoy alojado mi cuarto fue registrado la última noche? Por fortuna, no dejé nada que me pudiera comprometer. Ni siquiera un arma —continuó estudiando al joven, percatándose de su desilusión—; pero la camarada Ragosina te envía un mensaje: está satisfecha con tus adelantos. Me pidió que te lo dijera. Está impresionada con lo que has conseguido. Yo también lo estoy, pues eres muy joven.

—¿No te lo habían dicho?

—Se me dijo que eras muy joven —explicó Bogolzhin—, pero no sabía qué tan joven.

—La edad no tiene importancia —respondió Gregory—, cuando uno sabe lo que hay que hacer y está preparado para ello.

Bogolzhin sacudió su pipa.

—¿Qué me has conseguido? —inquirió Gregory.

Bogolzhin se puso a trabajar con un pequeño cortaplumas para limpiar el cuenco de la pipa.

—He preparado listas de lo que necesita la camarada Ragosina —su mirada se levantó—. Tú comprendes, camarada, que si estas listas cayeran en las manos del FBI...

—¿Quién crees que estuvo husmeando en tu habitación la última noche? —indagó Gregory—. Es contrario a todo nuestro adiestramiento el poner algo por escrito. Las quemaré tan pronto como me las aprenda de memoria —tomó los papeles, les echó una mirada y los puso en la bolsa de la cadera—. Pero todavía no tengo algún contacto.

Bogolzhin llenó su pipa lenta y cuidadosamente.

—Los tendrás, camarada Nej. Se nos ha comunicado que se te ofrecerá un puesto dentro de la inteligencia militar. En el interior mismo del Pentágono. Lo sabemos de muy buena fuente.

—¿De qué fuente?

—Eso no te concierne. Tenemos algunas personas que están en condiciones de saberlo; pero tú estarás en el Pentágono. Jamás hemos tenido a alguien en ese lugar.

—¿Y supones que van a mostrarme algún material clasificado? Yo soy un desertor.

—Al principio, comprendemos, querrán que les demuestres los métodos que la NKVD utiliza para sus interrogatorios y control político. Esto es para el adiestramiento y seguridad de sus propios agentes, pero también saben que como oficial de la NKVD habrás tenido acceso a planes militares e industriales...

—Tuve muy poco acceso a ellos, camarada —afirmó Gregory.

Bogolzhin sonrió.

—Por supuesto que lo has tenido. Estudia estos papeles que te doy. Has tenido una carrera privilegiada, pues eres hijo de Iván Nej. El fondo de información que tienes a tu disposición es sorprendente. Ciertamente, asombrará a los estadounidenses. Les dirás todo lo que deseen saber; todo absolutamente y todo será verdad: que durante las próximas semanas habrá una redistribución general de nuestros centros militares e industriales principales es de mala suerte para ellos. La información se constatará cuando la reciban. Esto servirá para dos propósitos: primero, por las preguntas que te formulen, podrás darte cuenta de sus planes. Segundo, pronto comenzarán a confiar en ti plenamente. Entonces, tendrás acceso a material clasificado.

—¿Y ustedes pretenden que yo inicie de inmediato a transmitirles tal material? Eso sería una locura.

—Sin embargo —especificó Bogolzhin—, debe hacerse. Esto tiene alta prioridad, camarada Nej. Queremos tener acceso al material relacionado con los planes estadounidenses sobre la bomba atómica tan pronto como sea posible. En especial, deseamos material asociado con la bomba misma.

—Es casi imposible —adujo Nej—, debe ser el secreto mejor guardado en el país.

—No lo dudo; pero debemos tenerlo. Y tú no puedes quedarte sentado esperando a que te lo muestren. Debes aprovechar las oportunidades que tengas. Sabemos que hay personas implicadas que tienen serias dudas sobre la moralidad de poseer tal arma y acerca de su utilización. Personas que consideran que el solo hecho de que Estados Unidos disponga de tal arma letal es un error y pueden implicar al mundo en una tiranía inimaginable; localízalas, camarada. Promételes lo que quieras, dales lo que quieras. Para este fin, no tienes más que solicitarlo y lo que necesites será tuyo —sonrió de nuevo—. Recomendamos, la camarada Ragosina y yo recomendamos, un acercamiento de tipo homosexual. A los estadounidenses les horroriza ser descubiertos como homosexuales. Si puedes hacer que alguno de ellos se enamore de ti, lo puedes chantajear por el resto de su vida. Y tú eres un joven atractivo; no será difícil. Pero, hagas lo que hagas, esperamos resultados.

—¿Y esperan que yo haga todo eso mientras continuó viviendo en la casa de Hayman?

—Ésa es la mejor coartada del mundo —aseguró Bogolzhin.

—Será muy difícil.

—No creo que la camarada Ragosina esté interesada en tus problemas —advirtió Bogolzhin—. Ella quiere resultados —y se puso de pie—. Debo irme.

—¿Cuándo podré ver a la camarada Ragosina? —quiso saber Gregory.

Bogolzhin lo miró con el ceño fruncido.

—¿Tienes alguna objeción a tus instrucciones?

—Deseo ver al comandante de mi área, tengo derecho a ello.

—No creo que lo tengas.

—Pero deseo verla, necesito verla —insistió Gregory—. Dile eso. Nos conocemos desde hace mucho tiempo. Y yo no tengo... —se ruborizó y se mordió los labios—. Dile que es muy urgente.

Una vez más, Bogolzhin lo sometió a una mirada inquisitiva.

—¡Ah! —exclamó—. La camarada Ragosina sabe su asunto.

—No sé lo que quieres decir.

Bogolzhin sonrió.

—Pero esto fue en Moscú, camarada. Las cosas son distintas en Estados Unidos. Aquí, ella es la comandante del área —palmeó el hombro de Gregory—. Y aquí, tal vez, ella ha descubierto la diferencia entre los hombres y los niños.

Gregory se le quedó viendo y una terrible sospecha principió a aparecer en su mente. ¿Este hombre? Ella debería haberse puesto en contacto con él casi en el instante en que llegó a Estados Unidos y eso fue ya hacía algún tiempo. Ella debía haberse estado viendo con él con frecuencia desde entonces, sin duda, de manera clandestina... pero no podía ser verdad. No podía él permitir que fuera verdad.

Y aun cuando lo fuera, no podía dejar que interfiriera con su misión, o lo que debía hacer para su propia protección. Estaba demasiado bien entrenado para eso por la propia Anna Ragosina.

—Es muy urgente —dijo de nuevo.

Esta vez, el fruncimiento del ceño de Bogolzhin fue sincero.

—Entonces, es mejor que me lo digas y yo se lo informaré a la camarada Ragosina.

Gregory titubeó por un momento. Lo que había ocurrido era demasiado relevante como para no decirlo. Relató lo que había sucedido en la fiesta de John y Natasha.

Bogolzhin se mostró muy preocupado.

—¿Cuándo ocurrió eso?

—Hace tres días.

—Hm —Bogolzhin se golpeó la barbilla—. ¿Crees que este Borodin sea auténtico?

—Los demás lo piensan así. Podría hacerme la vida muy difícil.

—Ciertamente —corroboró Bogolzhin—. Si su padre fue Víctor Borodin, quien fue un agente blanco muy conocido, lo más seguro es que esté involucrado en actividades contrarrevolucionarias porque puede estar trabajando para tu tío Peter, el llamado príncipe de Starogan. Sí, probablemente. Habrá que hacer algo con este Igor Borodin.

Gregory se percató de que podría haber condenado a muerte a Igor.

—Tal vez el asunto no sea tan serio como parece —agregó—. Supongo que no es factible que pudiera haber sido enviado por Lavrenti Beria, para incrementar mi cobertura.

—Lo dudo mucho —manifestó Bogolzhin—; pero lo discutiré con Anna a ver qué opina ella.

—Y después lo comentarás de nuevo conmigo —expresó Gregory—. No quiero que se tome alguna acción hasta que haya sido discutida conmigo.

—Ya dije que discutiré el asunto con la camarada Ragosina. Te haremos saber lo que decidamos —recogió sus instrumentos de pesca, se dio la vuelta y observó a Felícitas Hayman.

Ella vestía pantalones amplios, color rosa pálido, y llevaba recogido el cabello con una cinta. De repente, parecía haberse quitado diez años; pero se los volvió a poner rápidamente cuando miró a Bogolzhin.

Él estaba igualmente desconcertado y de inmediato volteó a su alrededor como para ver cuántos policías llevaba consigo. Luego, se dio cuenta de que estaba sola en la duna más proxima y alzó su sombrero.

—Buenos días —dijo y se alejó.

Por lo menos, pensó Gregory, se había acordado de hablar en inglés; pero la rata se estaba escapando cuando lo único que había que hacer... de pronto se sorprendió de sus pensamientos. Era la manera en que Anna le había enseñado a pensar. Pero asociar la muerte con la tristemente bella mujer, sobre esta tristemente bella playa, en este mundo de riqueza y privilegio tan seguro, era imposible.

Se puso de pie y esperó. Felícitas continuaba observando la espalda de Bogolzhin que se alejaba. Luego, declaró:

—Los papeles que te entregó se están saliendo de tu bolsillo.

Gregory se sobresaltó culpablemente, miró hacia abajo y rápidamente puso las listas fuera de la vista.

—¿Cuánto tiempo hace que estás aquí?

—Desde hace diez minutos, te he estado viendo desde lo alto de la duna —Felícitas se sentó—. ¿Qué harás ahora? Supongo que lo que debías hacer es matarme. ¿Te gustaría hacerlo?

La miró lleno de consternación y ella sonrió. Apresuradamente, se sentó junto a ella.

—¿Por qué querría hacer eso?

—Porque eres un espía.

—¡Por Dios! Vine a dar un paseo y me encontré con ese hombre que estaba pescando.

—Este hombre ruso —especificó ella—. Sólo con mirarlo puedo afirmar que es ruso.

—Bueno, claro que es ruso. Y sabía quién era yo. Me había escuchado por radio y había visto mi fotografía en los periódicos. Así que cuando descubrimos que ambos éramos emigrados rusos, nos sentamos a platicar.

—Y a intercambiar papeles.

El rostro de Gregory se endureció.

—¿Qué vas a hacer?

—¿Si no me matas? —ella se recostó con la manos detrás de la nuca y miró hacia el cielo. Él contemplaba cómo subía y bajaba su blusa cada vez que ella respiraba—. No lo sé. ¿Me enseñarás esos papeles?

—Preferiría no hacerlo —estaba luchando desesperadamente intentando normalizar la situación—. ¿Por qué me seguiste?

—Yo también sentí ganas de dar un paseo —pero el color estaba apareciendo en su pálida garganta—. No hay nadie en casa —explicó ella—, excepto los sirvientes. Papá está jugando golf y mamá ha ido a la ciudad.

Gregory se recostó junto a ella, apoyándose sobre su propio codo. Los ojos de Felícitas permanecían cerrados. Mechones de cabello rubio se habían escapado de la cinta que llevaba en la cabeza.

—Bueno —dijo él—, ahora debemos ser grandes amigos o grandes enemigos —su cuerpo se sintió aliviado, como si no tuviera estómago. Sabía lo que ocurriría, a lo que ella había llegado allí para que sucediera. Este solo pensamiento habría podido provocar alivio; pero, ahora, ninguno de los dos podía vislumbrar lo que ocurriría después.

—¿Qué te sucedería —preguntó ella—, si dijera a papá lo que he visto y él te obligara a entregarle los papeles para que él los entregara a su vez al FBI?

—Me fusilarían —contestó Gregory—. Te pido que me perdones. En Nueva York sería enviado a la silla eléctrica.

Los ojos de Felícitas se abrieron.

—Yo pienso que te enviarían de vuelta a Rusia, puesto que no eres ciudadano estadounidense.

—Si me devuelven a Rusia —manifestó él—, sin haber cumplido mi misión, seré ejecutado.

Ella se apoyó sobre su codo, de modo que sus miradas quedaron al mismo nivel. Su rostro estaba a sólo unos cuantos centímetros del de él.

—Entonces —refirió ella—, debes matarme.

Gregory se inclinó y pegó sus labios con los suyos. ¿Durante cuánto tiempo ella había esperado ser besada así? Y a él le había enseñado cómo besar Anna Ragosina.

Gregory tembló cuando dejó que su mano libre se posara sobre la cadera de ella y deslizándose hacia arriba, por abajo de la blusa, acariciara el terciopelo de su carne.

Ella retiró la cabeza, y él sintió como si lo hubieran pateado en el estómago. Pero ella sólo pronunció:

—Aquí no, por favor, aquí no. En casa no hay nadie, excepto los sirvientes.

—¿En casa?

Ella se sentó.

—Te lo prometo. Si uno de nosotros debe morir... hablaremos de ello después, te lo prometo.

Ella era increíblemente ingenua, inusitadamente joven. Para los años que tenía, en realidad había vivido muy poco y su vida había sido tan protegida, que todavía podía verla como una serie de relaciones que podían ser controladas por el respeto mutuo, por la mutua comprensión, por el mutuo deseo. No se había dado cuenta de que había cosas —creencias, ideales, deberes— que trascendían el factor humano.

¿Pero iba a ser él menos ingenuo al creer que aquello podía esperar? Porque él también se estaba poniendo de rodillas. La deseaba con una desesperación que no había conocido jamás, al menos en parte porque quería a Anna y no podía tenerla. Y ella estaba allí a su alcance. Si él objetaba, si la ponía de espaldas aquí y ahora, las protestas de Felícitas no serían sino formales. Era consciente de ello y así no correría ningún riesgo, ni él ni su misión. Podía satisfacerse y después arrojarla. Nadie sabría jamás cómo había ocurrido en realidad. Tenía todo el tiempo del mundo para fraguar una historia inexpugnable; los sirvientes sabían que ella había salido de casa para ir a buscarlo, pero ellos podían no haberse encontrado nunca.

Ésa era la manera como Anna habría manejado el asunto.

Pero él iba caminando de regreso de la playa junto a ella, sacudiéndose la arena de los pantalones.

Aún faltaba mucho para llegar a casa. Medio corrieron y medio caminaron y el trayecto les llevó unos quince minutos. No se dijeron una sola palabra, pero, luego de unos minutos, su mano aferró la de ella y permanecieron así hasta que llegaron a casa. Él deseaba que ella le dijera lo que iba pensando, pero, cuando la miraba, ella apartaba la vista. Y su paso jamás aminoró.

Subió corriendo las escaleras delante de él, acarició a los siempre alborotados perros y dirigió una rápida sonrisa al mayordomo cuando éste asomó para ver quién había entrado en la casa. Cuando Gregory llegó, ella estaba al final de la escalera y Harrison todavía estaba allí. Gregory subió despacio las escaleras; aquello era absurdo. El hombre sabía adónde conducían.

Se detuvo en la parte superior. Todas las puertas de las recámaras estaban cerradas, y la suya se hallaba en el extremo opuesto del vestíbulo de la de Felícitas. Pero ella debió haber ido a la suya propia. Gregory se detuvo junto a la puerta, miró su reloj y vio con sorpresa que apenas eran las dos de la tarde. En cierto modo, aquella parecía ser una hora imposible para una aventura.

Abrió la puerta y entró. Felícitas estaba junto a la ventana mirando hacia afuera, aún estaba vestida.

—¿Quieres que me vaya? —quizá era una pregunta tonta, pero Gregory pensó que tal vez ella había cambiado de parecer, sin saber qué haría él en caso de que así fuera. Entonces, vio que ella estaba desabotonándose la blusa, que la arrojaba sobre la silla y continuaba sin mirarlo.

Él cerró la puerta y la observó quitarse el sostén. Si su madre se hubiera visto así alguna vez, pensó, podría entender al fin cómo había sido posible que hubiera enloquecido a media Europa. Felícitas se estaba volviendo ahora para verlo, con los pesados senos desbordando el sostén. A continuación, se sacó los zapatos, abrió el cierre y se despojó de sus pantalones y permaneció de pie, esperándolo. Él se quitó la ropa tan rápido como pudo. Se acercaron para encontrarse en la piecera de la cama. Tenían casi la misma altura y se unieron labio a labio, vientre a vientre, rodilla a rodilla. Él abrió su boca y ella lo besó antes de que pudiera hablar, medio lo empujó hacia la cama, se acostó en él y lo poseyó, se quejó con dolor y jamás aflojó sus dedos sobre sus hombros; él sabía que por mucho tiempo iba a llevar las marcas de sus uñas. Pero aquello no tenía relevancia, comparado con lo que él estaba haciendo, lo que había hecho al dejar surcos por todo su cuerpo, consciente de que sólo había descubierto una fracción de ella, de que todavía había mucho más qué sentir y disfrutar, oler y gustar.

Y, sin embargo, la parte más importante de ella era la que había sido suya. Se levantó y contempló su rostro encendido y con la boca abierta en abandono.

—Yo no sabía —dijo.

Felícitas lo tomó de la cabeza para atraerlo a sí nuevamente.

CAPÍTULO VII

EN EL SILENCIO TOTAL NO HABÍA OTRO RUIDO QUE EL DE LA RES-
piración. Pese a ello, ¿no podían escuchar, además, el sonido de sus pensamientos? ¿Los pensamientos del uno y de la otra?

—Yo no quería hacerte daño —musitó por fin Gregory hablándole al oído.

—Me gusta que me lo hayas hecho —expresó ella—. Estoy contenta de
que hayas sido tú. Ya no sentiré ningún dolor la próxima vez.

—¿Deseas que haya una próxima vez? —ella se movió para levantarse de
la cama y extendió el brazo para alcanzar su bata—. No —murmuró él. Ella
se detuvo—. No te pongas la bata —prosiguió diciendo él—. Quiero mirarte...
—¡ah, ciertamente que deseaba mirarla! Quería ver cada gota de sudor sobre
la piel nacarada, cada saliente de los músculos de la parte posterior de su
pierna, cada curva entrante y cada saliente.

Gregory no había tenido la intención de involucrarse con ella. No se
atrevía. La situación no había variado, pero su actitud, sí. Aquella mujer era
un peligro para él, a no ser que llegara a conquistarla por completo. ¿Ella
estaría pensando más o menos lo mismo respecto de él?

Se volvió para mirarlo y luego caminó lentamente hacia la ventana abierta, permitiendo que la brisa suave moviera su cabellera y le secara el sudor.

—¿Me mostrarás los papeles?

—Si tú quieres. ¿Sabes leer en ruso?

—No.

—En ese caso, seré yo el que te los lea.

—Sí, así tendrá que ser.

—¿Creerás en lo que yo te diga?

Felícitas se apartó de la ventana, se acercó a la cama y se sentó junto a él.

—Estoy traicionando a mi país —afirmó Gregory. Tomó sus manos entre
las suyas—. Tú eres rusa, por lo menos a medias.

Ella negó con un movimiento de la cabeza.

—Yo soy estadounidense. Aquí nací y creo en Estados Unidos o, por lo menos, en lo que la nación podría llegar a ser. Los rusos asesinaron a mis abuelos. Al sistema soviético lo detesto.

—No conoces absolutamente nada acerca de ese sistema.

—He leído bastante.

—Has leído lo que escribieron los autores estadounidenses.

—Bueno, si así lo quieres. Pero he escuchado hablar mucho sobre el asunto, tanto por parte de mi padre como de mi madre. No podrás negar que tu Joseph Stalin es el responsable de miles, quizá de millones, de muertes. Él las ha ordenado y tu padre procedía a la ejecución.

Gregory se le quedó viendo. Sería más difícil convencerla que a otra chica cualquiera por el hecho de que era la hija de Ilona Hayman. No le quedaba más remedio que proceder como lo hubiera hecho Anna.

—Era necesario proceder así. Estoy convencido de que los antepasados del señor Hayman fueron responsables de innumerables muertes durante la famosa guerra civil. ¿Acaso lo culpas por eso?

—Ésa era una guerra, Gregory.

—También la nuestra lo fue. Una guerra civil que duró mucho tiempo y en la que murieron muchos más seres humanos que en la tuya. Pero, ahora, ha finalizado.

—La carnicería prosiguió mucho tiempo después de que hubiese concluido la guerra —advirtió ella—. No puedes matar a la gente sólo porque se opone a tus ideas, con armas o sin ellas en las manos. O a lo mejor ustedes sí puedan hacerlo; pero no la gente decente.

—¿Podrías creer que yo no he matado a nadie durante toda mi vida? Ni siquiera a un alemán.

—Bueno, no me refiero a ti personalmente, Gregory.

Éste se sentó sobre la cama y la estrechó en sus brazos contra él.

—Escúchame, Felícitas: en estos momentos, se está librando una lucha inmensa. Se trata de una lucha por todo el porvenir del mundo. Nosotros, los de la Unión Soviética, ya tuvimos una pelea larga, dura y amarga, con el propósito de realizar lo que hemos conseguido: nuestro propio sistema de sociedad y de gobierno. Quizá para ti ése no sea un ideal, pero sí lo es para nosotros. Y si es verdad que sabes tanto acerca de la historia de Rusia, reconocerás que nuestro actual sistema es mucho mejor que el que habían implantado los zares; incluso tu madre tendría que aceptarlo.

—Bien... —también ella lo mantenía estrechado entre sus brazos. Durante tanto tiempo había aplazado el acto de recrearse siquiera en un remedo del amor que, en esos instantes, él era dueño de todas las ventajas. Pero aquellas ventajas no durarían más tiempo que aquel en el que estuvieran juntos en la misma habitación.

—No queremos imponer nuestro sistema sobre cualquier otra nación —aseguró—; puedes creerme.

Ella lo miró.

—No es eso precisamente lo que mi padre dice.

Gregory aflojó sus brazos y se puso de pie, frente a ella.

—No me gusta decírtelo, Felícitas; pero debes saber que tu padre no está libre de culpa.

Ella frunció el ceño.

—No sé de qué estás hablando.

Él se arrodilló y colocó sus brazos cruzados sobre los muslos de Felícitas.

—Oye bien lo que debo decirte: tu gente, tu gobierno, tu propia familia miran al Estado soviético como a su enemigo natural, porque nuestro sistema es el opuesto al suyo. Pero ya se sabe que en el mundo hay lugar de sobra para que los dos sistemas vivan uno al lado del otro. Nosotros les tenemos miedo, claro que sí. Aquí, tienen cosas como esas letales bombas atómicas, mientras que nosotros sólo contamos con balas. Además, tenemos la esperanza o la intención de vivir en paz con ustedes, con el mundo entero. No hemos pensado siquiera en hacer la guerra contra ustedes ni ahora ni nunca.

—¿Y tú crees que nosotros sí tenemos deseos de combatir contra ustedes?

—Ya están hechos los planes para lanzar un golpe militar preventivo contra la Unión Soviética. Las órdenes están listas para darse en el momento oportuno.

—Ésos son disparates —declaró ella—. Deben ser eso y nada más.

—¿En verdad lo crees?

Ella se mordió los labios.

—No estamos gobernados por criminales, Gregory.

—Me agradaría que platicaras este asunto con tu padre, Felícitas; por supuesto, sin advertirle nada de lo que ya he comentado.

—¿Con papá? Pero...

—Con seguridad que negará que existen semejantes planes; pero yo te pido que averigües con él si es cierto o no que el asunto se ha puesto a consideración.

—¿Que yo averigüe?

—No te pido que lo hagas por mí. Yo ya sé la verdad. Quiero que lo hagas para ti misma.

Lo miró fijamente y él esperó. Podría parecer extraño, pero él no sentía miedo, aun cuando sabía que ahora ya no se atrevería a matarla jamás. Tenía plena confianza en el éxito.

Felícitas le apretó la cara entre sus manos.

—¿Fuiste tú el que me sedujo? —le preguntó.

—Estoy enamorado de ti —le contestó—. Ya debías saberlo. Tal como lo mencionaste, yo debía haberte matado allá, en la playa. ¿No lo habría hecho si yo fuese la clase de persona que, según tú, somos todos los soviéticos? Además, soy un oficial de la NKVD. ¿No es verdad que toda tu gente nos compara con los de la Gestapo? Yo te amo, Felícitas. Me enamoré de ti casi desde el primer segundo en que te vi; pero tenía que decirme a mí mismo que era absurdo. Tú eres tan hermosa, tan elegante, tan...

—Tan vieja —le completó ella—. ¿Cómo puedes estar enamorado de una mujer que es siete años mayor que tú?

—Porque así es —repitió él y aquella vez con absoluta sinceridad, pues Anna era diez años mayor que él.

De nuevo, Felícitas se le quedó viendo, con los ojos empañados por las lágrimas.

—Yo podría amarte —expuso—; aunque sea una necedad y una equivocación.

—¿Por qué una necedad o una equivocación?

—Porque es imposible para dos personas como nosotros pensar en enamorarse: somos enemigos. También, somos primos hermanos, lo que haría nuestra aventura antinatural para la mayoría de la gente.

Él se levantó, tiró de ella para ponerla de pie y la tomó en sus brazos; luego, la colocó de nuevo de espaldas sobre la cama.

—Cuando dos personas se aman —le susurró—, esas cosas no son trascendentes.

—Estás ejerciendo sobre mí tus poderes de seducción —musitó ella a su vez.

Él se tendió encima de ella.

—Y tú también, con tu belleza.

—Porque me estás pidiendo que traicione a mi patria.

—No —replicó él—. No hay ninguna traición. Te pido que me ayudes a impedir que tu país cometa un crimen terrible. Pero sólo te lo estoy pidiendo; tú debes convencerte por ti misma, después de haber conversado con tu padre...

Estaban jugando squash. Arthur Garrison golpeaba la pequeña pelota con una fuerza enorme, pero no siempre efectiva. John Hayman respondía con hábiles golpes suaves, mezclados con ocasionales lanzamientos fuertes.

—Ya estoy muy viejo para estos juegos —refunfuñó Garrison, cuando John le ganó de nuevo la partida. Se secó el sudor con la toalla y echó una mirada cautelosa a su alrededor para constatar que no había nadie en la terraza o en las ventanas vigilando la cancha de madera—. ¿Qué opinas de lo que ha ocurrido? —preguntó a continuación.

—Que fue auténtico el ataque de Igor.

—Por lo tanto, él también debe ser auténtico, ¿no?

—No me imagino que sea otra cosa —declaró John—. No podrá descubrir ningún secreto de Estado mientras esté trabajando en un banco, en particular cuando fuiste tú quien lo colocó allí, para empezar.

—Sí —reconoció Garrison—; pero tú tendrías que pensar tal como lo hacen los soviéticos. Recuerda que ellos juegan mucho al ajedrez. Por cierto, tú también jugabas ajedrez, ¿no?

John suspiró.

—¿Cómo? ¿Es que lo habías olvidado?

—Bueno... —dijo Garrison con aire distraído—. Según tengo entendido, en el ajedrez se trata de superar en habilidad y astucia al contrincante. Allí está todo lo que estás haciendo, a la vista; pero debes procurar que el adversario suponga que estás haciendo todo lo contrario, ¿no es verdad?

—No es del todo cierto; pero no andas lejos.

—Sí. Y ahora, veamos. El hecho es que ese tipo, Igor, se hizo presente luego de que tu otro primo desertó para ponerse de nuestro lado. Ése es el punto sobresaliente. Así que este Igor se presentó como un sujeto desamparado y abandonado, sin un solo amigo en todo el mundo y, en apariencia, sin el deseo de entablar relaciones con los parientes que tiene por aquí. Pero, si vemos las cosas con ojos de ajedrecista —Garrison fue mostrando cada uno de los dedos de su mano a medida que enunciaba sus puntos—, tendremos: primero, que los soviéticos saben que investigamos y vigilamos muy estrechamente a cada uno de los emigrantes, en particular a los que proceden de Rusia; de modo que, de seguro, sabrán que estamos al tanto de la llegada de ese individuo, que conocemos sus antecedentes y sus relaciones familiares. Por lo tanto, si razonan que nosotros hemos dejado entrar a Igor es porque tenemos la seguridad de que se pondrá en contacto con su familia. Eso es exactamente lo que ha hecho.

—¿Por qué tendrían ellos que suponer tal cosa? —indagó John—. Los rusos no saben que yo estoy trabajando para ti o, por lo menos, creo que no lo saben.

—Eso no tiene nada que ver. Para nosotros, es necesario todavía que Igor establezca contacto con los suyos, sólo para asegurarnos de que es auténtico o no.

—¿Por qué?

—Bueno, porque, en ese caso, veríamos que enviaron a Igor para una doble prueba. Todo encaja de maravilla, pues los soviéticos saben que no hay otra forma de tener acceso a Gregory, sino a través de tu propia familia. Cuando Gregory no está con alguno de tus parientes, está con alguno de nosotros.

—Me desconciertas —admitió John—. Si piensas que la actitud de Gregory es auténtica, como ya me lo has mencionado, ¿para qué crees que los rusos desean ponerse en contacto con él? ¿Querrán hacerlo cambiar de idea acerca de su deserción? Creo que ya es demasiado tarde para ello.

—¡Por Dios, tú no entiendes! No quieren ponerlo en contacto con él; lo que pretenden es eliminarlo.

John se le quedó mirando muy extrañado.

—¿Y tú te imaginas que a Igor Borodin lo enviaron aquí para asesinar a Gregory? ¿A su propio primo?

—Todo concuerda a la perfección con los procedimientos rusos, hijo mío. Son implacables como el mismo diablo.

—Yo no puedo aceptar tu opinión. De cualquier manera, ¿no delataría sus intenciones tan pronto como se encontrara con la familia?

Garrison sacudió la cabeza.

—Te dije que debías pensar como los rusos, John. El tal Igor no podría sacar la pistola y comenzar a disparar delante de todos los integrantes de la familia, si es que pretende salir con vida de la aventura. Debe proceder con mucha habilidad, con cuidado, con astucia; para infiltrarse entre los Hayman, aguardará el momento en que lo inviten a Cold Spring Harbor, calculando que Gregory esté también allá; luego de entrar en confianza, es posible que se vayan los dos solos a caminar por las playas, para hablar sobre la madre Rusia.

—No puedo creerlo... —hizo una pausa porque estaba recordando que, aunque al principio su madre se mostró reacia a recibir a Igor, había cambiado de idea por completo y proponía que el mejor modo de convencer a Igor de que Gregory no era un ogro y de traer al pobre muchacho desorientado al seno de la familia consistía en invitarlo a pasar un fin de semana en la casa. "Después de todo —había sugerido Ilona—, el chico es hijo del pobre Víctor."

—Pues vale la pena que lo evalúes con calma —le propuso Garrison—. Así que tendrás muy presente que Igor es un niño al que debes cuidar. Además, deberás considerar que, cada vez que Igor esté fuera del círculo familiar, la seguridad de Gregory es otro niño que debes cuidar. No debes olvidarte de eso ni por un segundo —le hizo un guiño amable—. Y deja en mis manos y en las de J. Edgar averiguar lo que el tío Pepe Stalin está tramando hacer.

Joseph Stalin cerró el expediente y se reclinó en el respaldo de su sillón, detrás del amplio escritorio.

—Eso está muy bien —externó—. De nuevo será necesario felicitarte, Lavrenti Pavlovich, lo mismo que a la camarada Ragosina y también, por cierto, al camarada Nej. Sí, señores. Todo marcha muy bien; pero aún no han conseguido resultados concretos. Tendrás que estar encima de ellos. Sobre todo el camarada Nej está allá para trabajar y no para lucirse frente a los reflectores y lanzar insultos en mi contra.

—Puedes estar seguro de que estaré vigilando estrictamente la situación, Joseph Vissarionovich —aseveró Beria.

—Yo sé que así lo harás —reconoció Stalin—, y ahora, dime lo que has estado haciendo en el asunto de Judith Petrovna.

—¿Judith Petrovna?

—Espero que no te hayas olvidado de ella.

—Claro que no, Joseph Vissarionovich. Pero... es que ella está en Palestina.

—¿Qué hace allá?

—Bueno... —Beria hizo una pausa para limpiar los cristales de sus *pincenez*—. Hasta ahora ha hecho muy poco, te lo aseguro. Se diría que ya ha aceptado la situación; adoptó oficialmente la nacionalidad judía y está trabajando en una de esas granjas comunales que ellos llaman kibutz. De acuerdo con los reportes que tengo, su sobrina está a punto de reunirse con ella.

Stalin frunció el ceño.

—¿Su sobrina?

Beria movió la cabeza afirmativamente.

—Sí, la hija del príncipe Peter Borodin. Ella y su esposo van a reunirse con la Petrovna en el kibutz.

—¿Y a ti no te parece muy raro todo eso?

—No es extraño que vaya a trabajar en el kibutz. Todos los judíos lo hacen.

—Eso ya lo sé, Lavrenti Pavlovich; lo que a mí me parece raro es que Judith Petrovna permanezca muy tranquila trabajando en su kibutz, sin haber hecho ruido alguno sobre la reclusión de su marido en un manicomio.

—Quizá haya dejado todo el asunto en manos de Michael Nej. Yo he recibido una lluvia de cartas y telegramas de Michael y algunos de ellos bastante ofensivos, Joseph Vissarionovich, exigiendo incluso la liberación de Boris Petrov. Yo quería hablar contigo de eso desde hace tiempo.

—Mi querido Lavrenti Pavlovich; ciertamente, Michael Nikolaievich continuará enviándote cartas y telegramas, pero tú seguirás haciéndote el desentendido. Judith Petrovna sabe que eso es precisamente lo que va a ocurrir; no obstante, no ha movido un dedo. Ahora se reúne con ella su sobrina, la hija de nuestro enemigo más encarnizado. Y hay todavía algo más importante y, desde mi punto de vista, más siniestro: George Hayman tampoco ha movido un dedo y, además, no ha dicho ni una palabra acerca de lo que pudo ver en Europa durante su gira. El *American People* no ha publicado siquiera un solo artículo suyo sobre el viaje. Eso sí que es muy extraño; es rarísimo, según los conocimientos que tengo de la actitud de Hayman. En el Occidente, casi no se ha hecho difusión al caso de la locura de Petrov y nosotros tampoco hemos hecho nada para desacreditar a Judith Petrovna. Todo este asunto es inquietante; yo diría que es siniestro. No me gusta para nada y creo que algo malo se está cocinando.

—Vamos... —dijo Beria.

—Es necesario saber de qué se trata.

—Sí, por supuesto. A lo mejor Gregory Nej...

—A Gregory Nej se le ha asignado una tarea. No quiero que nadie intervenga en su trabajo; la única persona que nos puede informar sobre lo que está ocurriendo es la propia Judith Petrovna. Estoy convencido de que ella sí sabe lo que Hayman se propone, pues es indudable que ella está inmiscuida en el mismo asunto.

—Sí, pero tú mismo dijiste, Joseph Vissarionovich, que era necesario dejarla sola.

—Ahora las circunstancias han cambiado —espetó Stalin—. Eso ocurre en muchas ocasiones. Un hombre prudente y eficaz sabe que así sucede y siempre estará dispuesto a modificar sus planes. Quiero que Judith Petrovna retorne a Rusia y la quiero aquí lo más pronto posible.

—¿Aquí? Pero...

—No ha reaccionado de ninguna manera como esperábamos que lo hiciera; por lo tanto, no obtenemos nada de valor con mantenerla en Palestina. La traerás de regreso, no me importa cómo. Una vez que esté aquí, podremos divulgar la historia de que ella volvió por su propia voluntad para estar al lado de su marido enfermo, como debía haberlo hecho desde tiempo atrás. Pero la quiero aquí; debo saber lo que está tramando. Ten presente, Lavrenti Pavlovich, que esa mujer trabajó tanto como cualquiera para acabar con los zares. Es una auténtica conspiradora. Quiero tenerla aquí, conmigo.

—Traerla resultará una labor muy ardua —advirtió Beria—. Desde el punto de vista técnico, mientras esté en Palestina estará bajo la protección británica y, después de todo ese alboroto que han hecho en Canadá sobre nuestras actividades en Palestina..., como tú mismo lo mencionaste, es indispensable mostrarnos amistosos con esa gente, al menos por ahora.

—Yo no te he sugerido que la raptes o que la secuestres, a no ser que sea posible hacerlo veladamente, sin ninguna publicidad —Stalin hablaba con voz serena, casi monótona—. Pero estoy seguro de que tú tienes a alguien que sea capaz de convencerla para que vuelva.

—Estás hablando de Judith Petrovna; no es una mujer a la que pueda convencerse con facilidad, Joseph. Quizá, si llamamos a Anna Ragosina para que venga de Estados Unidos...

—La Ragosina se queda donde está —declaró Stalin—. Desempeña un trabajo muy valioso para nosotros en Estados Unidos. Pero ya he pensado en alguien que, por lo menos, podría asustar considerablemente a Judith Petrovna.

Beria alzó la vista para mirarlo.

—He estado pensando en Iván Nej —murmuró Stalin en voz muy baja, apenas perceptible.

—¡Iván Nej! Pero si a ése... —el rostro de Beria enrojeció de pronto.

—Está vivo, bien de salud y bien tratado en su encierro de la celda número cuarenta y siete.

Beria observó a su amo con los ojos muy abiertos y él le sonrió.

—Yo debo estar atento y saber todo lo que ocurre, Lavrenti Pavlovich. Debería estar muy disgustado contigo por ocultarme las cosas; incluso, podría acusarte de traición al Estado —hizo una pausa para que sus palabras penetraran profundamente en el cerebro de Beria y para contemplar cómo desaparecía el vivo color rojo que había teñido su rostro, tan de repente como apareció—. Pero hay ocasiones en las que puede sacársele provecho a las cosas mal hechas. Por ejemplo, no cabe duda de que Iván Nej nos puede resultar ahora más valioso que si estuviera muerto. Ahora, el mundo debe haberse olvidado de él y puede decirse que ya ha recibido una buena lección. Sin embargo, lo castigaremos más sacándolo de su celda y asignándole un simple cargo de guardia de campo. Aunque, de cualquier manera, Judith Petrovna debe tener muy presente a Iván Nej: fue él quien ejecutó a sus padres y el que ha cometido muchas otras atrocidades que ella no ha olvidado —puso las manos sobre el escritorio y se inclinó sobre él—. Sacarás de su celda a Iván Nikolaievich de inmediato, Lavrenti Pavlovich, y lo enviarás a Palestina con su pasaporte bien arreglado y un motivo que resulte convincente para el viaje. Le dirás que retorne pronto con Judith Petrovna si es que acaso pretende recuperar su antiguo puesto.

—Me fascina jugar al *cricket* —Natasha Hayman se inclinó sobre el cabo largo de su martillo de madera para calcular a simple vista la distancia al arco siguiente, de los que estaban clavados sobre el pasto del prado—. A mí me parece el juego más agradable del mundo.

—Sí, te entretiene y te permite olvidar tus malos pensamientos —concedió Ilona sonriendo.

—Claro, pero también me gusta porque se requiere mucha habilidad para jugarlo sobre un buen prado. Algún día, John y yo tendremos una casa en el campo, como ésta, y un prado para jugar al *cricket*. Ése es un firme propósito —sonrió delicadamente— para el momento en que John sea socio de la compañía.

—¿Cuándo? —preguntó Ilona.

—Algún día tendrá que suceder; estoy convencida —Natasha separó ligeramente las piernas, agarró el cabo del martillo y lo balanceó entre ella, agitando la falda de su vestido de verano—. John debe llegar a la cumbre porque tiene mucho talento. ¡Ay! ¡He fallado!

El martillo no había golpeado bien y la pelota se inclinaba hacia la derecha y pasó a un lado del arco.

—Tú tendrás que venir a rescatarme, Beth.

Las tardes de los domingos en Cold Spring Harbor, eran una delicia. George se decía que no podía haber nada mejor en el mundo. Estaba recostado en la silla plegadiza, con el sombrero de paja inclinado sobre la frente y contemplaba a los jugadores —su hijo George era el compañero de su madre—, miraba a Gregory, sentado junto a la pequeña Diana; más allá, en el extremo del prado, veía a Felícitas y a John que paseaban entre los rosales, entregados a su conversación —George se preguntaba si estaría planteándole a su hermano las mismas preguntas que le había formulado a él pocos días antes—, vigilaba al pequeño Alex, sentado sobre la hierba, entretenido con sus juguetes. Se decía que debían ser muy pocos los hombres que llegaran a deleitarse con una felicidad tan sencilla y tan completa como ésa. Sentía un gran gozo de que, en sus años maduros, pudiera disfrutar de la compañía de su familia y de mirarlos jugar.

Quizá algún antepasado de los Borodin pudo gozar de la misma alegría. Tal vez el viejo príncipe Peter, el abuelo de Ilona, a quien George sólo había contemplado como un cadáver yacente en su ataúd, cuando visitó Rusia por primera vez tras haber presenciado el desastre de los rusos en Puerto Arturo. Desde entonces, la familia no volvió a estar realmente unida, salvo en los días de trágica amargura. Ilona debía tener once años de edad cuando los rusos arrendaron Puerto Arturo a los chinos, así que, sin duda, ella tenía muchos recuerdos de Starogan en los días dorados, incluyendo los juegos de *cricket* sobre el prado, con la pequeña Tatiana gritando y jugueteando por doquier y el primo Tigran acariciándose los bigotes —¿estaría acariciándoselos aquel día en el que la revolucionaria Dora Ulyanova irrumpió en su oficina de Petrogrado para atravesarle el corazón con una bala?— y la prima Xenia, acicalándose siempre, y el tío Igor, lanzando miradas chispeantes sobre todos y cada uno con el persistente desprecio que lo caracterizaba.

Todos esos eran recuerdos sobre los que jamás se hablaba, pese a que, cuando se encontraron por primera vez, en Manchuria, Ilona hizo que se enamorara de Starogan incluso antes de haberlo visto, al comentarle de la tranquilidad y de la belleza que allá imperaba. En ese entonces, no había sido un recuerdo, sino una sensación de anticipación. Cuando por fin llegó a Starogan, tanto el viejo príncipe Peter como su hijo, el heredero, habían muerto y el joven príncipe Peter era un prisionero de los japoneses y, al mismo tiempo, todo el imperio de los zares se desmoronaba debido a las derrotas, las deserciones y el descontento general. Aún era posible apreciar la belleza de Starogan, pero la paz y la serenidad ya estaban difuminándose en la nada.

Y todo aquello, incluyendo la serenidad, se había podido volver a recrear allí mismo, a más de once mil kilómetros de distancia, sobre los prados que dominaban la Sonda de Long Island. Al cerrar los ojos y dejarse ir a un sueño plácido, George reflexionaba que, mientras permanecieran allí los recuerdos y pudiera recogérseles y conservárseles y, si acaso, casi cuarenta años después, volverlos a crear, no había nada que temer del futuro.

¿Ni siquiera cuando el futuro parecía atiborrado de nubes de tormenta? No; mientras el país estuviera atento a tales nubes y se preparara para defenderse de ellas, la catástrofe podría evitarse. Sólo una cosa le apenaba enormemente: que, al final de sus vidas, él y Michael Nej hubiesen tenido que pelear y enemistarse.

—Tú me gustas mucho —le confesó la pequeña Diana a Gregory.

—¿Yo? ¿Por qué? —incluso cuando sonreía al hacerle la pregunta a la niña, estaba mirando a Felícitas.

—Ya sé que no debía haber dicho eso. Quiero decir que... Bueno, pero es que tú eres tan simpático. Y si a mí me gusta Natasha, ¿por qué no puedes gustarme tú?

—Sí, ¿por qué no habría de gustarte?

—Bueno, es que mi papá y mi mamá... ¡Oh! Tú entiendes muy bien lo que quiero decir.

—Entiendo; pero debes saber que ahora ya soy prácticamente estadounidense —aclaró Gregory—. He solicitado mis papeles de ciudadanía y estoy desempeñando un trabajo para ayudar a tu gobierno. ¿No tienes suficiente con eso para llamarme tu amigo?

—¡Por supuesto! —admitió Diana—. Papá y mamá son muy anticuados. Y tú me gustarías de todas formas, tanto como a Felícitas... —la chica se interrumpió y se ruborizó al mismo tiempo al ver que Felícitas, abandonando a John, había llegado a ponerse de rodillas junto a ellos—. ¿No es verdad?

—¿No es verdad qué?

—Que Gregory te gusta mucho.

—Claro que me gusta —respondió Felícitas sonriendo. Podía decirse que era encantadora cuando sonreía, aunque su sonrisa era triste, enturbiada con pensamientos de calamidades. De inmediato, dejó de ocuparse de su sobrina para mirar a Gregory.

—¿Y bien? —le preguntó éste.

—No... No lo sé aún. Es algo terrible para poder pensar en ello.

—No ocurrirá —aseguró Gregory—. No permitiremos que suceda nunca.

—¿Qué es lo que no sucederá nunca? —quiso saber Diana.

—Nada, nada —le replicó Felícitas.

En aquel instante, Beth lanzó su pelota hábilmente para colocarla junto a la de su cuñada, muy cerca de las tablas, y después se preparó para lanzarlas de un solo golpe.

—Jamás había visto a Felícitas tan bien y con tantos ánimos —advirtió cuando asestaba otro golpe perfecto, que dejó la bola de Natasha muy cerca del arco, mientras que la suya se desviaba a un lado hasta tocar la bola del joven George—. La podemos ver tan contenta —volvió a colocarse para dar otro golpe.

—¡Por el amor de Dios! —exclamó el joven George al observar que el golpe de su mujer mandaba su bola rodando hasta perderse en la maleza—. No es necesario proceder en forma tan tiránica y prepotente —protestó mientras echaba a andar en busca de su bola.

—Pero sí es necesario jugar bien —señaló Beth, disponiéndose a dar un nuevo martillazo.

—Así es —dijo Ilona con tono ausente y distraído, pues estaba mirando a Felícitas con aire de preocupación.

—Creo que Gregory le ha hecho mucho bien —insistió Beth, dando un nuevo golpe muy diestro que envió la bola hasta la parte central del arco siguiente. Se fue detrás de la pelota y se alejó de su suegra.

Ilona prefirió quedarse donde estaba, junto con Natasha.

—Hay algunas cosas de las que me gustaría hablar contigo —le dijo en voz baja y tranquila.

—¿Qué cosas?

—Bueno... —el carácter de Ilona no se prestaba para esa clase de conversaciones; pero estaba convencida de que Natasha tendría una opinión igual a la suya, mientras que Beth, con su tendencia a la bohemia, posiblemente aprobara el asunto—. Me parece... Estoy segura de que esos dos... Bueno: sostienen un romance —el tono de su voz había descendido hasta el grado del murmullo.

Natasha adoptó un gesto muy serio.

—Me parece difícil de creer. Felícitas es siete años mayor que Gregory.

—Sí —asintió Ilona—; el caso es absurdo.

—Además, ¿de dónde sacas una idea así? Gregory está ausente durante toda la semana, trabajando en Washington, en el Pentágono.

—Pero regresa a casa todos los fines de semana. Felícitas va a encontrarlo los viernes por la noche, lo mismo que una esposa. Luego, están juntos a cada instante de los que él pasa en la casa. Y además... Bueno... Yo vi a Gregory salir del cuarto de Felícitas a las seis de la mañana.

Natasha abrió los ojos desmesuradamente.

—¿No es ésa una prueba suficiente? —inquirió Ilona.

—Sí, sería suficiente en un caso de divorcio... Pero, ¡Dios mío! ¿Felícitas?

—Yo no la considero totalmente culpable —indicó Ilona—. Ha llevado una existencia verdaderamente infeliz. Y, prácticamente, yo los he echado uno en brazos de la otra. Pero ése no es el asunto, sino el de saber lo que haremos al respecto.

—Si es porque no deseas que Felícitas tenga una aventura con un desertor ruso, supongo que...

—Eso no tiene absolutamente nada que ver —aclaró Ilona con cierta impaciencia—. Gregory es su primo hermano... el hijo de mi hermana. Ahí está también la diferencia de edades. Supongamos que pretendan casarse...

—No creo que puedan hacerlo legalmente —le expresó Natasha—. Tendrías que asesorarte sobre eso.

—Y supongamos que quede embarazada... —la voz de Ilona se había elevado instintivamente. Volvió la cabeza a todos lados para saber si la habían escuchado, pero no había nadie cerca: Beth y su marido continuaban buscando la pelota; Felícitas, con Diana y Gregory estaban absortos en la conversación a un lado del prado, mientras que Jonn y George platicaban en el otro extremo del prado—. ¡Por Dios! —exclamó Ilona—. Es posible que quede embarazada. Creo que Felícitas no sabe nada sobre los anticonceptivos.

—Ahora deberías enseñarle a utilizarlos.

—Eso sería como si aprobara las relaciones entre ambos.

Natasha le dio un cariñoso beso en la mejilla a su suegra.

—Parecen muy felices —le dijo para consolarla—, y eso es lo que importa. ¿Ya lo discutiste con George?

Ilona movió la cabeza.

—No. El pobre ya tiene suficientes preocupaciones en la cabeza.

—Bueno, yo hablaré con John —prometió Natasha—. Pero, entre tanto, no debes preocuparte más de lo debido —se separó de Ilona para ir tras la pelota.

John se había inclinado sobre la silla plegadiza extendida en la que dormitaba George.

—¿Cómo van los negocios de la publicidad? —preguntó éste de pronto.

John le lanzó una mirada de soslayo. En ocasiones, George usaba un tono de voz con el que insinuaba que él conocía todos los secretos del mundo; sin embargo, mantenía los ojos cerrados.

—Dan para seguir viviendo.

—Quiero felicitarte —le expresó George—, por los capítulos finales de tus memorias: son espléndidos y sorprendentes.

—La época era sorprendente —comentó John—; pero me alegra que ya estén terminados.

—¿La época o los capítulos? —le preguntó George con tono de burla y abrió los ojos cuando su hijastro no le respondió de inmediato—. Las épocas como aquéllas son buenas para mirarlas en retrospectiva, una vez que han pasado.

—Así es, por supuesto —concedió John—. A la guerra se le puede amar o detestar; pero nadie puede permanecer indiferente a ella. Me refiero a la verdadera guerra; esta guerra fría me produce escalofríos.

—Una aguda observación —adujo George—. Pero, sin duda, es algo mejor que la cruenta guerra de los disparos.

—Podría pensarse que Truman ha fundado buena parte de sus actitudes anticomunistas en lo que tú le dijiste, George.

—Tiene mejores fuentes de información que las mías; pero él tiene razón.

—Yo tenía esperanzas...

—No, él tiene razón, John. Y tú también la tienes. Para tratar con los soviéticos, es necesario mostrar un garrote y darles a conocer que puede utilizarse.

—Sí. ¿Sabes algo? Felícitas estuvo planteándome una serie de preguntas extrañas hace un momento.

—¿Té preguntaba si esta guerra fría podría convertirse en una guerra armada?

—Sí, en efecto.

—Y tú, ¿qué le respondiste?

—Que yo no sabía nada de eso; pero, que si se producía una guerra armada, nosotros venceríamos —volvió la cabeza para mirar a través del prado—. También le mencioné que hay algunos que no quieren esperar y proponen que reventemos a los rojos en seguida. Hay de esos, ¿lo sabías?

—Ya lo sé —aseveró George—. Tu tío Peter es uno de ellos. Yo le comenté a mi hija lo mismo que tú; pero eso no la dejó satisfecha.

—George: ¿no crees que Gregory la haya aleccionado para formular esas preguntas?

—¿Gregory? ¿Qué tiene que ver con ella?

—Debes haber notado que siempre andan juntos. ¿Cuándo habías visto que Felícitas bajara a una partida de *cricket*?

—Tienes razón. Tú no lo apruebas, ¿verdad?

—¿Yo? Bueno... ¡Por el amor de Dios, George! ¿Tengo algo qué decir en esto? Felícitas tiene treinta y tres años de edad y ha tenido una vida muy desventurada. Si Gregory la hace sonreír, como está sonriendo ahora, yo no tengo inconveniente. Pero, sencillamente...

—Sencillamente no te cae bien Gregory. Ya me había percatado de ello.

—Lo siento —dijo John—; espero no haber ofendido a nadie.

—Creo que nadie lo ha notado más que yo; pero me gustaría conocer tus razones.

—¿Las razones de mi antipatía? Bueno...

—No, aquí no —George alzó una mano cuando Natasha pegó con su pelota sobre el poste de la meta, lanzando un fuerte grito de júbilo—. Puedes venir mañana a jugar al golf conmigo. Tu agencia de publicidad te dará un tiempo libre.

—¿Mañana? —John sacudió la cabeza—. Lo siento, George. Tendrá que ser otro día, tengo una cita. De cualquier forma, lo que yo pienso no tiene importancia. Quizá estoy preocupado por lo que es posible que ocurra el próximo fin de semana.

—¿Cuando Igor nos visite? ¿Estás seguro de que vendrá?

—Sostuve una larga conversación con él. Parece que ya se ha tranquilizado. ¡Pero sólo Dios sabe cómo reaccionará después! Estará dos días enteros aquí.

George, sonriendo, se recostó de nuevo en su silla plegadiza.

—Es posible que el próximo fin de semana resulte muy interesante...

Felícitas Hayman permanecía sumergida en el agua caliente de la tina, con su cabello prendido en un chongo sobre la coronilla. Eran las diez de la noche y la cena había acabado media hora antes; sin duda, la familia aún estaba reunida en el comedor, saboreando los licores y conversando; pero ya era algo usual que Felícitas se retirara temprano a su habitación.

Que se diera un baño todas las noches antes de meterse a la cama, era un hábito nuevo; no obstante, eso era algo que a ningún otro miembro de la familia le interesaba, excepto a Gregory.

Porque él también era integrante de la familia. A Felícitas le asombraba constatar que ése era el aspecto de sus relaciones amorosas que más le inquietaba; pero así era. Gregory era su primo, una figura surgida de su pasado ruso, un matiz de su existencia en el que ella había decidido no intervenir para nada.

Pero, de nueva cuenta, había conocido al hombre que le gustaba y, sin duda, ésa habría de ser la última vez en su existencia. Y, a pesar de todo, todavía no estaba muy convencida. Eso había sido antes de aquel día inquieto y tumultuoso en el que los dos se habían convertido en amantes; ése era el asunto importante. Quizá ella sabía lo que ocurriría desde el primer instante de su encuentro. De hecho, por lo menos, aquella certidumbre se había presentado muy pronto luego de conocerse y se había cimentado con mucha firmeza, incluso cuando ella se esforzaba por rechazarla. Porque ella también sabía, de una u otra manera, que había algo malo y equivocado en tales relaciones. A diferencia del resto de la familia que lo había observado sólo a las horas de las comidas o en público, ella lo había podido estudiar en sus ratos libres, por así decirlo. Y, vaya que lo eran, pues, indudablemente, Gregory no había hecho el intento de impresionar a una mujer joven que tenía fama de ser muy reservada y retraída, casi inaccesible.

Pero había resultado al contrario, ya que él se había enamorado de ella, aunque, al principio, lo dudaba. Gregory se había sentido arrebatado por la pasión, por la riqueza, por la elegancia de Nueva York y de la mansión de los Hayman; pero, aún con mayor fuerza, por la mujer que lo guiaba. Felícitas sabía que era hermosa; podía constatarlo cada vez que se veía en un espejo. Siempre le había gustado vestirse bien, incluso en los días y en los momentos de mayor depresión. ¡Por supuesto que el pobre muchacho no habría tenido la oportunidad de impresionarla y, mucho menos, de conquistarla!

Pero eran sus propios sentimientos los que contaban. No había pretendido caerle simpática al chico. Consideraba ridículo sentir algo más que desprecio por un oficial ruso y mucho más por un oficial ruso desertor. Pese a ello, el atractivo que ella había llegado a sentir por él igualaba al que él sentía por ella. Era evidente que esa atracción se debía al modo de ser tan fácil, tan intrascendente del joven, ya que era tan absolutamente diferente a lo que ella se había imaginado que sería y, además, porque desde el principio ella se percató del interés que había despertado en él. Entre todos esos motivos, este último era, por supuesto, el de mayor peso.

En los primeros días, el interés de Gregory por ella, la había divertido. Al poco tiempo, se sintió intrigada; no había nada más que eso. Aquella tarde, cuando lo había seguido, no fue más que un impulso. En esa ocasión, cayó en la cuenta de que ella estaba muy sola y muy aburrida, siempre encerrada en aquel caserón enorme, y lo mucho que había gozado los últimos meses, paseando a Gregory por todo Nueva York y Connecticut; asimismo, comprendió que él debía estar igualmente aburrido, intentando sacarle mayor provecho a aquella relación y tan desorientado como ella acerca de la forma de proceder para obtener más. Al seguirlo, Felícitas no había tenido otra intención que pasear con él por la playa y platicar.

En cambio, Felícitas había tropezado con un intercambio entre espías. Aún se sorprendía cuando recordaba su reacción de ese momento porque ella había avanzado al encuentro de los dos hombres en lugar de echar a correr por la playa. Bien podía decirse que Felícitas Hayman no había corrido jamás para alejarse de algún peligro; pero sería más apropiado afirmar que no había corrido debido a que, en el fondo, sabía que no corría ningún riesgo, no porque ella fuera Felícitas Hayman, sino ya que uno de aquellos hombres era Gregory y éste estaba enamorado de ella. Al percatarse de que sus instintos eran absolutamente ciertos, puso el sello a sus deseos latentes. Supo que, por encima de todo, ella deseaba ser amada, tanto física como emocionalmente, y que su única reserva residía en la idea de que el hombre debía tomar la iniciativa y amarla primero. Una vez superado eso, no había pretexto para contenerse. Lo único que hubiese anhelado era que el hombre no estuviera tan estrechamente ligado a ella por los lazos de la sangre y tampoco hubiese querido que fuera un espía ruso. Esta última consideración había aparecido después y ella la descartó rápidamente al constatar que todo lo que él le había dicho era verdad: no había ni la más remota probabilidad de que la Unión Soviética pudiera atacar a Estados Unidos. No existía el medio de que los rusos llegaran a atacar a los estadounidenses en su territorio y bien podía desecharse como absurda la idea de que los rusos emplearan sus bombas de TNT contra las bombas atómicas. Asimismo, podía considerarse como un error fatal que Estados Unidos tuviera el monopolio absoluto del poder. Felícitas había leído bastante de historia y filosofía, como para haber llegado a esa conclusión. El famoso aforismo de lord Acton: "El poder corrompe; el poder absoluto corrompe absolutamente", era tan irrefutable ahora como cincuenta años antes. Ella podía observar cómo era eso, precisamente, lo que estaba ocurriendo. Sus temores y los de Gregory quedaron confirmados por medio de las conversaciones que sostuvo con su padre y con John. Los dos habían tratado de sortear el asunto y su misma actitud evasiva le había dado la respuesta. Por supuesto que no podían temer a la posibilidad de que estallara una guerra entre Rusia y Estados Unidos, habían contestado ambos llenos de optimismo. Y a la pregunta de que si alguna vez la nación entrara en guerra con los soviéticos, bueno, su padre había respondido con su amable sonrisa que eso dependía de la conducta de los soviéticos; pero, "naturalmente, si eso llegara a suceder, los destrozaríamos en cuestión de segundos".

¿Los destrozarían como lo fueron Hiroshima primero y luego Nagasaki? Pudo haber algún motivo para acabar con Hiroshima, aunque ella no lo admitiría jamás; pero dudaba de que incluso Truman pudiera explicar las razones para destruir Nagasaki.

Así que había llegado el momento de que ella tomara una decisión o, mejor dicho, el momento llegaría pronto, tan pronto como Gregory entrara en la recámara.

Echó una mirada al reloj y salió de la tina, se secó con la toalla muy despacio, pensativamente. Pero ya su corazón había empezado a latir más de prisa y en el espejo podía contemplar cómo se extendía por toda la piel de su cuerpo el color sonrosado. Habían hecho el amor cinco veces desde aquella primera tarde y cada una fue distinta; por lo tanto, aquella noche de nuevo sería diferente, alguna nueva forma de compartir, algún uso novedoso de sus cuerpos que ella hallaría chocantes e incluso repulsivos en el primer momento; pero, luego de haberse entregado, descubría una serie de sensaciones de las más placenteras de cuantas hubiese experimentado. Parecía que Gregory contaba con gran experiencia y ella no lo lamentaba ni se lo reprochaba: ella era la beneficiaria. Sus caricias eran de una suavidad ponderada, su deseo era irrefrenable. La fuerza de Gregory era extraordinaria; ella admiraba las estrías onduladas de sus músculos que manaban con cada uno de sus movimientos; sentía que él intentaba reforzar su natural debilidad con infinitos cuidados, con inagotable gozo. Además, era verdad que él la adoraba en la misma proporción. Ella aspiraba bocanadas de aire para hacer que sus senos se alzaran erectos desde su pecho, hundía el vientre, restiraba los músculos de sus muslos y de sus piernas para apretar los de las nalgas. Le ofrecía un cuerpo hermoso para ser amado y poseído y era todo de él, de un modo en el que jamás podría ser todo suyo el cuerpo de Gregory; no obstante, y por raro que parezca, el hecho de que ella hubiese sido virgen le molestaba.

Pero a ella no, en lo más mínimo. Uno de los grandes atractivos que encontraba en aquel joven era que, prácticamente, había surgido de la nada; no era posible compartir con él las aventuras de la infancia y las de los colegios, como las había compartido, tanto con Daniel Rourke como con David Cassidy. Por lo tanto, con Gregory no podía haber alguna sensación de inhibición. ¡Si sólo no compartieran los mismos antecedentes familiares! Pero ya tampoco eso era relevante, pues ella estaba decidida a responder cada vez más a las exigencias de la virilidad de Gregory, incluso en contradicción directa con sus propios instintos, como en ocasiones ocurría. Porque ella se iba sometiendo poco a poco, siempre asombrada y alarmada en primera instancia, a las solicitudes de Gregory para mordisquearle los pezones muy suavemente, tomándolos primero entre los labios e introduciéndolos después en su boca, sin dejar que los dientes tocaran la carne; su ansiedad para besarla entre las piernas, usando la lengua casi como un arma, un arma dulce, amable y suave; su manera de juguetear con los dedos, con el mismo cuidado y la misma delicadeza. De modo que la entrega de la mujer se producía a regañadientes y ella sabía que todavía le faltaba lograr la sensación máxima de sus actos de amor y no dudaba de que esa sensación se desencadenaría.

Eso si ella lo deseaba, lo cual la llevaba al principio. Lo obtendría todo si sus relaciones se conservaban en el mismo tenor, si ella aceptaba el espionaje de Gregory contra su país y si podía admitir en realidad el hecho de que él fuera su primo hermano.

Yacía desnuda sobre la cama. Así era como le gustaba a Gregory verla todo el tiempo en que estaban juntos. Volvió a mirar el espejo. Muy pronto estaría allí.

Pensó que debía estar haciendo algo. Era absurdo estar acostada, con la respiración cortada por la ansiedad de mirar a un muchacho de veinticinco años. A pesar de ello, jamás había sido tan feliz. No alcanzaría nunca una felicidad tan absoluta como en los brazos de Gregory. ¿Qué importaba que él lo supiera? Porque, sin duda, él debía saberlo.

Pero todavía era indispensable que él estuviera convencido de ella y eso no podía reprochárselo. El chico estaba totalmente en sus manos; una palabra de Felícitas a su padre sobre el espionaje y... No, Gregory no podría estar tan seguro de su amor como ella lo estaba del suyo, a no ser que ella misma le otorgara esa seguridad y lo convenciera de que jamás lo traicionaría..., sino que, en cambio, traicionaría a su país. ¿No era acaso todo eso una tontería patriótica? ¡Por supuesto que lo era! No estaba el mundo lleno de naciones, sino de hombres y mujeres. Si éstos eran tan necios como para erigir naciones y permitir que sus dirigentes encendieran el odio contra otros pueblos, estaban equivocados de parte a parte. Eran las propias personas, como ella y como Gregory, las que podían pasar por encima de las barreras de la nacionalidad y las ideologías y por encima de los antagonismos para llegar al amor mutuo, que era la verdadera esperanza para la humanidad.

¿No había comentado su padre exactamente lo mismo a la familia reunida aquel día en que anunciaron que Gregory iba a venir a Estados Unidos?

Se abrió la puerta de la habitación y el propio Gregory entró y la cerró. Había estado en su propia recámara y se había puesto una bata para poder decir que iba camino del cuarto de baño, si se encontraba con alguien, aunque todos los cuartos de aquella casa tenían su propio baño. Además, ya era muy tarde como para que alguno se preocupara por lo que estaba haciendo el otro.

Gregory se adelantó por la habitación al tiempo que se despojaba de la bata con un solo movimiento. Ninguno de los dos habló. En momentos como ésos, las palabras sobraban, puesto que los dos sabían lo que querían y también lo que ocurriría.

Él se sentó junto a ella y se inclinó para besarla en los labios. A continuación, quedó en sus brazos, sentada también, mientras los dedos de Gregory trazaban dibujos complicados por toda la espalda, desde los hombros hasta las caderas, se deslizaban en torno de su cintura, subían después para acariciar los senos y bajaban a su estómago tenso y al sedoso vello de sus ingles. Ella esperaba que se produjera algo nuevo, algo que habría de derribar todas las barreras de sus deseos reprimidos, acumulados durante treinta y tres años de soltería.

Él se puso de pie, tiró de ella para que también se levantara, le dio la vuelta suavemente a su cuerpo.

—De rodillas —le susurró al oído—. De rodillas sobre la cama.

Felícitas obedeció y, maquinalmente, abrió las piernas, sin atreverse a pensar en lo que él iba a hacer, sólo sabiendo que se trataría de una experiencia distinta, un auténtico placer animal y, por lo tanto, algo que ella deseaba con vehemencia, y luego, sintió que él se colocaba detrás; lo sintió más que nunca, pues el bajo vientre de Gregory estaba apretado contra sus nalgas, como si se hubiese amoldado a las formas; tenía las manos apretadas sobre sus senos y los labios le acariciaban el nacimiento de la nuca.

Pero, sobre todo, lo sintió penetrándola como jamás lo había hecho antes. La estaba llenando toda, la penetraba más allá de la vagina, entrando hasta el rincón profundo de la matriz y generando en toda ella una poderosa sensación de bienestar.

Los dos cuerpos se balanceaban al unísono hacia adelante y hacia atrás sobre la cama. Después, él casi dejó de moverse dentro de ella, pero siempre creciendo y creciendo para saturarlo todo y sacar el bienestar que ella sentía, sustituyéndolo por una sensación poderosa, como ella jamás había sentido ni sospechaba que existiera en sus sueños más descabellados, una escapada de pasión y de emociones y de deseos que principiaban dentro de ella y la colmaban por dentro, hasta hacerle temblar los dedos de los pies y los de las manos; incluso su nariz parecía encenderse y, entonces, profirió un grito, un gemido de éxtasis y dobló el cuerpo con el rostro entre las sábanas, aplastada por el peso del cuerpo de Gregory que había caído junto con ella, incapaz de mantenerse quieta, dispuesta a continuar moviéndose hasta haber extinguido el último espasmo de pasión en su orgasmo.

Escuchaba los jadeos de Gregory sobre su oreja.

—¿Crees que alguien haya oído?

—¿Eh? —el peso de su cuerpo había desaparecido y ella se dio media vuelta para quedar acostada sobre su espalda, consciente de una deliciosa sensación de descanso—. ¿Grité muy fuerte?

Él sonreía.

—Bastante fuerte.

—Bueno; no me importa si me oyeron ni quién me haya oído —se incorporó ligeramente sobre su codo—. ¿Tendremos lo mismo otra vez?

—¡Claro! —le prometió él—. Si tú lo deseas.

—Es obvio. ¡Oh, mi amor...! —yacía adherida a él, con la cabeza recostada en el hueco entre su brazo y su hombro—. Yo te amo. ¡Ay, cuánto te amo! Durante toda mi vida te he esperado sin saber si ibas a venir.

—Entonces, ¿debo tener cuidado de no irme otra vez?

Era lo más que iba a decir como pregunta directa; sin embargo, la pregunta había sido planteada y era necesario responderla.

—No te traicionaré jamás —respondió ella—. Tú lo sabes bien —sonrió con la boca pegada a la carne de su pecho—. Lo sabías desde el principio.

—Necesito tu ayuda.

Felícitas alzó la cabeza.

—¿Mi ayuda?

Se quedó callado unos segundos; después, dijo:

—El hombre con el que me encontré en la playa requiere que le dé cierta información —no habría sido prudente mencionar siquiera el nombre de Anna Ragosina—. Información acerca de las actitudes imperialistas estadounidenses, sobre los proyectos estadounidenses para destruir la Rusia soviética. Mi tarea, nuestra tarea, estriba en impedir que semejante cosa suceda. Eso implica que yo debo seguir un método de comunicación constante con mi contacto. Pero, aunque tu familia me ha aceptado, lo mismo que el pueblo estadounidense, aún estoy en un periodo de prueba. Debo tener mucho cuidado de no despertar sus sospechas de ninguna forma, en particular ahora que se me ha concedido ese puesto en el Pentágono para impartir instrucciones a los oficiales de tu ejército sobre los métodos y las tácticas soviéticas. Para mí entraña un riesgo enorme entrevistarme otra vez con mi contacto; necesito un intermediario.

Felícitas abrió mucho los ojos.

—¿Tú quieres que yo haga eso?

Gregory pasó suavemente sus dedos sobre la espalda de Felícitas del modo en que a ella le encantaba y, a continuación, levantó la mano para meter los dedos entre su cabello.

—¿Qué es lo que quieres? —quiso saber ella—. ¿Qué es lo que en realidad quieres?

—Quiero los secretos atómicos —contestó él osadamente y sintió el aliento de la mujer contra su cara. Sacó sus manos y se sentó sobre la cama—. Ésa es la única medida segura para la defensa —prosiguió explicando él—. Sólo así tu gobierno comprenderá que el gobierno soviético cuenta con un poderío igual. Con el tiempo, descubriremos la manera de fabricar nuestra propia bomba atómica; pero tendrá que transcurrir mucho tiempo. Hasta que se produjo el estallido de la bomba en Hiroshima, nuestros hombres de ciencia no habían pensado en destinar sus esfuerzos a desarrollar un arma de destrucción de tal magnitud; pero ahora sabemos que cada día que pase sin que tengamos ese conocimiento aumentará el peligro de que tu país ataque al nuestro. Por lo tanto, debemos obtener las fórmulas lo más pronto posible.

Felícitas se dirigió a la ventana para mirar la oscuridad de la noche de verano.

—¿Cómo podrías obtenerlas? —preguntó.

—En eso estamos trabajando.

—¿Sigues seduciendo a las personas como lo hiciste conmigo?

—¿Crees eso de mí, Felícitas?

Volvió el rostro hacia él, para observarlo.

—No —le sonrió—; gracias a Dios, tú me sedujiste a mí.

—Aun cuando no me hubieses descubierto cuando recibí esos papeles —le expresó él—, eventualmente yo te lo habría comentado todo. No quiero tener secretos para ti. No tengo ninguno ahora ni los tendré en el futuro. Te lo juro.

—¡Oh, querido mío, mi amado muchacho! —se sentó a su lado y le apretó la cabeza contra su pecho—. Yo tampoco guardaré ningún secreto para ti. Y ahora, te voy a pedir algo.

—Lo que tú quieras.

—¿Quieres jurarme por lo más sagrado para ti que Rusia no utilizará jamás, jamás, la bomba atómica a no ser en defensa propia?

—Te lo juro con toda mi buena voluntad. No estamos en el negocio de la destrucción en masa. No usaremos jamás la bomba, a no ser que lancen alguna sobre nuestro territorio.

—Explícame lo que quieres que yo haga.

—Que salgas a dar un paseo conmigo, mañana.

—Para que yo vea a ese contacto tuyo.

—Para presentarte con Bogolzhin.

John Hayman conducía su Studebaker muy despacio por la Séptima Avenida Este. No era un barrio muy recomendable, pero Igor allí quería tener su casa. John le había ofrecido buscarle un mejor sitio para vivir, pero él se negó. Era un joven profundamente inquieto. Era imposible pensar que persiguiera algo siniestro: si todo fuera una actuación, Igor merecía un premio de la academia de actores.

Por lo demás, Igor no le preocupaba demasiado; en cambio, lo que Natasha le había comentado acerca de Felícitas y Gregory lo había tomado por sorpresa. Aún no podía asimilar que aquello fuera verdad. ¿Qué demonios podía hacer él al respecto? Su actitud resultaba muy complicada debido a que Gregory le seguía resultando antipático o, por lo menos, no podía creer ni confiar en él. En apariencia, era el hombre más amable, simpático e inocente; pero John había pasado cuatro años analizando a Anna Ragosina en su trabajo y no podía olvidar que ella era la que había entrenado a Gregory. Por supuesto que jamás habría podido demostrar nada ni podría hacerlo, a no ser que sorprendiera al sujeto con las manos en la masa, transmitiendo informes secretos a algún agente ruso, y eso era muy poco probable por el simple hecho de que Gregory había sido ejercitado por Anna Ragosina. Sus superiores e incluso George parecían admitir a Gregory sin más indagaciones. Evidentemente, les parecía simpático y se olvidaron del viejo adagio de que hay que cuidarse de un griego, en este caso de un ruso, que presenta muchos dones y virtudes.

Pero quizá el asunto no era de su incumbencia. A decir verdad, de repente, su responsabilidad se había convertido en mantener vivo y bien protegido a Gregory... ¿Para qué? ¿Para que continuara sosteniendo su aventura amorosa con Felícitas?

Además, pensó John mientras reducía la velocidad del auto y empezaba a buscar los números de las casas, el asunto de Felícitas era alentador, pues, ciertamente, Gregory no se habría arriesgado a mantener relaciones con ella si estuviera desempeñando un doble papel y jugando un juego doble. Sus superiores habrían pensado que estaba loco.

Y Felícitas no habría soñado jamás en sostener un romance con un hombre en el que no creía absolutamente. Así que muy bien podía estar equivocado.

Pero, ¿qué informe o qué consejo podría darle a su madre sobre la delicada situación?

Cuando detuvo el coche junto a la acera, cayó en la cuenta de que delante de él estaba estacionado un automóvil de la policía, de que había otro más adelante y de que un número considerable de personas se amontonaba frente al modesto y destartalado edificio en el que Igor había alquilado su departamento.

Un oficial de la policía, uniformado, se acercó a la ventanilla de su coche.

—¿Tiene algún asunto pendiente por aquí, señor?

John lo miró con aire sombrío, ya que acababa de adueñarse de su mente una curiosa sensación que le cortaba el aliento.

—Un primo mío vive aquí —respondió—. He venido a recogerlo.

A su vez, el policía adoptó un aire grave.

—¿Un primo suyo vive aquí? Será mejor que me dé su nombre.

—Mi nombre es John Hayman.

—¿Hayman? Dígame: ¿es usted el hijo del dueño de los periódicos?

—Sí. George Hayman es mi padrastro.

—¡Qué le parece! —exclamó el policía y levantó la cabeza para llamar en voz alta—: ¡Ea, sargento! Aquí tengo conmigo a John Hayman.

El sargento se acercó de inmediato.

—¿Señor Hayman? Los vecinos de ese edificio nos han informado que usted conoce a ese señor Igor Borodin.

—Es mi primo —explicó John abriendo la portezuela para quedar parado en la acera frente a los policías. Ahora, la extraña sensación le estaba encogiendo el estómago—. ¿Qué ocurrió? ¿Le ha sucedido algo a Igor?

—¡Ya lo creo! —indicó el sargento—. Cayó por la escalera de emergencia desde el quinto piso hace más o menos una hora. Se rompió el cuello. Su primo está muerto, señor Hayman.

Arthur Garrison detuvo su auto detrás del Studebaker. El estrecho camino al norte del barrio de New Rochelle estaba desierto.

—Será mejor que me tengas noticias importantes —le advirtió Garrison—. Ese número de teléfono al que me llamaste sólo se utiliza en casos de emergencia. Sobre todo en la mañana de un sábado...

—Esta mañana temprano —pronunció John hablando serenamente—, Igor Borodin cayó de la ventana de su departamento y se rompió la cabeza.

—¡No me digas! Vamos a ver: ¿por qué haría Igor una cosa como ésa?

—¿Qué te hace pensar que él hizo algo?

—Bueno, pues tú me has estado diciendo que era un joven muy deprimido, con un carácter raro y nervioso.

—Y tú no has dejado de decirme que era un asesino ruso.

—También los asesinos se deprimen y se perturban. Quizá pensó que su misión había fracasado, como tú mismo dijiste.

—Si hubiese sido un asesino ruso —le señaló John—, ahora estaría a punto de realizar su misión, puesto que yo venía a buscarlo para llevármelo a Cold Spring Harbor para pasar el fin de semana con la familia Hayman. Un fin de semana entero junto a Gregory.

—¡Es cierto! A eso habías venido —reconoció Garrison—. Lo había olvidado. Bueno, pero lo sucedido ya sucedió. Ahora, deberás hacer algo en favor de tu difunto primo y después te pondrás a trabajar. Debo irme de prisa; voy a jugar al golf.

—¡Por todos los cielos! —exclamó John irritado y alzando la voz—. ¿Piensas en verdad que saltó por la ventana?

—¿Cómo voy a saberlo? Tal vez se cayó. Algunos de esos rusos empiezan a beber vodka desde que sale el sol. Es tarea del forense averiguar con exactitud lo que ocurrió.

—¿Y no te ha pasado por la mente la idea de que pudieron haberlo empujado?

Garrison, quien ya estaba abriendo la portezuela de su coche, se detuvo y volvió la cabeza.

—¡Que lo empujaron! ¿Quién demonios querría empujarlo para que cayera por la ventana?

—Bueno... Supongamos que yo he estado siempre en lo cierto acerca de Gregory y que éste ha sido enviado y no es un desertor; pero llega de pronto ese primo que tal vez sabía alguna cosa de Gregory y eso provocaría mucha inquietud a los rusos...

Garrison cerró la portezuela y volvió a subir a la acera.

—Lo malo contigo, hijo mío, es que lees demasiadas novelas policiacas. En primer lugar, sólo tú has tenido dudas sobre la rectitud de tu primo Gregory Nej. En segundo lugar, ese sujeto, Igor Borodin, no podía saber nada más sobre él de lo que sabe el resto de tu familia. Y, en tercer lugar, ¿qué ruso importante podría saber que Igor estaba aquí? Digo eso, suponiendo que él haya sido un inocente viajero y nada más, como parece serlo desde cualquier punto de vista que se le mire. Si fuera un agente de la NKVD, como yo siempre lo sospeché, los únicos interesados en lanzarlo por la ventana habríamos sido nosotros mismos y nosotros procedemos en una forma más sutil que andar arrojando tipos por las ventanas.

—Era inocente —aseguró John—. Y por supuesto que los rusos sabían que estaba aquí y también sabían quién era. ¿Te crees que ellos conocen tan poco acerca de nosotros como nosotros sobre ellos? Por otro lado, Gregory sabía perfectamente que estaba aquí.

—Lo que estás afirmando nos regresa al primer punto. Voy a preguntarte algo: supongamos, sencillamente supongamos, que el dichoso Gregory es un agente doble, si acaso existe tal cosa, ¿cómo es que está trabajando para los rojos aquí, en Estados Unidos? O está en Washington bajo estricta vigilancia o bien está en Cold Spring Harbor bajo estricta vigilancia. No escribe cartas ni hace llamadas telefónicas. ¿Con quién se pone en contacto aquí?

—Tiene mucho tiempo para hacer lo que le plazca en Cold Spring Harbor.

—En realidad, no tiene tiempo libre —señaló Garrison—. Cada momento del día lo pasa junto a tu hermana, de acuerdo con los agentes que están en el lugar. No quiero que te ofendas, hijo mío; pero eso es lo que debía preocuparte, son primos hermanos y todo eso...

John bajó la vista y trató de abordar el asunto desde otro aspecto.

—¿Has podido conseguirme alguna información acerca de Anna Ragosina? —le preguntó.

—Muy poca. Parece ser que en Moscú se dice que ella fue enviada a la Crimea o alguna de esas regiones. Nadie sabe con certeza dónde está. Así que no podrás vincularla con la muerte de ese sujeto.

—Nadie sabe con certeza dónde está —repitió John como un eco—. Eso significa que no está en Moscú y que sus jefes han sugerido que se halla en la Crimea. Podría estar en cualquier parte del mundo; podría estar aquí mismo, en Nueva York.

—¿Qué estaría haciendo aquí? ¿De compras en la Quinta Avenida?

—Estaría sosteniendo los hilos —expresó John. Pero comprendió que insistir en la discusión era igual que dar de cabezazos contra una pared—. Ella es de lo mejor que tienen.

—¿De veras? Está bien, compañero. Te diré lo que debes hacer: localiza a esa mujer aquí, en Nueva York o en cualquier lado del país y entonces creeremos que tienes algo contra Gregory Nej. Hasta entonces, por el amor de Cristo, tranquilízate —le sonrió con amabilidad—. No tomes estas cosas como algo personal. Con un demonio; ya sé que no es asunto fácil, en particular si es la primera vez que te asignan una misión. Integramos una organización que está muy ocupada, como ya debes saberlo. Tenemos bastante trabajo controlando a los verdaderos subversivos, a los auténticos criminales, a los espías de verdad y a los traficantes de drogas, sin necesidad de imaginarlos como tú. El caso de Igor Borodin pertenece a la policía. Si descubren que lo empujaron para que cayera, empezaremos a pensar en quién pudo haberlo hecho; pero si descubren que saltó o que cayó, nos olvidaremos del asunto. Y tú también.

John subió corriendo los escalones de la puerta de entrada y se metió a la casa como un rayo.

—¡Vaya, John, querido mío! —exclamó Ilona que bajaba por la escalera interior—. ¿Dónde dejaste a Natasha y a Alex?

—Natasha viene en su auto —contestó John.

—¿Dónde está Igor? No me dirás que ha cambiado de parecer, ¿verdad?

—Creo que sí, mamá... ¿Dónde puedo encontrar a George?

—Está en su estudio —Ilona le dio un beso a su hijo en la mejilla y después se le quedó mirando a los ojos—. ¿Qué ha ocurrido? Se diría que acabas de ver un fantasma.

—Es que... Debo hablar con George. Discúlpame por un momento, mamá —cruzó de prisa el salón de entrada, llamó con los nudillos y abrió la puerta del estudio y entró. George Hayman estaba hablando por teléfono; tenía arrugada su frente despejada y alta y estaba escribiendo algo en una hoja de papel sobre su escritorio. Alzó la vista cuando John entró y le hizo una seña con la mano para que se sentara.

John se sentó y aspiró el aire para recuperar el aliento. No había necesidad de estar tan agitado por lo que había sucedido, aunque hubiese adoptado la determinación de hacer algo al respecto o de que George hiciera algo al respecto.

Advirtió, aunque no por primera vez, que la sola figura de George, con toda su riqueza y su poder, representado por sus publicaciones, le aportaba alivio y consuelo sólo con verlo.

—Sí —dijo George en el teléfono—. Ya lo tengo todo anotado —dejó el auricular sobre el aparato y leyó lo que había escrito en la hoja de papel. Parecía haber envejecido en segundos.

—¿George? —inquirió John—. ¿Hay algo que anda mal?

—Ése era un telegrama de Judith —dijo George despacio y se levantó del sillón—. Judith y Ruth están en grave peligro.

CAPÍTULO VIII

HACÍA CALOR AQUELLA TARDE, PERO EN PALESTINA TODAS LAS tardes eran calurosas. Judith se decía que era algo increíble que dos pueblos quisieran combatir el uno contra el otro por la posesión de una faja de tierra calcinada por el sol y prácticamente infértil y, al pensar en eso, se preguntó si ella sería demasiado cosmopolita como para comportarse como una auténtica sionista.

No obstante, allí estaba para quedarse. Había deseado trasladarse a Palestina por primera vez en 1921. Ahora, se hallaba en el otoño de 1946. Su odisea había sido larga y penosa.

Se secó el sudor de los labios y la frente con las manos, se pasó el pañuelo por el cuello y se quedó observando su blusa de algodón blanco, humedecida por el sudor, cuando se detuvo el jeep que de inmediato quedó cubierto por la nube de polvo que el mismo vehículo había alzado.

—Bajará pronto —indicó el conductor del jeep. Era un joven inglés llamado Nigel Brent. Vestía pantalones cortos de tela color caqui, chaqueta de tela delgada, medias altas color caqui con anchos bordes azules, el casco ligero color caqui con una banda azul y las correas y cinturones de cuero Sam Browne del oficial de la policía colonial británica. Como estaba de servicio en Palestina, también llevaba un revólver cargado en la funda que colgaba de su cinturón, a diferencia de los oficiales de la policía británica en cualquier otro lado del mundo. Lo mismo que Judith, el oficial era un recién llegado; los cinco años anteriores los había pasado combatiendo a los alemanes y a los italianos, pero ahora lo habían comprometido en una situación en la que ambos bandos en conflicto lo consideraban como un incómodo estorbo entre dos fuegos, sin que ninguna de las partes se preocupara porque resultara herido o muerto.

Judith discurría acerca de lo que el oficial inglés pensaba sobre todo aquello. Era un hombre apuesto y atractivo, tan joven que podría ser su hijo;

no podría decirse que fuera guapo, pero tenía un rostro de facciones largas, amables y simpáticas, que encajaba muy bien con su cuerpo largo y musculoso; las partes de sus piernas que quedaban al desnudo revelaban los músculos de un atleta; lo más destacable de Nigel Brent era que, tanto los árabes como los judíos, lo veían como a un amigo y lo trataban de manera amable; sin embargo, a juzgar por las estadísticas oficiales, por lo menos una de cada veinte personas que tenía tratos con él podía estar conspirando secretamente para matarlo y eso, también según las estadísticas, era lo que habría de sucederle si pasaba otros seis meses en aquel territorio; pero todas esas amenazas parecían carecer de importancia comparadas con el hecho de que él estaba desempeñando lo que consideraba sus obligaciones. Asimismo, el acto de dejar sus oficinas relativamente frescas para conducir en su jeep a una mujer madura, emisaria de los judíos rusos, a través del desierto a media tarde, no era para él más que una grata pausa en la rutina.

Hizo un gesto de satisfacción cuando por fin se disipó la nube de polvo y pudieron ver dónde estaban; luego, apuntó con el índice.

—Allá está el kibutz —comunicó.

Las casas blancas brillaban con intensidad a la distancia. Los campos se apreciaban alrededor. Judith se dijo que, finalmente, se sentía como una verdadera sionista, orgullosa ante las realizaciones de un pueblo que, a fuerza de trabajo, había conseguido crear un suelo fértil en las extensiones de arena y, al mismo tiempo, experimentó un profundo resentimiento hacia las tribus nómadas que se oponían a aquella simple y óptima ocupación del hombre.

—¿De dónde procede la irrigación en este desierto? —preguntó.

—Sobre todo, los molinos de viento son los que la extraen. Incluso en el desierto hay agua, si se sabe dónde cavar y si se está dispuesto a cavar profundamente. Debo mencionar que esta gente siempre está resuelta a cavar sin descanso y, por eso, hay que admirarla.

—Sí —reconoció Judith.

Brent la miró de soslayo. Puesto que él estaba a cargo de la seguridad en el distrito, sin duda, tenía un expediente sobre ella. Judith había tenido que solicitar permiso para trasladarse al norte.

—Mucho me temo que deberá caminar.

—¿Qué no entra el camino al caserío?

—Sí entra; pero el rabino Yanowski se encuentra con más frecuencia en los campos que en la sinagoga —levantó los binoculares y los balanceó de un lado al otro del valle que se extendía frente al jeep. A continuación, se los dio a Judith—. Por allá podrá verlo —le dijo señalando hacia adelante.

Judith entrecerró los ojos para evitar el deslumbramiento de la intensa luminosidad y contempló con detenimiento la figura del hombre de pequeña estatura con el rifle atravesado sobre la espalda.

—¿Aquel es Menachem Yanowski?

—Me había dicho que ya lo conocía.

—Sí, hace mucho tiempo; hace veinte años para ser exactos. No hubiese imaginado volver a ver al rabino cargando con un rifle.

—Tiene autorización para portarlo. En realidad, señora Petrov, este kibutz está muy aislado y aquí, en el norte, nos ubicamos relativamente cerca de la frontera con Siria —indicó hacia la línea de niebla azul de las colinas a la distancia—. Ésas son las Alturas del Galán, están en territorio de Siria.

—Comprendo. Estamos viviendo en un mundo enloquecido, ¿no es verdad? ¿Qué daño puede hacer a cualquiera y en cualquier parte un viejo rabino que está cultivando sus tomates?

—Buen razonamiento —bajó del jeep, lo rodeo y le dio la mano a Judith para ayudarla a bajar—. ¿Desea que la acompañe?

Hizo un signo negativo con la cabeza.

—Si no tiene inconveniente, iré sola.

—No tengo ninguno. La esperaré aquí. Será mejor que lo llame a gritos —le sonrió a Judith—. Es decir, no intente sorprenderlo.

—¿Será posible que ya haya disparado sobre alguien?

—No que yo sepa; pero siempre hay una primera vez.

Judith descendió por la ligera pendiente, deshaciendo los terrones bajo sus pies, mientras el cálido viento del desierto le arremolinaba la falda, le adhería al cuerpo la blusa y hacía flotar los extremos de la cinta con que se sostenía el cabello. Poco más adelante, a donde había llegado el agua, la tierra se ablandaba; la brisa se redujo en cuanto ella bajó al pie de la colina y empezó a buscar su camino entre las pesadas plantas de tomates grandes, redondos, casi completamente rojos y suculentos.

—Menachem —gritó—. Menachem Yanowski.

El rabino se enderezó y dio media vuelta, tomando instintivamente con una mano la culata del rifle y alzando la otra hasta sus ojos para cubrir el resplandor de la luz. "Ya es un viejo —se dijo Judith—. Aunque yo también ya casi soy una vieja mujer."

—¿Quién eres? —inquirió el rabino en voz muy alta.

—Soy Judith Petrovna, Judith Stein. ¿No te acuerdas de mí, Menachem? ¿Recuerdas que nos veíamos en Nueva York?

—¡Judith! ¡Judith Stein!

Un instante después, estaba en sus brazos y él le besaba las dos mejillas. Su barba y su cabello eran totalmente blancos. Judith recordaba al hombre vigoroso a quien había acudido en busca de consejo la primera vez que deseaba venir a Palestina, más de veinte años antes. Pese a su dedicación al sionismo, el rabino le había pedido en ese entonces que renunciara al viaje y le solicitó que permaneciera en Nueva York y trabajara para Publicaciones

Hayman, pues, en aquel tiempo, su amistad con George era mucho más valiosa para la causa que ir a trabajar en un campo del desierto. Sin duda, el rabino había tenido razón, aunque no podía prever aquella aventura amorosa que estuvo a punto de destrozar su vida y la de George. Mas todo eso había quedado en el pasado; ahora, ella, lo mismo que George, estaban en sus respectivas casas.

—Judith Stein —decía el rabino—. Escuché rumores de que estabas en Palestina. Pero, Judith... —se quedó mirando el anillo en su dedo.

—Petrov es mi esposo. ¿Te acuerdas de Boris Petrov?

—Recuerdo el nombre; pero, ¿es que no está Boris Petrov aquí, contigo?

—No, Menachem —no diría absolutamente nada más. Ella no era una mujer que compartiera sus tragedias; tampoco era alguien que se entregara a la desesperación. Sin duda, Boris continuaría viviendo, tal como ella había sobrevivido y, algún día, estarían unidos de nuevo.

—¡Ah! —se diría que había suspirado—. Pero tú... Tuve noticias... Tú estás viva y estás bien, ¿verdad?

—Estuve en Ravensbrück, Menachem. No era un campo de muerte.

—De cualquier forma, la gente moría allí.

—Estábamos en guerra, Menachem. La gente moría por doquier.

—¿Y no sientes amargura por todo aquello? —preguntó él y después se respondió—. No, tú no te dejas llevar por la amargura, Judith. ¿Y ahora has venido a quedarte con nosotros?

Iban caminando juntos, subiendo la pendiente de la colina para llegar a donde estaba el jeep.

—Ya he solicitado mi permiso de residencia. Tengo esperanzas de hacer algo más que labrar la tierra. Deseo traer a mucha de nuestra gente de Rusia.

—¿De Rusia? ¿Estuviste allá de nuevo? —Menachem Yanowski había nacido y se había hecho hombre en Brest-Litovsk, antes de que un progromo zarista lo obligara a salir huyendo a través del Atlántico.

—Estuve viviendo en Rusia con mi marido.

—¡Estuviste en Rusia otra vez! ¿Al cabo de tantos años? ¿Con Stalin en el gobierno?

—Será Stalin quien, con el tiempo, dejará salir de Rusia a nuestra gente.

—¿Tú crees que eso sea posible?

—Debo creerlo, Menachem. Conservo amigos que ejercerán presión para convencerlo y yo misma la ejerceré cuando llegue el momento. He estado hablando con nuestros dirigentes en Tel Aviv. Y, cuando me entreguen mi autorización de residente, deseo vivir aquí. ¿Te gustaría que así fuera?

—¡Me encantaría! Me gustaría más que nada en este mundo —dijo el rabino con sinceridad.

—Me alegra que así sea, Menachem. Pero ahora... Quiero pedirte un favor. No conozco aquí a nadie más que a ti para concederme la gracia que voy a solicitarte. No sabía qué hacer hasta que supe que estabas aquí.

—¡Por supuesto, Judith! Yo te ayudaré en todo... con consejos, por lo menos. Yo jamás he podido ofrecerte otra cosa que consejos y tú no siempre los seguiste.

—Ahora necesito más que un consejo, Menachem.

— Entonces, dime lo que quieres.

—¿Te acuerdas de mi hermana, Raquel?

—¿Raquel? Sí, se casó con el príncipe de Starogan.

—Así es. Y murió muy joven.

—Sí, sí. Fue un caso muy triste. Tenía una hija, ¿no?

—Su nombre es Ruth y ahora está en viaje hacia acá. También ella quiere vivir y trabajar con nuestro pueblo.

—Es de los nuestros —declaró el rabino—; tiene el derecho de venir aquí y, por supuesto, le daremos la bienvenida.

—Sí —contestó Judith—. Tiene el derecho a venir aquí.

El rabino dejó de caminar y quedó frente a Judith con gesto grave en el rostro.

—¿Esa chica ha sufrido mucho?

—Estuvo en Ravensbrück conmigo; pero ya no tiene importancia. Lo que ahora importa es que se ha casado.

—¡Ah! También ella se casó con un gentil que no es de nuestro pueblo. ¿Vendrá su esposo con ella?

—Sí, si fuera posible.

—También a él le daremos la bienvenida.

—Es un alemán —informó Judith. El rabino frunció el ceño—. Por ahora, viaja con pasaporte sueco —continuó diciendo Judith—. Su nombre es Paul Hassell; pero antes fue Von Hassell.

—¿Era nazi?

—Sí —admitió Judith—, pero ése será un secreto entre tú y yo, Menachem. Confío en que así sea.

Yanowski se le quedó mirando con severidad.

—¿Era un nazi y tu sobrina pudo casarse con él?

—Paul se rebeló y se puso contra los nazis cuando se percató de las atrocidades que cometían. Debes saber, Menachem, que él nos ayudó a Ruth y a mí a escapar de Ravensbrück. Si no hubiese sido por él, probablemente habríamos muerto. Paul es un buen hombre, Menachem, y sabe pelear; fue entrenado para ser soldado. Ahora podrá luchar para nosotros. Porque habrá combates, Menachem, y tú lo sabes.

El rabino suspiró.

—Ya estamos en combate, Judith. Es cierto que necesitamos de los soldados y tendremos mayor necesidad de ellos cuando hayamos logrado expulsar a los ingleses.

—Si Ruth y su marido vienen al kibutz para vivir conmigo, ¿les darás la bienvenida?

El rabino Yanowski levantó los ojos para contemplar el cielo y después los bajó para mirar las plantas cargadas de tomates.

—Si vienen para vivir con nosotros, para trabajar con nosotros y para morir con nosotros, les daremos la bienvenida, tal como te la hemos dado a ti. Ahora, iremos al caserío. Mis amigos querrán saludarte; te lo aseguro.

Judith apuntó al jeep que la esperaba.

—¡Oh! —exclamó el rabino—; es el inspector Brent. Bueno, a él también le daremos la bienvenida.

—Sin embargo, hace unos segundos hablabas de expulsar a los ingleses de nuestro territorio.

—Eso es algo que, tarde o temprano, deberemos hacer —explicó Yanowski—. No por eso tenemos que comenzar a odiar a los ingleses. El inspector Brent es una magnífica persona; a él lo recibiremos muy bien.

La hilera de personas caminaba con lentitud; su número incrementaba la cálida temperatura dentro del cobertizo de las oficinas de inmigración. Las ventanas estaban cerradas y sus vidrios, cubiertos por el polvo. A través de ellos, Ruth Hassell no podía ver más que las formas empañadas de los muelles en uno de los cuales acababan de desembarcar, las aguas azules del Mediterráneo y las formas vagas de los barcos anclados. A bordo de uno de tales barcos se había divisado Tel Aviv como una ciudad muy hermosa; por supuesto que no podría suponer que iba a encontrarse en aquel lugar infernal, tan caluroso y desagradable, hasta que pisara la tierra de Palestina.

Por todos lados, circulaban los soldados y los policías británicos, vistiendo sus uniformes color caqui apagado, con los rifles sostenidos bajo el brazo, observando fijamente a los recién llegados, con los ojos muy abiertos y una acentuada expresión de desconfianza.

—Se diría que somos criminales —espetó disgustada Sylvia Levin—. Ésta es nuestra tierra y nos tratan como si fuéramos criminales.

Sylvia era muy chaparrita y regordeta; su cabeza apenas alcanzaba la altura del hombro de Ruth y era evidente que jamás le había faltado una comida en sus años de vida; incluso en el barco, sus reservas de bombones de chocolate y de dulces de agar llamados "delicias turcas" parecían inagotables. Lo más sobresaliente en Sylvia era su nacionalidad inglesa, puesto que había nacido y crecido en Londres y había permanecido en la ciudad durante los bombardeos de la Segunda Guerra Mundial, de modo que a sí misma se consideraba como veterana de la guerra; no obstante, en el fervor y en el celo de su religión recién descubierta, calificaba a sus compatriotas, los mismos que habían peleado hasta obtener el triunfo, como sus enemigos por herencia. Ahora protestaba contra ellos con verdadera indignación. Sylvia y Ruth se habían hecho amigas durante la travesía; la inglesa Cockney, de los barrios bajos de Londres, pudo identificar a la aristócrata y todas las ventajas que le podría acarrear semejante amistad. Sylvia había sido una de los muy pocos pasajeros que no miraban a Paul como a un paria, no porque fuera alemán —nadie lo sabía y ojalá que nadie lo supiera, de acuerdo con los deseos de Ruth—, sino porque era lo que se llama un gentil que se introducía en el desborde de emoción de todos los judíos al llegar a su patria. A pesar de su amistad, Ruth se alegró de que ella y Paul se colocaran adelante de Sylvia en la fila de inmigrantes. En ocasiones, volvía la cabeza para mirarla con desconfianza, temerosa de que iniciara una trifulca con los ingleses de inmigración.

Paul quedó frente al escritorio y el oficial hojeó lentamente su pasaporte; acto seguido, levantó la vista y se le quedó mirando.

—Aquí dice que usted nació en Berlín —indicó el oficial inglés.

—Es verdad. Hace muchos años de eso —Paul se expresaba con absoluta serenidad; él no era un hombre que demostrara su temor o siquiera su inquietud.

—Pero ha venido para establecerse aquí. ¿Por qué, si no es usted judío?

—Pero mi esposa sí lo es y los judíos son su pueblo —respondió Paul.

Se escuchó el ruido característico del sello cuando se estampa, pasó Paul y entonces correspondió el turno a Ruth. En su caso, no se formularon preguntas y sólo se concretaron a mirarla con atención. Luego, llegó Sylvia.

—¿Qué se creen, que traemos bombas o algo por el estilo? —inquirió ésta con tono de disgusto.

Las cabezas se volvieron para mirarla y toda la habitación permaneció en un profundo silencio, como si de pronto se hubiera petrificado. Los oficiales de inmigración intercambiaron miradas extrañas, como si se preguntaran a qué se debía ese ambiente de hostilidad que repentinamente había invadido el lugar.

—Sí —contestó el oficial que estaba en el escritorio—. También tenemos que pensar en eso, señorita Levin —estampó el sello en el pasaporte y ya estaba concluida la gestión. Pasaron al salón de aduanas, donde ya era posible mirar a la multitud que aguardaba fuera para recibir a los inmigrantes. Todo el salón se llenó con los gritos de los que reconocían a los que estaban aguardándolos, voces de alegría y de placer...; pero también allí los guardias estaban presentes, de pie en las terrazas que daban al salón y a la muchedumbre agolpada en él; ni siquiera el patio de ejercicios de Ravensbrück había provocado en Ruth aquella sensación de desastre inminente.

—¡Allá está Judith! —exclamó Paul quien había estado observando las caras.

—¡Gracias a Dios! —exclamó Ruth a su vez y alzó la mano para saludar.

Judith estaba de pie, separada del resto del gentío y un oficial inglés estaba a su lado. Evidentemente, era una persona importante. Luego, la vieron que estaba señalando hacia ellos y, el oficial que estaba junto a ella, se adelantó, pasó las barreras y principió a hablar con uno de los oficiales de la aduana. Paul y Ruth fueron atendidos de inmediato.

—¿No tiene nada qué declarar? —el hombre lo miraba sonriendo—. ¿No trae armas ni explosivos?

Paul hizo un signo negativo con la cabeza.

—Entonces, puede pasar.

Ruth dio un paso para seguir a su marido, pero se detuvo. Volvió la cabeza e hizo un signo a Sylvia para que se acercara. Ésta se hallaba sola, súbitamente aislada y en su rostro había una expresión de temor, como si estuviese a punto de llorar.

—Somos tres —le anunció Ruth al oficial de la aduana.

—¿También esta joven? Bueno, pasen los tres.

—¡Tía Judith! —Ruth abrazó fuerte a Judith y le dio de besos—. ¡Oh, qué alegría es estar aquí, contigo!

—Yo también me alegro mucho de verte. Estoy feliz al ver que has venido a reunirte conmigo —Judith sonreía a través de sus lágrimas—. Yo había creído que...

—No, no, jamás —afirmó Ruth—. Yo sabía que hacías lo correcto al casarte con el señor Petrov; pero yo... Yo tenía que quedarme con papá; por lo menos durante algún tiempo. Tú lo comprendes, ¿no?

—¡Claro que sí, mi querida niña! Ahora, vámonos, tengo un taxi esperando. ¡Hola, Paul! Te ves muy bien. ¿Qué tal te fue en el viaje en barco?

—El barco venía abarrotado.

—Ésta es una amiga mía, Sylvia Levin —explicó Ruth.

Judith le estrechó la mano.

—¿Vino alguien a buscarte?

—¿A mí...? Desde luego que yo no conozco a nadie aquí, señora Petrov.

Judith lanzó una mirada a Ruth y ésta trató de decirle con los ojos cuál era la situación.

—En ese caso, será mejor que, por el momento, vengas con nosotros —manifestó Judith—. Tengo dos habitaciones en el hotel, puedes compartir una conmigo, señorita Levin.

Ella misma los condujo hacia la puerta y hacia afuera, a la luz del sol y entre más soldados ingleses.

—Podría pensarse que se está librando una verdadera guerra armada —observó Paul.

—Está en curso una guerra para todas las intenciones y todos los propósitos —aclaró Judith—. Por supuesto que tú no has tenido noticias; pero, hace unos días, el Hotel Rey David, en Jerusalén, fue volado por una bomba.

—¿Todo el hotel? —preguntó Sylvia, asustada...

—Bueno, la mayor parte. Aseguran que allí murieron casi un centenar de personas. La mayoría de los muertos eran oficiales ingleses que tenían su cuartel general en el hotel.

—¡Dios mío! —expresó Paul—. Y ahora temen que los árabes hagan lo mismo aquí, en Tel Aviv, ¿no es verdad?

—Ése no fue un trabajo de los árabes, Paul —le comunicó Judith serenamente mientras los conducía al taxi—; sino de los extremistas judíos.

—Pero... —la miraron, horrorizados.

—Así es —dijo ella—. Los soldados deben estarse preguntando cuántos de los que viajaron con ustedes en el barco serán terroristas.

Paul había abierto la portezuela y ella subió, se acomodó en el extremo del asiento, miró por la ventanilla a la acera en el lado opuesto de la calle... y vio a Iván Nej.

—Era él. Yo sé que era él —Judith estaba de pie junto a la ventana, mirando fijamente a la calle, debajo de ella—. ¿Qué tú no lo reconociste, Ruth?

Ruth hizo un signo negativo con la cabeza.

—Jamás lo he visto, que yo sepa.

—Pero si tú estuviste...

—¿En la prisión de la NKVD? Sí, pero me tuvieron vendada hasta que entré a mi celda y, desde entonces, no volví a ver a nadie más que a Anna Ragosina —todos guardaron silencio en la habitación. Ninguno de los presentes y menos que nadie, Judith, tenían la intención de recordar a Ruth aquellos dos años trágicos—. Pero no es posible que haya sido él a quien viste en los muelles, tía Judith —aseguró Ruth al cabo de unos segundos—. Iván Nej está en la prisión en Rusia, esperando el juicio por el asesinato de mi tía Tattie.

—Aquel hombre era Iván Nej —dijo Judith con firmeza—. ¿Alguien puede creer que yo lo olvidaría alguna vez? Fue él quien asesinó a mis padres.

—Pero, ¿por qué está aquí, en Tel Aviv? —inquirió Paul—. ¿Qué diablos anda buscando aquí, si es que era él?

Sylvia Levin estaba sentada en un rincón, apretando entre sus dedos un vaso y mirando a uno y a otro. De buenas a primeras, la habían imbuido en un mundo que estaba más allá de sus experiencias.

—¡Sólo Dios lo sabe! —exclamó Judith—. Iván trabaja para Stalin y mete los dedos en todos los pasteles que hay en el mundo. Y estaba parado allá, frente a los muelles, esperando que nosotros saliéramos, esperándome a mí, para que yo lo viera. ¡Iván Nej! Estaba allí esperando que yo lo viera. ¡Yo!

—Sabiendo que tú debes odiarlo más que a cualquier ser humano de este mundo —comentó Paul.

En ese instante, sonó el timbre del teléfono. Las cuatro personas presentes volvieron al mismo tiempo la cabeza para ver el aparato. Tres de ellos, por lo menos, sabían que el teléfono iba a sonar de un momento a otro. Judith cruzó con paso decidido la habitación y levantó el auricular.

—¿Sí?

—¿Camarada Petrovna?

—Ella habla —respondió Judith.

—Quisiera hablar con mi sobrina, por favor.

—¿Hablar con...? ¡Te has vuelto loco, camarada! Ella no tiene ni el más mínimo deseo de hablar contigo y, si te atreves a hacer algún intento...

—Yo no quiero dañarla —aseguró Iván Nej—; pero, por supuesto, tengo el derecho de hablar con mi sobrina. Se trata de un asunto de familia muy urgente. La esperaré aquí abajo, en el vestíbulo del hotel. Estamos en pleno día. Además, tienes mi palabra —hizo una pausa para esperar la decisión, pero Judith no contestó nada—. Dile que baje ahora mismo, camarada —ordenó entonces Iván—. Es un caso de vida o muerte, quizá para todos nosotros —cortó la comunicación y el teléfono quedó mudo.

—¿Qué es lo que quiere? —preguntó Ruth.

—Quiere hablar contigo de inmediato —anunció Judith mirándola fijamente.

—¿Ha perdido la cabeza? —inquirió Paul, indignado.

—Espera abajo, en el vestíbulo —informó Judith—. Pero, ¿por qué querrá hablar contigo?

Ruth sostuvo la mirada de su tía. ¿Iván Nej había efectuado el viaje hasta Tel Aviv sólo para hablar con ella? ¿Eso quería el hombre que la había enviado secuestrar en Berlín, el que la había mantenido durante dos años en un encierro solitario en Rusia, el que la había mandado a Alemania para entregarla a los nazis y todo para castigar a su padre, el príncipe de Starogan? No importaba que hubiese sido Anna Ragosina, el súcubo malvado de Iván Nej, la que llevó a cabo el secuestro y la que la encerró en la prisión; Ruth sabía muy bien que Anna trabajaba para su amo. Y, si Iván Nej estaba allí, era muy factible que también la terrible Anna lo estuviese, aguardando oculta en las sombras para dar el golpe.

¡Anna Ragosina! Ruth la recordaba a la perfección. Cuando fue detenida y encerrada en la celda número cuarenta y siete, sin luz, sin aire y sin compañía, Anna fue su carcelera. Ruth no sabía por qué ni cómo, y Anna no le había revelado nada; así había sido. Durante dos años, Anna fue su única compañía y, al cabo de ese tiempo, cuando ella pensaba que la dejarían en libertad, la misma Anna la envió de vuelta a Berlín, en donde se había comunicado a Himmler que la madre de Ruth había sido judía. Ésa fue la última de las crueldades que recibió de Anna Ragosina.

Y ahora, el amo y señor de Anna Ragosina estaba allí mismo, en Tel Aviv, esperándola, amenazándola con su sola presencia para atemorizarla con la finalidad de que sucumbiera por el terror.

Pero, según pensaba Ruth, el intento de Iván iba a fracasar. No sentía ningún orgullo al comprender que ya no podía sentir miedo de Iván Nej. Luego de lo que él mismo le había hecho, después de pasar tres años en el burdel de Ravensbrück, ya no sentía miedo de ningún hombre ni lo sentiría jamás. Pero sí podía ser consciente de lo peligrosa que la presencia de Iván resultaba, por lo menos para su tía Judith.

—No podrá hacerme daño si sólo voy a escuchar lo que quiera decirme —declaró Ruth.

—Incluso sus palabras llevan ponzoña —manifestó colérica Judith y en seguida se ruborizó al pensar que sus palabras debieron sonar muy melodramáticas; pero ella las había dicho movida por su inquietud interna. Le parecía increíble el hecho de que Stalin hubiese decidido forzarla a regresar y que hubiera enviado por ella nada menos que a Iván Nej.

—No es posible que haya algún peligro si estoy con él allá abajo, en el vestíbulo —insistió Ruth—. Seguramente, el lugar estará lleno de soldados ingleses.

Desde hacía unos segundos, Paul la estaba observando; pero él ya llevaba casado con ella el tiempo suficiente como para reconocer la fuerza de su valor y la firmeza de sus decisiones.

—Está bien —dijo—. Nosotros dos hablaremos con él. Yo bajaré contigo. Tengo curiosidad por ver cómo es ese famoso monstruo.

—Es posible que no quiera hablar si tú estás allí —le advirtió Ruth.

—No me meteré entre ustedes. Te esperaré en el extremo más alejado del vestíbulo; pero puedes estar segura de que no te dejaré sola con él, incluso cuando todo el ejército británico esté a tu alrededor.

Ruth titubeó unos instantes y después se dirigió a la puerta; volvió la cabeza para sonreírle a su tía Judith y a Sylvia Levin, quien continuaba paralizada por la sorpresa.

—No tardaré mucho —avisó.

No había nadie más que ellos dos en el ascensor y no pronunciaron ni una palabra hasta que el aparato se detuvo en la planta baja. Entonces, Paul le apretó la mano.

—¿Tienes miedo? —le preguntó.

—Estoy tranquila porque tú me acompañas —salió del elevador y se quedó mirando las palmas que crecían en las macetas y los amplios sillones que adornaban el vestíbulo del hotel. En el sitio había mucha gente, incluyendo a los inevitables soldados británicos. Y en un sofá tapizado en cuero, contra la pared del fondo, leyendo al parecer una revista, estaba sentado un hombre de baja estatura, vestido con un traje de tela blanca y tocado con un sombrero de paja. Ni por un instante, Ruth dudó de su identidad. Había visto muchos retratos de Iván Nej. Sus rasgos afilados se contrajeron al verla aparecer, dándole a su rostro el aspecto de un ratón que había olido el queso.

—Allá está —señaló Ruth.

—No tiene la apariencia que yo esperaba —reseñó Paul—. Me quedaré aquí para esperarte. No te perderé de vista ni por un segundo. Ya veremos qué ocurre.

Ruth hizo un breve signo afirmativo con la cabeza y echó a andar a través del vestíbulo, taconeando con fuerza sobre el piso de mármol. Iván levantó la cabeza, sonrió y luego se puso de pie.

—¡Ruth! —exclamó—. Ruth Borodina o, mejor dicho, Ruth Hassell. No has cambiado tanto como yo hubiese esperado.

—Sólo han transcurrido cinco años desde que dejé la celda de tu prisión —comentó Ruth haciendo un esfuerzo para mantener su voz tranquila. Así que él sí la había visto, pese a que ella no lo hubiese visto jamás en su vida hasta ese momento.

—Y durante ese tiempo habrás tenido grandes sufrimientos —declaró Iván sentándose de nuevo en el sofá mientras que ella acercaba una silla para sentarse junto—. ¿Debes detestarme enormemente, verdad?

—Sólo te desprecio —le especificó Ruth.

Iván la miró con mucho detenimiento.

—No puedo hacerte algún reproche por eso —le participó—. Yo sólo hice lo que debía hacer. Aunque no lo creas, lloré cuando me ordenaron que te enviara de regreso a Alemania.

—¿Qué importancia tiene que yo te crea o deje de creerte? —inquirió Ruth. En tanto, se decía para su adentros: "Es verdaderamente increíble que yo esté aquí, sentada, conversando sobre asuntos triviales con este hombre que es un asesino de masas, con el sujeto que me tuvo atada a las piedras del suelo de la cárcel".

De nueva cuenta, la estaba observando.

—Pero, ahora, se ve que eres feliz —expresó—. ¿Tu marido es aquel que nos está vigilando? Es un joven muy apuesto.

Ruth no respondió.

—Estabas en Suecia cuando la guerra acabó —prosiguió Iván—. Después, te fuiste a Inglaterra para estar con tu padre, ¿no es cierto?

Ruth bajó la vista para mirar la mano de Iván que éste había puesto encima de la suya. Lentamente, retiró sus dedos, los unió con los de su otra mano y puso las dos sobre su regazo.

—Tenías que decirme algo; algo importante.

—Por supuesto que sí —repuso Iván—. Se refiere a tu tía Judith. Tú la quieres mucho, ¿verdad?

—Para mí, es la mujer más importante del mundo —aseveró Ruth—. Si le ocurriera algo, yo...

—Por ella estoy aquí —advirtió Iván—. Tú debes saber que ha estado trabajando, oficialmente, como emisaria soviética, con el propósito de saber cuántos judíos rusos podría acomodar en Palestina.

—Sí —asintió Ruth con cara de pocos amigos.

—Bueno, ha llegado a oídos de mis superiores en Moscú la noticia de que ella está actualmente involucrada en actividades antisoviéticas.

—Mi tía Judith ya no está trabajando para tus superiores —aclaró Ruth.

—Ellos no lo sabían —replicó de inmediato Iván—, puesto que ella no se los ha notificado; por lo tanto, se tienen graves sospechas acerca de ella y ya sabes que a menudo eso es suficiente para condenar a una persona.

La expresión de disgusto se acentuó en el rostro de Ruth.

—¿Y has viajado hasta Tel Aviv para decirme esto?

Iván sonrió.

—Por supuesto que no. He venido a invitar a tu tía para que vuelva conmigo a Rusia y responda a esas sospechas que, sin duda, son infundadas.

—¿Y tú supones que mi tía hará semejante cosa?

Los anteojos de Iván proyectaron un resplandor siniestro.

—Creo que, si ella se entrevista conmigo, podré persuadirla de que ese comportamiento le indica el mejor camino que pudiera seguir; no sólo para ella, sino también para otros. ¿Sabías que su esposo está enfermo e internado en un manicomio?

—He oído algo de eso.

—Debes saber que no ha habido mejoría. Antes bien, se teme que ya no se restablecerá jamás. Tiene una enfermedad que, al parecer, adquirió en Leningrado durante la guerra. Algunas otras personas sufren del mismo mal: todos son comisarios, pero todos ellos son hombres con alguna debilidad o desequilibrio mental. Los demás enfermos son judíos y se supone que, debido a su religión, consideraron más a los judíos que a los rusos e incluso llegaron a ilusionarse tanto que, de cuando en cuando, se comunicaron con los alemanes ofreciéndoles la rendición de la ciudad a cambio de un trato más humano a los judíos en la Europa ocupada.

—Boris Petrov no es judío —declaró Ruth.

Iván se encogió de hombros.

—Por eso, en un tiempo estaba por encima de toda sospecha. Pero, luego, se casó con una judía que está actuando en una forma muy poco patriótica; por ende, se ha reconsiderado que el camarada Petrov siempre se ha sentido inclinado hacia los judíos. Me atrevo a decirte, Ruth, que esta enfermedad de Petrov podría resultar fatal. Ya lo fue por lo menos para uno de los individuos a los que me referí —de nuevo, le agarró la mano y le dio un suave apretón—. Boris requiere ayuda, la ayuda de su esposa. Pídele a tu tía que reflexione en lo que te he comentado. Me trasladaré de aquí a Jerusalén; siempre había querido visitar Jerusalén. Dile a Judith que se ponga en comunicación conmigo allá, mañana, en el Hotel Internacional.

Ruth sacudió la cabeza.

—No es posible que vaya mañana a Jerusalén. Mañana saldremos de Tel Aviv.

—Muy bien; entonces, que vaya tan pronto como pueda. Yo estaré varios días en Jerusalén; pero ella no debería tardar mucho. Cada día que transcurre, el pobre de Boris empeora más y más. Cada día es precioso —Iván sonrió tristemente—. Dile eso, Ruth.

Judith iba y venía nerviosamente por la habitación, retorciéndose los dedos.

—Debo ir —expresó—. Se trata de una amenaza directa contra la vida de Boris. Además, ¿por qué se acercó a ti en lugar de acercarse a mí directamente? Sin duda, también tu vida corre peligro.

—No puedes ir, no debes ir —insistió Ruth por cuarta vez—. Allá quedarás arrestada, quizá te ejecuten. Mi tío George tenía razón al advertírtelo: Iván Nej quiso hablar conmigo porque se imaginaba que, con todo lo que aconteció en 1939, yo quedaría atemorizada sólo con verlo y, con eso, tú también lo harías; pero te aseguro que Iván ya no puede hacer nada en mi contra.

—Yo cuidaré de que así sea —reafirmó Paul.

—Y tampoco puede hacerte daño a ti, tía Judith, a no ser que tú se lo permitas. Está intentando hacerte caer en una trampa muy enredada, pues no se atreve a hacer algo abiertamente en contra tuya. Tú tendrías que ir por voluntad propia a donde él está y, una vez que lo hagas, lo más probable es que te obligue a que regreses con él a Rusia. Mientras te abstengas de ir a donde él te espere, estará desarmado e impotente.

Judith se les quedó mirando al tiempo que se mordía los labios.

—Pero, ¿es posible que sucedan cosas como éstas? —preguntó Sylvia Levin.

—Así suceden en Rusia —explicó Ruth y lanzó una mirada a Paul.

—Y también en otros países, de cuando en cuando —añadió éste.

—¿Esperan que permanezca aquí o en el kibutz, cruzada de brazos, sin hacer nada? —inquirió Judith—. Eso es lo que he hecho desde hace meses: nada. Pero ahora van a matar a Boris.

—Se trata de una trampa —gritó Ruth exasperada.

—Yo tuve esperanzas, yo le he rogado a Dios —clamó Judith como si su sobrina no hubiese hablado—. Pensaba que Michael hubiese podido intervenir. También, hubiese querido reanudar la tarea que he venido a desempeñar aquí: ayudar a mi pueblo, a mi gente de Rusia. ¿Acaso esa labor puede ser un acto antisoviético? Pero he fracasado de nuevo. Toda mi vida he estado dando tumbos de fracaso en fracaso.

—Eso no es verdad —protestó Ruth.

—Estás viva, Judith —le recordó Paul—. En tiempos como éstos, sobrevivir es ya una realización en sí misma.

—Por lo tanto, debo abandonar a Boris y proseguir viviendo como una fugitiva y sin servir a nadie por el resto de mi existencia —Judith hablaba con profunda amargura.

—Mientras estés en Palestina, nadie podrá calificarte de fugitiva. Ésta es tu casa, tu hogar, mucho más que Rusia o Inglaterra o Estados Unidos.

—¡Ah, Dios mío! —exclamó Judith y se acercó a pararse frente a la ventana para mirar la oscuridad de la noche. Habían estado discutiendo toda la tarde y habían tomado sus alimentos en la recámara para no interrumpir el debate—. Entonces, ¿tú consideras que sea verdad lo que Iván Nej te dijo? —preguntó tras un largo silencio.

Ruth observó a Paul.

—No hay razón para no creerle. ¿Para qué iba a viajar desde tan lejos y decirnos una mentira? Iván fue enviado para atemorizarte, para forzarte a que vuelvas a Rusia. Así de sencillo; pero tú no debes permitir que tenga éxito.

Judith sonrió con desgano.

—Lo consultaré con la almohada —dijo.

—También nosotros dormiremos un poco —informó Paul conduciendo a Ruth a la otra habitación y echándose de bruces sobre la cama—. No me había sentido tan cansado en toda mi vida. Y yo que creía que al llegar a Palestina le pondríamos fin a todos los horrores que hemos vivido. Yo imaginaba que había peligros, pero esto...

Ruth fue a sentarse a su lado y se reclinó, apoyándose en el codo para mirarlo a la cara.

—Éste será el fin de los horrores, Paul —aseguró—. Ésta es nuestra casa. Lamento mucho que mi tía Judith no haya encontrado aún el modo de descansar; pero no tardará en hallarlo. Pienso que su venida a Palestina es lo mejor que pudo haberle ocurrido. Por supuesto que me apena mucho lo del señor Petrov; pero no es posible que la dejemos ir.

—A mí me parece que tu tía Judith hará lo que mejor le parezca —insinuó Paul—. Hay gente que nace con el espíritu del "holandés errante", que siempre anda vagando de un lado para el otro sin encontrar jamás un lugar para quedarse tranquilamente a reposar.

—¿Te refieres a mi tía Judith?

—Sí, también ella; pero estaba pensando en nosotros, en ti y en mí.

—¿En nosotros?

—Pues sí. Con ese monstruo de Iván Nej pisándonos los talones, cargando el peso de lo que fueron los Borodin y lo que hicieron, tenemos en peligro la cabeza todo el tiempo... Aunque no me estoy quejando; yo veía venir esta situación y la considero inevitable. Recuerda que yo era nazi.

—¿Y calculas que el setenta por ciento de los habitantes de Alemania no podrán hallar descanso nunca?

—Quizá así tenga que ser.

—¡Qué tontería! ¿Y qué dices de mí?

—Tú... Tú nunca has hecho algo malo y, sin embargo, has vivido en la desgracia y el infortunio casi desde el día en que naciste. No me parece justo.

—Ya todo eso quedó atrás —le dijo ella—, para ti y para mí. Ahora estamos aquí y no volveremos a andar de un lado para el otro por el mundo. ¿Me lo prometes?

—Claro que no andaremos de acá para allá, si yo puedo evitarlo.

—Entonces, estamos de acuerdo —se incorporó para sentarse en la cama y se quitó la blusa—. ¿Vamos a celebrar nuestra llegada o quieres continuar pensando en Iván Nej?

Él la tomó por la muñeca y tiró de ella para aprisionarla entre sus brazos.

—¡Al diablo con Iván Nej! —exclamó.

Ruth se estremeció.

—A pesar de lo que le dije a mi tía Judith, ese hombre me da miedo. Espero no volver a verlo jamás. No me dejarás que vuelva a estar frente a él, ¿verdad, Paul?

—Si estás en lo cierto y Palestina es nuestra casa, querida mía, no lo volveremos a ver nunca más. Ni Iván Nej ni ningún otro de sus semejantes tienen cabida en el kibutz. Una cosa sí te prometo: ese individuo jamás volverá a hacerte daño; ni él ni nadie te hará sufrir mientras que a mí me quede un soplo de vida.

El salón de actos estaba atestado de gente. A Ruth se le ocurrió pensar que todos los habitantes del kibutz habían acudido esa noche a darles la bienvenida a los recién llegados. Por supuesto que la curiosidad había tenido mucho que ver en lo abundante de la concurrencia; no obstante, cada uno de los presentes se mostraba amable, cordial y amistoso. Probablemente, en aquel grupo había mucho más que la mera curiosidad. Ruth se había quedado muy asombrada al comprender que un kibutz constituía una auténtica comunidad, absoluta y completa. No se trataba sólo de las comidas en común, sino de una serie de factores, como el compromiso de cada cual en los trabajos del caserío y del evidente sentido de la independencia individual y de las familias. Hacía veinte años que aquel kibutz había quedado establecido y los residentes más antiguos habían compartido todas las vicisitudes, desde los partos hasta las muertes repentinas. Sobre todo, aquel kibutz era la intimidad de un grupo de gente en medio de la desolación y el aislamiento. La más próxima de las ciudades que podían calificarse de tal cosa, se localizaba a veinte kilómetros de distancia a través del desierto. El camino que salía hacia el sur se perdía de vista en la primera colina que se situaba hacia el final de la calle principal del caserío; todo lo demás era una desolación de piedras; mientras que el camino que salía hacia el norte corría a lo largo de los campos hasta topar con las colinas distantes, donde se anidaba la hostilidad.

Era, reflexionaba Ruth, como si hubiera dado un paso fuera del mundo para introducirse en aquella comunidad. Allí estaba y, eventualmente, allí se quedaría, hasta su muerte, en compañía de esa gente.

Se preguntaba si Paul tendría los mismos sentimientos, aunque lo veía como de costumbre: satisfecho, descansado y, al parecer, totalmente confiado. Desde luego, aquel aspecto se debía a su entrenamiento y a su educación. Paul no se había pasado la vida huyendo de un antagonismo, de una situación insoportable a la otra. Sin duda, había tenido una niñez difícil, ya que todavía recordaba los espantosos días de los principios de la década de los años veinte en Alemania, cuando una carretada de marcos no era suficiente para comprar una pieza de pan. Pero, después de esa época, él, lo mismo que muchos otros, creyó encontrar su salvación en la ilusión de una Alemania resucitada, tal como lo prometía el partido nazi. En aquel mundo nuevo, todo negro, rojo y oro, de pies que marchaban al unísono, de cantos desaforados, de muerte y de gloria, la duda no tenía cabida, por lo menos al principio. Cuando él llegó a la duda, cuando él cayó en la cuenta de los horrores que él mismo y sus compañeros cometían, se zafó de todo el asunto, con esa decisión desesperada de su carácter. Más adelante, se había convertido en fugitivo, lo mismo que su mujer; pero todas sus escapadas habían sido acompañadas por la poderosa autoconfianza del verdadero soldado profesional.

Ruth pensaba que su admiración por tal autoconfianza —tan distinta a todo lo que ella había conocido en su infancia— la había hecho enamorarse de él y convertirse en su esposa. Además, él le había salvado la vida al rescatarla del campo de Ravensbrück junto con Judith y en la misión había sido gravemente herido. Por aquel acto, Ruth había experimentado gratitud; a continuación, compartió con él la intimidad al curarle las heridas y cuidarlo hasta que recobró la salud. Naturalmente, aquella pareja que navegaba a la deriva en el mar de la vida se unió cada vez más, en particular si se considera que ella era prima hermana de la primera prometida de Paul, la infortunada joven que él debió abandonar a la más atroz de las muertes. Para Ruth, él era la fuerza y la tranquilidad; por primera vez en su vida, sintió la ausencia del temor estando al lado de Paul. El hecho de que fuera un hombre era irrelevante. Después de haber pasado tres años en un burdel militar, era inevitable que despreciara al hombre.

Eso lo había comprendido Paul, lo cual hacía de él un ser aún más espléndido. Paul la amaba y, si ese amor implicaba que él la deseaba, Ruth estaba contenta de que su cuerpo le perteneciera. Pero ella misma ya no era capaz de sentir la pasión física, por mucho que se esforzara y consideraba un milagro que eso no disgustara o irritara a Paul, como habría ocurrido con la mayoría de los hombres. Entre las grandes virtudes de Paul, destacaban la de la comprensión y la bondad.

No obstante, ahora que ella había decidido dejar de huir, quizá fuera posible volver a sentir. Tal vez fuera factible olvidar, cada vez que él la cubría con su cuerpo, que muchos hombres más habían hecho lo mismo.

Sus pensamientos acudieron con rapidez al presente, delante de un joven que se inclinaba hacia ella para invitarla a bailar y ella aceptaba la invitación. Para sorpresa suya, el gramófono estaba tocando música occidental y todos los jóvenes estaban bailando, mientras los mayores, sentados alrededor a lo largo de las paredes, miraban a los bailarines o conversaban, recordando sus aventuras durante los últimos seis años, haciendo memoria de los viejos amigos y también de los más viejos enemigos. Judith sostenía una larga plática con su amigo el rabino y algunos de sus vecinos. Paul, sin dejar de observarla, estaba hablando con Nigel Brent, el inspector inglés.

Ruth veía con claridad que aquella gente consideraba a los ingleses como sus enemigos naturales, sólo porque estaban allí, en su tierra; durante los tres días que había estado en el kibutz, no había escuchado ni una sola palabra de lástima por las personas que murieron en el atentado de Jerusalén. Y, por añadidura, habían invitado a un oficial de la policía a su reunión social. Era imposible que no se percataran de que la presencia de los ingleses era la causa de que los árabes se quedaran concentrados en esas colinas lejanas casi todo el tiempo.

Tampoco el inspector Brent podía ignorar esos hechos; pero allí estaba muy tranquilo y muy contento, igualando a Paul en cuanto a la notable autoconfianza mientras dialogaban. ¿Sabría acaso el inspector todo lo relativo a ellos dos?

—Pronto tendrás hijos, ¿verdad? —escuchó que le preguntaba el joven que estaba bailando con ella. Cayó en la cuenta de que el muchacho había estado hablándole desde hacía algunos minutos y que ella no lo había oído.

Ahora lo veía sonriente—. Necesitamos muchos niños aquí. Estamos creando una nueva nación.

Ella pensó que, sin duda, el chico estaba repitiendo las palabras de alguno de los dirigentes.

—No —respondió Ruth—. Creo que no los tendré —se preguntó lo que diría aquel joven si ella le informara sus razones.

—Es una lástima —opinó—. Una hermosa mujer como tú y un hombre tan apuesto como tu esposo, deberían tener muchos hijos. Tu marido es sueco, ¿no?

—Sí —afirmó Ruth rápidamente y poniéndose alerta.

—Suecia debe ser un país muy hermoso —comentó el muchacho—. Yo quisiera visitarlo alguna vez.

—Debes ir a visitarlo —sugirió Ruth.

Él la miró con gesto grave.

—Pero es que aquí está mi lugar, señora Hassell. Éste es el lugar para todos nosotros.

Para alivio suyo, la música había cesado. Se volvió con la intención de ir a descansar en las sillas y quedó frente al policía.

—Señora Hassell —le dijo éste—. Su esposo ha tenido la amabilidad de permitirme sacarla a bailar.

—¡Oh, sí! —miró al joven judío, quien hizo una reverencia y se alejó de prisa del lugar.

Brent le estaba sonriendo.

—Ese efecto causo entre algunas de estas personas.

La música había iniciado de nuevo y ella estaba en sus brazos. Era un foxtrot lento.

—¿No me dirá que se trata de un criminal, señor Brent?

—Eso depende en absoluto del punto de vista con que se le mire. La gente que se halla en torno nuestro, lo describiría como un ferviente sionista.

—Y, para usted, debe ser un terrorista.

—Si estuviera completamente seguro de que lo es, señora Hassell, ya lo tendría entre las rejas.

—Entonces, se lo ha dicho su instinto de policía.

—Quizá. Me parece advertir cierto tono desdeñoso contra la policía en su voz.

—Puesto que estamos hablando del asunto, señor Brent, debo decirle que, de ahora en adelante, yo seré una sionista tan ferviente como el que más lo sea.

Brent hizo un signo afirmativo.

—Bueno, pero, ¿no considera que ha elegido acostarse sobre una tabla de clavos?

—Podría decirse lo mismo de toda esta gente.

—Sí; sin embargo, algunos de ellos resisten mejor los clavos que otros.

—¿Quiere decir que yo no podré resistirlos?

—Me refiero a usted y a su esposo, señora Hassell.

Los dos volvieron la cabeza al mismo tiempo: Paul estaba platicando muy seriamente con el joven que había bailado con Ruth.

—Su marido es lo que aquí llaman un gentil —manifestó Brent.

—Se diría que todos quieren recordármelo.

—Lo siento. Yo sólo intentaba ayudar un poco —se disculpó Brent.

—¿De qué modo?

—Bueno... Algunos gentiles han emigrado a Palestina, por supuesto. Bien porque sienten simpatía por los judíos o ya que están relacionados con ellos, por el matrimonio, por ejemplo, como en su caso. Son elementos valiosos y se les recibe como valores positivos que se agregan a la comunidad. Mas, por el hecho de ser gentiles, en muchas ocasiones consideran necesario hacer el intento de integrarse con más fuerza y mayor entusiasmo que los mismos judíos y, precisamente debido a que son gentiles, diversos sectores de la población judía sienten que hacen bien en poner todo su entusiasmo en la tarea. Como es lógico, algunos gentiles son más sensibles que otros respecto de este asunto.

Ruth se le quedó mirando. "Este policía lo sabe —pensó—. Dios mío; él lo sabe."

Brent seguía sonriendo.

—Espero no haberla ofendido, señora Hassell. No quisiera hacerlo de ninguna manera. Sólo le pido que hable con su esposo sobre la posibilidad que acabo de mencionarle. Asimismo, indíquele, de mi parte, que tenga mucho cuidado con los compañeros que frecuenta.

De nuevo, los dos volvieron la cabeza al mismo tiempo para ver a Paul que abandonaba el salón acompañado por el joven judío.

—Está más fresco aquí afuera —decía el muchacho—. En esta época del año, las noches son muy cálidas, ¿no es cierto?

—Sí, hace mucho calor —admitió Paul.

—En el invierno hace más fresco; pero nunca hace frío. ¿Comprendes? —continuó andando, con las manos metidas en los bolsillos de la chaqueta—. Mi nombre es Benjamín Cohen.

—Paul Hassell.

—Ya sabía tu nombre. ¿Un cigarrillo?

Paul lo aceptó y, después de tomarlo, inclinó la cabeza hacia la llama del fósforo que le ofrecía el chico. Las luces del salón de actos se habían desvanecido en la noche, junto con el sonido de la música.

—¿Qué es lo que querías discutir conmigo? —le preguntó Paul—. Me decías que era algo relacionado con mi mujer.

—Sí, es muy hermosa —observó Cohen—. Y ha pasado épocas muy duras. Me han comentado que estuvo en Ravensbrück, ¿es cierto?

—Así es —respondió Paul. No experimentaba más que un leve desagrado: era inevitable que su pasado y el de Ruth fueran motivo de constante investigación por parte de sus nuevos vecinos.

—¿Fue allá donde la conociste?

Paul negó con la cabeza y sonrió.

—Ravensbrück era un lugar para mujeres exclusivamente, amigo mío.

—Sí, pero de cuando en cuando iban los hombres —especificó Cohen—. Siempre estaban allí los guardias, acudían los doctores y otras personas por el estilo.

—Sí, por supuesto —contestó Paul—. Como tú comprenderás, ése es un tema que yo jamás discutí con mi mujer. Además, estoy seguro de que lo que ella desea es olvidarse por completo de eso. Yo me ofendería si alguien hace el intento de recordarle aquellos años.

—¿No eras tú, *herr* Von Hassell, alguno de aquellos guardias o de aquellos doctores? —inquirió Cohen.

Paul alzó con rapidez la cabeza y al mismo tiempo cayó en la cuenta de que se producía algún movimiento detrás de él y en ambos lados. Otros cuatro hombres habían aparecido de entre la oscuridad.

—¿Negarías que tu nombre sea Paul von Hassell? —preguntó Cohen—. ¿Podrías negar que al principio de la guerra estuviste al servicio de la ss?

Por la cabeza de Paul cruzó la idea de que podría hallarse en algún peligro físico: esos jóvenes no habían demostrado ningún respeto por la vida humana en sus actitudes antagónicas contra la presencia de los ingleses. No les tenía miedo. Él mismo se consideraba como si estuviera viviendo con una existencia prestada y se conformaba con enfrentar cada día según se presentara. Pero no tenía sentido que lo mataran o que lo golpearan, cuando la pobre Ruth dependía de él tan completamente.

—Al principio de la guerra, amigo Cohen —declaró tranquilamente—, en vista de que sabes tanto acerca de mí, fui arrestado y encarcelado por la Gestapo, precisamente en 1942.

—Fuiste detenido, es cierto —asintió Cohen—, pero luego te dejaron en libertad.

Paul seguía mirándolo fijamente.

—Seis meses después de quedar en libertad, quedé involucrado en el complot para asesinar a Hitler. Como resultado, me vi forzado a escapar de Alemania.

—Fuiste encarcelado por la Gestapo y luego fuiste puesto en libertad —repitió uno de los otros jóvenes con tono amenazante.

—A mí no me dejaron en libertad. Yo huí —aclaró Paul.

—Todos los sobrevivientes alemanes aseguran que tomaron parte en el complot contra Hitler —insistió Cohen.

—En mi caso, eso es absolutamente cierto.

—Tú eres alemán, eres nazi, un enemigo natural de nosotros, los judíos —afirmó uno de los otros hombres—. ¿Por qué estás aquí?

Estaban rodeándole desde muy cerca; él podía sentir el olor de sus cuerpos. No parecía que tuvieran miedo, ni de él ni de lo que pudieran hacerle. Paul hizo un esfuerzo para mantenerse tranquilo.

—Mi esposa es judía —expresó—. Así que ya ven que no puedo ser un enemigo natural.

—¡Bah! —exclamó uno de ellos.

—Aquí no eres bien recibido —aseguró Cohen.

—Bien, pero aquí estoy —declaró Paul—; por lo tanto, mucho me temo que deban aceptar la idea.

—La existencia puede resultar muy desagradable para quienes no han sido bien recibidos —insistió Cohen—. Estamos comprometidos en una lucha sin cuartel para sobrevivir. Cuando hayamos expulsado a los ingleses, tendremos que hacer frente a los árabes hasta vencerlos para proseguir viviendo. Eso es lo que deberemos hacer. Pero, por el momento, no estamos dispuestos a tolerar que vivan en Palestina las personas que no estén preparadas para apoyarnos de modo absoluto.

—Pónganme a prueba —indicó Paul.

—El hecho de que tengas una esposa judía no es suficiente —prosiguió diciendo Cohen—. Podría resultar, más bien, que esa esposa judía llegue a ser objeto de sospechas e incluso llegue a recelarse que ella merece compartir la suerte de su marido, si éste se muestra como un traidor.

—Ya les dije que me pongan a prueba —repitió Paul—. Sólo permítanme hacerles una advertencia: si le hacen daño a mi mujer, aunque sea con un dedo, les romperé el cuello.

La mano de Cohen se metió en los pliegues de la chaqueta y resurgió empuñando una pistola y con el dedo en el gatillo.

—Aun cuando tengas una pistola —expresó Paul tranquilamente—, podrás ponerme a prueba, también en esto.

Los dos hombres se quedaron mirando el uno al otro, con los ojos entrecerrados, pero brillando siniestramente en la oscuridad.

—Así que eres un valiente —recalcó Cohen por fin—. Eso no lo pongo en duda. Estamos buscando hombres valientes. ¿Quieres unirte a nosotros?

—¿Qué tendría que hacer?

—Combatir a los ingleses.

—Eso significa que tendría que asesinarlos atacándolos por detrás, ¿no es verdad?

Cohen se encogió de hombros.

—La guerra es un asunto sucio; no obstante, como cualquier alemán, tú también debes haber aborrecido a los ingleses.

—Yo no odio a ningún hombre tan profundamente como para matarlo. Ya no puede ser así.

—Tú debes odiar profundamente a los ingleses —concretó Cohen—, si en verdad deseas estar de nuestro lado. Es necesario que los expulsemos de aquí, ¿no lo entiendes? Tendremos que echarlos y pronto y, una vez que se hayan ido, nos las arreglaremos con los árabes.

—¿Y se piensan que con matar a unos cuantos ingleses será suficiente para obligarlos a que se vayan?

—Eso basta. Se irán muy pronto. ¿Te atreverás a trabajar con nosotros?

Paul sacudió la cabeza.

—Yo trabajaré con ustedes y pelearé con ustedes si alguien viene a destruir este kibutz; entonces, mataré por ustedes. Pero no asesinaré a nadie por complacerlos.

Cohen se le quedó mirando unos segundos y Paul se percató de que los otros hombres estaban cada vez más cerca de él.

—No tienes alternativa —aseveró Cohen—; de otra forma, tu existencia resultará insoportable. También para tu esposa. Puedes amenazarme, incluso podrías matarme, pero somos muchos. Nuestras mujeres están con nosotros, señor Von Hassell. Ellas se encargarían de hacerle insoportable la vida a tu esposa; podrían empujarla a la desesperación y ya ha sufrido demasiadas desgracias en su vida. En cambio, si tú nos apoyas y trabajas con nosotros, tu mujer será la más feliz de todas. Todos los integrantes de la comunidad cuidarán de ella. Si algo te ocurriera en el cumplimiento de tu deber, ella sería tratada como la heroína en el kibutz. Piensa en todas esas cosas, *herr* Von Hassell.

Paul clavó los ojos en los suyos, mientras las señales de alarma resonaban en su cerebro, aunque siempre quedaban apagadas por las del temor. Ya se lo había intentado decir a Ruth en Tel Aviv: él no esperaba nada diferente de lo que le estaba aconteciendo, pues era un hombre condenado por lo que había sido antes. Su única razón para vivir era proteger a Ruth y brindarle alguna felicidad.

—En Palestina, es todo o nada —sostuvo uno de los otros hombres—. Debes entender bien eso, *herr* Von Hassell.

Paul, con aire pensativo, asintió con la cabeza.

—Que me condenen si me queda alguna otra elección —dijo con amargura—. Sin duda, entre ustedes me dirán lo que debo hacer.

—Tu tarea ya ha sido elegida —sustentó Cohen—. Será algo muy sencillo para ti. Ese hombre, el inspector Brent, se está convirtiendo en un verdadero estorbo y se muestra demasiado amable con el rabino. Tú tendrás que matarlo. Nosotros te informaremos cómo y cuándo. Será dentro de poco. Entonces, serás uno de los nuestros.

Ruth Hassell se dio vuelta entre los brazos de su marido, suspiró, abrió los ojos y él la besó en la frente.

—¿Paul? —siempre le preguntaba su nombre, como si tuviera miedo de que él hubiese desaparecido misteriosamente mientras ella dormía.

—Aquí estoy, querida.

—Pero no estabas dormido. Has estado acostado allí, sin dormir.

—Quizá no requiero dormir tanto como otros hombres —miró a través de la ventana a la luz de la luna bañando las piedras del desierto y escuchó el ladrido de un perro.

O tal vez haya algo que te preocupa —añadió ella—. ¿Qué es lo que te preocupa, Paul? Ya estamos aquí, a salvo, como siempre habías querido estar. ¿Podrías estar mejor en cualquier otro lugar?

Él volvió a besarla.

—¿Y tú eres feliz aquí?

—¡Oh, sí! Jamás en mi vida había sido más feliz, Paul. La gente es muy buena conmigo... —se sentó en la cama y apartó los mechones de cabello que habían caído sobre sus ojos—. Pero tú no eres feliz. ¿Es que la gente no es buena también contigo?

—Todos son muy amables y considerados —aseguró él.

—Entonces, qué...

—Entonces —le interrumpió él—, me quedo aquí acostado, pensando en que tal vez no merezco tantas muestras de bondad.

—Vamos, Paul —dijo ella y se acostó de nuevo, reclinando su cabeza sobre su hombro—. Tú lo mereces todo y mucho más. Y toda esta gente te quiere aquí, con ella; eso es evidente. Te necesitan aquí. Tú naciste para dirigente, para ser un líder.

—A lo mejor —expresó él—. ¿Realmente se irá Judith la semana entrante a Jerusalén para ver a Iván Nej?

Ruth suspiró.

—Eso comenta; no he podido convencerla de lo contrario. Creo que eso es algo que ella está convencida de que debe hacer: no dejar de remover ni una piedra, si existe una posibilidad de ayudar a su esposo. Me ha prometido que no se dejará engañar ni andará a ciegas. No creo que le suceda nada. Ese oficial de la policía británica la acompañará en el jeep. Yo le estoy muy agradecida, es un buen hombre.

—Sí —reconoció Paul—. Es un buen hombre.

—Y, con un compañero como él, ni siquiera Iván Nej soñaría con hacerle una mala jugada a Judith —dijo Ruth—. En el fondo, Iván Nej es un cobarde. Bien puedes creerme.

—Me parece que tienes razón; pero siento mucho que Judith se vaya la semana próxima, pues también yo estaré fuera.

De nuevo, Ruth se sentó rápidamente sobre la cama.

—¿Tú? ¿Adónde irás?

—Vamos, mi amor, ya te lo había dicho. Soy un soldado y la gente de por aquí quiere que yo luche con ella en la inminente guerra con los árabes. Quieren que sea yo el que los encabece, como tú decías. Por eso, los jóvenes de este caserío deben entrenarse y ellos me han solicitado que me capacite con ellos. Seis de nosotros tendremos tres días de ejercicios la semana próxima. Yo estaré ausente al mismo tiempo que Judith.

—¡Oh! —exclamó ella y volvió a acostarse—. Ya me las ingeniaré. Sylvia me hará compañía. ¿Irán seis hombres? ¿Qué clase de ejercicios pueden hacer sólo seis hombres?

—Entraremos en relación con otros —declaró Paul sin vacilar.

—¿Quiénes son los seis? Yo no había oído hablar a nadie sobre esos ejercicios.

—Claro que no; en los asuntos militares hay que guardar el secreto. Ni siquiera a ti debía habértelo dicho, así que deberás prometerme no hablar de esto con nadie, ni siquiera con Judith y, por supusto, tampoco con la señorita Levin.

—No diré nada —contestó ella—. Te lo prometo. Pero, ¿no puedes decirme con quién vas?

—Con Benjamín Cohen y sus amigos.

—¡Ah, con ellos! —expreso ella—. Entonces, está bien. Yo tenía miedo de que te fueras a involucrar con algunos de los extremistas. Benjamín está muy bien; a mí me parece muy amable y simpático.

—Sí —reforzó Paul—, así es.

—¡Camarada Petrovna! —Iván Nej estaba de pie sobre el umbral de la puerta en la habitación del hotel y sonreía ampliamente—. ¡Qué gusto me da volver a verte, después de tanto tiempo!

Judith evitó que la alcanzaran los brazos de Iván que intentaban abrazarla, pasó delante de él a la habitación y empezó a abanicarse. En Jerusalén hacía más calor que en el desierto. Ella se sentía más nerviosa de lo que había supuesto o quizá en un estado de alerta más agudo, según se dijo a sí misma para tranquilizarse; advirtió que había una puerta que conducía a una habitación contigua, una puerta cerrada por el momento; sin embargo, se encontraba en un gran hotel internacional y Nigel Brent la esperaba a la vuelta de la esquina. No había razón para estar nerviosa.

Iván le ofreció un cigarrillo y fue él quien lo tomó, ya que ella hizo un signo negativo con la cabeza.

—Has estado viviendo en el norte, ¿verdad? —le mostró su dedo índice amenazante—. Eso es muy peligroso.

Judith le lanzó una mirada hostil.

—¿Debo recordarte, camarada Nej, que yo no tengo por qué responder de mis actos ni delante de ti ni de nadie más? Ocurre, como tú debes saberlo con certeza, que mi sobrina se está instalando en el norte y yo deseaba pasar unos días con ella.

—Tal como debe ser, por supuesto, camarada Petrovna —indicó Iván Nej amablemente—. No tengo la menor intención de interrogarte acerca de tus actos. Y tu sobrina, ¿ya está instalada?

—Creo que sí —informó Judith.

—Muy bien, muy bien. Entonces, ya estarás dispuesta a retornar a casa.

Judith lo miró asustada. La seguridad con que Iván se expresaba la había tomado por sorpresa.

—¿Retornar a casa?

—¡Claro! Tarde o temprano, todo el mundo regresa a casa, camarada. Para eso te solicité que vinieras a Jerusalén. Aquí tengo tu pasaje y algo de dinero para tus gastos de viaje. Aunque yo tendré que acompañarte, naturalmente. Tu pasaje es para el vuelo que sale esta tarde.

—¿Partir esta tarde? —Judith se reprochó por su incapacidad para pensar con claridad. Iván Nej siempre provocaba ese efecto sobre la gente.

—A las cuatro de la tarde —le comunicó—. Sugiero que almorcemos juntos y después te llevaré al aeropuerto en automóvil yo mismo.

Judith hizo un esfuerzo para serenarse.

—Vine aquí para discutir la posibilidad de mi regreso a Rusia, camarada Nej —declaró con firmeza—. No tengo la más remota intención de salir de Palestina sin antes contar con auténticas garantías para mi marido lo mismo que para mí.

—¿Cómo así, camarada Petrovna? ¿No tienes prisa por reunirte con el desafortunado Boris? Puedes estar segura de que te necesita enormemente —Iván se dio unos golpecitos con los dedos sobre una de sus sienes—. Es la tensión, claro. En Rusia, todo el mundo está bajó una gran tensión nerviosa, intentando remediar los estragos de la guerra y de echar a andar el nuevo plan de cinco años. Y quienes ocupan los puestos más altos sufren una mayor tensión que los demás.

Judith puso las manos sobre el escritorio y se inclinó hacia adelante.

—Boris no tiene absolutamente nada y tú lo sabes tan bien como yo.

Iván le sonrió tan suavemente como siempre.

—Tuvo un colapso nervioso, es todo lo que yo sé; pero se encuentra internado en un hospital psiquiátrico donde se le puede cuidar. Donde tú podrías verlo y consolarlo.

Judith aspiró el aire. No tenía caso que perdiera el dominio sobre sí misma ni tampoco que se dejara amedrentar por todo cuanto Iván Nej le refiriera.

—Camarada Nej —dijo—, quiero que mi marido salga de ese lugar donde lo tienen. También quiero una carta, firmada por Lavrenti Beria, manifestando que Boris no está enfermo ni lo ha estado jamás y que su reclusión en el hospital no ha sido más que un medio para forzarme a volver a Rusia. Esta carta la guardaré yo en un lugar seguro para emplearla en caso de necesidad. Entonces, regresaré. No sé para qué me quieren allá; pero retornaré y responderé a los cargos en mi contra. No obstante, antes debo tener esa carta.

—Bien se ve que estás nerviosa e inquieta —expuso Iván con delicadeza—. Eso no me asombra. Cuando sucede una cosa así, altera más a las mujeres que a los hombres. Te voy a ofrecer un relajante —oprimió un timbre y se abrió la puerta que estaba detrás de Judith—. La camarada Petrovna desea beber un vaso de brandy —anunció Iván y volvió a sonreírle—. Estas cosas parecen peores de lo que en realidad son, camarada Petrovna. Cuando Boris te vea, se sentirá mucho mejor.

Una mujer joven estaba parada al lado de Judith, con el vaso lleno de brandy en su mano y sonriéndole dulcemente. Instintivamente, Judith tomó el vaso, pues sí sentía la necesidad de tranquilizarse; pero se detuvo antes de beber. Iván continuaba sonriendo y aguardaba. Se dijo que, en cuanto bebiera de aquel vaso, estaba perdida.

Observó por encima de su hombro a la puerta abierta. Estaba abierta; pero frente a ella había dos hombres, quienes también la estaban mirando y sonreían. Estaba atrapada. Parecía increíble que estuviera en el centro de Jerusalén, con soldados ingleses armados por doquier, con Nigel Brent que podría escucharla si gritaba... y, sin embargo, no podía llegar a ningún lado.

Era absurdo. Ella había acudido a la cita sólo para conseguir esos salvoconductos.

—Adelante, camarada Petrovna —ordenó Iván—. Bebe el brandy y te sentirás mejor.

Se preguntó qué efectos le produciría la bebida. ¿Quedaría inconsciente y se la llevarían al aeropuerto como si estuviera enferma? ¿Perdería toda la voluntad para resistir? Se dijo que, más bien, sería esto último, ya que esos sujetos no podían arriesgarse a que se produjera un incidente y, precisamente, así podría garantizar su salvación.

—Quiero advertirte que estás haciendo el ridículo, Iván Nikolaievich —le puntualizó—. ¿Creíste que yo iba a venir aquí sin tomar las debidas previsiones? Ahora mismo me está esperando un oficial de la policía británica y, si no estoy con él dentro de diez minutos, subirá a buscarme. Por lo tanto, comprenderás que será mejor para todos que yo me vaya de aquí en este momento. No obstante, sostengo mi oferta. En cuanto tenga la carta, iré a Rusia por mi propia voluntad, tan pronto como Boris sea puesto en libertad de la prisión donde lo tienen encerrado.

Iván Nej continuaba sonriendo.

—Mucho me temo que la camarada Petrovna está sufriendo las mismas alucinaciones que su pobre marido —espetó—. Pero ésa es una justificación más para darnos prisa. Ayuden a la camarada Petrovna a beber su brandy, Sonia. Tú también la ayudarás, Vasili. Es necesario sacarla de aquí dentro de cinco minutos.

Judith se dijo que ya no era necesario hablar para salir de la habitación; ahora, lo mismo que en Ravensbrück, era indispensable actuar, si quería sobrevivir. Ojalá no se sintiera tan vieja y tan cansada... Pero ya había emergido el impulso de su determinación desde su cerebro. Como impulsada por un resorte, saltó de la silla, dio un empujón a Sonia, golpeándola en el estómago con su hombro, lanzó el vaso de brandy contra la pared y ella misma se halló arrinconada en el fondo.

Volvió el rostro para hacerles frente, jadeante, con la intención de mostrar los dientes como una rata rabiosa que se dispusiera a atacar.

Iván suspiró.

—Me lo temía —afirmó—. Ahora, se ha puesto violenta. Necesitamos una inyección. Prepara una, pronto, Sonia. Tú, Tigran, ayuda a Vasili. Es necesario agarrar con fuerza a la camarada Petrovna.

Los dos hombres caminaban hacia Judith, lentamente. Aún estaban entre ella y la puerta. Pero allí estaba la ventana; sin embargo, el departamento ocupado por los rusos se ubicaba en el quinto piso del hotel. ¿Eso significaba que debería suicidarse? Sin duda, no era ésa su intención; pero tampoco se rendiría, ni ahora ni nunca.

Aspiró una bocanada de aire y se lanzó contra la ventana.

—¡Deténganla! —gritó Iván.

Los dos hombres corrieron, pero ya Judith tenía medio cuerpo fuera. Uno de sus pies encontró un apoyo en la angosta cornisa que corría alrededor del edificio y que no tenía más de quince centímetros de ancho. Vasili la atrapó por la manga, pero ella se zafó con tanta fuerza que estuvo a punto de caer. Haciendo un gran esfuerzo, se adhirió a la pared del edificio y colocó los dos pies sobre la cornisa. Cerró los ojos, inmediatamente perdió el equilibrio y los volvió a abrir. Por la ventana salían las manos que intentaban atraparla y ella se deslizó despacio sobre la cornisa, pegada a la pared y observando hacia abajo, a la avenida, a más de quince metros. No parecía muy lejos. Si ella se decidiera a saltar, podría escapar con una pierna rota. Quizá...

¡Oh, si alguien mirara hacia arriba! Lo harían si gritaba. Empezó a aspirar el aire, lenta y cuidadosamente, con el temor de que algún movimiento rápido la hiciera caer. Continuaba pegada a la pared y contemplaba los techos de las casas que rodeaban la cúpula de la Basílica del Santo Sepulcro y la de la Mezquita de Omar, los símbolos gemelos de los motivos por los que ella estaba allí.

La cabeza de Iván se asomó por la ventana.

—Te estás portando como una estúpida desequilibrada, camarada Petrovna —clamó—. Podrías caer y matarte. Escucha: Vasili fue a buscar una cuerda para atarte y así podremos traerte de nuevo a este lugar seguro.

¡Qué calor sofocante! Los rayos del sol del mediodía caían a plomo sobre su cabeza; no había brisa capaz de moverle siquiera la falda. En la quietud del momento, su voz llegaría lejos, si fuera capaz de emplearla.

—¡Auxilio! —gritó—. ¡Socórranme!

Su grito no había sido más que un débil sollozo que se perdió en seguida en el estruendo del tránsito. Nadie lo escuchó ni alzó la vista.

—Ésa fue otra tontería de tu parte —le reclamó Iván severamente—. Una conducta como la tuya, debe registrarse en mi informe, camarada Petrovna, y bien sabes que eso irá en contra tuya.

—Si te acercas un poco más a mí —masculló Judith—. saltaré a la calle. ¡Que Dios me ayude, pero saltaré...!

Agitada como estaba, uno de sus pies resbaló fuera de la cornisa. Ella se afianzó con desesperación contra la pared, balanceando la pierna para conservar el equilibrio. Se le salió un zapato y lo vio caer girando con infinita lentitud... "¡Oh, Dios, te lo ruego! —susurró al pronunciar su oración—. Por el amor de Dios, que le pegue a alguien..."

Al caer, el zapato golpeó a un policía sobre el hombro.

Una mujer emitió un grito. Giraron las cabezas de todos los transeúntes y éstos empezaron a moverse hacia la esquina de la avenida, de donde provenía el grito.

Nigel Brent jadeaba acalorado y pensaba que sería conveniente salir de detrás del volante para ver qué ocurría; pero decidió permanecer donde estaba. Sin duda, se había cometido algún acto de terrorismo, puesto que veía correr a toda la gente hacia la esquina; pese a ello, aquel sector no le correspondía y ni siquiera había traído el uniforme.

Se hallaba en Jerusalén pues deseaba efectuar algunas compras y, en especial, para trasladar a Judith Petrovna. Esto último era lo principal, aunque le habría resultado muy difícil dilucidar las razones de que el asunto fuese tan relevante. Por su edad, aquella mujer podría ser su madre y las penalidades y tragedias de su pasado ya principiaban a causar estragos en ella: las arrugas surcaban su hermoso rostro y, en la exuberancia de su cabellera aún negra, resaltaban grandes mechones de plata. Pero aquella mujer era Judith Petrovna, la que había sido Judith Stein, en cuyo expediente se refería que estuvo de pie en las barricadas de Moscú, rifle en mano y que se decía que había contribuido específicamente a la ejecución de Rasputín. En aquel entonces, debió haber sido muy bella y, sin duda, llena de vitalidad y de energía.

Por lo menos, la vitalidad perduraba. Judith había sobrevivido al encierro en un campo de concentración de los nazis. Nigel Brent suponía que, tanto por su pasado como por su presente, ella resumía a todos los judíos que tenían la inquebrantable determinación de pelear con tanta fuerza por gozar del derecho de constituir una nación, por vivir en una tierra que pudieran llamar suya y que fuera la misma tierra de sus antepasados. Nigel Brent admiraba a esos judíos y, precisamente por ello, detestaba el trabajo que desempeñaba. Sin embargo, ejercía su función pensando que bien podía realizarla otro sin ninguna comprensión hacia los judíos y usando sencillamente los métodos duros y quizá brutales.

Con mucha frecuencia, era necesario mostrarse recio y duro. Él y sus policías defendían a los judíos de la rabia y el odio de los árabes; no obstante, también detenían y castigaban a los judíos cuando éstos quebrantaban gravemente la ley y él mismo enviaba a los reos a Jerusalén, sabiendo que allí los ahorcaban tras someterlos a un proceso legal. Nigel Brent no podía hacer nada en absoluto en su favor una vez que el crimen se había perpetrado. A pesar de ello, por su amistad con el rabino Yanowski y con la mayoría de la gente de aquel kibutz en específico y de los otros que quedaban bajo su jurisdicción, sentía que estaba haciendo progresos para atenuar los peores resultados de aquella tensión ancestral entre los dos pueblos. Si fuera posible reconciliar a las dos naciones para que vivieran en paz una al lado de la otra, todo quedaría resuelto y habrían valido la pena todos los esfuerzos y los trabajos. Su gran temor era el creciente rumor de que las autoridades en Londres ya parecían haberse hartado de tantos gastos y aversiones ocasionados por esa labor ingrata y ya estaban evaluando la posibilidad de anular su mandato y retirarse de aquel territorio. Y eso era precisamente lo que los judíos y los árabes ansiaban que ocurriera. Nigel Brent no podía ver el resultado más que en términos de catástrofe, por lo menos para los judíos.

La salida de los ingleses significaría una deserción en masa de mucha gente que necesitaba ayuda desesperadamente. Sería la perdición para Judith Petrovna y para su sobrina. Le parecía peligroso ponerse a pensar en esa sobrina. En Ruth Hassell podía distinguir el capullo de la flor de la hermosura y de la fuerza innata de cuerpo y de espíritu, que debieron ser los atributos distintivos de Judith en su época, cualidades que debieron ser indispensables para mantenerla con vida de un desastre a otro y a otro más.

Lo mismo que Judith, Ruth también había sobrevivido. Ahora estaba casada con un antiguo nazi. Ése era un secreto que él debía guardar rigurosamente. Era, además, un indicio de que debía haber otros secretos en sus vidas, tan escondidos que ni siquiera habían llegado a los expedientes policiales. Todo lo cual volvía más interesantes y atractivas a aquel par de mujeres.

Y ayudarlas más... Pero sólo a la tía. No era asunto suyo dejarse envolver por los problemas maritales de aquellos refugiados.

En definitiva, algo estaba ocurriendo a la vuelta de la esquina; más y más gente corría hacia allá y ahora, una ambulancia llegaba de prisa, con las sirenas ululando. De pronto, recordó que, si bien Judith le había indicado que la esperara allí, el hotel donde el *chargé d'affaires* ruso había instalado sus oficinas, estaba en la cuadra siguiente, exactamente donde se estaba registrando la conmoción. Quizá la pobre mujer se había visto involucrada en algún disturbio.

Saltó fuera del jeep, se unió a la multitud, rodeó la esquina y levantó la cabeza para mirar hacia arriba, a donde estaba viendo todo el mundo. Entonces, observó a la mujer, pegada a la pared, precariamente sostenida sobre una estrecha cornisa, muy por encima de la avenida. En un primer momento, no pudo creer lo que sus ojos estaban mirando; luego, corrió hacia adelante, abriéndose paso a empujones entre árabes, judíos y europeos, a un lado y al otro, fijos los ojos en la mujer que estaba arriba y contemplando también a las personas que estaban asomadas a la ventana más próxima, hablando con ella, tratando, al parecer, de atarle una cuerda a la cintura. Ella retrocedía, con peligro de caer.

Pero ya estaba allí un camión de bomberos, colocándose en la posición debida, debajo de ella y la escalera se extendía hacia arriba, más y más. En el mismo instante, tomó su decisión: no podía entrar al hotel, pues los rusos le impedirían el paso a sus oficinas del quinto piso. Por lo tanto, se lanzó hacia adelante, rompió el cordón de policías que estaban conteniendo a la muchedumbre y les mostró su credencial y su placa.

—No puede pasar —le gritó un oficial de los bomberos, cuando se encaramaba sobre el camión.

—Soy un oficial de la policía —respondió Nigel gritando también—. Y yo estoy a cargo de esa mujer.

—Vaya... —el bombero se quedó rascándose la cabeza, mientras Nigel pasaba corriendo frente a él y principiaba a subir por la escalera.

—¡Agárrese bien! —gritó al llegar al extremo superior de la escalera que descansaba sobre la pared, cerca de donde Judith estaba—. ¡Con cuidado, señora Petrov! ¡Agárrese bien!

Judith bajó la cabeza para mirarlo.

—¡Señor Brent! —exclamó—. ¡Gracias a Dios, señor Brent!

Estaba colocado inmediatamente debajo de ella y Judith, con infinita precaución, se deslizaba hacia sus brazos. El gentío, debajo, comenzó a aplaudir y a lanzar exclamaciones. Iván Nej, asomado a la ventana, aplaudió también, por cortesía.

—Muy bien hecho, joven —declaró Iván—. Ahora mismo bajará mi gente a la calle para auxiliarlo. Nosotros nos haremos cargo de ella.

—¡No! —gimió Judith sobre la oreja de Nigel Brent que, despacio, iniciaba el descenso—. No deje que me atrape, señor Brent, por favor. Quiere llevarme de vuelta a Rusia para encarcelarme.

Iván Nej la veía hablando en cuchicheos y adivinó lo que ella le estaba diciendo.

—Ésa es una ciudadana soviética —gritó—. Cuidado con lo que haces, maldito inglés.

Nigel bajó la cabeza para ver el rostro de Judith y después la alzó hacia el ruso enfurecido.

—¡Al diablo contigo, cabrón! —le gritó.

Judith daba tragos a su brandy, se estremecía y volvía a beber. Miraba a un lado y al otro de la pequeña barra del bar y apretaba los brazos contra su pecho. El local era pequeño y sólo había otras tres personas en él. Eso sin considerar a la otra persona que estaba sentada junto a ella: Nigel Brent.

Por fin se decidió a hablar.

—No sé qué decir... —susurró.

—No hay necesidad de decir nada.

—Pero, ¿todo esto no lo meterá en problemas?

—Nada serio que yo no pueda solucionar. Usted ya ha solicitado los permisos necesarios para quedarse aquí y usted es judía; así que no veo el problema. Por lo que respecta al camarada Nej... Bueno, es muy poco probable que presente una demanda, puesto que, en primer lugar, estaba tratando de secuestrarla. Yo me imagino que en estos momentos está tomando un avión que lo lleve de regreso a Rusia, junto con sus secuaces.

—Todo esto es verdaderamente increíble —expuso Judith—. No es posible que suceda una cosa así a plena luz del día.

Él le apretó la mano.

—No ocurrió nada —le comentó—. Sólo iba a suceder. Y ahora, si quiere acabar su brandy, yo la llevaré al kibutz.

—Pero... la policía.

—Ya le dije, señora Petrov, que estoy arreglado con ellos. La han dejado bajo mi custodia, mientras se hace una investigación de lo que aconteció en el hotel. Yo haré un informe oficial tan pronto como volvamos, pero en él acusaremos a Iván Nej y no a usted —de nuevo le apretó la mano—. ¿Nos vamos?

Ella apuró su brandy, se puso de pie, miró a la puerta, a la barra y a los tres hombres que estaban parados delante... Le llamó la atención que, en un día tan caluroso como aquel, llevasen pañoletas cubriéndoles la mitad del rostro; aunque, por supuesto, a juzgar por sus ropas, acababan de llegar del desierto y, al parecer, aún no se percataban de que estaban a salvo del polvo, de las moscas y los mosquitos. Sus pañoletas continuaban atadas a la nuca y les cubrían la parte inferior del rostro, lo cual les hacía irreconocibles; sin embargo, Judith observó que, en uno de ellos, se advertía algo conocido y familiar.

A continuación, vio que desenfundaban las pistolas. Su corazón saltó dentro de su pecho cuando el primero de los jóvenes hizo un disparo. Miró salir la llamarada roja, pero no escuchó el ruido de la explosión, pues se había arrojado de lado al suelo y sólo oía las voces de alarma de otros dos hombres que entraron al bar; luego, se encontró observando a Nigel Brent que estaba en el suelo y que había sacado una pistola automática de su chaqueta y estaba devolviendo el fuego. Oyó el grito de uno de los atacantes que fue herido, hizo girar su cabeza y se quedó mirando al hombre que estaba en medio de los tres agresores. Su pañoleta había caído de su rostro cuando levantó la pistola y Judith lo reconoció. Era Paul von Hassell.

CAPÍTULO IX

LA TIERRA HÚMEDA Y GRUMOSA CAYÓ CON PESADEZ SOBRE EL ataúd de madera y los dolientes empezaron a desfilar para alejarse. Eran muy pocos: los integrantes de la familia Hayman y dos de los empleados del mismo banco donde Igor trabajaba. Estos últimos, evidentemente desconcertados y molestos al hallarse de repente en compañía de personas tan ricas y encumbradas, se apresuraron a retirarse del borde de la tumba. Al fin y al cabo, ellos ni siquiera conocían bien al hombre que había fallecido.

Los familiares principiaron a retirarse también, pero más despacio. ¿Acaso conocían ellos al muerto mejor que sus compañeros de trabajo? John Hayman se planteaba esta pregunta. Lanzó una mirada de reojo a Gregory, quien iba caminando al lado de Ilona y de Felícitas: era de la misma estatura que cualquiera de las dos mujeres y se le miraba tan triste y apesadumbrado como cualquiera de los miembros de la familia. Por lo demás, ésa era una familia dada al sentimentalismo y fácilmente entregada a las emociones. ¿Y por qué no? De pronto, John cayó en la cuenta de que ninguno de los integrantes de las dos últimas generaciones de los Borodin había muerto de manera natural, en su cama. Tal pensamiento no parecía aplicarse en el caso de su madre, pero no por eso dejaba de ser verdadero.

En el otro extremo del cementerio, detrás de las rejas, estaba estacionado un automóvil Buick azul oscuro. Garrison siempre procedía de acuerdo con las normas de los manuales y había asistido de lejos a los funerales de Igor, con la esperanza de que se presentara alguna persona cuyo rastro valiera la pena seguir. Por supuesto que Garrison no estaba apesadumbrado. Para él, todo aquel asunto era un complicado rompecabezas en el que ninguna de las piezas tenía vida propia para poderlo orientar.

John apresuró el paso para caminar junto a George, que era lo que quería.

—Pobre Igor —le mencionó George al verlo a su lado—. No se le dio la más mínima oportunidad.

—No se le dio ninguna —afirmó John—. Me las arreglé para conseguir una copia del informe de la autopsia.

—Yo hice lo mismo —le indicó George.

Los dos hombres se miraron fijamente el uno al otro.

—Yo me refería a que nadie le dio en su vida ninguna oportunidad —señaló George.

—¿Y te parece que el informe de la autopsia revela la verdad?

—¿Que estaba lleno de vodka y que incluso en la ropa se le había derramado el licor? Sí, ¿por qué no habría de ser la verdad?

—Todo el licor estaba en su estómago —aseguró John—, no había absolutamente nada de vodka ni en sus riñones ni en la vejiga. Eso demuestra que bebió el licor poco antes de caer. ¿Habías sabido de alguien que se emborracha para suicidarse?

—En realidad, sí. Y, ¿quién te ha dicho a ti que fue un suicidio? La policía cree que estaba tan inquieto y eufórico ante la perspectiva de ir a pasar un fin de semana en nuestra casa que quiso entonarse y bebió con exceso, antes de que tú fueras a buscarlo. Estaba tan embriagado que, vagando por la habitación, se acercó a la ventana abierta y cayó al patio.

—¿Y pudo caer por encima de la escalera de emergencia? —preguntó John.

George se le quedó mirando con gesto severo.

—¿Qué es lo que tienes en mente?

—Yo mismo quisiera saberlo —confesó John—, quizá tengo una marcada tendencia a la desconfianza.

George siguió observándolo durante algunos segundos sin pronunciar palabra y después desvió la vista al notar que Ilona había abandonado a Felícitas y a Gregory y avanzaba hacia donde ellos dos se encontraban.

—No quisiera que tuvieras tanta prisa por irte —le dijo a su esposo.

—Vamos, mi amor. Tú sabes que debo apresurarme.

—Pero, ¿qué es lo que puedes hacer tú? —inquirió Ilona—, a Paul Hassell lo atraparon con la pistola en las manos. Entre todas las cosas desatinadas que ha hecho, ahora se le ocurre empuñar un arma contra un oficial inglés.

—Yo diría que estoy de acuerdo con mi madre, George —interrumpió John.

—¿Lo dices sólo porque combatiste contra Paul en la guerra?

—No. Lo digo porque así lo señalan los hechos. Es posible que no le perdone jamás lo que le ocurrió a Svetlana; quizá no le perdone nunca que haya sido entrenado para matar y que sienta tanto desprecio por la vida humana; pero, como ha dicho mi madre, nadie está discutiendo los hechos de lo que en realidad sucedió.

—Bueno, pese a ello, de cualquier manera, yo debo ir a echar un vistazo por allá —explicó George—, recuerden que, en primer lugar, yo fui el que les aconsejó que se fueran a Palestina.

—Pero eso no te obliga a ser el responsable de ellos durante todo el resto de sus vidas —reclamó Ilona.

—De acuerdo; mas, no es posible que las abandone en estos momentos. Deberían saber que hay algunos atenuantes que favorecen a Paul. De acuerdo con los informes que he recibido, tenía la pistola en la mano y al policía inglés frente a él; pero él no disparó.

—No lo hizo porque Judith estaba allí —sugirió John—; sin duda, habría hecho fuego si ella no hubiese estado.

—Eso no lo sabemos —aclaró George.

—De todos modos, por el mero hecho de portar armas de fuego en Palestina, está sujeto a la pena de muerte —aseveró el joven George que se había unido a ellos.

—Yo debo ir —informó George paseando su mirada de un rostro al otro—. ¡Cuánto ha sufrido la familia, por el amor de Dios! Yo debo ir y debo irme de inmediato. Esas dos mujeres están totalmente solas y desamparadas.

Ilona lanzó un profundo suspiro.

—Ya lo sabía yo. Por supuesto que te irás, George. Pero, ¡por Dios, vuelve pronto! —con un gesto de la mano señaló a Felícitas a punto de llevar a Gregory a la casa en el automóvil—. También aquí tenemos problemas graves.

Regresaban del aeropuerto de Idlewild en el auto, sin mayor prisa. Felícitas conducía; Ilona iba sentada en medio y, del otro lado, se hallaba Gregory.

Entre un suspiro y otro Ilona expresó:

—George está creyendo que tiene alguna obligación hacia esas dos mujeres. Así lo ha creído desde 1914. Bueno, supongo que, en cierta forma, sí la tiene. Nadie ha sufrido más que los Stein. Aunque, en estos últimos cien años, nadie ha padecido más que los judíos en conjunto. Se diría que atraen las desgracias para que les caigan encima; pero, después, les hacen frente con una determinación extraordinaria, con una entereza tan firme y con tanto valor, que es necesario admirarlos.

Como nadie le respondió, el coche prosiguió avanzando en silencio.

—Yo supongo —añadió Ilona al cabo de una larga pausa—, que nosotros, los Borodin, ya hemos tenido nuestra cuota de desgracias; no obstante, se diría que siempre sabemos caer de pie.

—¿Cómo puedes afirmar eso, tía Ilona? —preguntó Gregory—. ¿No tienes presente lo que le sucedió a mi mamá? ¿Lo que le ha ocurrido ahora al pobre de Igor? ¡Y al resto de la familia!

—En realidad, al hablar así me estaba refiriendo a los Hayman —corrigió Ilona con serenidad—; en cuanto a los Borodin, el resto de ellos... ¡Por Dios! Parece increíble, pero se diría que los integrantes de la familia están predestinados a la catástrofe. Me refiero a aquellos hermanos: Tigran, Víctor y

Xenia, tan jóvenes, tan atractivos, tan llenos de vitalidad... En 1913, tenían el mundo a sus pies. Pero, ¿qué les sucedió? A Tigran lo asesinaron a balazos en su oficina; Xenia fue prácticamente descuartizada por una horda enardecida; los bolcheviques abrieron fuego contra Víctor —lanzó una mirada de soslayo a Gregory—; lo siento mucho, pero así fue.

—Sí —asintió Gregory—, así fue. Por eso estoy aquí y no en Rusia.

—Y ahora, el hijo de Víctor, luchando sin cesar y sin lograr nada, se las arregló, quién sabe cómo, para venir aquí, con nosotros y, después, se suicida.

—Vamos, mamá —mencionó Felícitas—, no sabes si se trató de un suicidio, nadie lo sabe. La policía dice que se emborrachó y que cayó por la ventana.

Ilona suspiró de nuevo.

—Supongo que jamás sabremos la verdad. No me explico cómo podemos estar tan contentos.

—En efecto —manifestó Felícitas mirando fijamente al frente, al camino—, todos deberíamos atrapar la felicidad en el instante en que la encontremos.

—Sí, es verdad —recalcó Ilona y permaneció callada, mordiéndose los labios. Se había propuesto aprovechar la ausencia de George como una oportunidad para mantener una conversación franca y cordial con Felícitas y Gregory, si fuera posible. Gregory era su sobrino, no el de George, pero aquella conversación en el automóvil iba en la dirección equivocada.

Felícitas conducía el automóvil sorteando el tránsito con la facilidad de una experta.

—Ya sé que éste no es el momento adecuado —declaró—, con todas esas desgracias que les han sucedido a Judith y a Ruth y con el viaje que tuvo que hacer mi papá...; pero debo preguntarte si tienes alguna objeción a que... bueno, a que... —lanzó una mirada de reojo a Gregory.

—Lo que ocurre, tía Ilona —explicó Gregory—, es que, ahora que estoy trabajando en el Pentágono, me parece mucho más conveniente alquilar un departamento en Washington y vivir allá. Por supuesto que vendré a tu casa, tía Ilona, lo más a menudo que me sea posible; pero es que, por el momento, estoy perdiendo mucho tiempo.

—¡Sí! —exclamó Ilona repentinamente entusiasmada al comprender que su sobrino le estaba aportando la solución a sus problemas—. ¡Por supuesto! La idea me parece excelente. ¿No te parece magnífica, Felícitas?

Ésta seguía mirando fijamente el camino que se extendía delante del automóvil.

—Sí —dijo con firmeza—, pero yo me iré con Gregory para ayudarle a arreglar su departamento, mamá.

Anna Ragosina estaba de pie bajo los cerezos de Haines Point, observando hacia el aeropuerto a través del río.

—A mí me parece que te has vuelto loco de remate —observó severamente—; dentro de un instante, vas a decirme que te has enamorado de esa chica.

—Estás muy equivocada: no estoy enamorado de ella —protestó Gregory—, pero sí puedes estar segura de que me brinda una gran protección, una pantalla perfecta.

—¿Tú crees que estás protegido llamando la atención sobre ti mismo, generando un escándalo y disgustando a tu familia?

—¡Claro que sí! Con ella tengo la mejor protección. Me estoy comportando como si nada en el mundo, como si ella tuviera importancia para mí. Ella lo cree a pie juntillas y su familia lo acepta. Todos piensan que estamos perdidamente enamorados y, desde luego, no lo aprueban. Mi tía Ilona estaba indignada. Cuando nos hizo sus reclamos, yo creí que iba a desmayarse. Después, llegó al extremo de llamar en su auxilio a su hijo George para que hablara con Felícitas y también al medio hermano, John Hayman. Hubo largas conversaciones y acaloradas discusiones; pero Felícitas mantuvo inquebrantable su decisión y, lo principal de todo el asunto, es que, ahora, la familia considera auténtico todo mi proceder.

—Seguramente que la familia estuvo convencida desde el principio de tu autenticidad —comentó Anna.

Gregory lo negó con un movimiento de la cabeza.

—No. Yo también lo creía así, al principio; pero ahora que veo las cosas en retrospectiva, no estoy seguro.

Anna lo miró con gesto grave.

—¿Por qué dices eso?

—Pequeños detalles que he observado. Fragmentos de conversaciones aquí y allá. No considero que George Hayman o mi tía Ilona hayan tenido dudas alguna vez; pero ahora me parece que el joven George no estaba tan seguro de mí. También, pensé que John Hayman desconfiaba en definitiva y tenía sospechas de mí; pero lo que él crea no tiene importancia. Es el miembro menos relevante de la familia.

—Pero es un héroe de la Unión Soviética —aclaró Anna con sequedad.

—Eso pertenece al pasado. Ahora, John trabaja en publicidad. Ni siquiera sus parientes estiman que tenga mucho porvenir en esa rama. El que más me preocupa es George, el hijo, y también me ha inquietado ese asunto de Igor... Eso es algo que quería comentar contigo, Anna. Me parece que no había necesidad de efectuar una acción tan drástica como la que tú ordenaste. No creo que Igor haya sido una verdadera y grave amenaza para mí.

—¿Estás poniendo en tela de juicio mis decisiones? —inquirió Anna con voz pausada.

—Sólo he dicho que fue una decisión que se tomó sin ninguna necesidad. Pudo haber echado a perder todo lo conseguido. Es muy probable que hubiese despertado dudas en la mente de Felícitas.

—¿Te parece?

—Felícitas cree lo que dice la policía: que Igor se embriagó y que cayó por la ventana.

—Debe de ser una joven muy tonta —mencionó Anna.

—Es una mujer solitaria, ansiosa y llena de confusión. No ha llegado a reconocer que también ella merece ser una Hayman, con toda la riqueza y el poder de que su familia goza. Por tanto, está muy bien dispuesta a creer en el socialismo. Además, tiene un anhelo desesperado de amor y en mí ha hallado a alguien a quien amar. Tan sólo por mí ha roto todos los lazos con su familia y ha abandonado a sus amistades. Ya nadie desea hablar con ella. Está viviendo en el pecado...

—Dentro de poco, me vas a hacer llorar —aseveró Anna con absoluta frialdad—; bueno, camarada: puedes discutir tanto como quieras y presentarme las excusas y pretextos que te vengan en gana; yo sigo considerando que tú estás cometiendo un grave error. Esa mujer debió ser eliminada en el instante en que te sorprendió platicando con Bogolzhin. No haberla eliminado y, después, confesarle la verdad, ¡por Dios!, debe ser un error enorme. Supongo que también ya le habrás comentado de mí.

—Claro que no, Anna —refutó Gregory con tono de indignación.

—Eso significa que no te has vuelto todavía totalmente loco. Pero, por ahora, yo no puedo hacer nada al respecto. Si eliminamos en este instante a esa mujer, ocasionaríamos un conflicto y llamaríamos la atención.

—¿Hablas de eliminarla?... Si tú llegas a mover un dedo en contra de Felícitas...

Anna volvió enérgicamente la cabeza y adoptó una expresión furiosa.

—¿Qué es lo que harías? —inquirió con la voz enronquecida—; al parecer te has olvidado de que estás bajo mis órdenes. Ahora, sin tomarme en cuenta para nada, has reclutado prácticamente una nueva agente y ya la estás utilizando como intermediaria.

—Eso fue lo que se me ordenó hacer —respondió Gregory.

—En ningún momento se te ordenó que te dejaras envolver por un sentimiento emocional.

—Algo así me insinuó Bogolzhin cuando hablé con él —le recordó Gregory—, sólo que él me recomendó que buscara relaciones con un homosexual. Por fortuna, no le hice caso y me conseguí algo mucho mejor.

—¿Tú crees? Con los homosexuales siempre puede recurrirse al chantaje. En cambio, esa mujer está trabajando contigo y para ti, pues cree ciegamente que está enamorada de ti. ¿Te has puesto a pensar en lo que ocurrirá cuando se percate del engaño y esta aventura se termine?

—¿Por qué habría de terminar? Felícitas me ama, está enamorada de mí.

—Sólo está ilusionada, apasionada, vilmente engañada —especificó Anna—, puedes estar seguro de que estas relaciones finalizarán; lo mismo que terminan todas esas aventuras. Y cuando eso suceda, la pobre mujer adoptará una actitud muy diferente frente a la vida, frente a ti y frente a lo que ha estado haciendo contigo. Entonces, deberá ser eliminada. Tú mismo deberías comprenderlo con toda claridad.

—Cuando llegue ese momento —dijo Gregory—, si es que llega alguna vez, yo haré lo que sea necesario hacer.

—¿Sí? Y en seguida te enviarán a la silla eléctrica —de nuevo la voz de Anna estaba llena de desprecio—, seré yo quien decida lo que es conveniente hacer y dónde, cuándo y cómo. Recuérdalo, y ahora, ya hemos hablado suficiente. No vuelvas a hacer el intento de verme. Es muy peligroso y yo te lo prohíbo de manera terminante. Por otro lado, no tengo el deseo de verte en las circunstancias actuales. También te prohíbo que continúes revelando a esa mujer más datos de los que ya le has dicho. Puesto que ella ya conoce a Bogolzhin, puedes seguir usándola como correo; pero jamás debe saber de mi existencia. Si llega a saberlo, lo consideraré como una traición de tu parte.

Anna le dio la espalda y él la tomó por un brazo.

—¿Estás molesta conmigo?

—Sí —contestó ella—, estoy muy molesta contigo.

—¿Y no te has dado cuenta de que nada de esto habría ocurrido si tú me hubieses permitido verte de vez en cuando? ¿Si no te hubieras alejado de mí?

—Muchacho tonto —espetó ella—; estamos aquí para trabajar, no para hacer el amor —metió las manos en los bolsillos y se alejó con rapidez.

Iván Nej se encogió en su silla frente al enorme escritorio, recorriendo la vista por el rostro de cada uno de los hombres que lo rodeaban, parpadeando intranquilo.

—No tuve suerte —expuso con voz vacilante—; hice mis planes con mucho cuidado. Atraje a la Petrov y la arrinconé en una posición en la que no le quedaba más alternativa que rendirse y venirse conmigo. Sin embargo, se presentaron factores que yo no podía tener considerados. ¿Cómo podía saber que la Petrov se había hecho amiga de un policía británico y que éste la acompañó a Jerusalén en su jeep? Y también estaba yo en condiciones para hacer frente a esa contingencia, Joseph Vissarionovich. Ya tenía trazados mis planes para adelantarme a ellos en el camino de vuelta al kibutz y así habría tenido conmigo a esa mujer en el avión. Te lo juro que así sería. Pero, ¿cómo habría yo de prever aquel intento de asesinato de los terroristas? Desde aquel instante, la Petrov y su amigo el policía quedaron prácticamente rodeados de policías durante días completos. En esas circunstancias, cualquier tentativa de atrapar a la Petrov hubiera equivalido a causar un incidente internacional —se quedó observando a Stalin detrás de los destellos de sus anteojos—, pero ahora que el escándalo se ha aplacado...

—Como tú dijiste —le interrumpió Stalin—: no tuviste suerte, Iván Nikolaievich. Es una lástima, pero ningún hombre puede gobernar por completo su suerte. Y, cuando la suerte de un hombre se ha agotado, bueno: ya todo lo que haga le saldrá mal.

—Yo hice todos los intentos posibles —sostuvo Iván con tono lastimero—, se presentaron circunstancias que no era viable prever. Espero que no me castigues con demasiada dureza, Joseph Vissarionovich.

Stalin sonrió.

—¿Por qué habría de mostrarme duro contigo, Iván Nikolaievich? Como tú mismo lo mencionabas hace un instante: hiciste todo lo posible; ningún hombre puede hacer más que eso. No te castigaremos de nuevo. Ciertamente, Lavrenti Pavlovich, aquí presente, buscará para ti un puesto que vaya de acuerdo con tus talentos y con tu falta de suerte.

—Resultará muy difícil —acotó Beria.

—Yo estaba pensando en Tomsk o algún sitio parecido —indicó Stalin—; con seguridad que en Tomsk hay un lugar para un hombre como Iván Nikolaievich.

Iván no pudo hablar mientras tragaba saliva.

—¿Tomsk?

—Sí. Es un lugar donde la buena o la mala fortuna son intrascendentes. En Tomsk, igual que en cualquier otro lado, el sol se levanta y después se pone. En el invierno cae la nieve y en el verano el calor quema. Tú podrías prosperar mucho en Tomsk, Iván Nikolaievich.

—¡Tomsk! —gimió Iván en voz baja y la cabeza inclinada. Pero, un segundo después, alzó rápidamente la cabeza—. Yo capturaré a esa judía y te la traeré, Joseph Vissarionovich —declaró con firmeza—. Yo la traeré y la pondré frente a ti, a toda costa.

—Sí —asintió Stalin secamente—, estarás muy bien en Tomsk. Creo que, mientras más pronto te vayas, será mejor.

Iván se le quedó mirando; luego, observó a Beria y comprendió que la entrevista había concluido. Se puso de pie muy despacio y levantó los hombros como para adoptar una posición más firme.

—Quisiera ver a mi hijo Gregory —señaló—, deseo verlo antes de irme. Yo... Yo no lo he vuelto a ver desde antes de que... muriera su madre. No me queda ningún otro pariente más que él. Y yo lo quiero mucho. Deseo verlo antes de partir...

—Eso es imposible —declaró Stalin.

—Seguramente que ya lo enviaron a un campo de trabajo —expresó Iván con tono de acusación—; no había necesidad de hacer semejante cosa. El joven es un buen comunista. Respeta y ama al Estado soviético.

—No ha sido transferido a ningún campo de trabajo —comunicó Stalin—; está desempeñando una labor de carácter confidencial. Y lo está haciendo muy bien. Pero no es posible que tú lo veas. Te deseo buenos días, Iván Nikolaievich.

Iván miró a Beria y, a continuación, salió muy despacio de la habitación.

—Te has mostrado demasiado indulgente con él —dijo entonces Beria—; el hombre no es más que un necio y un inepto. Estaba al mando de un grupo de tres personas y no fue capaz de impedir que Judith Petrovna escapara. Yo digo que ése es el colmo de la ineficacia.

—Es verdad que manejó muy mal el asunto que le encomendamos —aseguró Stalin—, pero eso no quita que el hombrecillo sea muy leal. Una vez en Tomsk, no le hará daño a nadie.

—¿Y qué hará cuando sepa la verdad acerca de su hijo?

Stalin se reclinó en el respaldo de su sillón.

—¿Cómo podría enterarse? Jamás hemos dado a conocer la noticia de la deserción del capitán Nej aquí, en Rusia, y ya han transcurrido varios meses desde que eso ocurrió; así que se habrá olvidado hasta la existencia de Gregory Nej. No existe el menor riesgo de que alguno de los integrantes de las embajadas de Rusia divulgue algo al respecto. En cuanto a Michael Nikolaievich... está demasiado asombrado por todo este asunto. No hay absolutamente ningún peligro de que Iván descubra algo de todo este lío; sobre todo si se encuentra en Tomsk.

—Me refiero a cuando llegue el momento en que sepa que Gregory ha sido ejecutado. Eso sí será necesario decírselo, eventualmente.

—Pero Gregory Ivanovich no ha sido ejecutado —aclaró Stalin pacientemente—, y yo no creo que sea indispensable hacerlo.

—La Ragosina opina que, muy probablemente, Gregory Nej llegue a ser un auténtico peligro debido a esas relaciones que sostiene con la hija de los Hayman. La Ragosina nos ha solicitado, específicamente, que la autoricemos para dar por finalizada su asignación, la de Gregory y la de la mujer, por supuesto. Mucho me temo que Bogolzhin también ande involucrado en ese asunto. No quisiera molestarte con estas cuestiones del departamento, Joseph Vissarionovich, pero, en vista del interés que has puesto en todo el proyecto...

—Me alegro mucho de que me hayas molestado, Lavrenti Pavlovich —afirmó Stalin—, he leído con mucho cuidado el informe de la camarada

Ragosina y considero que está obrando de modo precipitado. Eso es lo malo de emplear a las mujeres; incluso una como Anna Ragosina. Quizá sea nuestra mejor agente, lo admito de buena gana; pero continúa inclinada a dejarse arrastrar por las emociones. Éste es un evidente caso de celos. En cuanto al joven Nej, debo decir que no hemos recibido alguna información, ¿no es verdad?

—Apenas unas gotas. Aún no acaba de ponerse de pie. No hay duda de que está muy bien colocado —reconoció Beria rápidamente, ansioso de manifestar su acuerdo con su amo—, y si llega a conseguir que esa mujer se convierta en su fiel cómplice, también ella puede sernos muy útil.

—Precisamente —agregó Stalin—, le comentarás a Anna Ragosina que, desde nuestro punto de vista, la situación actual tiene inmensas posibilidades y que no debe hacer nada para alterarla, por ahora. Además, le recordarás que nuestro objetivo primordial es la fórmula para la fabricación de la bomba atómica. ¿Por qué no se ha hecho nada todavía en ese sentido? La camarada Ragosina está en Estados Unidos desde hace casi un año.

—Han surgido dificultades, Joseph Vissarionovich. Ella ha tenido algunos problemas en decidir a quién puede usar y a quién no. Estados Unidos está conformado por diversos elementos; por ejemplo, Anna se puso en contacto con un hombre que labora para el Estado y que asegura tener acceso al material relacionado con esa bomba. Pero la Ragosina no acaba de confiar en él, pues es un descendiente de alemanes.

—¡Por el amor de Dios! —exclamó Stalin—, la mitad de la población de la Rusia europea es de ascendencia alemana; sin duda, todos los nacidos al oeste de Smolensk. Quizá esa misma estúpida de Anna tenga una abuela alemana. Dile que recurra a los servicios de ese hombre y de cualquiera que pueda sernos de utilidad. Debemos conseguir esos secretos, Lavrenti Pavlovich, y tiene que ser ya. Hay indicios de que Truman está adoptando, por fin, una actitud más firme ante nuestros triunfos en Europa. Hay, por ejemplo, un acentuado endurecimiento de la opinión hacia nosotros en Grecia. Y yo no me he decidido a confiar en ese canalla de Tito, por mucho que nos alabe de dientes para afuera. No podemos depositar nuestra confianza en los yugoslavos; siempre han sido contrarios a nosotros. Viven encaramados en sus montañas y se creen los dueños del mundo —se detuvo, como si hubiese caído en la cuenta de que estaba sermoneando—, así que, camarada, el tiempo se nos está terminando. Y esa mujer no hace más que estar sentada sobre sus nalgas, en algún elegante departamento de Washington, sufriendo ataques de celos, porque uno de sus elementos ha hallado una mujer para sí. Hay que sacudir a la camarada Ragosina.

Beria hizo un signo afirmativo con la cabeza y se puso de pie.

—¿Y qué hay de Judith Petrovna?

—A ella tendremos que olvidarla por el momento. Además, por lo que me ha informado Iván Nikolaievich, sus actividades tienen mucho menos importancia de lo que yo había estimado en un principio.

—Pues es indudable que está escribiendo artículos para los periódicos de Hayman —le recordó Beria.

—Yo no creo que Judith Petrovna sea capaz de informar a George Hayman sobre algo referente a nosotros que él no sepa desde hace mucho tiempo, camarada. Por otro lado, sus periódicos no han publicado nada comprometedor contra nosotros durante el último año. Por lo que respecta a la Petrov, te puedo decir que, si es verdad que van a ahorcar a ese soldado de choque nazi con quien su sobrina se casó, tendrá lo suficiente en qué entretenerse sin ocuparse de nosotros. ¿Será cierto que lo ahorcarán?

—Yo creo que sí, camarada —asintió Beria—, así castigan los británicos a los terroristas.

—Allá están las plantas de los tomates —dijo Judith apuntando hacia el campo—, ésa es nuestra principal cosecha y son tomates deliciosos, George, los mejores del mundo. Ya lo verás cuando te comas uno. ¿Ves aquel molino de viento? Es el que levanta el agua de la capa subterránea que está bajo la arena. Está a una profundidad de cerca de cuatro metros para convertir este yermo seco en un campo fértil.

—Es impresionante —aseguró George. Se enjugó el sudor de la frente y el cuello y se ajustó los anteojos oscuros; el resplandor que se desprendía por igual de las casas blancas que se situaban detrás de él y de la arena del desierto en ambos lados de donde estaba, era tremendo y le lastimaba la vista—. ¿Y éste es el sitio donde establecerás tu casa para el resto de tu vida?

Ella lo miró y se sonrojó; bajó los ojos y empezó a dibujar figuras sobre la arena con la punta de sus sandalias.

—El tono en que lo dices, hace que esto parezca un lugar miserable.

—No era esa mi intención, puedes creerme. Lo que quisiera saber es si eres feliz aquí.

—Yo pensé que sí llegaría a serlo. Lo creí de todo corazón y sería feliz si Boris estuviera aquí —suspiró profundamente.

—¿No has tenido noticias de él?

—Sólo sé que sigue vivo. O, por lo menos, estaba vivo cuando Iván Nej hizo el intento de secuestrarme.

—Me gustaría que me contaras los detalles de eso —le solicitó George.

Judith se encogió de hombros.

—Debo reconocer que en parte fue culpa mía —declaró—, me confié demasiado.

—¡Cómo me gustaría romperle la cara!

Ella sonrió ligeramente.

—Ya lo hiciste una vez, ¿te acuerdas? Pero, como quiera que sea, respecto de Boris no me queda más que esperar y rezar. En el caso de Paul... Bueno, supongo que jamás se llega a conocer a fondo a un hombre. A mí, Paul me agradaba; le tenía afecto. Tú sabes que yo lo apreciaba, George. Ahora, he acabado por imaginar que fue entrenado para matar y, por tanto, es un asesino. La pobre Ruth está totalmente deshecha.

—¿Dónde está Ruth? —preguntó George.

Judith señaló a los campos. Había varias mujeres trabajando en ellos.

—Ruth es esa que lleva la pañoleta blanca atada a la cabeza. La que está junto a ella es su amiga, Sylvia Levin. Debemos darle gracias a Dios por tener a Sylvia con nosotros. Yo creo que, sin ella, Ruth se habría vuelto loca.

—Ruth no es del tipo de las que se vuelven locas con facilidad.

—Es que no puedes imaginar lo que ha sufrido. Vino aquí con la ilusión de encontrar la tranquilidad, la paz, la seguridad que siempre había anhelado y lo primero que le ocurre es su encuentro con Iván Nej y, después, esta desgracia. Lo peor es que no se resigna a creer en la culpabilidad de Paul. Ahora, la pobre actúa como si estuviera atontada.

—¿No te ha pasado por la cabeza la idea de que Paul no sea culpable? —le preguntó George.

Judith se le quedó mirando asustada.

—¿Qué dices, George? Yo estaba allí. Yo misma vi a Paul parado frente a mí, con una pistola en sus manos.

—Pero sin dispararla.

—No, Paul no disparó. Supongo que le faltó valor o que le pasó algo por el estilo.

—Si estás tan convencida de que es culpable —le indicó George—, ¿para qué me mandaste llamar?

—Lo siento mucho, George. En verdad lo siento. Yo no tenía la intención de pedir tu ayuda; pero no pude contener la necesidad de lanzar un grito de auxilio. No para mí, sino para Ruth. La desdichada chica despertó una mañana para enterarse de que su marido era un asesino.

—En mi opinión, Judith, hay leves posibilidades de que Paul haya sido reclutado y forzado a hacer lo que hizo; por lo tanto, él mismo se considera como parte de un ejército.

—¿Te refieres a la pandilla Stein? ¿O la Haganah? Pero, eso de andar matando gente...

—Quizá lo consideren necesario.

Judith tomó entre las suyas la mano de George.

—Entonces, ¿nos ayudarás?

—Ya veré lo que puede hacerse —explicó él—, pero no puedo permanecer por mucho tiempo —su rostro adquirió una expresión sombría—. También la familia de George Hayman tiene sus problemas.

—¡George! —la mano de Judith se apretó sobre la suya—. ¿Está enferma Ilona?

—No físicamente; pero tiene una profunda pena moral. Al llegar a Tel Aviv, me estaba esperando un telegrama: "Felícitas escapó con Gregory Nej".

—¿Felícitas? ¿Gregory?

—Con eso no quiero decirte que vayan a casarse. Pero, al parecer, ya han puesto casa y viven juntos.

—¡Ay, George! ¿Qué ha dicho Ilona?

—Está horrorizada; no obstante, no puede hacer nada. Felícitas tiene treinta y tres años.

—¿Y qué es lo que intentas hacer tú?

—Voy a hablar con ellos y hacer el intento de inculcarles algo de sentido común, tan pronto como regrese. Pero primero veré lo que pueda hacerse en Jerusalén.

—George, me siento enormemente apenada. Eso de arrastrarte hasta aquí cuando en tu casa están ocurriendo esas cosas, no tiene perdón.

—En mi casa no hay nadie ante un tribunal en peligro de que lo condenen a muerte —especificó George—; es a ti a quien es necesario dejar en buenas condiciones, Judith. Yo tengo la sospecha de que Paul se vio forzado a hacer lo que hizo y, en ese caso, estaba actuando por ti y por Ruth, lo mismo que para todos los demás. Yo no transijo con el asesinato ni tú tampoco, pero aquí, las circunstancias son muy particulares. Fui yo el que te recomendó que vinieras a Palestina. Estoy orgulloso de la manera en que estás estableciéndote. Lamento mucho no haber podido hacer algo en favor de Boris. Pero tú, Judith: si vas a quedarte aquí y a vivir con esta gente, todos ellos tendrán que ser tu gente. No puede haber términos medios. Me parece que eso es lo que ha aprendido Paul en una forma muy dura. Y ahora, será mejor que me vaya.

Judith volvió la cabeza hacia el Land Rover alquilado que aguardaba en el camino polvoriento. Nada que no fuera lo mejor para George Hayman. Jamás podría haber algo que no fuera lo mejor para George Hayman.

—¡George! —exclamó— ¿Volveré a verte alguna vez?

—Volveré aquí mañana, para informarte acerca de lo que haya sucedido. También, quisiera ver a Ruth.

—¡Claro que la verás! —indicó Judith— Quisiera decirte, George, lo muy agradecida que estoy... que estamos...

—No te estoy prometiendo nada aún.

—Te agradecemos que estés aquí. Mañana... ¿Podrías quedarte a pasar la noche? —se ruborizó y bajó la vista—, es que hay mucha gente a la que me gustaría que conocieras.

Él vaciló un instante y, a continuación, sacudió la cabeza.

—Ilona me necesita —la tomó de las manos, se inclinó y la besó en la frente—. Sólo debes recordar lo que te dije. Ésta es ahora tu gente, Judith. Con ella no puedes quedarte a medio camino. Ahora ya no puedes...

—¡Señor Hayman! —el comisionado de la policía se puso de pie para estrechar la mano de George—. Éste es un gran honor. Haga el favor de sentarse.

George se sentó frente al escritorio. A través de la ventana, podía oler y escuchar Jerusalén. Había tenido la intención de llevar a Ilona a visitar aquella ciudad; pero, ahora, el plan parecía posponerse más allá en el futuro.

—¿Ya sabe por qué estoy aquí?

El comisionado afirmó con la cabeza.

—Sí, es un caso muy penoso.

—¿Con una conclusión acertada en su opinión, comisionado?

Éste se encogió de hombros.

—Era muy poco lo que podía hacerse. A ese hombre, Hassell, se le sorprendió con un arma en la mano en el acto preciso de hacer fuego contra uno de mis oficiales.

—Tengo entendido que no hizo fuego con la pistola.

—Es que no tuvo tiempo. El inspector Brent es un hombre que dispara con destreza y con mucha rapidez. El inspector hirió a uno de los agresores con su primer disparo y, en seguida, los otros dos se acobardaron. Uno de ellos escapó corriendo y, a decir verdad, hasta ahora no se le ha podido capturar. Hassell se quedó allí parado y lo detuvieron.

—¿No le parece que tal comportamiento no está de acuerdo con el hombre? —sugirió George—. Hassell estuvo al servicio de la ss y sobrevivió a la conspiración contra Hitler. ¿No cree que si hubiera tenido el propósito de asesinar a Brent, lo habría hecho?

El comisionado lanzó un suspiro de contrariedad.

—A lo mejor tiene usted razón, por eso califiqué este caso como penoso. De hecho, Brent opina igual que usted. Se ha mostrado reacio a rendir declaraciones contra el acusado. Y eso que es policía, además de la presunta víctima. Hay otros factores que podrían agregarse, por supuesto: Brent ha cometido el error de cultivar su amistad con la señora Hassell y con su tía...

—¿Cómo diablos puede decir que es un error establecer amistad con alguien? —inquirió George.

—Debe entender, señor Hayman, que aquí, en Palestina, nos enfrentamos a una labor muy difícil. Los árabes no desean que los judíos se queden aquí y los judíos quieren todo el país para ellos solos. Nosotros no podemos hacer algo más que quedarnos en medio, esforzándonos por impedir que los elementos de ambos bandos se lancen a la matanza general y, en el proceso, a nosotros se nos ataca y se nos asesina a sangre fría por los extremistas de ambas partes. Sin embargo, continuamos haciendo el intento de tratar con todos ellos, árabes y judíos, con toda la justicia posible. Ése es un aspecto de lo que Rudyard Kipling llamaba "la carga del hombre blanco". Creo que el escritor se refería directamente a la carga de los ingleses, pues, al parecer, nos las hemos ingeniado para involucrarnos en los enredos más endemoniados, como éste, con mucha más frecuencia que otras potencias coloniales. Pero lo que sí es verdad es que no podemos darnos el lujo de tomar partido. A eso equivale entablar amistad con una familia judía. Con ello, nuestro trabajo se hace mucho más complicado, como lo está descubriendo el inspector Brent en carne propia.

—Así es —asintió George que no estaba interesado en los problemas de Nigel Brent—. ¿Cuáles son las perspectivas para Hassell?

—Mucho me temo que en gran parte dependen de él. Se le ha acusado formalmente y se le ha citado a juicio. El proceso no tendrá lugar sino hasta mediados del año próximo; pero hay pocas dudas en cuanto al resultado del mismo, si el reo persiste en su actitud actual.

—¿Y, si se pronuncia la sentencia, será ahorcado?

—Sí. Ésa es la pena legal para el terrorismo.

—¿Aun cuando no haya cometido en realidad el acto, sino que se encontraba presente?

—Señor Hayman: yo no sé nada acerca de la jurisprudencia estadounidense; pero, en las leyes inglesas, si dos hombres se lanzan a cometer un crimen, un hurto, por ejemplo, y uno de ellos porta una pistola; supongamos que a esos dos hombres los interpela un policía, incluso antes de haber cometido el hurto y el ladrón armado hace fuego y mata al policía, los dos son culpables de asesinato. Así, Hassell no sólo se decidió a cometer un acto de terrorismo, sino que portaba un arma para emplearla en dicho acto. En este caso, los tres hombres son igualmente culpables frente a la ley.

George se dijo para sus adentros que aquel hombre paciente y quizá bien intencionado no era el autor de la ley; sólo la aplicaba.

—Hace un instante, mencionó algo referente a que se pronunciaría la sentencia contra Hassell si él persistía en su actitud actual. ¿Qué es lo que quería decir con exactitud?

—Quería decir que está en manos de Hassell salvar el pescuezo, si así lo desea. Como explicaba antes, uno de los atacantes ha escapado y no hay duda de que los tres son parte de una organización mucho más grande. Ya invitamos a Hassell a que colabore con nosotros revelándonos el nombre del tercer hombre, el que huyó y, en segundo lugar, brindándonos información de todo el grupo. Pero, hasta ahora, nos ha negado esa colaboración.

—¿Tenían esperanzas de que les aportara esa información? ¿De que traicionara a sus compatriotas?

—Sí; en cuanto comprendiera la situación en que se halla. Él ni siquiera es judío; no había motivo para que se inmiscuyera en esos asuntos.

—Está casado con una judía.

—Yo no creo que la señora Hassell quiera ver ahorcado a su marido, señor Hayman.

—Yo no pensaba en eso, sino en que ambos deben vivir aquí, coronel Wilson.

—Estoy de acuerdo con usted en que eso sería imposible para ellos si se procedía a la denuncia; pero nosotros los protegeríamos y los embarcaríamos para sacarlos de aquí, sin abandonarlos hasta que se encuentren lejos de Palestina —las facciones correctas del coronel se iluminaron con una sonrisa fría—. Eso sería preferible a morir en Palestina —la sonrisa desapareció y Wilson se inclinó sobre el escritorio—. Si usted desea ayudar a Hassell, señor Hayman, le aconsejo que sostenga una plática con él y le persuada de que su situación es muy delicada al tiempo que le demuestra que aún puede salvar el cuello. Pero sólo él puede hacerlo; sólo le corresponde a él.

Ruth Hassell se enderezó despacio sobre la silla dura, apoyó ambos codos sobre la mesa burda y esperó. Era su tercera visita a la cárcel y todavía se sentía como si estuviera viviendo en un sueño.

Se había sentido así, como viviendo en un sueño y andando sobre algodones, desde aquel día funesto. Aquel sueño era su refugio y ya había aprendido a refugiarse en él durante los horrores de los siete años anteriores. Poco tiempo antes, había anidado la esperanza de no volver a entrar a aquel mundo irreal.

En esta ocasión, el mundo del sueño ya no era eficaz, porque ya no era un sueño, sino una constante pesadilla. Una interminable y eterna pesadilla, con visos inusitados. Por ejemplo, de buenas a primeras, en el kibutz la trataban como a una reina. Todos, en especial las otras mujeres, se desvivían por darle gusto. Eso se debía a que todos estaban involucrados con los terroristas, tan enredados como ella misma, sin comprender lo que había ocurrido. Había sido necesario que su tío George, con sus razonamientos claros y su notable sentido común, hablara con ella para poder ver con precisión lo que estaba sucediendo y que Paul estaba en peligro de perder la vida.

Ella lo había visto con claridad, pero, ¿cómo hacer para que alguien más lo viera?

Se abrió la puerta y ella alzó la cabeza. Paul llevaba una camisa de cuello abierto y pantalones de tela delgada y se le veía tan tranquilo como siempre.

Ya empezaba a desvanecerse el color tostado de su piel, pero, aparte de eso, se le miraba fuerte y saludable y, sin duda, bien alimentado.

Un guardia entró con él y se quedó reclinado contra la pared. Era un inglés y, de ninguna manera, ofrecía un aspecto hostil; todo lo que hacía era estar atento y vigilar.

Paul se sentó y los dos pudieron trenzar sus dedos a través de la mesa. Ruth no hubiese querido hacer otra cosa y él la comprendía, por muy distintos que fueran sus propios sentimientos.

—¿Viste a mi tío George? —preguntó ella.

—Sí, lo vi. Es un caballero muy contundente, cuando se lo propone.

—Ya volvió a Estados Unidos —le informó Ruth—, allá también tiene dificultades. Su hija escapó con ese primo ruso que tienen. ¿Te acuerdas de él? Gregory Nej. Es el hijo de Iván. Tal vez mi tío George te lo platicó.

—¡No, por Dios! —exclamó Paul alarmado—, no dijo nada de todo eso.

—Como es natural, toda esa situación ha ocasionado un gran escándalo.

Durante un momento, les pareció que estaban en la habitación de una casa. Podían haber estado bebiendo té juntos, dedicados a los chismes de la familia. En las familias como en la de los Borodin, siempre se creaban escándalos.

Pese a ello, no había nada de normal en esa habitación. Ella se inclinó hacia adelante sobre la mesa.

—¿Hablaste con él?

—Sí, lo hice.

—¿No te dio algún consejo?

—Me aconsejó exactamente lo mismo que los ingleses me han solicitado que haga desde el día en que me arrestaron —le expuso Paul—; pero él no esperaba que yo siguiera su consejo. Él mismo me lo dijo.

—Paul... —apretó sus dedos sobre los de su marido— debes hacerlo. Debes hacerlo... De lo contrario, te ahorcarán.

—Pero es que yo no puedo hacerlo, mi amor, y tú sabes que no debo hacerlo.

Ruth apretó los labios.

—Entonces, lo haré yo —afirmó.

—¿Tú?

—Yo sé el nombre de uno de ellos, por lo menos. Aquel joven...

—¡Calla! —clamó él. Su voz se había endurecido de repente. Ruth irguió la cabeza. Él jamás le había hablado antes en ese tono. Luego, observó al guardia que los estaba vigilando y escuchaba con interés.

—Tú no sabes nada —le dijo Paul—, absolutamente nada.

—Paul —le manifestó ella con tono suplicante—, pero es que te van a colgar.

—Escúchame, Ruth —le pidió Paul—, tú y yo decidimos venir a Palestina para unirnos con el pueblo judío; tú pueblo, para unirnos con él. Eso entraña compartir sus vidas y, en caso necesario, también sus muertes. Ya sabías que era imposible venir aquí y quedarnos sentados al margen contemplando lo que ocurría. Venimos para unirnos con ellos.

—Paul...

—Escúchame —volvió a repetirle—, yo soy soldado. No conozco ninguna otra profesión. Cuando vine a Palestina, sabía que habría de seguir siéndolo, pues eso era lo que necesitaban de mí. Los soldados combaten, querida mía, y muchos de ellos, mueren. Yo he tenido muy buena suerte al haber sobrevivido hasta ahora. A mí debían haberme matado en la guerra. La Gestapo debería haberme ejecutado; yo tendría que haber muerto debido a aquella herida que me hicieron en las afueras de Ravensbrück. A pesar de todo, estoy vivo y he gozado contigo de algunos años de felicidad extra. Pero también te hice una promesa: que te llevaría a tu casa, a alguna parte en la que pudieras vivir, lejos de todo peligro, del miedo, de la gente como Iván Nej. Ahora estás en casa y no puedes traicionar tu propio hogar, ni yo tampoco puedo hacerlo.

—Paul —le imploró ella—, tú vas a morir. ¿Me estás pidiendo que me quede de brazos cruzados y contemple cómo te matan? —tenía los ojos llenos de lágrimas. Era la primera vez que él veía llorar a Ruth y había creído que ya había derramado todas sus lágrimas en la prisión de Lubianka y en el campamento de Ravensbrück.

Le acarició la mano.

—Aún no me dictan la sentencia. Mientras haya vida, habrá esperanza, ¿no? Y también voy a decirte algo, amor: creo que no van a condenarme. Te lo digo en la más estricta confidencia; no creo que mis socios vayan a permitir que me condenen. Saben que valgo mucho para ellos y que mi valor se incrementará en los días por venir. Además, saben que desempeñé mi papel, tal como prometí que lo haría. Tú puedes confiar en ellos, Ruth. Sin embargo, cualquier cosa que suceda, debes ver hacia el futuro. Estás en medio de tu pueblo; debes vivir con ellos y pelear con ellos. La lucha tendrá que venir, aunque sólo sea para sobrevivir; tú lo sabes, y debes quedarte al lado de Judith, ella te necesita.

—Te vas a sacrificar y pretendes que Judith y yo aceptemos tu sacrificio. Mientras que...

—Mientras que nada ni nadie —le interrumpió él—. Recuerda que todo lo que te he dicho es confidencial. Debes mantenerlo en secreto y jamás le dirás nada a nadie.

—¿Y tú esperas que viva yo en el caserío con ese joven, viéndolo todos los días? ¡Dios mío! Es el mismo que una vez me sacó a bailar.

—Está luchando por tu pueblo, Ruth. Quizá deba morir por tu pueblo. Ten eso muy presente.

Judith Petrovna recolectaba tomates; a cada uno de los frutos redondos, rojos y jugosos lo retorcía suave y lentamente para arrancarlo de su tallo y luego lo colocaba en el cesto que llevaba colgado del brazo. Ya era el invierno y hacía bastante fresco; pese a que el sol calentaba como siempre, el viento que provenía de las Alturas del Golán era muy frío.

Judith portaba un vestido viejo y un saco de lana suelto; tenía el cabello recogido dentro de una pañoleta. No se le hubiese podido distinguir entre las demás mujeres que laboraban en el campo de tomates. Eso era lo que ella quería: pasar inadvertida. Durante los últimos meses, había reflexionado que así era como deseaba estar. En realidad, jamás había pretendido guiar y conducir ni estar al frente de los asuntos en general. Lo que quería era dejarse arrastrar por la gran corriente de la historia, sin hacer algo más que dejarse llevar. En aquel inolvidable día de octubre de 1905, cuando andaba saltando en las barricadas que bordeaban Kitai-Gorod, en Moscú, no tenía la menor idea de que aquel hombre que estaba parado a su lado, con el cabello rojo muy corto y la barbilla saliente, se llamaría Lenin algún día y gobernaría Rusia. En ese entonces, no tenía más que diecisiete años y llevaba en el pecho el ferviente anhelo de ayudar a su gente, a todo su pueblo, sin considerarse a sí misma como una judía en pugna con los gentiles. Pero aquel día, que fue en el que conoció por casualidad a la princesa Ilona Roditcheva, la había arrojado a una existencia en la que parecía que ella ocupaba siempre el centro del escenario, como ocurría hasta ahora, a pesar de su deseo de ocultarse en el anonimato. Se diría que eso era algo que ella no podía modificar, aunque se lo propusiera con firmeza.

Se irguió y vio que el rabino bajaba con rapidez por la ladera y venía hacia ella.

—¿Traes noticias? —le preguntó a gritos cuando estuvo más cerca.

Una alegre sonrisa iluminaba el rostro de Menachem Yanowski.

—¡Grandes noticias! —respondió agitando una mano—. Ya finalizó la conferencia. Los ingleses han propuesto dividir Palestina en dos, con los árabes en un lado y nosotros en el otro. Pero los árabes se niegan a considerar la propuesta.

Judith lo observó con tristeza.

—¿Y ésas te parecen buenas noticias?

—¡Por supuesto! Los ingleses han dado por terminado el asunto. Como tú sabes, nosotros ni siquiera enviamos una delegación a esa conferencia. Rehusamos participar. Y debo decirte, sinceramente, que tras nuestro boicot, habríamos quedado aislados si los árabes hubiesen aceptado el ofrecimiento de los ingleses. Pero ahora que los árabes lo han rechazado... ya corre el rumor de que los ingleses dejarán el problema en manos de las Naciones Unidas.

—¿Tú crees que eso signifique una mejora en nuestra situación? —preguntó Judith mientras caminaban hacia el caserío.

—Claro que sí. Con seguridad, las Naciones Unidas impondrán el plan británico, ya que, en primer lugar, era una propuesta de Estados Unidos. Esta vez, lo adoptaremos y serán los árabes los que queden mal. Todo está saliendo muy bien.

—Mucho me temo que no entiendo la diplomacia internacional —mencionó Judith.

Yanowski le hizo un guiño.

—Los árabes, los jordanos, los sirios y los egipcios aseveran que se lanzarán contra nosotros para destruirnos si los ingleses se retiran. Me gustaría ver que lo intenten.

Judith se detuvo y asió al rabino por un brazo.

—¿Dijiste que si los ingleses se retiran? ¿Es posible que estén pensando en retirarse?

—Se señala que están decididos a poner fin a su mandato. Eso es lo que te he estado diciendo. Están pensando en entregar todo el asunto a la Organización de las Naciones Unidas. Su estancia en Palestina les ha resultado muy onerosa y se han declarado incapaces de resolver los problemas.

—Pero... si ellos se retiran...

Por el rostro alegre del rabino pasó una sombra.

—Transcurrirá mucho tiempo antes de que se retiren, Judith. Por lo menos un año.

—De acuerdo, pero si los ingleses saben que se retirarán, quizá a Paul...

—Los ingleses continúan considerando el terrorismo como un delito que debe castigarse y así lo harán hasta el día en que se marchen. Ya se ha establecido la fecha del proceso contra Paul. El juicio será en marzo.

—Otros cuatro meses —indicó ella y reanudó la marcha.

—Sí —asintió Yanowski—, habría sido mejor para todos que hubiesen matado a Hassell en el asalto y que se hubiese llevado al inspector Brent consigo.

—¡Menachem! —exclamó Judith—. ¿Cómo puedes decir eso? ¿Acaso apoyas el terrorismo?

Yanowski bajó los ojos, turbado.

—Estamos en guerra, Judith. No hay modo de ocultar el hecho. Y Hassell... Bueno, ¿no está haciendo infeliz la existencia para ti y para Ruth, mientras está encerrado en esa celda de la cárcel de Jerusalén? Claro que se sentirían de igual modo desdichadas si lo hubieran asesinado; mas, en ese caso, lo hecho sería concluyente. Ya no habría esta insoportable espera para ustedes y para él, para todos nosotros. Siempre existe el riesgo de que el joven pierda el valor y denuncie a los demás.

—¡Ojalá que lo hiciera! —afirmó Judith—. ¿Por qué debe ser él el único que sufre? Sólo Dios lo sabe. Yo aborrezco lo que ha hecho; incluso, sentí desprecio e indignación contra él cuando lo vi allí parado, empuñando la pistola. Sin embargo, no puedo creer que esa gente con la que se asoció, cualquiera que sea, lo vaya a dejar morir sin hacer nada por rescatarlo. Paul se unió a ellos, actuó con ellos y, ahora, son ellos los que deben ayudarlo. Ojalá que yo supiera quiénes son y de qué manera lo reclutaron y por qué. Paul habría estado aquí unos cuantos días nada más. ¿Cómo se las ingeniaron para envolverlo? ¿Cómo supieron que había sido un soldado? Dime, Menachem, ¿fue la gente de nuestra aldea?

Miró directamente a su amigo el rabino y se percató de que también sus ojos podían cubrirse con un velo opaco, como en muchas ocasiones vio que ocurría con los ojos de Michael Nej.

—Tú lo sabes —dijo—, estoy segura de que tú lo sabes. Y tengo el extraño presentimiento de que Ruth también lo sabe y, no obstante, ninguno de los dos hace algo al respecto. Sin embargo, Menachem, tú debes ayudarnos. No es posible que te quedes con los brazos cruzados, contemplando cómo ahorcan al muchacho.

—Yo no puedo hacer absolutamente nada, Judith —respondió el rabino—, ninguno de nosotros podría hacer algo, aparte de conservar los hechos en la memoria.

—¡Menachem! —Judith tomó en las suyas las manos del rabino—. Paul me salvó la vida y también la de Ruth. Fue él quien nos sacó de Ravensbrück. Habríamos muerto si nos hubiéramos quedado en el campo de concentración. Él nos liberó. Debemos ayudarlo.

—No podemos hacerlo.

—Bueno... Dime por lo menos quiénes son. Cómo se enteraron de que era alemán; pues, evidentemente, lo sabían y utilizaron ese conocimiento para forzarlo a trabajar para ellos. Nadie lo sabía, con excepción... —se quedó callada de pronto.

—Sí, Judith —aceptó Yanowski—, nadie lo sabía excepto yo. Paul von Hassell era un alemán y un nazi. Debía pagar una gran deuda a nuestro pueblo. Ahora, la ha pagado; aún la está pagando. Es lo más grande y noble que ha hecho; lo recordaremos y lo honraremos siempre.

Judith le había estado mirando y, poco a poco, había retirado sus manos.

—Eso es todo lo que yo o cualquiera de nosotros puede hacer, Judith —aseguró Yanowski—; morir por nuestro pueblo, por nuestro país, es algo que todos debemos estar preparados a hacer, en particular cuando los ingleses salgan de Palestina.

Wilson, el comisionado de la policía, se reclinó sobre el respaldo de su silla y dejó caer la hoja de papel que estaba leyendo sobre el escritorio. Alzó la cabeza y se quedó mirando al joven oficial que estaba de pie frente a él.

—Eso es completamente absurdo, Brent, y tú lo sabes muy bien.

Nigel Brent se irguió en posición de firmes y miró al frente.

—Ésa es mi decisión, señor.

—¿Renunciar a la fuerza de la policía? ¿Qué piensas obtener con tu renuncia? De cualquier forma, deberás presentar tu testimonio en el juicio contra Hassell. ¿Lo sabías?

—Lo he aceptado, señor.

—Y todavía falta que formulemos las acusaciones, que dictemos la sentencia de muerte y que lo colguemos. Nada sobre la faz de la Tierra podrá alterar esas cosas. A no ser que él nos presente las pruebas de lo que le hemos pedido y no hay indicios de que se disponga a hacerlo.

—No se atreverá a hacerlo, señor.

El comisionado se encogió de hombros.

—A lo mejor; pero el asunto es que nosotros estamos interesados en los hechos y no en las emociones.

—Por mi parte, considero imposible separar a uno de las otras —manifestó Nigel Brent—; ésa es la razón de mi renuncia.

Wilson se inclinó sobre el escritorio.

—Ese alemán, ese nazi, vino a Jerusalén para matarte, Brent.

—Pienso que lo obligaron a venir, señor. Creo que ejercieron presión sobre él, debido a sus antecedentes y también a causa de los de su esposa.

Wilson frunció el ceño.

—¿Tú crees que el grupo de terroristas está en la aldea?

—Sí, señor, así lo creo. Pero eso no viene al caso.

—Te equivocas. Tiene mucho que ver con el caso. Ese dato puede llevarnos a lo que habíamos estado esperando. Si pudiéramos capturar a algunos más de esos villanos...

—También me parece imposible considerarlos como villanos, señor —especificó Nigel—, yo comprendo muchos de sus sentimientos. Bien sabe Dios que no transijo con el asesinato; pero hay gente que mira a todo el mundo como si estuviera en contra de ellos. Yo no puedo odiarlos; no puedo dejar de admirarlos. Y ya no puedo seguir deteniéndolos y llevándolos a encerrar en la cárcel para que más tarde los ahorquen.

Wilson lo estaba observando.

—Si tienes alguna información, inspector Brent; si tienes siquiera una sospecha, es obligación tuya revelarla.

—¿Con eso Hassell salvaría la vida?

—Por supuesto que no. Hassell no ha colaborado.

—Entonces, señor, no tengo nada que decir.

—Brent: estás levantando obstáculos a toda tu carrera.

—Coronel Wilson: mi carrera de policía acaba de finalizar. Wilson levantó la hoja de papel que había dejado caer sobre su escritorio.

—Una vez que yo acepte tu carta de renuncia, ya no podrás cambiar de idea. ¿Lo entiendes?

—Sí, señor.

—Tampoco te permitiremos que te quedes en Palestina. ¿Lo entiendes?

—¿Por qué no podría quedarme aquí, señor?

—Porque te has vinculado emocionalmente con esta gente. En especial con Hassell y con su esposa, también con la señora Petrov. Eso está claro como el agua. Además, tú sabes demasiado acerca de nuestros métodos y sobre lo que tenemos guardado en los archivos, como para que yo te permita que continúes asociado con ellos luego de abandonar la fuerza de la policía. Si yo acepto tu renuncia, te pondré bajo custodia preventiva hasta que el juicio se celebre y, tan pronto como hayas dado tu testimonio, serás deportado. Quiero que entiendas con toda claridad lo que te estoy diciendo. Además, emitiremos una ordenanza por la que se te prohíba volver a Palestina en cualquier momento y por cualquier razón. ¿Todo esto está bien comprendido?

—Comprendo que el poder está en sus manos, señor —expresó Nigel.

—Así es. De modo que tu actitud absurda no puede servir a ningún propósito. Y ahora, ¿me permites que rompa esta carta?

—No, señor —advirtió Nigel—; deseo que la carta quede como está, sin considerar las consecuencias.

Ilona permaneció sentada detrás del volante del Rolls-Royce, apretando sus dedos enguantados nerviosamente sobre la rueda.

—¿Quieres que vaya contigo? —preguntó.

George vaciló un instante y después negó con la cabeza.

—Será mejor que no subas. Si las cosas salen bien, yo bajaré a buscarte.

—¿Qué es lo que vas a decirles? ¿Qué vas a hacer?

Él se encogió ligeramente de hombros.

—No tengo la menor idea. Creo que deberé improvisar —se inclinó en el asiento para darle un beso en la mejilla—, mantén funcionando la calefacción —le sugirió y bajó del auto. Él no se sentía tan inquieto como era evidente que Ilona lo estaba. Pero más valía no pensar en eso. Iba a improvisar y eso no permitía plantear opiniones preconcebidas.

El departamento estaba en el primer piso. Desde luego, Felícitas tenía su propia cuenta bancaria y se suponía que a Gregory le pagaba un sueldo el Pentágono; pero, de cualquier manera, en Arlington, las rentas eran muy elevadas. Quizá aquel departamento era lo mejor que habían podido conseguir. Llegó al descansillo de la escalera un poco fatigado, llamó con el timbre y esperó.

—¿Quién es? —no obstante, ella debió haber visto quién era por la mirilla, pues abrió sin esperar respuesta—. ¡Papá! —quitó la cadenilla de seguridad y abrió la puerta de par en par—. ¡Oh, papá!

George la tomó en sus brazos y se percató de que la mujer que estrechaba sobre su pecho rebosaba de una vitalidad que él jamás había visto en ella, por lo menos desde 1941. Le dio un beso en la frente y levantó la vista para echar una mirada al pequeño saloncito. Felícitas siempre había sido muy descuidada en cuanto a las condiciones de su habitación en Cold Spring Harbor; a pesar de ello, allí todo estaba en su lugar, limpio y bien arreglado y ella misma que, de hecho, se hallaba en la mitad de sus quehaceres matinales, llevaba pintura de labios, las uñas barnizadas y la cabellera bien recogida en una cofia. George la apartó para verla mejor.

—Te estás dejando crecer el cabello.

—Pues, sí... —se sonrojó levemente—; Gregory dice que todas las mujeres Borodin deben tener el cabello largo. Creo que se refería también a las mujeres Hayman.

George la soltó y avanzó un poco por el salón. Felícitas volvió a cerrar la puerta y colocó la cadena.

—¿Quieres una taza de café?

—Me parece muy bien —la siguió hasta la pequeña cocina y la observó mientras preparaba el café. Le resultaba difícil recordar a la antigua chica que parecía estar reuniendo la energía necesaria para untar la mantequilla a una rebanada de pan tostado.

—¿Gregory está en el trabajo? —preguntó.

—Así es —volvió ligeramente la cabeza hacia la puerta donde estaba su padre—; sentirá mucho no verte. Si por lo menos nos hubieras comunicado que ya estabas de regreso, podríamos haberte ido a saludar.

—Es a ti a quien he venido a ver, Felícitas —le anunció George.

Felícitas acomodó las tazas sobre una charola, con la azucarera y la jarrita de la crema, vertió el café y condujo a George al salón de entrada.

—¡Qué extraño! —comentó—. Ninguno de los otros miembros de la familia había querido verme.

—Pues sí... —George se sentó y preparó su café, moviéndolo con la cucharilla—. Creo que tu actitud los sorprendió y aún no se reponen. Y también... Bueno... Digamos que ustedes dos se han establecido de un modo muy poco usual y fuera de lo común.

—¿Por qué? —inquirió ella como si lo desafiara.

—Bueno... Para empezar, ustedes dos son primos hermanos.

—¿Y eso qué tiene que ver? —preguntó ella con dureza.

—Digamos que lo ven con malos ojos la Iglesia y la sociedad. Tampoco a los médicos les parece bien.

—Sólo importa la opinión de los médicos —espetó ella—. Gregory y yo lo entendemos. Por eso hemos decidido no tener hijos. Eso, te lo prometo.

—También hay leyes contra el incesto —aclaró George.

—Esas leyes sirven para proteger a las jóvenes inexpertas de sus tíos y sus padres lujuriosos; pero debes tener en cuenta que Gregory y yo somos personas adultas. Por supuesto que podrías formular cargos contra nosotros, si así lo deseas; incluso, podrías meternos a la cárcel. Pero, ¿qué ganarías o qué probarías con eso? A nadie más le interesa el asunto. Hubo, por supuesto, algunos rostros con las cejas arqueadas por el asombro entre el personal del Pentágono; no obstante, Gregory es tan valioso para ellos, que no se atreverán a tomar alguna medida drástica contra él. Por otro lado, ni tú estás enterado, ni nadie tiene por qué estarlo, de que dormimos juntos. Frente a todo el mundo, yo vivo en este departamento para hacerle casa a mi primo. Si tú te propones exponer algún otro aspecto de la situación, es asunto tuyo.

George terminó de beber su café y se reclinó sobre el respaldo del sillón.

—Yo no deseo otra cosa que ponerme de tu lado, Felícitas —expuso al cabo de una pausa—; no es necesario que nos veamos con hostilidad. Por lo menos, no por ahora. Sólo te pido que, si es posible, me digas por qué motivo lo has hecho.

Felícitas se le quedó viendo varios segundos.

—Te lo diré en confianza, papá. Pero ahora soy yo la que te pide que me digas otra cosa, después.

—Te lo prometo.

—Nos amamos. En confidencia te digo que dormimos juntos. Yo creo... Creo que cierta mañana desperté y comprendí a plenitud la gran cantidad de tiempo que había desperdiciado mirando constantemente hacia atrás por encima de mi hombro, y además, pensaba que yo no podía hacer nada para remediar mi error. Entonces, apareció Gregory... luchamos a brazo partido contra nuestra mutua atracción. Puedes creer que luchamos, papá... Pero ya se había transformado en una de esas cosas que no pueden combatirse y que lo arrastra a uno. Cuando alguien se enamora, cuando estalla el proceso químico de nuestra sangre, todo lo demás deja de tener algún significado; incluyendo algunas nimiedades, como las relaciones sanguíneas.

—¿Y tú eres feliz? —le preguntó George.

Ella le sostuvo la mirada.

—¡Sí! —exclamó—. Me considero la mujer más feliz del mundo —ni por un instante George dudó de que era absolutamente sincera al contemplar el resplandor de alegría que apareció en sus ojos—. Y ahora, dime tú —preguntó después—, ¿por qué está todo el mundo en contra de Gregory?

—Nadie está en su contra, mi querida niña. Pero es tu primo hermano.

—Considero que eso es una tontería y nada más. Supongo que todos están en contra suya porque es ruso, porque es el hijo de Iván Nej, porque estuvo al servicio de la NKVD y, ahora, porque es un desertor. ¿No podrías convencer tú a todos los demás de lo errados que están? Gregory es un hombre que desea sinceramente ayudarnos a todos, lo mismo a los rusos que a los estadounidenses, a vivir en paz unos con otros. Quiere unirnos a todos, si eso fuera posible. Además, tiene el valor y la hombría necesarios para hacer el intento. Eso, precisamente, es un motivo para admirarlo y no para despreciarlo.

—¿Y tú eres verdaderamente feliz? —le volvió a preguntar George.

—¡Oh, sí, papá! ¡Sí lo soy! Como te decía hace un momento: no creo que ninguna otra mujer, además de mí, haya conocido lo que es la auténtica felicidad.

George hizo un lento gesto afirmativo con la cabeza y se levantó.

—En ese caso, mi querida niña, conserva tu felicidad. No hay bastante dicha en el mundo actual, Felícitas... —le tomó la cabeza con ambas manos para darle un beso y después echó a andar hacia la puerta—; yo hablaré con tu madre de todo esto.

CAPÍTULO X

LA SALA DEL TRIBUNAL QUEDÓ EN ABSOLUTO SILENCIO EN CUAN-
to los integrantes del jurado desfilaron para ocupar sus lugares. Sólo habían
estado deliberando durante media hora.

Constituían un grupo de hombres muy bien seleccionado: cuatro árabes, cuatro judíos y cuatro ingleses. Todos habían adoptado un aspecto triste; los judíos tanto como los demás. Pero no podían hacer nada tal como les habían expuesto los hechos del caso, ninguno de los cuales fue desmentido por la defensa.

El presidente del jurado se puso de pie enfrente de la banca del juez y del asesor que estaba de pie delante de la banca. El banquillo estaba hacia la derecha y allí estaba de pie el acusado, muy erguido, con el cabello corto cepillado hacia atrás desde su frente. Ofrecía un aspecto totalmente alemán y tal vez así quería tenerlo aquel día.

—Presidente del jurado —declaró el asesor del juez—: han llegado a un veredicto.

—Ya tenemos el veredicto —afirmó el inglés.

—Permítame que lo lea, por favor.

El inglés pasó la hoja de papel doblada que le fue entregada al asesor; éste la desdobló y leyó lo que estaba escrito en ella. Luego, alzó la cabeza.

—¿Cómo consideran al prisionero? ¿Culpable o inocente?

El inglés aspiró una bocanada de aire.

—Culpable.

Se diría que todos los presentes en la sala del tribunal estaban conteniendo la respiración, pues, al pronunciarse estas palabras, se escuchó el silbido del aire expulsado.

—¿Ése es el veredicto unánime de todos ustedes? —preguntó el asesor.

—Ése es —reafirmó el inglés y se sentó.

La hoja de papel había llegado hasta el escritorio del juez, quien movió la cabeza para ver a Paul, haciendo que un rayo de la luz del sol que entraba por la ventana abierta, lanzara destellos plateados de los rizos blancos de su peluca.

—El reo que está en el banquillo —manifestó el juez—, ha sido juzgado y se le declaró culpable de cometer el crimen de terrorismo. ¿Tiene algo qué decir, antes de que pronuncie la sentencia contra usted?

Paul levantó la cabeza erguida y miró a los abogados que estaban sentados en hilera delante de los asesores y vio más allá, a la galería del público. Allí pudo observar a Ruth, con Judith a un lado y Sylvia en el otro. Las tres mujeres estaban entre otras dos del kibutz, para mostrarles su apoyo y para fortalecerlas, según esperaba Paul. Poco más allá, distinguió la figura de Nigel Brent, quien vestía ropas de civil, tal como había comparecido ante el juez para dar su testimonio. El caso de su renuncia había sido discutido por medio de interrogatorios para esclarecer lo declarado con anterioridad, pero no había contribuido para nada a la defensa del reo. Ni Menachem Yanowski ni Benjamín Cohen estaban presentes en la sala.

—No tengo nada que decir, señor juez —expresó Paul.

—En ese caso, debe comprender que ha sido encontrado culpable de haber perpetrado un crimen grave: el crimen de terrorismo contra el Estado o, dicho de otro modo, de rebelión armada. Se trata de un delito que, en su concepto, es cobarde y desagradable, puesto que requiere del ataque contra vidas humanas que no son precisamente enemigos, sino que están, simplemente, intentando cumplir con un deber. Es un crimen para el que no puede haber justificación en la ley. Eso lo debe entender. Con mucha habilidad, su abogado defensor ha descrito las circunstancias, particulares sólo en su caso, por las que está frente a este tribunal. Nos han recordado su extraordinaria actuación en la guerra y se nos ha indicado que usted demostró ser algo así como un héroe. Se nos ha sugerido que usted se unió a las filas de los terroristas para fortalecer las perspectivas de su mujer y de usted mismo para que los aceptaran en Palestina y, además, se nos planteó que hay mucho de honorable en tal actitud. Debo decirle que, a los ojos de los hombres honorables, no hay nada de honorable en un asesinato. Asimismo, se habló algo acerca del hecho de que usted no disparó la pistola con la que iba armado, pese a que tuvo la oportunidad de hacerlo. Quizá haya sido así y le aseguro que estoy dispuesto a creerlo, suponiendo que, en el momento culminante, haya experimentado un llamado del honor y, si así fue, será un alivio para usted y para los seres que ama y todos esperamos y deseamos que su acto repercuta en favor suyo cuando comparezca ante su Creador. No obstante, el acto de oprimir el gatillo de la pistola no hace al terrorista: es el acto de portar la pistola, en primer lugar, con la intención de oprimir el gatillo. Eso, exactamente, es lo que lo ha traído a usted aquí y eso es lo que ahora me obliga a mí a emitir sentencia en su contra; una sentencia decretada por la ley y que ningún hombre tiene el poder de mitigar —hizo una pausa y volvió la cabeza para ver al asesor que estaba parado junto a su silla, sosteniendo un cojín de color carmesí sobre el que había un trozo cuadrado de tela negra.

Ruth Hassell lanzó una mirada de soslayo al policía que le estaba abriendo la puerta; a continuación, pasó frente a él a la pequeña habitación vecina a la sala del tribunal. Se detuvo instintivamente ante la puerta abierta, oyó que la cerraban a su espalda y se quedó observando a Nigel Brent, quien estaba de pie junto a la pequeña ventana. Se volvió al escuchar que entraba. Entre ellos dos había una mesa y un par de sillas pequeñas; no había algún otro mueble. Le pareció que la habitación era exactamente igual a aquellas en que se reunía con Paul, sólo que no tenía barrotes de hierro en la ventana.

—Yo... —empezó a decir Nigel Brent y aspiró el aire—, yo quería decirte adiós. Esta... Esta misma tarde saldré deportado.

—¿Por causa de Paul?

Él se encogió de hombros.

—Por ésa y por muchas causas. Lo de Paul fue la culminación —hizo el intento de sonreír—; se me culpa de establecer una amistad muy estrecha con los judíos.

Ruth conservó la expresión grave de su rostro. Él recordó que sólo en una ocasión la había visto sonreír. Pero, ¿había acaso algún motivo para sonreír?

—Lo siento mucho —expresó.

—¿Sientes que me haya puesto de parte de los judíos?

—No. Lamento que te castiguen por ello. Te estamos muy agradecidos, inspector Brent. Todos nosotros. Mi tía Judith por rescatarla de la NKVD. Paul y yo, por todo... por todo lo que intentaste hacer por nosotros.

—Que no fue mucho, por supuesto. ¿Irás a ver a Paul?

—Sí, claro.

—¿Presentará su apelación?

Ruth suspiró.

—Sus abogados tratan de que la presente; pero yo no creo que lo consigan. Paul ha sido juzgado, tanto por haber sido un nazi como por hacer el intento de matarte.

—Ruth —se quedó callado, pensando en cada una de las palabras que iba a decir—, quisiera que comprendieras que yo actué mecánicamente. Saqué mi arma e hice fuego contra aquel joven que nos atacaba y creo que también habría disparado contra Paul si éste no se hubiese rendido. Así es como me enseñaron a reaccionar en esos casos.

—Entendemos eso muy bien —contestó ella—; no pensamos que tú tuvieras la culpa de nada. Ya te dije que te estamos muy agradecidos por haber hecho lo imposible para poner las cosas en su lugar —alzó la cabeza para mirarlo—. ¿Qué harás ahora?

—¿Qué voy a hacer? ¡Ah! Te refieres a lo que voy a hacer cuando vuelva a casa. Ya encontraré algo —esta vez sonrió auténticamente—, no voy a morirme de hambre. Ya hay un periódico dominical que me ofrece mil libras esterlinas por mi historia. Pero, escúchame, Ruth... —se acercó un poco más a ella—, tengo la intención de retornar a Palestina tan pronto como pueda.

Ella lo observó con el rostro muy serio.

—¿Regresar a Palestina? Pero... No podrás volver si te van a deportar.

—Legalmente no puedo volver. No lo haré de ninguna forma mientras los ingleses dirijan el país; pero ahora ya no hay duda de que van a entregar el mandato y, en el instante en que lo hagan, yo retornaré aquí sin falta.

Ella conservaba el gesto serio.

—¿Por qué lo haces?

—Para... —se quedó callado y se mordió los labios—, para ayudar a tu gente. Requerirán de toda la ayuda que puedan conseguir. A mí me gustaría representar un buen papel en todo lo que les espera. ¿Le dirás eso a Paul? Coméntale que tomaré parte en su lucha, tan pronto como pueda.

Ruth se le quedó mirando como si lo estudiara.

—Me agrada que así sea —le externó—, quizá será posible que yo te vuelva a ver.

—Yo estaría feliz de que nos volviéramos a ver.

A Ruth se le encendieron ligeramente las mejillas. Luego, le dio la mano.

—Buena suerte —le dijo—, hasta que nos volvamos a ver.

La puerta enrejada de la celda se abrió y Paul volvió la cabeza. Acababa de terminar su desayuno y había estado mirando a través de los barrotes de la ventana alta al cielo azul oscuro de las primeras horas de la mañana.

—Es hora, Hassell —anunció el alcalde de la prisión.

Le pasó por la mente el pensamiento de que no habían dicho nada desde Londres; no habría conmutación. ¿Por qué habrían de conmutarle la pena a un ex nazi? ¿Por qué habrían de conmutarle la pena a un terrorista que, además, era alemán, si no se la conmutaban a todos los demás?

No experimentaba amargura ni temor. De hecho, no sentía nada más que una curiosa sofocación anticipada, un sentido de suspenso, un sentimiento de que su vida estaba terminada y era inútil sentir cualquier cosa, incluso que supiera lo que iba a seguir.

Se puso de pie sin decir ni una palabra, algo asombrado de que sus piernas no flaquearan. Él había tenido miedo de que no fueran a sostenerlo. Caminó entre los carceleros para salir de la celda hacia el corredor; el capellán caminaba a su lado y estaba leyéndole algo tomado de la Biblia, pero Paul no lo escuchaba. Se dijo que él no era creyente y pensó que no habría nada más allá y él jamás iba a saber lo que seguiría. Sin embargo, él había creído en algo en el pasado: en la grandeza de Alemania, en el derecho de Alemania a dominar a Europa y, a través de Europa, al mundo, en el proyecto del poder omnipotente y la gloria interminable que había soñado Hitler. Seguramente, él debería haber fallecido en defensa de aquel sueño, así como murieron tantos de sus amigos. En cambio, cuando él había caído en la cuenta de la inmundicia sobre la que se apoyaba aquel sueño, la suciedad de la que había emergido, le dio la espalda y se apartó de él. Y había sobrevivido. Ningún hombre podía esperar más dentro de lo razonable, aun cuando su supervivencia había sido, en definitiva, mucho más breve de lo que él había calculado.

Pero, a decir verdad, Paul todavía no aceptaba realmente lo que estaba ocurriendo ni que sería arrastrado a la conclusión insospechable. Él había desempeñado su papel, tal como se lo habían solicitado. No había sido capaz de disparar contra Brent, no porque Judith estuviera presente, sino ya que él no era un asesino. Pese a ello, había aceptado su destino y no había delatado ni traicionado a nadie. Probablemente, Cohen no dejaría que lo colgaran. Tendría que producirse una dramática intervención de último momento, para que, por lo menos, le conmutaran la pena de muerte por la de prisión perpetua, hasta que los ingleses abandonaran el territorio. Si dejara de tener esa esperanza, no podría dar ni un paso más.

Toda la prisión estaba en silencio y no se escuchaba otro ruido que el taconeo del pequeño grupo que avanzaba. La mayoría de los prisioneros eran judíos y muchos de ellos estaban esperando su juicio por terrorismo. No tenían nada qué decir acerca de aquel antiguo enemigo al que habían condenado a muerte; en efecto, antes de que los ingleses le pusieran las esposas en las muñecas. Se preguntó dónde estaría Ruth. Ayer lo había visitado por última vez y él le pidió que no permaneciera en Jerusalén esa mañana; pero él sospechaba que sí se había quedado. Ruth era su esposa.

Le vino a la cabeza la idea de que los dos habían sido felices durante los tres años que estuvieron juntos. Ella había sido feliz; al menos tan feliz como Ruth pudiera serlo. Por supuesto que ella jamás lo había amado, ya no le estaba permitido amar a ningún hombre. La vida de Ruth había sido una cadena de desgracias y él estaba orgulloso y satisfecho de haberle brindado esos tres años de felicidad y de que él hubiese sido capaz, primero, de salvarle la vida sin saber siquiera quién era y, luego, de haberla hecho sonreír.

Al cruzar la última puerta, sintió los primeros rastros de amargura, de cólera y de resentimiento y, en seguida, todas esas emociones manaron impulsivamente. Después de todo, sus esperanzas eran una fantasía. A Cohen le importaba un comino si lo mataban o no; para él, no era ya más que un instrumento, una herramienta que se había roto y quedaba inservible. Por lo tanto, Paul se sacrificaba sólo por Judith y por Ruth. No experimentaba arrepentimiento por eso; sólo le parecía un acto por completo innecesario: los ingleses estaban a punto de retirarse, se establecería un Estado judío y ese Estado tendría que emprender la lucha para conservar su existencia.

¡Él habría tenido tanto qué ofrecer a ese Estado! Hubiese sido algo maravilloso que su vida finalizara en el campo de batalla, que su muerte se produjera en medio de un combate triunfal, porque Paul no dudaba del glorioso resultado final.

Se dio cuenta de que había sido colocado en la posición debida y de que un hombre, parado junto a él, sostenía en sus brazos un gran capuchón negro para echárselo sobre la cabeza.

—¿Tienes algo qué decir, Hassell? —preguntó el alcaide de la prisión.

Paul clavó la vista en él.

—Sería un desperdicio que yo dijera algo —declaró— ¿Quién tiene el derecho de destruir algo tan valioso como una vida? El capuchón negro le cubrió la cabeza.

—¡Señor Hayman! ¡Los dos señores Hayman! —Harry Truman les obsequió una de sus escasas sonrisas—. Siéntense, hagan el favor de sentarse. No tenía el gusto de conocerlo —dijo, dirigiéndose al joven George—, pero resultaría muy sencillo identificarlo; de tal palo, tal astilla.

—Muchas gracias, señor —respondió con amabilidad el joven George. No parecía cohibido en absoluto por estar en la Oficina Oval de la Casa Blanca. Su padre se dijo al observarlo que, por otro lado, su hijo no era de los que se amedrentaban con facilidad.

—¿No conoce al general Marshall? —quiso saber el presidente—. Su padre sí lo conoce, naturalmente. ¿Y a Dean Acheson? —George no había vuelto a ver al general desde su última visita a la Casa Blanca.

Se saludaron todos estrechándose la mano y los dos Hayman se quedaron esperando. Tenía que haber alguna razón para haberlos convocado a ese lugar.

Truman puso los codos sobre el escritorio y unió entre sí los dedos de sus dos manos colocándolas bajo su barbilla, de tal forma que ocultaban por completo su corbata de moño.

—Quería hablar con los dos, primero, porque desde un principio estuvieron implicados en este asunto, por lo menos usted, señor Hayman —clavó la mirada en George—. Por lo tanto, creo que tienen derecho a saber cómo andan las cosas y... ¡Qué diablos!..., porque voy a necesitar de su ayuda y de todo el auxilio que pueda reunir. Tienen un periódico de tendencias republicanas y le han tirado duro a esta administración; pero yo pienso que, cuando las cosas andan mal, tanto unos como los otros estamos unidos para mejorarlas. Me estoy refiriendo a los rojos.

"¿Y también a las elecciones del año próximo?", se preguntó George para sus adentros, pero se quedó callado. En cambio, declaró en voz alta:

—Ya conoce, señor presidente, nuestros puntos de vista y nuestras opiniones al respecto.

—Así es —reconoció Truman—. Tal vez hubo un tiempo en que yo no quise aceptarlos. Las cosas no han cambiado ahora. En realidad, estoy dispuesto a reconocer que ustedes estaban más cerca de la verdad de lo que yo estuve. Lo que intento decirles es que ya ha llegado la hora de que hagamos algo en concreto sobre la situación que se presenta. Mucho me temo que, lo que estamos contemplando, es la lenta, aunque inexorable, comunicación de toda la Europa oriental —levantó una mano como para indicar que no quería que lo interrumpieran—. De acuerdo —dijo—. Ya sé que, desde hace un año, ustedes sostenían que eso era lo que estaba sucediendo. Pero, en ese entonces, nosotros estábamos obligados a actuar mediante las vías diplomáticas y a través de la Organización de las Naciones Unidas. Ahora, comprendo que eso no nos ha dado algún resultado. Por lo tanto, me propongo hacer mucho más. El problema es que las actitudes del pueblo no se han modificado mucho. Nuestra gente recuerda demasiado bien la última guerra y, por supuesto, no tiene el más mínimo deseo de verse involucrada en otra guerra armada. Por ese motivo, voy a requerir toda la cooperación de la prensa y de los otros medios de comunicación que yo pueda convocar —en ese instante hizo una pausa.

—¿Podría preguntarle, señor presidente, cuál es la idea que tiene en mente? —inquirió el joven George.

Truman aspiró el aire largamente.

—En primer lugar —enunció—, tengo la intención de concentrar mis esfuerzos en la zona más vulnerable. A mí me parece que ya hemos perdido los Balcanes. Es una lástima, pero ya no podemos recuperarlos, a no ser con una guerra armada como de la que hablaba hace un momento. Pero Grecia y Turquía aún están de nuestro lado, pese a las presiones que los rojos ejercen sobre ellas. En mi opinión, si llegamos a perder Turquía, perderíamos todo el maldito Cercano Oriente. De cualquier modo, esa zona se va a convertir en un campo de conflictos durante los próximos años, desde el instante en que los ingleses den por finalizado su mandato en Palestina. De manera que mi primer objetivo es conservar Grecia y Turquía de nuestro lado. La semana próxima, voy a comparecer ante el Congreso para pronunciar un discurso en el que voy a plantear que esta nación proporcione a los turcos y a los griegos todo lo que requieran, no sólo en cuanto a las armas y las municiones, sino en lo que se refiere a la ayuda para sus industrias y sus escuelas con el fin de elevar sus niveles de vida y que sean capaces de echar fuera de sus pueblos la amenaza del comunismo. Voy a solicitar mucho dinero al Congreso y, con un poco de ayuda de mis amigos, lo conseguiré.

—¿Cómo se imagina que reaccione Rusia a su actitud, señor? —preguntó George.

—No les agradará en lo absoluto —aseguró Truman—, pero no podrán hacer nada para impedirlo, a no ser que inicien una guerra armada y, si llegan a eso, todavía tenemos una que otra bomba para arrojarles. No, señor; no me preocupan tanto los rusos como lo que la opinión pública diga en nuestro país —lanzó una mirada furtiva a Marshall—. ¡Con mil demonios! —exclamó—, es necesario que todos lo sepan: aún no tengo la certidumbre de que todo mi gabinete me respaldará de manera unánime; pero de lo que sí estoy convencido es de que lo intentaré. Y ustedes, ¿me apoyarán?

—Sí, señor —contestó George.

—Llamaremos Doctrina Truman a ese proyecto —propuso el joven George—. ¿Qué le parece, señor presidente? Me refiero a su propuesta de que este país se oponga a la marejada roja dondequiera que se genere.

Truman le hizo un guiño de agrado.

—Aunque aún no estoy seguro de que baste con asociar a nuestras filas con los turcos y los griegos —indicó George.

—Tiene toda la razón —asintió el presidente—, por eso contamos con algunos otros planes; son obra de George Marshall. Coméntale tus planes al señor Hayman, George.

El general Marshall se aclaró la garganta.

—Como usted lo ha expuesto, Hayman, el caso de Europa oriental es sólo la mitad de la cuestión. Los rojos se están infiltrando también en la Europa occidental, pues esas naciones todavía no han sido capaces de sostenerse sobre sus pies. Es verdad que dimos término a nuestro proyecto de Préstamo y Arriendo con un año de anticipación, así lo demandaba la opinión pública. Aun ahora nuestra gente tiene la tendencia a preguntar por qué los ingleses y los franceses no se ponen a trabajar un poco más duro; pero lo que nos interesa por ahora son los resultados. Mi idea es que otorguemos a los países de Europa occidental el mismo tipo de ayuda que le daremos a Grecia y a Turquía.

—Esa propuesta entraña ciertas negociaciones —observó el joven George.

—Por supuesto —reconoció Marshall y sonrió al mirar al presidente—, ésa es la causa de que se le llame mi obra, en un principio. Yo enunciaré un discurso exponiendo la propuesta para ver cuál es la reacción de la gente. No creo que nos afecte en nada descubrirlo por adelantado, mientras podamos.

—Nos tienen de su parte —aseveró entusiasmado el joven George—, nosotros y todos los periódicos de Publicaciones Hayman en el mundo entero.

—A usted no lo veo tan emocionado como a su hijo, señor Hayman —advirtió Truman.

—La idea me parece excelente —manifestó George—; sólo me preocupan un poco las implicaciones que pueda acarrear en el futuro y la serie de preguntas que se nos van a plantear. No faltarán los que consideren que estamos tomando Europa occidental como una dependencia permanente; además, habrá ingleses y franceses que pongan objeciones a esas sugerencias.

Truman se volvió hacia el general Marshall.

—¿George?

—Tiene razón de nuevo —reiteró Marshall—; por lo tanto, debemos alzar la vista para ver más allá de la mera cuestión de bombear corrientes de dinero a las economías europeas. Será indispensable que les hagamos creer en el futuro. Eso entraña que confíen en su habilidad para enfrentar a los rusos. Estoy al tanto de que se está hablando mucho acerca de la unidad europea y esas cosas. Churchill la favorece y también Schumann, en Francia. Y puede ser que se obtenga; lo malo es que ninguno de los dos está en funciones en la administración, así que el asunto demorará algún tiempo en concretarse. Incluso la unidad económica precisará mucho tiempo para cristalizar. La unidad política entre esa gente que ha vivido los últimos cien años peleando entre sí, requerirá toda una vida; pero la unidad militar no sólo es posible dentro de los próximos cinco años, sino que, desde mi punto de vista, es una necesidad de la que no podemos prescindir. Además, ellos lo saben muy bien.

—¿Se refiere a una unificación de las armadas y los ejércitos ingleses y franceses, como ocurrió durante la guerra? —quiso saber George.

—Precisamente —afirmó.

—¿Supone que Attlee y Bevan estarán de acuerdo con eso?

—Me imagino que sí; los dos son socialistas y no comunistas. Ambos saben perfectamente dónde está el peligro.

—Yo dudo de que Gran Bretaña y Francia, unidas, presenten una auténtica oposición a los soviéticos —expuso el joven George—; por lo menos, no serán capaces de hacerlo sin disponer de una ayuda efectiva.

—De acuerdo —ahora fue Marshall el que hizo una pausa para aspirar el aire—. Para eso, también podríamos contar con los alemanes.

La Oficina Oval quedó sumergida en el más profundo silencio durante algunos segundos.

—¿Los alemanes? —preguntó por fin George acentuando mucho las palabras—. ¿Quiere decir con eso, general, que pretendemos volver a armar a la Wehrmacht?

—Eso haría dar a Stalin un brinco descomunal, hasta pegar con la cabeza en el techo —sugirió el joven George.

—No podríamos decir que se trata de la Wehrmacht —especificó Truman—, pero los alemanes, en particular los que habitan la porción occidental de Alemania, necesitan contar con una fuerza de defensa. En resumidas cuentas: si llegamos a la guerra armada y los alemanes no están con nosotros, nos será muy difícil conseguir el triunfo en Europa.

—Y no puede haber dudas —añadió Acheson interviniendo por primera vez en la discusión— de que nuestra más firme esperanza para impedir que los alemanes traten de organizar de nuevo un golpe como el que ya han dado dos veces, consiste en integrarlos como una parte del conjunto de un ejército de Europa occidental. Además, no tienen de qué preocuparse, puesto que nosotros tenemos la intención participar también. Asimismo, tenemos la esperanza de que tomen parte los canadienses y los italianos, así como otros de los países pequeños, como Bélgica y Holanda.

—¿Eso no equivaldría a comprometerse con Europa durante un largo futuro? —insistió el joven George.

—Yo diría que ya estamos comprometidos, por lo menos en el aspecto militar —explicó Truman—; de cualquier forma, no podemos permitir que los rojos se apoderen de Francia y de Inglaterra. Habría que ver las cosas como en realidad son.

—¿Y qué hay de la bomba? —inquirió George.

—Estamos obligados a compartir nuestros conocimientos sobre la bomba con Inglaterra y con Francia —declaró Truman—; de hecho, los ingleses están a punto de detonar, como prueba, su propia bomba. Los franceses los seguirán muy de cerca. Pero no estoy considerando armar a los europeos con equipos atómicos o de energía nuclear, por lo menos tal como están las cosas por ahora, y estoy convencido de que en eso los franceses y los ingleses estarán de acuerdo conmigo. Por otro lado, como se trata de nuestro dinero y de que somos nosotros los que aportamos el grueso del personal durante los próximos años, podremos contar con la prerrogativa de designar al comandante supremo. He estado pensando en Dwight Eisenhower, un hombre que conoce muy bien el terreno y que se ha familiarizado con aquellos pueblos. Creo que es el único capaz de poner en funcionamiento nuestro proyecto. ¿No les parece lo mismo?

—Todo nos parece bien —declaró George hablando muy despacio—; sólo quisiéramos saber lo que se está haciendo en el frente interno.

Truman se irguió bruscamente en su sillón.

—Será mejor que nos exponga con exactitud la idea que lleva en la cabeza.

—Me refiero al comunismo y sus actividades aquí, en Estados Unidos.

—Para mucha gente —expresó Marshall con serenidad—, el comunismo es una creencia tan fundamental y tan firme como el cristianismo.

—Quizá, pero no irá a decirme, general, que los comunistas estadounidenses no reciben sus órdenes desde el Kremlin, ¿verdad? —replicó George.

—No tenemos pruebas de que así sea —le objetó Marshall.

—¿Qué es lo que quiere, general? ¿Una confesión firmada por parte de todos los integrantes del partido que se hallan en este país?

—Quizá esté en lo correcto, Hayman —manifestó el presidente con sutileza, intentando calmar los ánimos—, pero ¿acaso podemos hacer algo? Libertad de hablar, libertad de cultos, libertad de pensamiento, libertad de las persecuciones y opresiones: eso es lo que predicamos y son las ideas que vivimos.

—¿Y es por ese motivo que les otorgamos a los simpatizantes del comunismo o a los creyentes de esa doctrina o incluso a los miembros del partido diversos empleos en el Departamento de Estado y en nuestras industrias clave?

Se encendieron las mejillas de Truman y, sin saber qué hacer, se volvió a observar a Marshall.

—No podemos hacer nada al respecto —dijo.

—Sí puede hacerse mucho —rebatió George.

—¡Vaya!... ¿Ése es el precio que le pone a su colaboración, señor Hayman?

—Sólo pedimos una selección más escrupulosa entre los solicitantes para los empleos de mucha importancia, tanto en el gobierno como en la industria. Asimismo, sería conveniente vigilar o frenar las actividades de los que ya están dentro.

Truman frunció el ceño.

—¿Hasta dónde va a llegar?

George le sostuvo la mirada.

—Hace un instante, señor presidente, usted mismo reconocía que quizá no fuera capaz de lograr un acuerdo unánime de todos los miembros de su gabinete.

Truman le clavó los ojos durante algunos segundos; a continuación, hizo un signo afirmativo con la cabeza.

—Muy bien, señor Hayman; haremos que el FBI incremente su vigilancia y la selección de los empleados. No hay ninguna necesidad de que discutamos acerca de esto. Nuestros objetivos son los mismos —se levantó del sillón y extendió su mano—, ha sido un placer conversar con ustedes.

Había oscuridad en la ribera y una ligera lluvia de verano la envolvía en sombras todavía más densas. No había luna y era difícil ver a distancia; debido al agua, el camino estaba resbaloso. Anna Ragosina lanzó un suspiro de alivio cuando pudo apagar el motor de su automóvil y orillarse en el camino para detenerse detrás de un auto Lincoln muy grande. También, se sentía complacida al estar sentada dentro del vehículo, oyendo el silencio mezclado en el leve repiqueteo de la lluvia sobre el techo. Experimentó un estremecimiento y se preguntó si tendría miedo.

Vio abrirse y cerrarse la portezuela del Lincoln; después, la portezuela de su propio coche se abrió y Bogolzhin subió a sentarse junto a ella.

—Llegas temprano —le indicó.

—Vale más llegar antes de tiempo —respondió ella—. ¿Hace mucho que estás aquí?

—Diez minutos.

—Yo no debía haber venido —protestó Anna—; eso va contra las reglas.

—Ese hombre no quiere tratar con nadie más que contigo —le explicó Bogolzhin.

—¿Conmigo?

—Con el jefe, como él mismo dice. Por supuesto, no tiene la menor idea de quién eres tú.

—¿Y no pudiste convencerlo de que podía tratar contigo?

—No —espetó Bogolzhin—; puesto que fui yo el que hizo el primer contacto con él, sabe muy bien que no puedo ser el jefe.

—¿Por qué crees que sea un elemento tan valioso?

—Creo que es lo más valioso que hemos tenido —expuso Bogolzhin—; todos los demás no valen nada junto a él.

—Espero que estés en lo cierto, camarada —declaró Anna con desgano—. ¡Claro que lo espero! Encargar estas comisiones no es parte de mi trabajo.

—¿Es posible que tengas miedo? —el tono de la voz de Bogolzhin denotaba una preocupación sincera.

—¡Por supuesto que no! —refunfuñó Anna con brusquedad—; estuve combatiendo en el Pripet contra los alemanes, contra la ss. ¿Cómo podría tener miedo?

Bogolzhin prefirió no contestar. Miró al largo camino empapado por la lluvia hacia las luces débiles y distantes de un automóvil que se aproximaba muy despacio.

—Bésame —ordenó.

—¿Aquí? —preguntó Anna—. ¿Ahora? Tú no piensas en otra cosa, Dimitri Igorovich.

—Quizá se trate de la policía —le dijo y la tomó en sus brazos.

Ya sabía que no iba a resistirse, pues ella lo deseaba tanto como él. En realidad, Anna era culpable del quebranto de una estricta regla de conducta profesional desde que arribó a Estados Unidos. No se trataba de que durmiera con aquel hombre. El hecho de que ella utilizara su cuerpo y su anhelo de posesión para sacar la mayor ventaja posible, era parte de su arsenal, era su arma favorita; pero que ella se complaciera extraordinariamente en ello, no figuraba entre las reglas. Jamás le había sucedido algo igual. Le había agradado enormemente su dominio sobre el hombre, pero gozaba más después, al echarlo fuera. Eso ocurría hasta que conoció a Bogolzhin.

Por supuesto, no se trataba de amor. Era imposible para cualquier mujer amar a un hombre lujurioso como Bogolzhin. No era más que pura satisfacción física, por el tamaño del hombre y por su extraordinario vigor. Bogolzhin era capaz de agotarla y pedir aún más. Al principio, ella quedó sorprendida e incluso algo disgustada. Había pensado que aquello era más una máquina que un hombre. Además, había supuesto que aquel subibaja constante encima de ella, una hora tras otra, iba a despertar a todo el mundo en aquel hotelucho de mala muerte, vecino a la costa, donde se habían alojado, y eso sin mencionar el riesgo de que se le dislocaran las costillas. Tras esa noche tempestuosa, anidó la ilusión de volver a ver pronto a Gregory Nej.

Sin embargo, aquella aventurilla ya había pasado con bastante rapidez. No podía decirse que hubiese amado a Gregory Nej. El amor no era un sentimiento que pudiera conmover a Anna y ella estaba orgullosa de ello. John Hayman, el único hombre que había deseado amar, la había rechazado. Después de aquel desengaño, el deseo de posesión y de dominio fueron sus miras y los ejerció en especial con Gregory, que era el hijo de su amo.

No obstante, Gregory no era más que un jovencito. Se confesó virgen la primera vez que durmieron juntos y, a partir de entonces, le enseñó todas las tretas amorosas que el muchacho sabía, aunque siempre las llevaba a cabo con cierta desconfianza, como si buscara, medroso, su aprobación. Bien podía suponerse que ésa era la misma actitud que Gregory había adoptado en sus relaciones con esa mujer Hayman. La aventura del joven había molestado a Anna. La había enojado de tal modo que se sintió dispuesta a matar. Lo que más le enojaba era haber perdido la posesión del muchacho; no el haberlo perdido a él mismo. De cualquier manera, la recomendación que Anna le hizo a Beria para eliminar a Gregory se basaba en el sentido común y en el quebrantamiento de los más sólidos principios del espionaje. No aparecía ningún rasgo personal en el informe, ningún matiz que pudiera detectarse en Rusia, pese a que ella misma hubiese deseado efectuar las ejecuciones, muy lentamente y con derroche de crueldad.

Pero Beria había dicho que no. Estaba dispuesto a asumir el riesgo del mal comportamiento de Gregory y a arriesgarla a ella también. En un principio, semejante actitud había irritado a Anna a más no poder; pero, pensándolo bien, era posible que Beria tuviera razón, porque, a pesar de la apariencia disparatada de la conducta de Gregory, el asunto que traía entre manos marchaba muy bien. Probablemente los informes de Gregory al Kremlin no contenían datos de un valor espectacular; pero siempre resultaban útiles, consistentes y, sin duda, crecerían en trascendencia, ya que sus jefes en el Pentágono lo aceptaban cada vez con más confianza. En realidad, Gregory era un espía nato, debido a su transparente honestidad, su carácter abierto y su buena voluntad para agradar a todo el mundo. Ahora bien, sus progresos tenían que ser lentos, pues el joven tropezaba con dificultades para establecer buenos contactos dentro del Pentágono. Como Anna no consideraba que pudiese hallar auténticos simpatizantes comunistas en aquel baluarte del militarismo estadounidense, había puesto su confianza en el soborno y en el chantaje y por eso había ideado ciertas relaciones homosexuales para Gregory; sin embargo, dichas relaciones resultaban muy complicadas para un chico que acababa de causar un escándalo al irse a vivir en el mismo departamento que una prima hermana suya.

De hecho, Gregory había suministrado algunos datos muy significativos. Por el momento, se fundaban en meras deducciones, pero podían llegar a ser de gran relevancia en el futuro. Se le había pedido que indicara algunos sitios militares y económicos, dentro de Rusia, que sería muy conveniente bombardear en caso de que estallara la guerra armada contra Estados Unidos. Por sí mismos, estos datos no tenían nada de espectacular; pero Gregory se había mantenido alerta y con el oído abierto, de modo que había conseguido enterarse de que aquellos ataques con bombas no serían lanzados desde Inglaterra, Francia o algún otro de los países europeos aliados de los estadounidenses, sino desde el propio territorio de Estados Unidos. Eso implicaba que los experimentos con cohetes del doctor Von Braun y sus colaboradores serían destinados a un uso militar, si fuera necesario, y no podía faltar mucho tiempo para que eso fuera realidad, ya que los militares estaban esbozando planes concretos sobre el particular.

También, Gregory se había apoderado de la idea por el simple sistema de escuchar las diferentes alusiones hechas por sus superiores de que el Pentágono estaba dedicado al proyecto, al desarrollo y a la aplicación de todo un arsenal de armas atómicas, montadas sobre aquellos cohetes, que habrían de almacenarse en silos subterráneos, de tal forma que fueran invulnerables a los ataques y, al mismo tiempo, fueran capaces de ser lanzados para dominar prácticamente todo el mundo y, posiblemente, toda la Rusia europea. Por tanto, la misión de Gregory radicaría en especificar con exactitud esos sitios donde estaban escondidos los cohetes.

Si fuera posible que Gregory llegara a localizar los lugares exactos en todo el territorio de Estados Unidos donde se ubicaban esos silos de los cohetes con cargas atómicas, el joven justificaría toda la paciencia con la que aguardaban sus superiores. Eso, si llegaba a vivir lo suficiente para recabar los datos.

Y al parecer, Gregory podría vivir bastante aún, pues lo más extraordinario del caso era que aquella mujer con la que vivía estaba dando muestras de que era tan leal como él había prometido que lo sería. Evidentemente, la chica lo amaba con una pasión inagotable; una pasión que, con seguridad, debía estar edificada en el deseo físico, en la técnica física que ella misma le había enseñado a Gregory. Anna pensaba que, tal vez, debía sentirse orgullosa de los progresos de su alumno. Pero no por eso, al llegar el momento en que Gregory ya no fuese útil o, más bien, cuando surgiera una riña entre los dos amantes, Anna habría de vacilar un solo segundo en meterles una bala en el vientre a cada uno.

Por otro lado, los informes de Gregory habían incitado a los del Kremlin a exigir con mayor urgencia los secretos atómicos. Moscú se había vuelto destemplado en sus demandas de resultados. En ocasiones, parecía que los jefes azuzaban a Anna para que se pusiera en actividad, como si ya hubiesen olvidado el formidable éxito de las huelgas que le habían costado a Estados Unidos más de cien millones de horas-hombre durante el año anterior, en particular en comparación con los dos millones de horas-hombre que habían logrado sus compañeros agentes en Gran Bretaña. Una mísera recompensa para tanto trabajo.

Pero ella les iba a demostrar que valía muchas veces más de lo que ellos creían. Había tomado la determinación de hacerlo. Y aquella noche... Aún acariciando con su lengua la de Bogolzhin en un beso apasionado, miraba de reojo el coche que reducía la velocidad hasta detenerse al lado del suyo y se percató de que su corazón latía más y más de prisa. A pesar de eso, el otro vehículo no llevaba los reflectores intermitentes de los automóviles de la policía.

Bogolzhin aflojó su abrazo de mala gana, no sin arrastrar sus dedos sobre su espalda y después sobre los senos, como a ella le gustaba y a él también. Bajó el vidrio de la ventanilla y Anna, con un suspiro de alivio, vio que Bogolzhin ya había desenfundado la pistola. Ella hizo lo mismo.

—Buenas noches —saludó el hombre que había bajado del coche—. ¿No es cierto que la lluvia está tibia?

—De acuerdo con esta época del año —reconoció Bogolzhin, mientras Anna suspiraba de nuevo. Aborrecía aquel juego del intercambio de palabras en clave.

—Bueno —dijo el hombre—. ¿Dónde está el jefe?

—Éste es mi jefe —contestó Bogolzhin señalando a Anna con un gesto de la mano.

El hombre atisbó en la oscuridad del interior del automóvil.

—Ésa es una mujer —declaró.

—¡Ah! ¿Sí?

—Dile que se baje para que yo pueda distinguirla bien —comentó el hombre.

—Ya podrás verla muy bien —expresó Bogolzhin—, cuando te hayas metido en este auto.

—¿Que me meta allí? ¿Te crees que soy un tonto?

—¡Súbete! —le ordenó Anna, adoptando el tono de voz duro e imperativo que empleaba para mandar.

El hombre titubeó unos instantes y luego abrió la portezuela y subió al asiento posterior. Bogolzhin se dio la vuelta para mirarlo de frente, mostrando la pistola, al tiempo que Anna echaba a andar el motor.

—¡Oigan! ¿Qué están haciendo?

—No queremos hacerte daño —explicó Anna, haciendo girar el automóvil para tomar el camino principal—; sólo deseamos asegurarnos de que tú tampoco podrás hacernos daño. ¿Trajiste la información?

—Tengo algunos datos —informó el hombre—; puedo conseguir más.

—Ya entiendo. No confías en nosotros, ¿verdad?

—Tú no eres más que una muchacha —espetó el hombre.

—Me siento halagada de que lo hayas notado, amigo mío —expuso Anna con voz amable y ligeramente burlona—. ¿Qué no te gusta tratar con chicas?

—Yo sólo tengo tratos con los altos mandos —afirmó el hombre—, así se lo dije a este idiota.

—Yo soy el jefe con el que deberás tratar —recalcó imperiosa Anna.

—Dame pruebas —exigió el hombre.

Anna frunció el ceño. No se le había ocurrido que quizá fuera necesario dar pruebas de algo.

—¿Cómo quieres que te lo pruebe, amigo mío?

—¡Vaya, qué diablos!... Si tú eres el jefe, debes estar colocada muy arriba, según creo.

—Estás en lo cierto.

—En ese caso, debes ser una buena amiga de Pepe Stalin —mencionó el hombre.

—El mariscal Stalin fue quien me asignó para esta misión —comunicó Anna con cautela.

—¿Sí? En ese caso, señorita, tráeme un mensaje personal de Pepe Stalin y así trabajaré contigo.

—¿Has perdido la razón? El mariscal Stalin no tiene por qué intervenir en esta operación. ¿No estás satisfecho con lo que te hemos ofrecido? Bueno, estoy dispuesta a añadir cinco mil dólares más; pero no te daré ni un centavo hasta que yo tenga la oportunidad de verificar si tu información es valiosa o no sirve para nada.

—Con el dinero que me ofrecieron está bien. ¿Para qué demonios sirve el dinero, señorita, cuando el mundo está corriendo con desenfreno a su fin? Escuche lo que le digo: no es necesario que el tío Pepe se involucre en este asunto. Pronuncia discursos con mucha frecuencia, ¿no es cierto?

—Sí —respondió Anna desconcertada.

—Entonces, la próxima vez que emita uno de sus grandes discursos internacionales, uno de esos que yo pueda escuchar por la radio, yo hablo el ruso, ¿saben? Yo oigo todos sus grandes discursos, avísenle para que diga algo así como: "Saludo a todos los Pepes del mundo" —el hombre se rió alegremente—; yo también me llamo Pepe, ¿comprenden? Sólo quiero estar seguro de que él lo sepa.

Anna Ragosina frenó el coche para detenerlo a un lado del camino y volvió la cabeza.

—¿Eso es lo que tú quieres?

—Sí.

—Déjame ver lo que trajiste contigo.

El hombre le entregó una minúscula porción de microfilme, que presentó sobre la palma de su mano.

—Agranda esa fotografía, preséntasela a un físico competente y te dirá que es buena.

—¿Qué otra cosa puedes conseguirnos?

—Yo lo consigo todo —advirtió—; he estado tomando fotografías durante meses, poco a poquito. He fotografiado todo lo que pasa por mis manos. Y les garantizo que pasan muchas cosas. Puede ser que mi nombre no aparezca en los titulares de los periódicos, pero es la gente como yo la que en realidad hace el trabajo. Este hombre, compañero tuyo, me proporcionó una cámara, y eso era todo lo que requería —les hizo un guiño—, trabajo hasta muy tarde y aguanto bien.

—¿Y cómo te las ingenias para sacar los microfilmes? Debes tener muchos. Hemos tenido noticias de que las medidas de seguridad son muy estrictas.

—¡Claro! Estrictas como un demonio —reforzó el hombre—; es imposible sacar a escondidas de esa oficina la cabeza de un alfiler. A todos nos obligan a desnudarnos y examinan las ropas centímetro a centímetro.

—Sin embargo, tú has salido de allí con rollos de microfilmes. ¿Los llevabas en el bolsillo?

—Sí. Tengo las fórmulas, los datos sobre los experimentos, las observaciones... Díganme qué quieren. Lo tengo todo.

—Será necesario que nos digas cómo los sacaste —le indicó Anna.

—Es muy fácil. Como ya te dije, hace meses que estoy trabajando en esa oficina. Así que me fabriqué una cápsula, que es como una píldora, ¿entienden?, pero hecha de plástico para que no se disuelva. Entonces, en cuanto completo un rollo de microfilme, lo meto en la cápsula una hora antes de que salga con mi pase de fin de semana y me la trago. Luego, tan pronto como llego a mi casa, me tomó un laxante y ya está.

Anna retiró con rapidez la cabeza de la pequeña fotografía que llevaba en la palma de su mano.

—¿Y has estado haciendo eso desde hace meses para recabar datos e información y después vendérnosla a nosotros o a otro cualquiera?

—Yo he tratado con ustedes —sostuvo el hombre.

—¿Y el dinero que te ofrecimos, basta?

—Por supuesto.

—¿Qué hay del resto?

—Lo traeré cuando oiga lo que dice el tío Pepe.

Anna se encogió de hombros.

—Si eso es lo que quieres... Esto que me has dado lo debo enviar a Rusia para que lo examinen los expertos. Si ellos certifican que es auténtico, haremos negocios. No demorarán mucho. Ahora, voy a conducirte de regreso.

Le dio la vuelta al automóvil y, sin decir nada más, manejó hasta el sitio donde estaban los otros coches. El hombre bajó, se metió en su auto y Anna se quedó mirando a Bogolzhin.

—Ahora sí tengo ganas de reírme —dijo muy seria—. Ese hombre en verdad desea entregarnos las fórmulas de la energía atómica, sin otra recompensa que saber que está trabajando para "el tío Pepe". Yo no comprenderé jamás a esta gente.

—Es un idealista —explicó Bogolzhin—; cree que el comunismo es la única esperanza para el porvenir.

—Yo no comprenderé jamás a esta gente —repitió Anna.

Joseph Stalin terminó de leer el informe, alzó la cabeza y lanzó una mirada inquisidora a Lavrenti Beria.

—¿Esto es lo que ha enviado Gregory Nej?

Beria hizo un signo afirmativo con la cabeza.

—¿Y está seguro sobre la veracidad de sus datos?

—Se trata de rumores, por supuesto; pero, parece ser que el caso se está analizando profundamente en el Pentágono. Y, como verás, la camarada Ragosina agrega una nota para informar que ella ha leído algo acerca de los mismos rumores en los periódicos.

—¡Eso es una locura! —exclamó Stalin—. ¡Es un disparate mayúsculo! Yo siempre pensé que Roosevelt andaba mal de la cabeza; pero este Truman es un loco peligroso. ¡Armar de nuevo a la Wehrmacht! —levantó su dedo índice, amenazante—. Ésa es una medida dirigida en contra nuestra, ¿lo entiendes? No puede haber otro motivo para tomarla —Beria afirmó con la cabeza—. Esas fórmulas que la Ragosina nos envió —mencionó Stalin—. ¿Ya fueron examinadas? ¿Tienen algún valor?

—Sí, Joseph Vissarionovich. Nuestros hombres de ciencia están de acuerdo en afirmar que, sin duda, eso es lo que estamos buscando. Esa mujer es un tesoro. En realidad... —se quedó en silencio unos instantes, pues estaba al tanto de que Stalin todavía no había perdonado a Anna por haberlo obligado a decir, en uno de sus grandes discursos internacionales, aquella tontería del saludo a todos los Pepes del mundo, pese a que las fórmulas que ella envió eran auténticas—. Yo diría que ya ha cumplido con su misión. A mí me gustaría hacerla volver aquí.

—¿En un momento como éste? ¡Qué tontería, Lavrenti Pavlovich! La Ragosina debe permanecer donde es más útil. Vamos a requerir cualquier información que ella nos pueda aportar, si es cierto que queremos resolver nuestro problema. Y precisamente ahora debemos tomar una decisión para hacerle frente. ¿No es verdad Vyacheslav? —al hacer esta pregunta, se dirigió al otro hombre que estaba en la oficina, además de Beria.

Molotov se aclaró la garganta con un fuerte carraspeo.

—Yo diría que las cosas están progresando en favor nuestro.

—Tú lo dirías —observó Stalin—, nadie más.

Molotov alzó su mano y levantó el dedo índice.

—Por lo menos tenemos una fórmula para fabricar la bomba. Eso ya es algo sobre lo que podemos contar. ¿Cuándo iniciaremos?

—Aún necesitaremos más tiempo —señaló Beria.

—De todas formas, el asunto está en marcha —aseveró Molotov—, es algo sobre lo que podemos contar. Los estadounidenses están tomando varias medidas drásticas, están entrando en actividad; pero tales medidas ocasionarán la alarma entre mucha gente, no sólo en Rusia sino en diversas partes. Eso implica que ganaremos apoyo para nuestra posición. Me parece que es el momento de presionarlos.

—¿Ahora? —inquirió Stalin—. ¿Antes de haber fabricado la bomba?

—En estos momentos estamos en una posición mucho más segura de lo que estaremos al contar con la bomba —insistió Molotov—; si los estadounidenses lanzaran una bomba atómica sobre Rusia, perderían toda la buena voluntad que puedan tener en el mundo entero. Éste es el momento de forzarlos a que se corten los cuernos, quizá obligarlos a que se salgan de Europa, o bien, que tomen esa otra medida drástica. Yo te garantizo que se cortarán los cuernos.

—¿Qué podríamos hacer para obligarlos?

—Están haciendo el intento de encontrar una solución unilateral de la cuestión de Alemania. Eso está a la vista. Bueno, pues nosotros podríamos tomar algunas contramedidas. Si van a armar a la Wehrmacht, tendremos que expulsarlos de Berlín.

—¿Expulsarlos?

—Eso significaría un rompimiento abierto de los tratados —observó Lavrenti Beria.

Molotov los observó con una de sus muy breves y muy raras sonrisas.

—Podríamos convencerlos de que deben irse, camaradas. Les aseguro que, por la autopista que une el puerto de Hanover a Berlín occidental, hay un tránsito continuo de los vehículos británicos, franceses y estadounidenses. Eso implica que las tres potencias están transportando por tierra los abastecimientos de petróleo, carbón y alimentos para la ciudad. Pero la autopista atraviesa el sector ruso de Alemania. Supongamos que cerramos la autopista al tránsito. ¿Qué ocurriría? Resulta muy sencillo hallar una justificación para hacerlo. Eliminaríamos las guarniciones de las tres potencias en Berlín occidental tan fácilmente como cortar las flores de una planta. Tendrían que retirarse o morir de hambre y de frío. Aunque también podrían protestar, gritar y amenazar; pero no se atreverían a hacer nada en absoluto. Y ahora que las Naciones Unidas están a punto de inaugurar su sede en Nueva York, nuestro enviado, Michael Nikolaievich, podría plantear nuestro caso o nuestra intención a todas las naciones no alineadas. Nosotros no participaremos en un juego peligroso; en cambio, los estadounidenses, sí, ya que sólo el rearme de Alemania constituye una amenaza para la paz del mundo. Ésa es la línea que deberíamos seguir.

—Pero... Si se retiran de Berlín —dijo Beria—, ¿qué habremos conseguido?

—Es que, por supuesto, no van a retirarse de Berlín —advirtió Molotov—, se trata de tocarles el punto emocional; y los estadounidenses son gente muy dada a las emociones. Cuando ya no puedan contenerse y amenacen con recurrir a la fuerza, les diremos que la solución es muy simple: ellos abandonan sus absurdos proyectos para armar a la Wehrmacht y, a cambio, nosotros abrimos la autopista.

—¡Ejem, ejem! —gruñó Stalin—. ¿Saben que eso podría dar resultado? Sí, señores; podría funcionar bien. Pero, cuidado: tendría que ser cuidadosamente pensado e impuesto.

—Yo te diría, una vez más, que las cosas están funcionando en nuestro favor —reiteró Molotov—, no tenemos que hacer algo sino esperar unos meses; para ser exactos, hasta el año próximo, ya que será un año de elecciones en Estados Unidos. Truman deberá tratar con guantes de seda a la opinión pública en aquel país durante todo el año entrante y, de acuerdo con Anna Ragosina, la opinión pública está casi por completo en contra de la bomba atómica y contra cualquier clase de confrontación con nosotros. Ése es el primer punto; el punto número dos estriba en que los ingleses ya han anunciado que, en definitiva, entregarán su mandato sobre Palestina en el mes de mayo próximo. El día en que los británicos se retiren, explotará toda la región.

—No sabemos con certeza lo que sucederá —acotó Beria.

—Ciertamente que es interés nuestro, interés tuyo, Lavrenti Pavlovich, hacer que la región explote. No se requiere azuzar demasiado a los árabes. Si eso ocurre, la atención de los ingleses y de los estadounidenses se concentrará en el Cercano Oriente. Yo diría que bien podríamos ponernos en actividad la primavera próxima, camaradas —se reclinó en el respaldo de su sillón y volvió a sonreír—; creo que el año próximo será un buen año para la Unión Soviética.

Felícitas Hayman se estaba aplicando el barniz rojo sobre las uñas de sus pies. Se hallaba sentada sobre la cama, con su pierna derecha doblada hacia arriba y la falda replegada sobre su regazo, de modo que sus dos piernas quedaban totalmente expuestas.

Gregory Nej, sentado frente a ella, la contemplaba como a él le agradaba hacerlo y como a ella le gustaba que lo hiciera. Era uno de los inagotables encantos de sus relaciones, reflexionaba Felícitas, eso de no cansarse jamás uno del otro, de mirarse mutuamente, de tocarse uno al otro, de estar juntos. Era que ellos dos se amaban. No podía imaginarse que alguna pareja en el mundo se hubiese amado como ellos, tan completamente, sin reservas de ningún tipo.

El hecho de que tuvieran un interés común al perseguir el mismo ideal aportaba intensidad y esplendor a su estupenda intimidad. El elemento del riesgo —porque, sin duda, existía, aunque ella no estuviera muy convencida de que fuera demasiado grande— incorporaba a sus vidas un sabroso condimento que, de otra forma, podía haber faltado, incluso podría haber derivado en el aburrimiento de la excesiva familiaridad, puesto que ninguno de los dos llevaba una vida social. Los oficiales con los que Gregory trabajaba en el Pentágono no habían mostrado el más mínimo deseo de entablar amistad con él, en parte porque era ruso y, en parte, porque era desertor y todo soldado profesional experimentaba un profundo disgusto por la traición y, además, por su extraño arreglo doméstico. Por eso, salían de casa muy rara vez. Felícitas salía de compras por las mañanas y después regresaba al departamento para realizar sus trabajos domésticos y para esperar a que Gregory volviera de sus clases y conferencias. Entonces, se sentaban en la cama y discutían acerca de los datos que él había obtenido durante la jornada para decidir juntos y de mutuo acuerdo cuáles merecían ser comunicados a sus superiores, por intermedio de Bogolzhin. El acto de transmitir los mensajes era responsabilidad de Felícitas. Desde que se habían trasladado a vivir en Washington, Gregory se había abstenido de establecer contacto con su "control", como él lo llamaba. Por lo tanto, aun cuando estuviera constantemente vigilado, y él creía que lo estaba, jamás habrían podido sorprenderlo cometiendo alguna indiscreción. En cambio, todas las mañanas de los viernes, Bogolzhin iba de compras al mismo supermercado que Felícitas frecuentaba y la información pasaba de una bolsa a la otra, sin que se intercambiara entre ellos una palabra o una mirada. Así se hacía sencillamente. Por lo demás, a nadie podía ocurrírsele poner bajo vigilancia a la hija de George Hayman.

La información pasaba en una corriente pequeña, pero constante. Debido a que el trabajo de Gregory estribaba principalmente en revelar a los estadounidenses los secretos rusos, él recibía a cambio muchos de los datos más secretos de Estados Unidos. Por ejemplo, Gregory había tenido la primera noticia acerca del proyecto de los cohetes guiados porque se le había solicitado que proporcionara una lista de los blancos rusos para los cohetes guiados... Felícitas se había sentido nerviosa por esas informaciones. No obstante, todo lo que estaba aconteciendo, cada uno de los datos que Gregory traía a casa, no hacían más que reafirmar lo que él mismo había mencionado desde el principio: que Estados Unidos, su propio país, se había lanzado para dominar al mundo por la fuerza de las armas. La idea era terrible.

Pero lo verdaderamente inquietante era que ella no podía comprender cómo iban a impedirlo. Gregory insistía en que sí podrían, pero ella no podía entender cómo el hecho de decir a los hombres del Kremlin lo que los estadounidenses estaban planeando hacer lograría evitar que éstos lo hicieran; eso no sucedería hasta que los rusos tuvieran su propia bomba atómica para enfrentarla a las de los estadounidenses y no había señales de que eso fuera a ocurrir. Felícitas hubiese preferido emprender una actividad mucho más directa, como recurrir al sabotaje en los sitios y los silos de los cohetes, tan pronto como se construyeran; pero el caso era que aún no se construían: todo estaba todavía en bocetos o en proyectos. Aunque a Felícitas también le hubiese parecido conveniente volar todo el Pentágono. Pero Gregory se había negado con firmeza a tomar medidas tan drásticas y tan peligrosas. "No estamos aquí para hacer frente a los peligros —diría el muchacho con determinación—. Estamos aquí para desempeñar una misión."

¿Alguna misión dictada por Bogolzhin? Felícitas no lo creía así, después de conocer al hombre. Por otro lado, el propio Gregory había insinuado o sugerido ambiguamente que allí mismo, en Estados Unidos, había alguien muy superior a Bogolzhin, una persona que era la que daba las órdenes y que no era el embajador soviético. En un principio, Felícitas llegó a preocuparse porque no se le había permitido conocer a ese personaje misterioso que movía los hilos para dirigir la vida de Gregory y, de paso, también la suya. Pero, en realidad, no tenía importancia. Esa persona, quien quiera que fuese, conocía su existencia y sabía cuál era la parte que ella desempeñaba en el gran proyecto. Así se lo había asegurado Gregory.

Sin embargo, muy a menudo, Felícitas experimentaba la sensación de que ella consideraba de un modo mucho más serio el proyecto que el mismo Gregory. Para ella, era lo más importante en la vida, en especial luego de que él la abrazaba. Pero, en ocasiones, él expresaba una ligereza desalentadora; incluso había llegado a sugerir, ocasionalmente, que salieran a divertirse en un club nocturno. Claro que él aún era muy joven; pero no podía imaginarse que hubiera algo tan antirruso como aquella sugerencia, ni nada tan absolutamente estadounidense y, tal vez, sin darse cuenta, ella se volvía más antiestadounidense cada día. Le parecía que sus compatriotas tenían tanto, en comparación con las interminables penurias de la vida en Rusia, según le relataba Gregory, y los estadounidenses se convertían en verdaderos ogros por aquella ambición de controlar al mundo. En esa clase detestable, colocaba a los integrantes de su propia familia.

De hecho, los clasificaba como los ogros más atroces de todos. Por supuesto, no a su padre. Él era un hombre bondadoso, siempre inclinado a ayudar a los demás, aunque estaba muy comprometido con los ogros del capitalismo por razones de su nacimiento y su educación. Pero los demás... Se habían negado a dirigirle la palabra desde hacía tiempo. Ahora, habían decidido que lo pasado, pasado... ¡Qué gran magnanimidad!

Felícitas levantó la cabeza.

—Creo que no debemos ir —opinó—. Me parece que deberíamos dejarlos que hirvieran un poco más en su propio jugo.

Gregory le sonrió y se puso de pie para alcanzarle su vestido.

—Ellos forman tu familia —le señaló.

—¡Bah! —exclamó ella—. Son unos cerdos capitalistas —había estado leyendo a Lenin.

Gregory se apoderó de su mano.

—Querida mía —le dijo—: tu padre ha estado intentando organizar esta reunión desde hace meses. Ha invertido en ello una buena parte de su tiempo y de su esfuerzo. Yo pienso que no deberíamos desairarlo. Además, estamos en Navidad y, en esta época, la familia es muy importante. En Rusia, la familia es lo más importante del mundo y, en Navidad, adquiere mayor relevancia que nunca.

—Aquí no —aclaró ella—. En Estados Unidos, la Navidad no es más que un pretexto comercial para el despilfarro; pero eso de pasar dos días enteros en Cold Spring Harbor... resultará muy aburrido y muy incómodo. Tendré que soportar a mi madre, sentada frente a mí y mirándome fijamente; Beth nos comentará sin cesar del éxito de su última exposición. Diana nos dirá que ella nos quiere mucho, como si nos hiciera un gran favor. Mi hermano George nos hablará de todo lo malo que hay en el mundo y de la manera en que él lo va a componer. Natasha no platicará de otra cosa más que de los niños y del trabajo extenuante de John al que le dedica tantas horas que casi no lo ve; no sé cómo se las ha arreglado para estar embarazada de nuevo. Y el mismo John se sentará sin decir nada y tendrá los ojos constantemente clavados en ti.

CAPÍTULO XI

GREGORY LA BESO EN LA NARIZ, LE LEVANTÓ EL CIERRE DE CRE-
mallera de su vestido y le dijo:

—Se trata de nuestra familia. Todos ellos son parte de nuestro escenario, querida mía. Es un escenario que nosotros hemos forjado y nosotros
también formamos parte de él. Así debe ser, pues es parte de nuestra tarea.

Cuando el mes de abril pasó al de mayo, el clima se volvió extremadamente caluroso en Palestina. Se sudaba a todas horas y las moscas emergieron
en mayor abundancia, incluso en las regiones del norte, en presencia de las
Alturas del Golán.

Para Ruth Hassell, la primavera de ese año de 1948 había sido la época
más horrorosa y penosa de toda su existencia. Así se lo decía para sus adentros al recordar sus desgracias mientras recolectaba los tomates maduros
en los campos asoleados. Sin embargo, la estación era la más grata del año, lo
mismo en Palestina que en los otros países del hemisferio norte. Entrañaba
el punto final del invierno y el salto hacia las promesas del verano; era la
época en la que los botones estallaban para transformarse en flores, en que
los tomates rojos y redondos maduraban, en la que, incluso la aridez del
desierto, regado por las aguas que se extraían del subsuelo por medio del
molino de viento, adquiría un color verde tierno. En cambio, para Ruth era
el tiempo en que no podía dejar de recordar el día en que un joven fuerte,
entero y hermoso y, sobre todo, inocente, había sido colgado por el cuello de
una cuerda, hasta morir.

Era extraño, pero Ruth culpaba más a su propio pueblo que a los ingleses por esa infame ejecución. Los ingleses se aferraban, como lo habían
hecho durante siglos, a un pragmatismo absurdo. Ellos creían, con toda
sinceridad, que podían ofrecerle al mundo algo mucho mejor que todo lo
que le hubiese brindado antes cualquiera de las potencias conquistadoras.

Si bien la base principal de la creación de su imperio era engordar los cofres de numerosos mercaderes aventureros de Liverpool, de Bristol y, en particular, de Londres, también habían aportado con ellos los beneficios del cristianismo, de la ley y el orden a todos los rincones de la Tierra, sin poner jamás en duda que las leyes inglesas fueran infinitamente preferibles a esa anarquía desorganizada de tantos de los sistemas que ellos habían reemplazado. A pesar de que ellos mismos fueron descritos por un visitante a las islas británicas, en el siglo XVIII, como el pueblo más difícil de gobernar en todo el orbe, llegaban a considerarse, por una inversión de valores, como los individuos más aptos para gobernar entre todos los pobladores de la Tierra. Sin embargo, era indispensable respetar a una nación tan empapada con su propia estimación, aunque al mismo tiempo se despreciaran los resultados de su fría, calculada e impersonal manera de encarar la vida o la muerte, pues se sabía con certeza que los ingleses aplicaban a su propio pueblo las mismas reglas que se esmeraban por imponer en los países colonizados.

Por otra parte, nadie podía inculpar a los judíos de ser fríamente impersonales. En su lucha por la existencia, no se detenían ante ninguna barrera, y allí, en Palestina, su lucha no era para terminar con las diferencias entre ser la nación número uno o la número dos, ni siquiera para ser una nación rica o pobre; en su inminente guerra contra los árabes, los hombres, mujeres y niños de Palestina se iban a enfrentar con la simple elección entre triunfar o morir. Ante tal conflicto, cualquier judío empleaba cualquier recurso que tuviera a mano para sacarle la máxima ventaja posible. Y, una vez utilizado ese recurso, se le hacía a un lado sin el menor miramiento. Nadie le había hecho una mala jugada a Paul. Si hubiese salido con vida, se le habría honrado y venerado como a un héroe y protegido por todos los habitantes. La decisión de no hacer fuego y de dejarse atrapar había sido exclusivamente suya, y como no había traicionado a ninguno de sus socios, éstos habían mantenido su palabra en relación con su vida. En el kibutz no había otra mujer a la que se honrara más que a Ruth Hassell.

Por tanto, ella y su tía Judith habían decidido quedarse en el kibutz. Dejó de considerarse el hecho de que no tuvieran otra opción; tampoco volvió a pensarse en que las dos habrían podido ser insoportablemente desdichadas si Paul hubiese hablado para salvar la vida. Así como Paul se había sacrificado a sí mismo, la desventurada Judith había sacrificado a su esposo para continuar viviendo en paz en aquel jardín creado en medio del desierto. Ruth pensaba que su tía Judith era la más desafortunada de las dos; pues ella ya sabía a qué atenerse, mientras que Judith ni siquiera sabía con certeza si Boris había muerto o si aún vivía. De cualquier modo, aquel kibutz de Palestina ya era su casa y sería su hogar para siempre.

Cualquier cosa que aconteciera a partir del día siguiente, cuando el último de los ingleses partiría definitivamente de Palestina, debía ser compartido por ellas dos.

Pero tampoco esa lealtad, una lealtad dictada por la desesperación, le permitía mirar a Benjamín Cohen sin sentir en su fuero interno un estremecimiento de horror; ya ni siquiera sentía el deseo de que las cosas hubieran resultado diferentes.

Se enderezó y alzó la cabeza para ver el autobús de Jerusalén que acababa de detenerse sobre el camino, encima de la cuesta. Vio al hombre que bajaba. Se le quedó mirando y se secó el sudor de los ojos para verlo mejor. Entonces, dejó su canasta en el suelo y echó a correr cuesta arriba.

—¡Nigel! —gritó alegremente—, ¡Nigel Brent!

—¡Ruth! —Nigel Brent abrió los brazos y, en un primer instante, la chica estuvo a punto de precipitarse en ellos. Pero los dos se contuvieron al mismo tiempo, muy cerca el uno de la otra, y se estrecharon las manos.

Nigel aspiró una bocanada de aire con fuerza.

—¡Qué gran alegría es estar de vuelta! —exclamó.

—Sí —respondió ella y se quedó observando su ropa de civil cubierta de polvo y su sombrero de fieltro, arrugado—, pero, ¿cómo es...?

—Moví algunas influencias —explicó él—; además, a partir de mañana...

—Así es —asintió Ruth—, ya lo sé —dio media vuelta porque otras personas habían dejado los campos y estaban subiendo por la cuesta hacia el camino para rodear al recién llegado.

—¡Buenos días, rabino Yanowski! —saludó Nigel con acento de alegre confianza—. ¿Señora Petrov? ¡Qué gusto volver a verla!

Todos los que iban llegando miraban con curiosidad las ropas de civil.

—¿Qué hace usted aquí, señor Brent? —inquirió Yanowski.

—Vine de visita, pero espero quedarme.

—¿Quedarse aquí...? ¿Donde era...?

—¿Donde una vez fui policía? Ya no lo soy, rabino. Dejé de serlo desde hace tiempo.

Yanowski hizo un signo afirmativo con la cabeza.

—Eso, ya lo sabía. Consideramos muy honorable su decisión. Pero, aquí...

—Es posible que me necesiten —expresó Nigel—, mañana es el día en que el último de los soldados partirá. ¿Ya ha escuchado lo que andan diciendo los árabes?

—Es palabrería —aseguró Yanowski. Hizo girar la cabeza para contemplar el azul de las Alturas del Golán—, palabras y nada más.

—¡Ojalá y que eso sea! No obstante, en Tel Aviv y en Jerusalén están tomando muy en serio esas palabras.

—En ese caso, ¿por qué los árabes no nos han atacado todavía? —preguntó Judith—. El último de los soldados partió de aquí hace ya una semana —también ella divisaba las colinas lejanas.

—Quizá porque no desean enfrentarse a nosotros con una crisis de conciencia —repuso Nigel—. Una vez que estemos fuera, nos quedaremos fuera y no volveremos, pase lo que pase; pero si los árabes empiezan a matar a los judíos mientras nosotros aún estamos en territorio judío, nos veremos forzados a reaccionar. Lo más probable, según creo, es que están esperando ver lo que ustedes van a hacer. Si insisten en lo de la declaración del Estado de Israel...

—Proseguiremos —declaró Yanowski—; esta noche se hará la declaración.

—Bueno, en ese caso, van a necesitar a todos los hombres capaces para reunirlos mañana mismo.

—A ti no te necesitamos para nada —afirmó acremente Benjamín Cohen—; jamás hemos necesitado tus servicios, inspector Brent.

Nigel lo miró fijamente a los ojos.

—Muy bien: aquí me tiene, señor Cohen. ¿O es que intentará matarme por segunda vez?

—¡Damas y caballeros! ¡Amigos míos! —el rabino Yanowski sonreía complacido mirando a Judith—. ¡Camaradas! Vamos a brindar por Chaim Weizmann y por David Ben-Gurión.

El salón de actos, colmado de público, se llenó de murmullos de asentimiento.

—Presidente Weizmann. Primer ministro Ben-Gurión.

Aquella noche, todos los habitantes del kibutz estaban en el salón, se decía Ruth; incluso los niños habían asistido. Como de costumbre, estaba de pie, junto a Sylvia y con Judith al otro lado. De muchas maneras, esa noche le recordaba la primera que estuvo allí, hacía casi dos años. Entonces, lo mismo que ahora, estaba en el umbral de un mundo nuevo; entonces, como hoy, había sentido cierta aprensión acerca de lo que los días venideros pudieran aportar. La diferencia radicaba en que, en ese entonces, ella y Paul habían estado aislados, solos en su aprensión, solos en sus principios. Esta noche, ella y Judith eran parte de algo más grande que ellas mismas. Se preguntaba cuánta gente, en toda la historia, había tenido el privilegio de estar presente en el nacimiento de una nación. Deseaba experimentar una reacción más positiva, una sensación cierta de que aquella era su patria.

Asimismo, había otra diferencia en comparación con lo ocurrido un año y medio antes. Entonces, el policía inglés se situaba en el centro de la escena con absoluta seguridad, confiado en el apoyo de sus subordinados y en el poder del ejército y la armada británicos que lo respaldaban, el inmenso poderío edificado por sus amos imperiales, cuyo "hágase" él estaba imponiendo. Pero, esta noche, era un hombre solitario y, sin embargo, tal como había sucedido con Paul, demostraba la misma confianza, se encontraba de pie al lado del rabino y levantaba su vaso junto con todos los demás.

Inició la música y el baile, pero Ruth rechazaba todas las invitaciones, como lo había hecho durante todo el año. Al principio, la dejaban sola, pues era una viuda y todavía llevaba luto. Pero eso era un año antes. A pesar de todo lo que había sufrido, sólo tenía veintisiete años y era, con mucho, la mujer más hermosa del caserío. Ya había notado los sentimientos de los jóvenes solteros del kibutz quienes, sin duda, comentaban que era una lástima su deseo de permanecer viuda.

Ella misma estaba consciente de ello, aunque, en realidad, no tenía intención alguna de casarse de nuevo ni de compartir su cuerpo con el de otro hombre. Ni siquiera con Paul había deseado compartir el cuerpo. En eso residía la dificultad. Paul había comprendido, pues él lo sabía. Los hombres del kibutz estaban al tanto de que había vivido mucho tiempo en el campo de concentración, porque habían visto los números grabados a fuego sobre la carne de su antebrazo y no era la única mujer del kibutz marcada en esa forma. Pero como había sobrevivido sin ningún daño aparente, los hombres no sabían con precisión cómo había padecido. El hecho de que hubiera salido entera, por lo menos en apariencia, podía hacer creer a cualquiera que haría una buena esposa.

No obstante, a ninguno de los hombres del kibutz se le hubiese ocurrido sospechar que Ruth sentía deseos de gritar cada vez que el cuerpo desnudo de un hombre se juntaba con el suyo debido a los cientos de cuerpos desnudos que la habían devorado durante los años anteriores en el burdel de Ravensbrück. Y si acaso lo sabían, cada uno de los hombres podía suponer que su caricia la hacía gritar y que su modo de hacerle el amor la obligaría a olvidar las amarguras del pasado. Al mismo tiempo, cada uno de los hombres se volvería contra ella al comprobar que no había manera de hacerle el amor que pudiera hacerla olvidar.

Por tanto, sólo les sonreía a los jóvenes, declinaba amablemente la invitación y se preparaba a deslizarse suavemente hacia el rincón donde estaban las mujeres mayores del caserío, las otras viudas y las abuelas. Pero, de pronto, alzó la vista y comprobó que el hombre que se inclinaba ceremoniosamente ante ella era Nigel Brent.

—Me han comentado que ya no quieres bailar —le dijo tendiéndole la mano—, pero ya lo hiciste una vez y ahora te haría mucho bien. Esta noche celebramos una ocasión especial.

Ella vaciló un instante y después se levantó.

—Bailar conmigo no te acarreará la simpatía de los demás —le advirtió Ruth, tomando su mano.

—Tengo la ligera sospecha de que, de cualquier modo, no conquistaré su simpatía —sonrió con amabilidad y la tomó en sus brazos al comenzar la música—; sin embargo, creo que en los próximos días tendrán mucho de qué preocuparse como para pensar en mí.

Ruth levantó la cabeza para verlo de frente.

—¿De veras consideras que habrá disturbios a partir de mañana?

—No tengo la menor duda —contestó—; sólo quisiera persuadir a tu gente para que se cuide. Le supliqué al rabino que destacara por lo menos a un par de guardias durante la noche y él me respondió que no lo consideraba necesario. Me dijo que, en ocasiones, ha habido emboscadas en los campos, pero, en realidad, jamás han sido víctimas de un verdadero ataque. Yo le recordé que, entonces, los ingleses estaban aquí y eso no pareció modificar su punto de vista.

—No obstante, ¿con qué propósito querrían los árabes atacar este lugar? Hasta hace poco, antes de que llegáramos, no era más que desierto. Los árabes no lo usaban para nada. ¿No crees que ahora estén contentos de que hayamos cultivado la zona?

—Pero es que los árabes consideran a todo el territorio, incluso este lugar, como tierra propia —le recordó Brent. Le retuvo la mano al callarse la música, para conducirla hacia afuera del salón, donde pudiera respirarse el aire de la noche. Como ocurre siempre en el desierto por las noches, se había levantado un viento fresco que soplaba con la fuerza suficiente para agitar la falda del vestido de Ruth—. ¿Sientes mucho frío?

—No. A mí me gusta —se apartó unos cabellos que habían caído sobre su frente, caminó hasta el borde de la amplia terraza que se extendía al frente de la entrada del salón y se quedó contemplando hacia la oscuridad—. ¡Es tan tranquilo este sitio! —exclamó—, tan sereno, tan pacífico, tan ejemplar sobre la forma en que los hombres deberían vivir. Provoca tristeza recordar que emergió de la violencia y más aún, pensar que allá, entre las sombras, puede haber otra gente ideando la manera de desatar más violencia.

—¿No es ésa, acaso, una ley natural? —inquirió él—, la vida y la muerte integran un ciclo constante, una lucha permanente por la supervivencia.

Ruth hizo girar su cabeza para verlo.

—Si tienes una certeza tan absoluta de que habrá lucha —afirmó—, ¿por qué volviste? Ésta no es tu gente. Muchos de ellos no desean que estés aquí. ¿Por qué tendrías que arriesgar tu vida por ellos?

—Yo no regresé para jugarme la cabeza por ellos —declaró tranquilamente.

Ruth clavó sus ojos en él mientras pensaba: "Éste es Nigel Brent, el equivalente inglés de Paul". Un hombre en el que, sin duda, se podía confiar, aun con los terribles secretos que ella llevaba ocultos en el corazón. ¿No sería, más bien, que ella estaba engañándose a sí misma al contemplar aquella sonrisa serena y aquellos modales llenos de confianza y seguridad?

—Yo no tenía pensado hablarte de estas cosas tan pronto y tan de repente —externó Nigel.

Ruth comprobó, con alivio, que la oscuridad podía ocultar el rubor que le encendía las mejillas.

—La compasión no es un elemento muy firme para fundar una relación, Nigel Brent —pronunció con cierta precipitación.

—Yo jamás he sentido compasión por ti, Ruth. Por el contrario, siempre he envidiado tu fuerza y tu valor.

—¿Mi fuerza? —preguntó ella—, ¿mi valor? Debes referirte a mi resignación. En realidad, sabes muy poco acerca de mí.

—Creo que sé mucho más de lo que tú te imaginas —manifestó él—; fui oficial de la policía.

—¿Y acaso te fascinaba pensar en mí en un burdel para los alemanes? —espetó ella con amargura y, de inmediato, se despreció a sí misma por haberlo dicho.

—Pensar en ti me hace percatarme de lo muy afortunado que Hassell fue, aunque su buena fortuna durara tan poco —dijo y añadió después, con toda seriedad—: Ruth, ya te dije que no tenía la intención de hablarte de esto tan pronto. Pero, como ya lo he dicho, no podremos fingir que estamos hablando de otro asunto. No, Ruth, no pretendo ganar el lugar que Paul ocupaba. No tengo el derecho de hacerlo. No puedo hacer otra cosa más que asegurarte que no he pensado en nadie más que en ti durante el último año y, desde el momento en que regresé, supe que debía decírtelo. Yo te amo, Ruth. Me parece que te he amado desde el instante en que te conocí. Yo... —suspiró—, dime, por lo menos, que no me odias.

Ruth comenzó a dar vuelta a la cabeza para mirarlo y se detuvo, pues, de la densa oscuridad, había surgido súbitamente un flamazo rojo, seguido de pronto por una tremenda explosión que cimbró todo.

Ruth, empujada por Nigel, estaba de bruces en el suelo de la terraza. En sus oídos zumbaba un silbido agudo y se veía cubierta por un polvillo fino y blanco. La noche entera parecía saturarse de gritos y gemidos de dolor y parecía rebosar de terror y de estruendos que despertaban ecos a su alrededor.

Alzó la cabeza para ver el rostro de Nigel, quien estaba a pocos centímetros del suyo. En la cara se veía la boca abierta, moviéndose; era evidente que estaba hablando, pero ella no podía escuchar lo que decía; sólo sintió algún consuelo cuando volvió a sentir el peso de su mano empujándola otra vez contra el suelo, mientras la tierra en torno suyo se mecía con sacudidas siniestras. Hasta ese momento, comprendió, con una sensación terrible que, pese a todas las experiencias que había tenido antes, ésa era la primera vez que estaba metida en la guerra.

Unos pies la golpearon y volvió a levantar la vista. Un hombre había salido corriendo del salón, tropezó con ella y había caído rodando por los escalones que bordeaban la terraza. No podía distinguirlo con claridad en la penumbra; pero, como no lo veía moverse, se dijo que estaba inconsciente o, tal vez, muerto.

Nigel estaba de rodillas y tiraba de su brazo para levantarla; ya de pie, la retuvo entre sus brazos y, después, agachado a veces y tropezando otras, saltando el barandal del final de la terraza, la condujo hasta acostarla sobre la tierra suave del macizo de flores. Ruth cayó encima de él, rodó hacia un lado y la mano de Nigel la atrapó y la obligó a acostarse de nuevo de bruces. A su nariz llegó el olor a quemado, alzó la vista y vio salir las llamas por el techo del salón de actos. Había en él dos grandes agujeros.

Otra vez, Nigel estaba de rodillas, empujándola hacia la pared del edificio y señalando hacia el extremo, el que estaba en el sentido contrario al desierto. Ruth no quería moverse. Se diría que sus piernas habían perdido su fuerza y su cabeza era un remolino de terror. No deseaba otra cosa que permanecer donde estaba, con sus brazos sobre la cabeza y, de preferencia, con el cuerpo de Nigel cubriendo el suyo, para sentir su fuerza y esa admirable autoconfianza. Pero Nigel continuaba tirando de ella e indicando hacia la esquina de la casa y ella no quiso desilusionarlo quedándose allí, como quería. Haciendo un esfuerzo, lo siguió.

Sus oídos embotados volvieron a oír al dar la vuelta a la esquina del edificio; allí, por fin, pudo echarse en el suelo, en compañía de muchos otros y con Nigel a su lado.

—¿Qué es todo esto? —preguntaba azorado el rabino Yanowski—. ¿Qué está ocurriendo? —por el tono de su voz, parecía confundido, pero nadie le pudo contestar porque un nuevo zumbido y otro gran estallido zarandeó todo el caserío, produjo una nueva lluvia de polvo y despertó otro coro de gritos.

—¡Morteros! —gritó Nigel—. Ésos son morteros.

Judith Petrovna se levantó del suelo, se irguió y señaló al edificio.

—Hay gente adentro del salón —clamó—, hay niños. Morirán todos quemados.

—Ahora no puede ayudarlos, señora Petrov —le advirtió Nigel—. ¡Agáchese, por el amor de Dios!

—¡Ven acá y agáchate! —le gritó Ruth tirando de la mano de su tía, mientras lloraba de felicidad al ver que todavía estaba viva—. ¡Vamos! ¡Agáchate!

Judith cayó de rodillas con la cabeza inclinada, clavada sobre su pecho.

—¿Qué vamos a hacer? —preguntaba el rabino Yanowski—. ¡Por Dios! ¿Qué podemos hacer?

—No podemos hacer nada —declaró Nigel—, hasta que el bombardeo cese. Tampoco ellos nos atacarán hasta entonces. ¿Qué armas tienen?

—Algunos rifles —respondió el rabino—; morteros no tenemos.

—¿Ametralladoras?

El rabino se volvió para ver a Benjamín Cohen, quien también estaba agazapado en el refugio del edificio.

—¡No es momento para discutir nuestros rencores, por el amor de Dios! —vociferó Nigel indignado—, tenemos necesidad de tener lo más pronto aquí esas armas en cuanto el bombardeo finalice.

Todos lo observaron, pues su voz resonó con mucha fuerza; el bombardeo había cesado.

Nigel Brent estaba de pie, erguido en posición de firmes.

—¡Que traigan esos rifles! —gritó imperioso.

—Sí, sí —contestó el rabino Yanowski—, corre, Benjamín, y trae contigo todas las armas y municiones. Consíguelas donde puedas.

Cohen vaciló un segundo y después echó a correr a través de la calle. Otros jóvenes salieron corriendo junto con él.

—Voy a requerir su ayuda, rabino —solicitó Nigel—; esos jóvenes no obedecerán mis órdenes si usted no se los pide.

Yanowski afirmó con la cabeza. Por lo menos, estaba él para admitir que allí había un hombre ejercitado para dirigir.

—Bueno —dijo Nigel—, ¿tienen algún radiotransmisor de onda corta?

De nuevo, el rabino sacudió la cabeza.

—Entonces, haga que alguno se comunique con Jerusalén para reportar que estamos bajo el bombardeo de los morteros y que esperamos un ataque dentro de poco. ¡De prisa, señor Yanowski!

El rabino se metió corriendo a la oscuridad de la calle.

—Deberíamos entrar al salón y ayudar a esa gente —se lamentó Judith—. ¡Sylvia! ¿Dónde estás, Sylvia?

No hubo respuesta.

—Ruth, ven conmigo —ordenó Judith.

Esta vez fue Ruth la que titubeó.

—¿Qué vas a hacer? —le preguntó a Nigel.

—Voy a formar una línea —expuso él—, tan pronto como pueda, con el objeto de rechazar cualquier asalto. Tú, vete a ayudar a tu tía. Pero, Ruth... Los árabes son... —ella se le quedó mirando sin pronunciar palabra—. Toma precauciones y cuídate —le dijo—. ¡Cuídate, por el amor de Dios!

Ya había llegado Judith con paso rápido hasta la puerta del salón. Las llamas continuaban ardiendo y alumbraban brillantemente la noche. Ruth pudo distinguir a varias mujeres que se habían reunido allí, intentando con desesperación sofocar las llamas, algunas con cobertores y otras con los delantales.

—¡Agua! —exclamó Judith—. Vamos a necesitar agua.

—El molino y la bomba están inservibles —explicó una de las mujeres—, fue a lo primero que le pegaron.

—Y el generador está muerto —añadió otra.

La noche se llenó de ruidos; eran sonidos sordos y huecos. Alguien profirió un grito, dio media vuelta en el aire y cayó pesadamente al suelo.

—¡Abajo! —chilló Judith—. ¡Protéjanse! ¿Dónde están los hombres?

Cuarenta años atrás, estaba de pie en las barricadas de Moscú, se estaba diciendo Ruth. ¡Cuántos recuerdos le traería esto!

—¡Allí están! —dijo Judith, viendo a Nigel que pasaba corriendo frente a ella, seguidos por Benjamín Cohen y algunos otros. Todos portaban rifles, revólveres, pistolas y cajas con municiones; dos de ellos cargaban una vieja ametralladora Lewis, robada, sin duda, a los simpatizantes franceses en El Líbano.

—¡Cuídense! —les gritó Judith y a continuación se levantó y echó a correr con ellos. Si fueran a matarla, si algún árabe la atrapaba y la mutilaba, quería que fuera junto con ellos, porque, de repente, cayó en la cuenta de que, si iba a sobrevivir, tendría que ser con ellos; no había otra alternativa. Ruth corría a su lado. También quería estar cerca de Nigel.

Integraron una línea al final de la calle, donde iniciaba el desierto; todos se acostaron boca abajo, con los rifles empuñados frente a ellos. Nigel y Benjamín estaban armando la ametralladora. Ya Ruth podía vislumbrar en la oscuridad de la noche las luces rojas de los fogonazos de los rifles disparados en el desierto. Instintivamente, se dejó caer de rodillas y se arrastró para reunirse con los demás.

—Por aquí va la cinta —estaba explicando Nigel—, apresúrate, muchacho; parece que tienes las manos acalambradas. Ya está —se sentó detrás de la ametralladora y disparó una ráfaga hacia la oscuridad de la noche—, ya vamos mejor. ¡Alto al fuego! —gritó después, al ver que otros jóvenes habían empezado a disparar—, no podemos darnos el lujo de desperdiciar las balas. Déjenlos que se aproximen. Ya vendrán, muy pronto —pareció que, por primera vez, se percató de que Ruth estaba acostada junto a él—. ¿Qué estás haciendo aquí, en el nombre de Dios?

—Ayudándote —indicó ella.

Él iba a decirle algo, pero alzó la vista para ver al rabino Yanowski que corría agachado por la calle, con el rifle balanceándose sobre su espalda.

—¿Pudo comunicarse?

—Sí —dijo Yanowski jadeante—, pero las cosas andan mal.

—¿Cómo?

—También en Jerusalén hay combates. Los jordanos invadieron la ciudad. No podrán darnos ningún tipo de ayuda hasta mañana. Hay luchas por todos lados. Dicen que tendremos que arreglarnos como podamos.

De pronto, fue de día. En el desierto, el anuncio del amanecer es muy breve. Ruth despertó intranquila, comprobando que había dormitado sin querer.

No se había producido algún ataque de los árabes.

Ahora hacía frío y todo estaba en calma. Durante las últimas horas, sólo se habían escuchado disparos intermitentes de los árabes y los israelíes no se habían preocupado por responder más que en raras ocasiones.

Levantó la cabeza y, con pesar, descubrió que Nigel ya no estaba junto a ella. Sí estaban, en cambio, Benjamín Cohen y otro hombre.

—¿Dónde está...?

—Está estudiando nuestras defensas —le contestó Cohen y le ofreció agua en una botella para que bebiera.

—Nigel ya es nuestro capitán y tu capitán también —declaró Ruth, pues no pudo resistirse a decir esto.

—Es un soldado profesional —destacó Cohen tranquilamente—; estuvo combatiendo en Birmania contra los japoneses. Sabe mucho sobre tácticas.

Ruth volvió la cabeza para ver por encima de su hombro el edificio incendiado donde Judith y otras mujeres seguían atareadas, removiendo los muebles quemados y arrastrando hacia afuera más cadáveres carbonizados. Allí era donde ella debía estar.

Se puso de pie y, a manotazos, trató de sacudirse el polvo y la arena de su vestido. Era su mejor vestido.

Permaneció parada junto a su tía. Ahora se percibía un olor acre y desagradable a carne quemada, dulzón e insoportable. Los verdaderos horrores vendrían más tarde, aquel mismo día. Ya había muchos cadáveres y se veían algunos de tamaño pequeño.

—Veinticuatro muertos —comentó Judith—, y la mitad de ellos eran niños.

—Veinticuatro muertos hasta el momento —recalcó una de las otras mujeres.

Ruth fijó la vista en la calle. Varias casas habían sido alcanzadas por los morteros. Ruth no sabía si la que ella compartía con Judith y otra familia estaba destruida o dañada, pero no deseaba investigarlo, al menos por ahora.

—¡Sylvia! —exclamó Judith con un grito ahogado y Ruth, asombrada clavó su vista en ella.

Los cadáveres quemados se habían cubierto a medias con frazadas y delantales y todos tenían las piernas de fuera. Las de Sylvia, regordetas, blanquísimas y con los pies extraordinariamente pequeños, podían identificarse con facilidad.

—¡Ay, Dios mío! —exclamó Ruth—. ¿Por qué ella, Señor, por qué? ¡Cuándo acabarán estas desgracias! ¿Hasta cuándo?

—Hasta que les hayamos demostrado a los árabes que no podrán expulsarnos de aquí —declaró el rabino Yanowski—; ya sabíamos que íbamos a pasar momentos muy difíciles. Teníamos la certeza de que íbamos a combatir. Tal vez llegamos a creer que era una cuestión de ultimátums y declaraciones, de conferencias y votaciones y también, al fin y al cabo, de la actuación de soldados profesionales. Pero debes saber, Ruth, que por aquí todos somos simples soldados de línea, improvisados quizá.

Ésta miró a Nigel que iba corriendo calle abajo. Se había quitado la chaqueta, la corbata y llevaba la camisa abierta por el cuello. Del cinturón colgaba en su funda una gran pistola automática, que se balanceaba con la carrera. Por increíble que parezca, tenía un aspecto alegre y despreocupado.

—¡Gracias a Dios —exclamó entonces Judith—, que contamos con soldados profesionales!

—¿Creen que ya se han retirado? —inquirió el rabino Yanowski en un tono que denotaba su esperanza y desmintiendo las palabras que había dicho un momento antes.

Nigel se detuvo jadeante y movió la cabeza de un lado al otro.

—Por el contrario —comunicó—; yo pienso que están esperando que lleguen sus refuerzos. Ya saben que, durante algún tiempo por lo menos, nosotros no recibiremos refuerzos ni ayuda de ninguna clase. No obstante, me parece que ellos no creían que estuviésemos tan bien armados.

—Los haremos retroceder en cuanto se lancen contra nosotros —aseveró Cohen, quien se había incorporado al improvisado consejo de guerra.

—Yo no contaría con eso —repuso Nigel gravemente—; sobre todo si les llegan uno o dos tanques. ¿Ya desayunaron todos?

—Sí, todos los que quisieron desayunar —parecía que Cohen había recuperado todo su valor y su decisión.

—Bueno, entonces, lo que debemos hacer es atacarlos ahora mismo —manifestó Nigel.

Todos lo miraron y, después, volvieron la cabeza para ver hacia el desierto.

—¿Atacar a los árabes? —quiso saber Yanowski incrédulo.

—Con la defensa pasiva, no se obtienen jamás las victorias —repuso Nigel sentenciosamente—; si es verdad que están esperando refuerzos, no tenemos más que atacarlos, con miras a destruirlos o dispersarlos, antes de que lleguen tales refuerzos. Dime, Benjamín, ¿con cuántos hombres podemos contar?

—Tenemos a sesenta y dos bien armados —contestó Benjamín—, y a tres heridos.

"Sólo tres hombres heridos —pensaba Ruth—, pero ya hay doce niños muertos."

—¡Vaya! —suspiró Nigel—, nos harían falta algunos más. De cualquier modo, deberemos dejar a la mitad de ellos para que sostengan este sector, si las cosas nos salen mal. Eso nos deja sólo con treinta y un hombres.

—Pero... ¿a quiénes vamos a atacar? —preguntó el rabino Yanowski mirando desconcertado hacia el desierto, donde no se veía a nadie.

—Allá están, rabino, y no se encuentran lejos. El alcance de los morteros no es muy grande. Lo que deberíamos hacer, ante todo, es establecer la posición exacta que ocupan. La mayor intensidad de su ataque de anoche provenía de aquel lado. No incursionaron más que por el sur y el este. Sospecho que aún están allí. Si hubieran hecho el intento de mover los morteros a la luz del día, habríamos visto levantarse el polvo. Tampoco hubiésemos podido fijar con precisión su posición durante la oscuridad de la noche; pero muy pronto la sabremos. Escúchame, Benjamín, quiero que tomes a seis hombres y salgan corriendo hacia el molino. Ya sé que está destrozado, pero se llevarán algunas herramientas y fingirán que están intentando reparar la bomba. Sin duda, los árabes morderán el anzuelo porque ellos saben lo indispensable que nos es el agua. Tan pronto como los miren por allí, abrirán fuego y eso nos permitirá ubicar en seguida dónde tienen concentrado el grueso de su fuerza.

—Pero... está muy lejos —protestó Cohen mirando desconsolado hacia la pendiente que bajaba al sembradío. Había más o menos 370 metros de distancia hasta el molino de viento y el camino atravesaba el campo abierto.

—Deberás portarte como un héroe —le dijo Nigel—; no todos tenemos la oportunidad de hacerlo. Además, puedes echar pecho a tierra tan pronto como hagan fuego.

—¿Y usted conducirá el asalto? —le planteó Yanowski al inglés—. ¿Un asalto en campo abierto? ¡Eso sería un suicidio!

Nigel le señaló el cauce seco del arroyo que se metía serpenteando entre las colinas, partiendo del lado noreste del caserío.

—Utilizaremos esa hondonada para cubrirnos y avanzar por ella. No me explico por qué los árabes todavía no han usado ese camino; pero, probablemente, lo harán si les damos tiempo para que reflexionen. Por lo tanto, antes de que lo piensen mejor, es necesario atacarlos —le dio una palmada a Benjamín sobre la espalda—; es preferible morir en la batalla que quedarse aquí, esperando a que los otros vengan y nos maten. Ojalá que tuviéramos más gente; pero ya ves que no es así.

Ruth lo estaba observando. Desde el instante en que el primer mortero estalló, la noche anterior, ella no había hecho absolutamente nada por la sencilla razón de que no había sentido el impulso de identificarse con aquel pueblo; no había podido hacerlo desde que llegó. En cambio, Nigel había llegado apenas ayer y ya estaba profundamente comprometido en la lucha. Pero ella... y, sin embargo, era su pueblo. Si alguna vez llegaba a ser digna y merecedora de vivir allí o a ser digna de aquel hombre y del amor de aquel hombre —o del amor de cualquier otro hombre—, ya había llegado el momento de dejar de vivir en el pasado, de dejar de ver hacia atrás por encima de su hombro y de iniciar una nueva existencia en el presente, formalmente y con toda seriedad.

—Tienes más gente a tus órdenes —externó Ruth en voz alta.

Todos volvieron la cabeza para mirarla.

—Sí, hay más de cincuenta mujeres en el caserío. Nosotras iremos a apostarnos en las líneas de defensa. Los hombres irán a acabar con el enemigo.

Ruth permanecía agachada detrás de la ametralladora, Judith estaba a su lado y las demás mujeres, en diversas posturas detrás de la línea de defensa, empuñaban con firmeza sus rifles. Ya estaban acostumbradas a las armas; hacía años que cargaban con los rifles sobre la espalda mientras trabajaban en los campos. Pero nunca como entonces se habían sentido tan cerca de la horrible realidad de matar a otro ser humano.

Nigel se acercó a ellas, avanzando a gatas.

—Ahora deben tener muy presente lo que voy a decirles —les informó—: cuando escuchen que nosotros estamos disparando, ustedes deben dejar de hacerlo.

Como le estaba hablando directamente a Ruth, ésta hizo un signo afirmativo con la cabeza.

Nigel le sonrió.

—Creo que no hay necesidad de que te explique lo que debes hacer.

Ella le devolvió la sonrisa y se quedó sorprendida de sí misma.

—Que tengas buena suerte —le dijo—; ten presente que, si fallas, estaremos perdidos.

—Lo tendré presente —le prometió—; ya es tiempo de irnos, Benjamín.

Cohen se hallaba también tumbado cerca de los demás y los seis voluntarios que iban a acompañarlo estaban agazapados detrás de él, empuñando sus armas. En aquel momento, el sol se encontraba bastante alto sobre las crestas de las colinas del este y alumbraba con claridad la palidez en los rostros de los que se disponían a salir a correr el riesgo... Todos ellos habían soñado en que llegara una ocasión como ésa y se habían ufanado de las proezas que iban a llevar a cabo llegada la hora; pero, de alguna forma, el momento era diferente a lo que habían esperado. Los rifles que estaban apuntándoles en el desierto contenían balas de verdad y toda la gente que estaba detrás de ellos en una hilera ordenada sobre el suelo estaba muerta.

Cohen aspiró una gran bocanada de aire y se levantó.

—¡Vamos! —gritó y echó a correr dejando atrás el refugio de las casas para bajar la pendiente y meterse a los campos; era indispensable cruzarlos antes de alcanzar la pequeña altura donde estaban los restos del molino de viento.

—¡Aguarden! —ordenó Nigel—. No hagan fuego. Esperen.

Ruth se percató de que, a duras penas, podía respirar. Observó a los siete jóvenes que corrían a través del campo de tomates recientemente cosechados y cuyos frutos espléndidos, grandes y rojos, esperaban su transporte a la costa, en los grandes cestos bajo los cobertizos de la parte posterior del caserío; los chicos destrozaban los tallos de las plantas verdes a medida que corrían. No se escuchaba ningún sonido, aparte del de las respiraciones entrecortadas. Se diría que el desierto estaba vacío. "Quizá no haya nadie allá —pensó llena de zozobra—. A lo mejor los árabes se retiraron. ¡Oh, si eso fuera verdad!"

Se oyó el estampido de un disparo y, a continuación, el de otro. Uno de los muchachos del grupo de Cohen cayó y, de inmediato, los otros se echaron al suelo, acurrucándose entre las plantas de los tomates. Desde el borde de las colinas, a menos de setecientos metros del caserío, se veían los fogonazos y el humo de los disparos.

—¡Abran fuego! —mandó Nigel e inmediatamente emprendió la carrera, agachándose mientras corría, pasó las casas y se metió en la hondonada del cauce seco que salía hacia el noreste del caserío. Los cuarenta hombres de su fuerza de asalto corrieron tras él. No había los suficientes rifles para armarlos, de modo que muchos llevaban machetes, hachas e incluso viejas espadas.

Todas las mujeres que se hallaban en la línea de defensa tenían sus armas y estaban empleándolas muy bien, disparando al mismo tiempo a las colinas lejanas, mientras Ruth enviaba dos ráfagas de fuego de su ametralladora en la misma dirección y Judith metía balas rápidamente en el cargador de la vieja arma recalentada. El fuego se extendió por doquier, pues Benjamín Cohen y sus muchachos también estaban devolviendo los disparos. La mañana parecía estallar en sonidos, en calor y en cólera. Las balas silbaban entre las casas, azotaban en una pared y rebotaban en otra. Una mujer se quejó al recibir una bala y otra dio un grito y arrojó su rifle a los aires. Nigel y su fuerza de asalto habían desaparecido de la vista, como si las arenas del desierto se los hubieran tragado.

Luego, se oyó otra andanada de disparos lejanos, procedentes de la derecha, junto con una nueva serie de gritos y chillidos.

—¡Alto al fuego! —vociferó Ruth y su orden fue acatada. En todo el caserío, cesaron los disparos y se escuchó el estruendo de otros muchos disparos frente a ellas. Se enjugaron el sudor y se apartaron los mechones de cabello que habían caído sobre sus frentes al comprender que su destino se estaba jugando allá, más lejos, en un lugar que ni siquiera podían ver. Transcurrieron largos minutos y, después, las mujeres empezaron a lanzar gritos de alegría cuando apareció primero uno y luego otro de sus esposos sobre el borde de la colina, agitando en sus brazos las armas que habían capturado y otro hombre, precavido, desenrolló e hizo ondear una gran bandera azul que llevaba en el centro la estrella de David de color amarillo.

Las mujeres dejaron la seguridad de las casas y se fueron corriendo por la arena; vociferaban y vitoreaban y se encaramaban sobre la colina para abrazar a sus hombres, para mirar a la docena de árabes muertos, a los morteros capturados y a la polvareda que levantaban los enemigos al escapar en sus jeeps y en sus camellos para resguardarse en la seguridad de las colinas.

—¡Un primer triunfo! —anunció a gritos el rabino Yanowski—, una verdadera victoria, gracias a ti, Nigel Brent —estrechó efusivamente las manos del inglés y Judith le dio un beso—. ¡Gracias! ¡Muchas gracias!

—Bueno, pero ahora debemos utilizar bien el tiempo, antes de que los árabes regresen con sus amigos para... —se quedó callado y todos los ruidos, las voces y las risas de la celebración cesaron. Todos se pusieron a escuchar el ruido de cadenas, el traqueteo de los tractores y todos dieron media vuelta para contemplar la escuadrilla de tanques, doce o más de ellos, que emergían por la parte posterior del caserío.

—¡Ay, Dios mío! —clamó Judith—. ¡Que Dios nos asista!

Pero Yanowski no le hizo caso a sus gritos y gritó a su vez, dando saltos de alegría.

—¡Él nos ha salvado! ¡Fue él quien nos salvó!

Todo eso porque por encima del primer tanque ondeaba otra bandera con la estrella de David.

—Fuiste tú el que nos salvó —susurró Ruth y sintió los brazos de Nigel apretándole la cintura.

CAPÍTULO XII

JOHN HAYMAN SUSPIRÓ PROFUNDAMENTE Y SE QUEDÓ CONTEM-plando las gotas de agua de la lluvia que resbalaban sobre el vidrio de la ventana de su oficina, atrapando los reflejos de las luces de neón del otro lado de la avenida. Como de costumbre, se había quedado trabajando hasta tarde.

En realidad, durante los últimos seis meses había estado trabajando tiempo extra. Para él, la Navidad había sido un breve día de fiesta, y Pascua lo era todavía más. La entrada del verano no le aportaba ninguna perspectiva de alivio. No es que tuviera deseos de quejarse. Aquel aumento de la actividad era algo que había anhelado desde que entró al servicio, un movimiento constante en vez de un acercamiento contemplativo de la situación. Pero, además de las interferencias que su trabajo estaba ocasionando en su vida social y doméstica —eso era algo que preocupaba profundamente a Natasha—, para él mismo había llegado a resultar una tarea cansada y una tarea que no aportaba recompensa alguna. Había momentos en los que no podía menos que sentir que tanto él, como todo el servicio para el que trabajaba, estaban esforzándose por capturar un pez gordo y muy escurridizo que, en cuanto quedaba arrinconado en algún lugar, se las ingeniaba para dar un salto y reaparecer de nuevo en otra parte.

De hecho, los comunistas les llevaban una delantera muy considerable. Había algo peor aún: para cualquier hombre razonable, educado de acuerdo con las tradiciones estadounidenses de libertad de pensamiento y de palabra, era muy difícil condenar a otro, sencillamente por creer en un sistema diferente y, sin duda, existía un gran número de buenos ciudadanos que consideraban al capitalismo como un mal mucho mayor que el socialismo y que estaban dispuestos a decirlo, a exponerlo y manifestarlo, entre los grupos de correligionarios y clubes de asociados. Esas personas se sentirían horrorizadas e indignadas de que el FBI las investigara o de que, en ciertos círculos, se les considerara como traidoras; de la misma forma serían incapaces de comprender por qué razón durante los últimos seis meses se les habían negado determinados empleos y, en casos todavía más numerosos, habían quedado cesantes en los trabajos que ya desempeñaban.

¿Todo eso se debía a la mínima proporción de los que recibían órdenes de Moscú, o bien, tales sujetos eran, sencillamente, anarquistas de corazón, dedicados a desbaratar cualquier sociedad organizada de cualquier tinte político?

La dificultad y la justicia residían en que era muy complicado determinar dónde finalizaban los primeros y comenzaban los segundos. Y el infortunio de John Hayman era que no estaba en sus manos tomar alguna decisión. A él sólo le llegaban, y en número creciente, carpetas y más carpetas de fotografías, recortes de periódicos e informes presentados por los agentes del FBI que se habían infiltrado en diferentes grupos izquierdistas. Su trabajo consistía en sacar de aquella cantidad enorme de nombres, lugares, rostros y trozos deshilvanados de conversaciones cualquier cosa que pudiera parecerle sospechosa. No obstante, ya se había percatado de que, desde que había empezado a trabajar para J. Edgar Hoover, sus sospechas se habían tomado con mucha reserva; pero, luego, cuando la actitud oficial se volvió más dura y más severa, era suficiente con que en él surgiera un sentimiento de inquietud acerca de cierto sujeto y el desventurado individuo se convertía en la víctima de una muy intensa investigación en su persona y en su vida privada.

Por lo menos, había sido capaz de acallar y de mitigar, para satisfacción propia, las viejas y firmes sospechas que tenía respecto de Gregory Nej. El FBI aceptó sin reservas su sugerencia y decidió poner a Gregory y a Felícitas bajo la vigilancia más estricta y más discreta, sin poder hallar el más remoto indicio de que los dos no fueran totalmente lo que ellos mismos aseguraban que eran. Gregory no iba a ninguna parte, excepto del Pentágono a su casa. Felícitas tampoco iba a ningún lado, a no ser al supermercado para hacer sus compras. El hecho de que el mismo supermercado fuese frecuentado por un tipo llamado Bogolzhin —del cual el servicio tenía sospechas muy considerables, no sólo por su procedencia rusa, sino y principalmente, porque se sabía que estaba vinculado con distintos líderes y dirigentes sindicales que fueron los causantes y provocadores de las huelgas del año anterior—, provocó mucha agitación; pese a ello, en los seis meses que se le tuvo bajo severa vigilancia, no se detectó el más mínimo rastro de que él estuviera con Felícitas o de que hubiera alguna comunicación entre ellos, todo lo cual fue muy grato para John.

Tanto era así, que él mismo ya principiaba a convencerse de la autenticidad de Gregory Nej. Siempre aparecía un rasgo de inocencia en la simpática forma de ser del joven y también se presentaban los aspectos ingenuos en los arreglos domésticos que había hecho. Asimismo, a John le parecía imposible pensar que su propia hermana fuese una traidora; pero, al mismo tiempo, era igualmente imposible sospechar que una pareja que compartía tantas cosas como la de Felícitas y Gregory no compartieran, también, sus credos políticos. No podía dejar de admirar el modo que ellos habían adoptado para confirmar y conservar su amor, sin retroceder ante la tempestad de críticas que había suscitado, críticas en las que él había participado. Pero, ahora, se sentía contento de que todo ya hubiese pasado. Durante el invierno anterior, los dos, Gregory y Felícitas, se habían reunido de nuevo con la familia en Cold Spring Harbor, por lo menos en un fin de semana cada mes. Incluso Ilona manifestaba una acentuada tendencia al perdón y la reconciliación, mientras que George, como siempre, seguía aceptando a la pareja y consideraba las cosas con apertura de mente.

Con desgano, John abrió otra de las carpetas, aceptando que había dejado vagar sus pensamientos y había perdido toda concentración. Entre las sensaciones penosas que le embargaban, y de los pesos muertos que le aquejaban el ánimo, aparecía, en primer lugar, la certeza de que él no estaba realizando absolutamente nada y que el departamento entero tampoco había conseguido nada. Todos andaban hurgando alrededor del pez gordo y escurridizo, ocasionándole muchas molestias y dificultades, pero sin haber logrado algún progreso concreto para la solución del problema que traían entre manos. Durante todo el transcurso de las investigaciones, los del departamento no habían podido echar mano de un verdadero agente ruso convicto que recibiera órdenes de Moscú, entre todos aquellos pequeños anarquistas y agitadores revoltosos que, tal vez, recibían sus instrucciones de aquellos verdaderos agentes escurridizos. Los del departamento alegaban que no tenían pruebas suficientes para meter en prisión a hombres como aquel Bogolzhin y, de cualquier manera, se mostraban renuentes a encerrarlos en la cárcel, pues albergaban la esperanza de que, dejándolos actuar con absoluta libertad, llegaran a conducirlos, algún día, a la guarida del pez gordo. Mientras eso no ocurriera, eran muy escasas las esperanzas de que se pusiera fin a la penetración soviética en la sociedad estadounidense. Tampoco podía pensarse, se decía John muy desalentado, que pudiera llegarse a algún lado por la simple actividad de tomar docenas de fotografías, como las de aquella carpeta que tenía delante, de la concurrencia de una recepción en la embajada rusa en Washington. Sin duda, el enemigo no iba a invitar a alguno de los agentes a las precipitaciones o la ansiedad por encontrar algo que valiera la pena.

Al examinar la séptima fotografía, sintiendo cómo se apresuraban los latidos de su corazón, cayó en la cuenta de que estaba mirando el rostro de Anna Ragosina.

Despacio, dejó la fotografía sobre el escritorio y parpadeó varias veces. Se levantó de la silla, se sirvió agua en un vaso, la bebió y volvió a sentarse frente al escritorio; limpió lentamente el cristal de la lente de aumento con un pañuelo y alzó otra vez la fotografía.

No era una buena imagen. De hecho, ninguna de las fotos era buena, pues habían sido tomadas a escondidas y con una cámara en miniatura que parecía un reloj de pulsera, comprada por el FBI a uno de esos inventores de aparatos raros que le asediaban continuamente. El agente que había sido "plantado" en la lista de invitados, se limitó a tomar las imágenes en todas direcciones cada vez que tenía la oportunidad de arreglar los puños de su camisa. En esa ocasión, había retratado a un grupo de pie en uno de los rincones. Eran cuatro hombres y una mujer y ésta aparecía en segundo plano, casi de perfil.

A pesar de ello, John Hayman no dudó ni por un segundo de que aquella mujer era Anna Ragosina. No en vano había pasado tres años viviendo junto a ella, comiendo con ella, durmiendo a su lado y… matando junto con ella en los pantanos del Pripet. La imagen de su rostro estaba grabada a fuego en su mente, lo mismo que el recuerdo de su voz suave y de su cuerpo magníficamente esculpido.

Recorrió rápidamente el resto de las fotografías. Era posible que hubiese cometido un error. ¿Deseaba haberse equivocado?

Había otra foto del grupo que se había reunido en el rincón tomada en el momento en que comenzaban a dispersarse. Aquella vez, la mujer miraba directamente y en primer plano a la cámara. No había error posible.

John Hayman dejó sobre el escritorio la segunda fotografía y se reclinó sobre el respaldo de su silla. Anna Ragosina estaba ahí, en Estados Unidos. La más famosa de las mujeres policías de la NKVD había sido fotografiada en una reunión de la embajada en el corazón de Washington. Así que, evidentemente, había penetrado al país como uno de los integrantes del personal de la embajada y bajo un nombre supuesto. Sólo de esa manera había podido esquivar ser vista en el escritorio del FBI. Era imposible saber cuánto tiempo hacía que se encontraba en el país.

¡Anna Ragosina! El conocimiento de que esa mujer estaba allí, mitigó como por encanto todos los sinsabores e inquietudes que le habían acosado durante el último año. Haberla localizado y poderla señalar en una foto, compensaba con creces todas las molestias que había soportado desde que empezó a trabajar en el servicio. Pero, ¿qué ocurriría con ella si John se limitara a identificarla? Si era un miembro del personal de la embajada, lo más que podrían hacerle era exigir que fuera deportada del país. Incluso si ella fuera, como parecía probable, la comandante suprema de todas las operaciones rusas en Estados Unidos, su expulsión no haría más que suspender de manera temporal las operaciones rusas.

Eso, si se hablaba de las operaciones, pero, ¿qué sucedería si se hablaba de los operativos? En cierta ocasión, Garrison le había comentado: "Encuentra un lazo, aquí, en Estados Unidos, entre Anna Ragosina y Gregory Nej y volveremos a hablar del asunto". En la reciente investigación, a Gregory se le había declarado limpio de toda sospecha por segunda vez. Sin embargo, ¿qué vínculo más estrecho podía pedirse que el de la comandante y su alumno viviendo en el mismo país? Por añadidura, ahora que Gregory estaba residiendo en Arlington y laboraba en el Pentágono, estaban a tiro de piedra el uno y la otra, puesto que Arlington y el Pentágono se encuentran a través del río de la ciudad de Washington propiamente dicha.

En las mismas condiciones estaba Felícitas.

John Hayman se levantó como impulsado por un resorte y principió a recorrer de un lado para el otro la oficina con paso enérgico. La idea era inconcebible. Tenía que serlo, porque si Gregory estaba trabajando en realidad para Anna Ragosina y Felícitas lo sabía —y debía saberlo, puesto que estaba viviendo con Gregory—, ella también era una agente rusa. Era una traidora a su patria.

Pero tanto ella como Gregory habían sido declarados completamente limpios de toda sospecha. En cambio, ninguno de ellos podía ser declarado "limpio" ahora que Anna había aparecido. Pensó en Bogolzhin. No sabía absolutamente nada acerca de aquel hombre, ya que éste era ciudadano estadounidense desde antes de la guerra y, por tanto, jamás había sido examinado por él. Su nombre había sido mencionado en varias oportunidades, porque se le llegaba a ver, a menudo, en reuniones con inmigrantes que aún no estaban investigados y también porque era conocido como agitador de los trabajadores. No había nada de terrible acerca de esos dos hechos, a menos que uno se aunara a otro hecho completamente ajeno a lo terrible: que Bogolzhin frecuentaba el mismo supermercado que Felícitas Hayman y, por encima de todo esto, se presentaba el hecho adicional de que Anna Ragosina estaba en Washington.

¿Cuál sería el procedimiento más adecuado? ¿Qué otra cosa podía hacer él aparte de presentar los hechos a sus superiores? Había hecho un juramento y se trataba de su país. Tendría que pensarlo con detenimiento. Porque era a su hermana a la que iba a condenar a prisión perpetua o quizá, ¿por qué no pensarlo?, a morir en la silla eléctrica.

Jamás se había sentido tan solo. No había nadie con quien pudiera discutir su dilema —ni siquiera con Natasha—, sin romper su juramento sobre el secreto. Pero, si no hacía nada, si sencillamente pasaba aquellas fotografías, como había pasado tantas, con el sello de "Sin comentario", ¿no estaba también quebrantando su juramento de lealtad? Gregory trabajaba en el Pentágono, donde, por supuesto, tenía acceso al material clasificado.

Ciertamente que no podía permitírsele que continuara trabajando allí. Por tanto, sería conveniente ir a verlo, plantearle los hechos, solicitarle que renunciara por una razón cualquiera, exigirle que renunciara a cualquier relación con el Departamento de Estado... No. Ésas eran ideas pueriles; algo que sólo se le hubiese ocurrido a un niño de colegio. Gregory era un oficial de la poderosa NKVD muy bien entrenado.

Había sido Anna Ragosina la que lo capacitó.

Bueno... Entonces, sería necesario ir a ver a Anna. ¿Le diría que se fuera del país y se llevara a Gregory con ella o, de lo contrario, los denunciaría a ambos? Esa forma de pensar podía proceder de un jardín de niños. ¡Ir a ver a Anna Ragosina! ¿No era acaso una mujer que mataba por el placer de matar?

Por otro lado, cualquiera de las dos opciones equivalían a una violación de sus juramentos.

También, pensó en ir a entrevistarse con Felícitas. Un hermano tenía el derecho de hablar con claridad con su hermana. Pero eso sería hacerle una advertencia a Felícitas, para que ella, a su vez, previniera del peligro a Gregory y éste iría a contárselo a Anna...

—¡Por el amor de Dios!... —exclamó en voz alta sacudiendo la cabeza como si con eso pudiera sacar de su cerebro tantas ideas absurdas. Con todo eso, sería un traidor tan grande como Gregory y Felícitas.

Su mano se tendió muy despacio hacia el teléfono. A pesar de sus maneras bruscas y burlonas, Garrison era, en esencia, un tipo decente; muy duro, pero decente. Por lo menos podía pedírsele consejo acerca de lo que podía hacerse.

De cualquier manera, no podía acudir a nadie más.

Marcó el número en el teléfono y aguardó.

—¿Sí?

—Debo hablarte; es muy urgente.

—¿Ah, sí? Pues tendrás que esperar. ¿No te has enterado de las noticias? John contempló con gesto muy serio la bocina.

—¿Cuáles noticias?

—Que ya estalló el infierno; ésa es la noticia. El tío Pepe ha cerrado la autopista que va de Hanover a Berlín occidental y ha dejado a la ciudad en un virtual estado de sitio. Es posible que para mañana vayamos a la guerra armada.

El rostro arrugado de Harry Truman ofrecía una expresión muy triste cuando lo levantó para saludar a su secretario de Estado.

—¿Y bien?

—Mucho me temo que no hay duda posible —afirmó el general Marshall—; al principio, pensamos que se trataba de otra patraña como ha habido tantas en este mes; pero Clay me ha comunicado que el tránsito está totalmente suspendido y que no se permitirá movimiento alguno en un futuro próximo. Nada, absolutamente nada, puede pasar.

—¿Ya fuiste a ver al embajador?

—Ya lo he visto; me indicó que se trataba de un asunto técnico y que por ahora no tiene ninguna información al respecto. También, señaló que todo esto podrá aclararse en uno o dos días y que, de todas formas, cuando el embajador Nej llegue aquí, el mes próximo, estará en posición de dar explicaciones completas.

—¿Uno o dos días? ¿El mes próximo? —el presidente emitió un resoplido de disgusto—, no te dijeron nada más que pura palabrería. Respecto de ese embajador Nej, debo decirte que estoy evaluando muy seriamente negarle el permiso de entrada.

—Viene a representar a la Unión Soviética en las Naciones Unidas. No puedes negarle la entrada.

—Ya lo sé, George. Esos condenados rojos nos han sorprendido con los pantalones caídos. ¿Por qué no pensamos que iban a atreverse a hacer una cosa semejante?

—Yo soy el responsable —aseguró George Marshall—, acepto que no me pasó por la cabeza la idea de que tuvieran el atrevimiento de hacerlo.

—¡Por el amor de Dios! No estoy tratando de echarle la culpa a nadie. Lo que estoy buscando es una respuesta a esta situación. ¿Está aquí Hayman?

—Está esperando afuera.

—Hazlo pasar —Truman se acomodó sobre su sillón, frente al escritorio, adoptó una postura erecta, levantó las manos para unirlas por los dedos frente a su barbilla, tal como le agradaba aparecer en público, y se quedó contemplando la puerta—. ¡Hayman! Le agradezco que haya venido. Parece que tenemos una grave crisis entre manos.

—Estoy de acuerdo: la tenemos —George le estrechó la mano al presidente y se sentó.

—Usted conoce a esa gente mejor que cualquier estadounidense. Usted conoce a ese Michael Nej. ¿Puede decirme de qué se trata en concreto?

—Es la medida que ellos tomaron para protestar por su decisión de volver a armar a la Wehrmacht.

—¿Así que no les gustó? ¿Se habrán creído que eso les da el derecho de pasar por alto, en forma unilateral, los acuerdos de los tratados? ¿No habrán caído en la cuenta de que podríamos aniquilarlos desde ahora hasta el juicio final?

—Lo saben, pero también saben que usted no los va a aniquilar —expresó George.

Truman le lanzó una mirada fulminante.

—¿Están muy seguros de que no lo haré?

—Por lo menos están dispuestos a correr el riesgo. Pero, ¿acaso es un riesgo? ¿Podría justificar, señor presidente, una declaración de guerra contra la Unión Soviética por el caso de Berlín y, mucho menos, lanzarles una bomba atómica?

—Por lo tanto, nosotros desarmamos nuestras tiendas y nos retiramos con la cola entre las piernas...

—Los rojos saben que no es eso lo que va a hacer, señor presidente. Yo creo que Michael Nej va a llegar con un expediente para entablar negociaciones: no habrá bloqueo a la autopista de Berlín siempre y cuando no haya rearme de la Wehrmacht.

—Y, ¿si yo le dijera que no hay trato?

—Entonces, los rusos se sentarán a esperar. Se afirma que son buenos jugadores de ajedrez por su paciencia. También, son buenos jugadores de naipes, en especial si cuentan con buenas cartas en la mano.

Truman se dirigió a Marshall.

—¿Cuánto tiempo nos queda? —le preguntó.

—Dos semanas como máximo.

—¿Dos semanas?

—No sólo nuestro pueblo es el que resulta perjudicado, señor presidente; son nuestros medios de transporte los que abastecen todo Berlín occidental con alimentos. La población entera sufrirá de hambre al cabo de dos semanas. No reciben absolutamente nada de la Alemania oriental.

—¡Por Dios que así es! —exclamó Truman—. ¿Cómo es posible que nos hagan eso? Somos la nación más condenadamente poderosa que el mundo haya conocido.

—Pero ese poderío es una forma de debilidad —aclaró George—, a no ser que nuestro propósito sea apoderarnos del mundo. Tengo miedo de que debamos acostumbrarnos a un modo de chantaje semejante a éste.

Truman lo miró de nuevo fijamente durante largo rato y después volvió la cabeza para dirigirse a Marshall:

—Dime cuáles son las opciones que nos quedan.

—Sí, señor: en primer lugar, podríamos difundir públicamente que hemos cambiado de parecer acerca de las propuestas que yo hice en mi discurso; es decir, la formación o la composición de ese Tratado del Atlántico Norte. Al mismo tiempo, podríamos hacerles saber, en privado, a los soviéticos que, si tomamos esas medidas es a condición de que ellos autoricen la reanudación de las comunicaciones con Berlín occidental.

—En otras palabras, tendríamos que rendirnos ante ellos y ante su chantaje —aseveró Truman.

—Sí, a eso equivaldría esta primera propuesta —aceptó el general Marshall—; pero también podríamos evacuar a nuestra gente de Berlín.

—¿De qué manera?

—Podríamos sacarlos por aire. Los rusos no podrán impedirnos que utilicemos el corredor aéreo, a no ser que abran fuego contra nuestros aeroplanos y, en ese caso, serían ellos los que cometan un acto de guerra, lo cual no harán.

—Sería un tránsito aéreo muy denso —protestó George—; además, no podríamos dejar Berlín occidental abandonado y como presa fácil de los comunistas.

—Tenemos la capacidad necesaria para hacerlo —informó Marshall—, con la ayuda de los ingleses y los franceses. Será una empresa muy costosa, pero puede hacerse.

—Continúa —le invitó Truman.

—En tercer lugar, recurriríamos a la fuerza. Aunque no hay forma de que las fuerzas que tenemos en Europa occidental, incluso reforzadas por las británicas y las francesas, suponiendo que éstas se interesen en reanudar una guerra armada, hagan frente a las fuerzas que los rusos tienen. Por tanto, no estimo que sean capaces de abrirse paso a través de Berlín. En este contexto, al hablar de fuerza, considero también la fuerza atómica, si es que en verdad queremos conseguir algo.

—Pero eso nos costaría hasta el último amigo que pudiéramos tener en el mundo —advirtió George.

—Nos tienen, como si dijéramos, metidos en un barril —reconoció Marshall.

—Sí —asintió el presidente. Sus manos abandonaron su postura acostumbrada; las bajó y sus dedos principiaron a tamborilear sobre la carpeta del centro del escritorio durante varios segundos—, hay una cuarta alternativa.

—¿Señor? —inquirió Marshall con aire de preocupación.

—Estriba en responder a la fanfarronada de los soviéticos.

—¿Cuál fanfarronada, señor presidente? —inquirió George—, los soviéticos no están amenazando con cerrar la autopista, ya la cerraron.

—Pero, como acaba de señalarlo el general Marshall, señor Hayman, no podrán cerrarnos los caminos de los cielos. No lo harán a no ser que tengan deseos de que inicien los disparos. Nosotros podemos abastecer Berlín occidental por aire.

—¿Por aire? —interpeló Marshall como un eco.

—Tú mismo declaraste que teníamos la capacidad, con la ayuda de nuestros amigos, de evacuar a toda la población de Berlín occidental por avión y transportarla hasta acá. ¿No significa eso que tenemos la capacidad de transportar por aire a Berlín la cantidad suficiente de alimento para sostener a la gente?

—Pues sí... Pero, ¿tienes idea de lo que eso nos costará?

—Una semana de transporte aéreo de abastecimientos a Berlín, un mes de transporte aéreo a Berlín, nos costaría menos que un día de guerra armada contra la Unión Soviética.

—Bueno, eso costaría más.

—Sin embargo —interrumpió George—, ¿durante cuánto tiempo podría mantener ese transporte, señor presidente? Podría ser cuestión de algunas semanas o tal vez de algunos meses.

—Lo mantendremos, Hayman, durante todo el tiempo en que los soviéticos conserven cerrada la autopista. Ya dije que podríamos responder a la fanfarronada de esos malditos rojos. ¡En el nombre de Dios! Haremos de ello un acontecimiento. ¡Claro que sí! No nos vamos a dejar arrastrar ni a la guerra ni a la rendición. Conquistaremos muchos nuevos amigos en lugar de perderlos. Y Pepe Stalin empezará a tener dolores de cabeza. Comienza de inmediato a arreglar las cosas, George. Yo hablaré por teléfono con el primer ministro Attlee para explicarle lo que vamos a hacer y por qué, tan pronto como tú puedas conseguirlo. Y usted, señor Hayman, nos dará el máximo apoyo en sus periódicos —se levantó para estrechar la mano de George—, y nos pondremos en oración para que el resto del mundo no estalle hasta que hayamos solucionado este problema. En particular Israel.

—¡Caramba, John! —George Hayman estaba recostado en su silla plegadiza sobre la asoleada terraza del piso superior de su casa, admirando la playa y el Long Island Sound—. ¡Qué sorpresa tan grata! No sabía que alguna vez pudieran darte el día libre en esa agencia de publicidad.

—Este día me lo tomé —dijo John sentándose junto a su padrastro—. ¿Qué noticias tienes de Palestina? ¿O debería decir de Israel?

—Se están sosteniendo con firmeza. No he tenido noticias directas de Judith, pero sé que su kibutz libró con bien el primer ataque. Allí se mantienen.

—¿Tienen posibilidades de seguir manteniéndose? ¿Cuáles son sus probabilidades? ¿De veinte por uno?

—No siempre tiene un gran significado la diferencia en el número. Jamás lo ha tenido en la guerra y yo creo que ahora lo tiene menos que nunca. Son las armas las que cuentan y la voluntad del pueblo que las maneja. En último término, eso es lo que importa. Yo creo que lo van a conseguir —le hizo un guiño a John—; si yo supiera que tu madre iba a soportarlo, iría en seguida a Palestina a echar un último vistazo.

—¡Bah! —John se levantó, se metió las manos en los bolsillos de su saco y caminó despacio hasta el barandal de la terraza.

—No creo que sea el problema de Israel el que te hizo venir a verme —le dijo George tranquilamente—. ¿Se trata de tu padre que va a venir a vivir aquí?

—No —contestó John—, estoy esperando ansiosamente a que llegue; pero no es eso... —volvió a sentarse junto a George—: si quieres saber la verdad, estoy en graves problemas. Ya sé que todos andamos en las mismas, pero yo estoy peor.

—¿Has encontrado algo nuevo sobre Gregory? —le preguntó George con toda tranquilidad.

John se le quedó mirando sorprendido.

—Se suponía que ni siquiera te debía hablar de esto —prosiguió diciendo George—; sin embargo, fui yo mismo quien le sugirió a Hoover que te utilizara a ti y, cuando se lo pedí, estaba pensando precisamente en Gregory.

—Pero... ¡Por Dios! Tú siempre lo defendías y estabas en su favor.

—Sí, así es. Yo quería que estuviera limpio de toda sospecha. Ahora, más que nunca, lo quiero limpio y tú lo aprobaste.

—Yo no estaba enterado de que tú lo sabías —dijo John—, a mí no se me dio jamás oportunidad alguna para decidir sobre Gregory. El FBI estaba satisfecho con tu aprobación. De cualquier manera, no tiene caso hacer recriminaciones ahora. A Gregory se le aprobó de nuevo recientemente, cuando incrementamos las investigaciones sobre todo el mundo.

George tenía conciencia de una sensación dolorosa, como si hubiese recibido la patada de una mula en el estómago. Pero, ¿no sabía acaso desde hacía un año que esa sensación se iba a producir, aunque él no quería admitirlo? Se incorporó en su silla y quedó sentado.

—Y ahora, has encontrado algo en concreto —no lo dijo en tono de pregunta.

—No, concretamente, no he sabido nada sobre Gregory. George... Anna Ragosina está en Washington. Hace más de dos años que está en la ciudad, desde el otoño de 1945, pasando por ser una secretaria de la embajada y haciéndose llamar Yelena Gorchakova. Gorchakova; ése era el nombre de una de sus ayudantes en el Pripet. La misma Anna la ejecutó por desobedecer una orden suya.

George lo miró con mucha seriedad y frunciendo el ceño.

—¿Cómo puedes estar tan seguro de que está aquí?

John le entregó las dos fotografías.

—No sé si tú la conoces o la has visto alguna vez.

George sacudió la cabeza.

—Bueno, pero ésa es ella —aseguró John—; esas fotos llegaron en una carpeta, hace una semana.

—¿Una semana?

—Sí —dijo John afirmando con un movimiento de la cabeza—, Anna fue la que ejercitó a Gregory y a muchos más. Pero, si alguna vez un hombre fue completamente suyo, ése es Gregory. Ella misma me lo confesó cuando estábamos en el Pripet. El solo hecho de que Anna esté aquí le da un cariz diferente a todo el asunto. A la muerte de Igor..., a todo. Lo más probable es que ya estuviera aquí cuando Gregory llegó. Debe haber estado esperándolo, debe haber estado manejando los hilos de todo el maldito embrollo. ¿Tú crees, George, que mi padre lo sepa?

George se quedó pensando un rato.

—No —contestó por fin—; tengo idea de que tu padre sabe muy poco de lo que acontece a su alrededor porque, en realidad, prefiere no enterarse. Pero, ¿qué es lo que has hecho tú con estos datos?

—Pues bien: llamé por teléfono a Garrison, pero aquel día había estallado la crisis de Berlín y el asunto le interesaba más que el mío. Yo no quise presionarlo. Lo que yo quería era ponerme a pensar acerca del modo de proceder. Mientras tanto, hice algunas investigaciones por mi cuenta y averigüé el nombre que Anna usa y la dirección de su departamento...

—Eso de trabajar por tu cuenta, ¿no va contra las reglas?

—¡Por supuesto! Creo que ya rompí todas las reglas. También esto que estoy haciendo, al decirte a ti lo que ocurre, es una traición. No obstante, George, es imposible que Felícitas no esté involucrada. Lo lamento mucho, pero estoy seguro de que anda metida en el asunto hasta el cuello.

George fijó la vista en los ojos de John durante algunos segundos, a medida que la sensación dolorosa en su estómago se intensificaba y se extendía. Pero eso también lo sabía, en el subconsciente, desde hacía más de un año.

—Así que medité sobre el asunto durante una semana —anunció John con tono de profunda tristeza— con el fin de decidir lo que convenía hacer y no llegué a ninguna parte.

—Y, ¿ahora crees que Felícitas es una traidora? —el cerebro de George era un torbellino: intentaba pensar, tomar una decisión acerca del curso de sus actos. Tenía que haber alguno... Era necesario que hubiera algo que él pudiera hacer...

—No hallo la posibilidad de que no sea una traidora —manifestó John—; por supuesto que quizá Felícitas no comprende bien lo que está sucediendo, pero eso no modifica los hechos.

George volvió a recostarse en la silla plegadiza, pues las últimas palabras de John le habían dado una idea.

—¿Qué voy a hacer, George? ¿Qué es lo que debo hacer?

—Deberás obrar con rectitud —le indicó George—, pero eso, a partir de mañana.

—¿Qué quieres decir?

—Que tú estás actuando bajo juramento, John, y que nos encontramos en una situación muy grave. Todo el mundo está ahora en una situación terriblemente grave. Si Anna Ragosina y Gregory están conspirando contra nosotros en Washington, sólo Dios sabe cuánto daño no habrán hecho hasta el momento. Es necesario detenerlos. Por eso, mañana por la mañana, llevarás esas fotografías a Garrison y a Hoover y les informarás todo lo que piensas.

—Sí, pero... ¿qué ocurrirá con Felícitas?

—Tengo esta noche para hacer el intento de enderezar las cosas con ella —expresó George—; pero tú, John, te quedarás junto al teléfono, por si se presenta el caso de que no tengas que esperar hasta mañana.

Felícitas estaba en el Aeropuerto Nacional de Washington para recibirlo.

—Me tenías muy preocupada —le comentó al verlo—. ¿Qué ocurre? ¿Se trata de mi madre?

—Ya te lo dije por el teléfono —respondió George—: tu madre está bien.

—Sin embargo, tomaste un avión para venir a Washington, ¿fue para visitarme a mí? —Felícitas condujo el automóvil hacia el noroeste, a lo largo del Potomac, dejando el Pentágono a la izquierda y con el río brillando con intensidad herido por el sol del atardecer a la derecha y el monumento a Jefferson erigiéndose entre los árboles, al fondo—. A estas horas, Gregory ya debe estar en casa.

—Vine a verte a ti —declaró George—, no a él.

Felícitas volvió rápidamente la cabeza, frunció el ceño y adoptó un gesto grave.

—Tenía entendido que todo eso ya estaba discutido y finiquitado entre nosotros, papá. Tú mismo dijiste que ya no se hablaría más al respecto.

—¡Ojalá que ya estuviese terminado! —exclamó George—. Felícitas, ¿no hay por aquí un sitio donde podamos detenernos y hablar?

—Pues sí. Me han dicho que éste es uno de los lugares predilectos para las parejas de amantes —no sonreía cuando condujo el auto hacia la ribera y encontró un espacio entre dos árboles. Apagó el motor y encendió un cigarrillo—, ya estamos aquí. ¿Qué vas a decirme?

—¿Has escuchado hablar alguna vez de una mujer llamada Anna Ragosina?

Se intensificó el gesto grave en el rostro de Felícitas.

—Sí —afirmó con tono pensativo—, ¿no es la mujer de la que habló John en sus memorias? Esa especie de mujer vampiro que se complace mucho en matar gente.

—Ella misma; pero, además de mujer vampiro, es la principal espía de Rusia. ¿También eso lo sabías?

Felícitas apartó la vista de su padre.

—¿Quieres decirme que es una mujer real? Yo creía que John la había inventado como el arquetipo de la mujer vil y fatal.

Era imposible imaginar que estuviese mintiendo.

—Es absolutamente real —recalcó George—; además, está aquí, en Washington. Ha estado aquí desde hace más de dos años. John la reconoció en una fotografía tomada en la embajada rusa.

—Anna Ragosina —el tono de su voz no denotaba ningún interés—. ¿Y qué?

—Que también es la maestra de espionaje de Gregory Nej. Ha sido su profesora.

—No entiendo lo que quieres decirme.

George advirtió que por primera vez se distinguía un rasgo de falsedad en el tono de su voz. Podía afirmar que, en el cerebro de su hija, habían empezado a girar locamente los pensamientos.

—Lo que quiero decir es que Anna fue la que entrenó y ejercitó a Gregory, que él no hace más que lo que ella le ordena que haga. El hecho de que los dos estén aquí, en Washington, significa que Gregory está trabajando para ella.

Felícitas abrió la boca y volvió a cerrarla. No pudo impedir que los colores se le fueran a la cara.

—¡Pero, papá! ¡Gregory desertó de su nacionalidad rusa! Lo que todo esto significa es que... ¡Dios mío! Esa mujer fue enviada contra él...

Ahora sí estaba mintiendo y pronunciaba las palabras que le venían a la mente en un afán por ganar tiempo y poder pensar con claridad.

—Su deserción fue parte del juego, Felícitas. Anna Ragosina se hallaba aquí antes de que Gregory llegara. Eso ya debes haberlo entendido.

—Y por el solo hecho de que ella esté aquí, Gregory debe ser un espía... ¡Ay, papá!...

George quitó el cigarrillo de entre los dedos de su hija, sin que ésta opusiera resistencia, y lo aplastó sobre el cenicero. Luego, tomó sus manos entre las suyas y se las acarició. Felícitas tampoco protestó ni se resistió.

—Querida hija, escúchame —le dijo George—: tú sabes muy bien, querida niña, que hacernos tontos con palabras, fingiendo cosas que no son, no nos ayudará para nada. Lo cierto es que, mañana, los agentes del FBI se presentarán en tu departamento para detener a Gregory y a ti también. De hecho, no tengo idea de cuáles serán las acusaciones contra Gregory, pero es casi seguro que a ti te inculpen de traición. ¿Comprendes lo que eso implica? ¿Sabes lo que tal acusación significa para ti, Felícitas?

Ella no dejaba de mirarlo. Sacó la punta de la lengua y se humedeció los labios muy despacio. George no podía imaginar el remolino de ideas que giraban en su mente, frente al deseo de confiar en él, atropellando todas las instrucciones que, probablemente, había recibido de Gregory para no confiar en nadie, ni siquiera en su padre...

—Vamos, Felícitas —le estaba diciendo éste, hablando muy despacio y con mucho cuidado—, yo no sé ni quiero saber hasta qué punto te has involucrado en el asunto durante este último año. No puedo creer que haya sido tu intención traicionar a tu patria entregándola a los soviéticos, pero...

—¿Traicionar a mi patria? —protestó ella casi gritando—. ¿Cómo puedes decir que traiciono a esta manada de bandidos que luchan por dominar al mundo con la fuerza de las armas?

—¿Es eso lo que te ha estado diciendo Gregory? ¿Y tú le has creído?

—Es la verdad —prosiguió gritando ella—; basta con que mires a tu alrededor para saberlo.

—Eso es lo que tú has estado haciendo orientada por él —reconoció George—, pero tú debías haber mirado más allá de lo que Gregory te indica. Debías mirar lo que los soviéticos están haciendo en Europa y lo que pretenden hacer en todo el mundo. Mira un poco hacia atrás a lo que le ocurrió a tu propia familia. Mira lo que le sucedió a la madre de Gregory. ¿Cómo te lo ha explicado él?

—¡Ay, papá! Tú lo sabes —replicó ella—, todo el mundo sabe que fue asesinada por Iván Nej. Tampoco Gregory ha hecho el intento de desmentir o defender lo que él hizo, y ahora, Iván Nej ha sido condenado por asesinato.

—¿Te interesaría saber que Iván Nej no ha sido condenado por asesinato, sino que está en libertad y trabajando de nuevo para la NKVD? Fue a él mismo a quien enviaron a Israel para secuestrar a Judith Petrovna. ¿No sabes que fueron sus jefes, los superiores de Gregory, los que han encerrado al desventurado de Boris Petrov en un manicomio, por la única razón de que es el marido de Judith?

—¡Bah!... Todo eso... es pura propaganda yanqui —Felícitas proseguía hablando en voz muy alta; pero su acento ya no tenía firmeza.

—Felícitas —le expresó él—, vuelvo a solicitarte que me escuches: a mí me parece que tú te has dejado arrastrar ciegamente desde el principio. Pero ya ha llegado el momento de que despiertes y de zafarte como sea posible. Deberás regresar a Nueva York conmigo en este momento y esta noche le dirás al FBI que en cuanto te enteraste de que Gregory estaba dedicado al espionaje, lo dejaste para venir conmigo. Pero deberás ser tú la que vaya hacia ellos, sin esperar a que ellos vengan por ti.

—¡Por el amor de Dios, papá! —protestó ella angustiada—. ¿Cómo es posible que me pidas que haga eso?

—Porque, si no lo haces, serás juzgada por traición. Y, si te declaran culpable, te enviarán a la silla eléctrica. ¿Comprendes lo que te estoy diciendo? Te van a matar —con todo empeño le estaba hablando con rudeza a su hija, intentando sacudirla para que entendiera la situación en la que se encontraba y, al mismo tiempo, él mismo tenía conciencia de que había hecho lo mismo poco tiempo antes sin resultado alguno. En efecto, le había hablado rudamente al pobre de Paul von Hassell, intentando salvarlo de la horca; pero aquel era Paul y ésta era su propia hija.

Felícitas lo estaba observando con los ojos muy abiertos y rebosantes de lágrimas.

—Por tanto, condúceme de vuelta al aeropuerto —le ordenó George—, y tomaremos el avión del próximo vuelo. No te preocupes por tus cosas. Podemos recogerlas después.

—No puedo —declaró ella en tono terminante—; no es posible que me vaya y lo abandone sin decirle nada. Gregory está ahora allí, esperándome. Está esperando que le sirva la cena.

—¡Felícitas!

—Yo lo amo —gritó ella.

—¿Y tú crees que él también te ama?

—¡Sí! —proclamó ella—. ¡Sí! Gregory me ama. Yo sé que me ama. Y yo... —las lágrimas estaban brotando profusamente de sus ojos—. Óyeme, papá —le imploró—, debes dejarme regresar para hablar con él. Es necesario que hable con él... Luego... Luego me iré contigo, te lo prometo. Estaré contigo en el aeropuerto dentro de una hora, te lo prometo.

—De ningún modo —contestó George con firmeza—, yo iré contigo.

Felícitas sacudió la cabeza.

—No, yo debo hablar con él a solas.

—Felícitas, hija... Ese hombre es un oficial de la NKVD muy bien entrenado. Eso quiere decir que actuará a sangre fría con toda facilidad. Es posible que de veras te ame; pero eso no le impedirá asesinarte si ésa es la opción para que no lo arresten. Tú leíste las memorias de John. Sabes la manera en que Anna Ragosina trataba a su propia gente cuando creía que era necesario.

—Gregory no es Anna Ragosina, papá. Él podía haberme matado antes, cuando descubrí lo que estaba haciendo, pero no lo hizo porque en verdad me ama. No hay ninguna probabilidad de que ahora me haga algún daño. Por eso, yo tampoco se lo haré. Volveré al departamento para verlo, para advertirle del peligro, para darle una oportunidad. Eso es lo que debo hacer.

—No podrá escapar y tú lo sabes.

—Yo debo hablar con él.

George vacilaba. Su desgracia era que él podía distinguir con claridad el punto de vista de su hija, que él comprendía perfectamente sus sentimientos. Siempre había sido ése su infortunio, se decía George: una capacidad muy desarrollada para ver los dos lados de cualquier asunto. Además, conocía a su hija lo suficiente como para percibir que no era conveniente presionarla más. Y Gregory la amaba. George así lo creía, pese a su escepticismo. Frente a sus ojos estaba la muestra.

Sin embargo, era la vida de su hija la que estaba en riesgo. Quizá el equilibrio de su razón también estaba en juego.

George suspiró profundamente.

—Bueno —dijo—, puedes llamarlo por teléfono desde el aeropuerto para pedirle que se reúna con nosotros allí. Podrás hablar con él. Sólo Dios sabe cómo se lo explicaremos al FBI, pero ya nos las ingeniaremos.

Ella lo pensó un poco; luego, afirmó con la cabeza y encendió el motor del automóvil.

—Siempre viviré agradecida contigo, papá, por brindarnos esta oportunidad.

—Esperemos que tengas realmente algo que agradecerme —repuso él.

Recorrieron el camino de regreso al aeropuerto en un incómodo silencio. A la entrada de la terminal, Felícitas se detuvo en un espacio reservado para los taxis.

—¿No sería preferible que te detuvieras en el estacionamiento? —preguntó él.

—Es que quiero hablar por teléfono con Gregory cuanto antes —le expresó ella—, ¿qué importancia tiene que me impongan una multa cuando es tanto lo que está en juego?

George se encogió de hombros, abrió la portezuela y bajó del automóvil. A continuación, miró desalentado cómo Felícitas echaba el coche hacia atrás precipitadamente y se alejaba a toda velocidad. Durante un momento, se le quedó mirando, sintiéndose terriblemente viejo y desamparado.

No obstante, reaccionó muy pronto. No estaba totalmente desamparado.

Agitó la mano en alto para llamar a un taxi.

—Siga a... —se quedó callado. A pesar de todo, necesitaba refuerzos y él sabía cuál era la dirección del departamento de su hija—; espéreme un momento —le dijo al conductor del taxi—, deme unos segundos para hacer una llamada telefónica.

—¡Santo cielo! —Arthur Garrison examinaba la fotografía. Hasta aquel momento se había mostrado tan burlonamente escéptico como siempre, en particular porque tuvo que dejar la mesa donde estaba cenando; sin embargo, de pronto, se olvidó de todo y concentró su interés y su entusiasmo en el asunto—. ¿Es ella realmente? ¿Es Anna Ragosina?

—Es ella —afirmó John.

—Y tú has estado haciendo investigaciones particulares y preliminares, ¿no es verdad? Ya sabes que ése no es asunto tuyo.

—Debía estar seguro —respondió John—. ¡Maldita sea, hombre! Mi hermana está involucrada en esto.

—¿Sí? —inquirió Garrison—. ¿Tú crees que tu hermana también sea una espía roja?

—Por supuesto que no —replicó John—, pero ciertamente que está viviendo con un espía rojo. Eso implica que muy bien puede estar en peligro.

—Así es —asintió Garrison—; no obstante, no por eso desperdiciaremos una ocasión como la que se nos presenta. Desde el punto de vista técnico, esto debería quedar en manos del Departamento de Estado, puesto que esa mujer Ragosina está acreditada como integrante del personal de la embajada, aunque posea un nombre falso y esté manejando a unos cuantos espías. Pero, a pesar de todo, aplicaremos nuestros métodos y seguiremos adelante con el asunto. Yo te diré lo que vamos a hacer, Johnnie, hijo mío: yo voy a conseguir una orden de arresto contra la mujer, sin necesidad de decir que tiene inmunidad diplomática, por lo menos en esta primera etapa. Entonces, tú y yo haremos una incursión al departamento de la Ragosina y la detendremos. Le daremos a la mujer un buen repaso, destrozaremos prácticamente su departamento durante el registro y, luego, más o menos a la hora de almorzar de mañana, diremos que nos han convencido sus alegatos de que es una empleada de la embajada, la devolveremos a su lugar, pidiéndole disculpas y solicitaremos que sea expulsada. Yo creo que los rusos procederían en esta misma forma —le hizo un guiño a John—. Mientras tanto, no tocaremos para nada a tu primo, hasta que hayamos acabado con ella. Tu primo no sabrá nada de lo que ha ocurrido con la Ragosina y, por lo tanto, tu hermana estará a salvo hasta entonces.

John se mordió los labios. No se atrevía a decirle a Garrison que George Hayman ya se había ido a Washington para hablar con su hija en su casa de Arlington.

—¿Cuánto tiempo requieres para conseguir esa orden de arresto?

Garrison se encogió de hombros.

—Moviendo algunas influencias, tendríamos la orden para la medianoche. Así que podríamos estar en Washington para las dos de la madrugada —le hizo otro guiño—. Vamos a tener que sacar de la cama a la señorita. De modo que ahora te irás a tu casa a comer algo y a mí me dejarás para que termine mi cena. Nos veremos en el aeropuerto faltando diez minutos para la medianoche; no te retrases. Además, hijo mío, no te olvides de traer contigo algún arma contundente, por si acaso la dama es tan dura como tú dices que es.

—Bueno, haré lo que dices —comentó John—, pero no nos vamos a encontrar en el aeropuerto. Nos veremos frente al edificio del departamento de Anna en Washington.

—Vamos a ver, jovencito, hijo mío. Te estoy haciendo un favor al permitirte que andes metido en este asunto, puesto que tú ni siquiera perteneces a este campo. Sólo lo hago porque puede decirse que esa mujer es tu pichoncito. Y ahora quieres ir a echar a perder las cosas allá.

—Yo no voy a echar a perder nada —protestó John—. Pero tú mismo señalaste que la mujer es mi pichoncito y tengo la intención de estar allí para impedir que se escape de su jaula.

Y, aunque no lo mencionó, quería estar allá, sobre todo, para sacar a George y Felícitas del enredo en el que, sin duda, se habían metido. Por eso salió corriendo del restaurante y, a toda velocidad, se dirigió al aeropuerto, con la esperanza de llegar a Washington a tiempo.

Felícitas Hayman abrió la puerta de su departamento, la cerró suavemente después de entrar y se quedó apoyada de espaldas sobre ella. En el camino de vuelta del aeropuerto, había decidido no pensar en nada, desechar todas las consideraciones sobre la situación en que se encontraba, hasta después de haber conseguido sacar a Gregory del departamento y llevárselo lejos de allí. Pero, pese a sus decisiones, en aquel instante sentía los apresurados latidos del corazón y un persistente zumbido en los oídos. Todo lo que estaba ocurriendo le parecía demasiado horrible, demasiado inverosímil para que fuera verdad. Pensaba que, por supuesto, su padre, con sus proyectos simples y sus soluciones fáciles, había estado diciendo muchas cosas sin sentido, muchas tonterías; pero que el FBI estuviera sobre ellos y que su pequeño mundo íntimo estuviera a punto de derrumbarse, no era ninguna tontería.

—¿Eres tú, Felícitas? —Gregory, en mangas de camisa, salió de inmediato de la cocina—. ¿Adónde fuiste? Yo ya empezaba a preocuparme.

—Estaba con mi papá —respondió ella—. Y te advierto que, de un momento a otro, vendrá aquí tal vez con muchos policías. Así que toma tu saco y vámonos de aquí ahora.

—¿George va a venir a nuestra casa? —inquirió Gregory mirando por encima de la cabeza de Felícitas, como si esperara verlo entrar en un instante.

Felícitas corrió a través del salón de entrada, recogió el saco de Gregory, se lo dio a él y, con el mismo movimiento, lo empujó hacia la puerta.

—Lo dejé en el aeropuerto, pero estoy segura de que estará por aquí muy pronto. Vino de Nueva York para hablar conmigo.

Ya estaba Gregory en las escaleras.

—No entiendo nada de lo que pasa —protestaba—. ¿Qué ha ocurrido?

Felícitas lo obligó a bajar corriendo, mientras le decía:

—Eso no importa. Lo que sí es importante es lo que va a suceder —llegaron a la calle y ella abrió la portezuela del automóvil para que él entrara y le gritó—: ¡Sube! ¡Pronto!

—Pero… —subió y se sentó, al tiempo que Felícitas subía al asiento por el otro lado y se acomodaba detrás del volante y encendía el motor.

—Gregory —le dijo entonces con tono muy serio—: Mañana o quizá esta misma noche, los del FBI llegarán para detenerte.

—¿Qué dices?

Dio un giro rápido para entrar en la avenida donde circulaba el tránsito.

—Ése es un hecho. John vio la fotografía de una mujer que se llama Anna Ragosina, tomada aquí, en Washington, y John sabe que es una funcionaria de alto rango en la NKVD. Mi papá me aseguró que tú eras su discípulo y que ella te había entrenado. ¿Conoces a Anna Ragosina, Gregory? —Éste abrió la boca, pero no dijo nada y ella suspiró—. Bueno —continuó Felícitas—, como esa mujer está aquí desde hace dos años, todos afirman que trabajas para ella.

Giró de nuevo para salirse de la calle transitada a otra lateral, halló un espacio libre y allí detuvo el coche y apagó el motor. No podía pensar con claridad mientras estaba conduciendo.

Gregory se le quedó mirando con el ceño fruncido.

—Pero a mí no me han detenido todavía.

—Eso se debe, a lo mejor, a que John habló con mi papá primero. Y eso lo hizo por causa mía, ¿comprendes? A mí también me van a arrestar, acusada de traición.

—¡Por el amor de Dios! —con movimientos instintivos, metió la mano en los bolsillos buscando un cigarrillo; era un hábito adquirido desde que había llegado a Estados Unidos.

Ella se lo encendió.

—Dice mi papá que incluso podrían enviarme a la silla eléctrica.

—¡Es verdad! —exclamó él—. Podrían mandarte a la silla eléctrica —aspiró profundamente el humo del cigarrillo—. ¿Fue tu padre el que te lo dijo? —Felícitas asintió, moviendo la cabeza de arriba a abajo—. Pero... ¿No te...?

—Por supuesto que mi padre tiene una solución: quiere que me vaya con él esta misma noche, que me presente ante el FBI y declare que no sabía absolutamente nada sobre tus actividades de espía y que, en cuanto lo supe, te abandoné. Papá cree que así podría salvarme.

—Sí, tiene razón —expuso Gregory—; eso es lo mejor y eso es lo que vas a hacer —la tomó por las manos—. Sí, Felícitas, tú les dirás todo lo que quieran saber, todo lo que les ayude a aceptar tu declaración. Un día después, ya no tendrá importancia.

Ahora fue ella la que se le quedó mirando gravemente.

—¿Eres tú el que me está pidiendo que me vaya con mi padre en seguida?

—Eso es lo que debes hacer.

—¿Y qué será de ti?... ¿Es que no has entendido? Te van a detener, Gregory. Eres un espía. Yo no sé si te enviarán a la silla eléctrica; pero, desde luego, te mandarán a la cárcel por el resto de tu vida.

Él sacudió despacio la cabeza.

—No, porque ni siquiera van a atraparme, Felícitas. Para mañana, estaré en México, en Canadá o en algún otro sitio y, después, estaré en mi casa, en Rusia.

—Pero, ¿cómo...?

—Anna me sacará de aquí —aseveró él—; de cualquier forma, ahora mismo debo ir a verla para advertirle. Ella se ocupará de todo. También, tendrá que sacar de aquí a Bogolzhin e informarles a algunos otros de nuestros agentes de operaciones; pero será Anna la que se encargue de todo. Es una mujer extraordinaria. Y ella no está en peligro, ¿comprendes? Es del personal de la embajada. Lo único que el FBI puede hacerle es solicitar su expulsión del país. De modo que tú te irás ahora mismo al aeropuerto, te quedarás en tu casa a salvo y harás tus declaraciones ante el FBI como tú desees. Yo me iré a la casa de Anna y ella me ayudará a salir del país. Sólo requiero unas cuantas horas. Créeme lo que te digo —eso se lo dijo porque no supo interpretar la expresión de desconcierto que apareció en su rostro—, será algo muy sencillo. Siempre están preparados para hacer frente a esta clase de inconvenientes.

Ella le estaba apretando los dedos con mucha fuerza.

—Pero, Gregory... Si esa Anna puede sacarte clandestinamente del país, también puede sacarme a mí de la misma forma.

—¿A ti?

—Yo no quiero separarme de ti, Gregory. Yo no podría vivir sin ti.

—Pero yo debo volver a Rusia. Lo más probable es que no me dejen entrar a Estados Unidos otra vez.

—Pero estaríamos juntos.

—Felícitas, no volverías a ver a tu familia jamás. Quedarías inscrita como traidora. Serás repudiada por toda la gente de Estados Unidos.

—Pero estaré contigo, Gregory —repuso ella sencillamente.

Anna Ragosina era una mujer apegada a la rutina. Por las noches, tan pronto como regresaba a su casa de la embajada, tomaba un baño, se envolvía en su bata y encendía la televisión, mientras preparaba su cena. No llevaba ninguna vida social, a no ser que sus encuentros regulares con Bogolzhin pudieran calificarse de acontecimientos sociales. Por aburrimiento, había decidido asistir a una o dos reuniones en la embajada, sólo para descubrir que allí se aburría mucho más. Por tanto, la televisión llegó a ser una parte muy importante de su existencia. Se la pasaba mirándola todo el tiempo que estaba en casa y se estaba convenciendo de que, gracias a eso, estaba haciendo un estudio muy profundo de la cultura estadounidense.

A decir verdad, Bogolzhin iría a verla esa noche a su casa, pero no llegaría mucho antes de las diez. Que la secretaria de la embajada recibiera de manera ocasional a un amigo, debía ser un hecho muy bien conocido para mucha gente, incluyendo a la policía; pero ella había decidido que no corría ningún riesgo. Como Anna no había hecho algún intento para ocultar su nacionalidad rusa, ¿qué tenía de malo que hubiese elegido un amigo ruso? Además, Bogolzhin, en su capacidad de organizador de campo, no era, por lo que ella sabía, un elemento sospechoso para la policía estadounidense o para el FBI. Aunque, de hecho, le hubiese gustado que lo fuera. Ya estaba harta de vivir en Estados Unidos y se aburría enormemente. Ya había completado su misión y, no obstante, se le había ordenado que permaneciera donde estaba para mantener su red de información y de observación, así como sus intervenciones en el campo de los trabajadores. Se sentiría muy satisfecha si la expulsaran.

Colocó el plato de pastel de pollo congelado que había comprado —las comidas instantáneas eran otras de las placenteras comodidades que había descubierto en Estados Unidos— sobre la mesa que estaba frente al sofá; levantó a su gato, al que llamaba Tabasco y que era gata y se acomodó exhalando un suspiro de satisfacción. Acarició a Tabasco, el primer animal que había adoptado para que viviera con ella. Era una gata fría y poco afectuosa y una destructora implacable de todo lo que se moviera y que fuera más pequeño que ella. Su carácter le agradaba a Anna y su compañía era una delicia por muy indiferente y aburrida que pareciera Tabasco por todo lo que le rodeaba. Sin duda, se decía Anna, vivir en aquella nación le había enseñado mucho acerca del arte de entretenerse sola.

Sin embargo, anhelaba retornar a Rusia pues eso entrañaba ponerle fin al constante fingimiento, a la continua actuación, a aparecer sin cesar en una condición mucho menor de la que le correspondía. Una vez en Rusia, sería de nuevo Anna Ragosina, un nombre y un rostro que todos los rusos temían. Su poder sería de nuevo visible y dejaría de estar escondido.

Sonó el timbre de la puerta, ella alzó la cabeza vivamente y después miró su reloj de pulsera. Sin duda, no era Bogolzhin; ella misma le había especificado con absoluta claridad que no quería que llegara antes de que ella estuviera dispuesta a meterse en la cama. Dejó a Tabasco sobre un cojín del sofá, se levantó y fue a su recámara a buscar su pistola. De cuando en cuando, recibía a ciertos visitantes. Era una mujer muy hermosa y ya se sabía que vivía sola. Desde tiempo atrás, las otras mujeres, vecinas suyas, habían desistido de hacer amistad con ella; pero, de cualquier manera, era más conveniente llevar pistola, pues no tenía la intención de que la sorprendieran.

Balanceando la pistola que colgaba de los dedos de su mano derecha volvió a la sala, donde de nuevo se escuchaba el chirrido del timbre. Abrió la lámina de la mirilla y observó a Gregory Nej. Su primera reacción fue de rabia, una rabia terrible ante la impertinencia del joven. ¡Qué locura presentarse allí! Luego, reflexionó que debía haber ocurrido algo terrible, guardó la pistola en el profundo bolsillo de su bata, abrió la puerta y pudo ver, más allá de Gregory, a Felícitas Hayman.

—Déjanos pasar, Anna —imploró Gregory—; es un asunto muy importante. Anna retrocedió un paso y entraron a la sala. Felícitas la estaba mirando con gran curiosidad.

—¡Eres tú! —exclamó Anna con tono de indignación mientras cerraba la puerta y le ponía la cadena de seguridad—. ¿Eres tú... imbécil?

—No te enojes, Anna —le rogó Gregory—, óyeme primero. Se ha producido una crisis.

Anna lo miró y luego desvió la vista hacia Felícitas, quien continuaba contemplándola fijamente, como si no pudiera apartar los ojos de ella.

—¿Soy un ejemplar raro o algo así? —inquirió Anna.

—No, no... Yo jamás pensé que fuera usted tan hermosa —respondió Felícitas—, Gregory nunca...

—¿Así que has estado hablando de mí con Gregory? —sondeó Anna.

—Yo jamás había oído hablar de usted antes de ahora —le explicó Felícitas—; es decir, ya había escuchado su nombre...

—¿Qué fue lo que ocurrió? —interrogó Anna—. ¿Por qué está ésa aquí? —sin embargo, al decir estas palabras, ya sabía lo que tendría que hacer. Una sensación de alegría se extendió por todo su cuerpo.

Gregory le describió la situación lo mejor posible, con mucha rapidez y en forma concisa.

—Ahí tienes los hechos, Anna —le dijo para finalizar—. Como ves, no es culpa nuestra que se haya producido este momento crítico; más bien, es culpa tuya por haber permitido que te fotografiaran. Yo sabía que tu estancia aquí podría resultar peligrosa.

—Una ocasión en un millón —advirtió Anna como si hablara consigo misma—; mejor dicho, una ocasión en un ciento de millones —a pesar de su enojo, se sentía emocionada por lo que estaba aconteciendo. Luego de tanto tiempo transcurrido, John Hayman la había identificado en una fotografía, evidentemente, mala. ¡Qué bien debía recordarla!

—Por consiguiente, debes comprender que debemos irnos esta misma noche —proseguía explicando Gregory—. Tú tendrás que buscar la forma de que podamos salir del país, ya sea subiendo a Canadá o bajando hasta México. A no ser que haya un barco soviético anclado en cualquier puerto donde lo podamos abordar y también algún vuelo de regreso a Moscú.

Anna no le quitaba los ojos de encima.

—Lo que tú quieres es que yo te saque a ti y... a ella... fuera del país, ¿no es verdad?

—No hay otra solución, si no quieres que nos aprehendan y que quizá nos ejecuten.

—Ya entiendo —contestó Anna. Metió la mano en el bolsillo de su bata y sacó la pistola.

—¡Espera un poco, Anna...! —empezó a decir Gregory.

—¿Se han creído que soy una tonta? —interrumpió ella—. ¿Cómo podía saber que eras tú el que llamaba a la puerta, Gregory Ivanovich? Vamos; siéntense los dos y prepárense un trago. Yo tengo que pensar.

—Espero que no tardes mucho —insinuó Gregory acercándose a la vitrina de las bebidas. Felícitas se sentó en el sofá, junto a la gata que, de inmediato, bajó al piso de un salto.

—No —dijo Anna—, no tardaré mucho.

Se metió a su habitación, cerró la puerta, abrió un cajón de donde sacó el silenciador y lo atornilló cuidadosamente al cañón de la pistola.

Cuando Anna volvió a la sala, se quedó mirando fijamente a Felícitas, quien ya estaba de pie, junto a Gregory, frente a la vitrina de las bebidas.

—Tú debes irte primero —le anunció y alzó la pistola. A Felícitas se le cortó la respiración al verla y se volvió a un lado. La bala disparada desde el cañón de la pistola, sin más ruido que un leve chasquido, le pegó a Felícitas en un hombro y la arrojó contra la pared. Al mismo tiempo, Anna, molesta por haber fallado, chasqueó la lengua y siguió con el cañón de la pistola la caída de la mujer, para disparar de nuevo.

Gregory había girado con rapidez sobre sí mismo al escuchar el grito de Felícitas y el sonido del disparo con silenciador. Llevaba en la mano una jarra llena con el coctel que había preparado y, en una fracción de segundo, la lanzó contra Anna. Ésta se distrajo con el ruido y el movimiento y, el segundo disparo que hizo, se desvió por completo y la bala se incrustó en el yeso de la pared. Anna había dado vuelta al rostro para mirar a Gregory, pero no pudo impedir que la jarra de vidrio le golpeara sobre los ojos y sobre su mandíbula, con tanta fuerza que cayó de espaldas sobre el sofá. Con gesto rápido y desesperado, intentó incorporarse; pero ya Gregory estaba encima de ella. Éste había dado un salto a través de la habitación y había caído de rodillas sobre el vientre de Anna, dejándola ahogada y gimiendo en demanda de aire, al tiempo que la pistola se deslizaba de sus dedos insensibles por el momento.

Vagamente, cayó en la cuenta de que Gregory ya no estaba encima de ella; lo vio cuando le daba una patada a la pistola, arrojándola al otro lado de la habitación. A continuación, vio al muchacho con una rodilla en el suelo, inclinado sobre Felícitas, quien estaba sentada junto a la pared. "Está aullando como un perrito herido", se dijo Anna con profundo desprecio al recuperar el sentido.

Se incorporó trabajosamente y Gregory se volvió para observarla.

—Tú te has vuelto loco —declaró Anna.

—Está herida seriamente —reclamó Gregory—, no había necesidad de que le dispararas.

—¿Que no había necesidad? —le gritó Anna con voz entrecortada—; era absolutamente indispensable. ¿No te había advertido que yo tenía que acabar con ella alguna vez? Y a ti también, si insistes en este juego tonto. No has conseguido más que ocasionarle un dolor innecesario —al decir esto, dio un paso decidido hacia el sitio donde se encontraba la pistola.

—¡No, Anna! —clamó Gregory poniéndose de pie—. No permitiré que lo hagas.

—Muchachito necio —interpeló Anna—; sería más conveniente que te pongas a rezar para que no decida acabar también contigo.

Apresuró el paso, se inclinó para recoger el arma y sintió que él estaba detrás de ella. Se arrodilló y giró de inmediato con la mano tendida para asestarle un golpe con el borde que, si se lo hubiera dado, lo habría dejado inmóvil. Pero Gregory ya sabía lo que iba a hacer y se hizo a un lado para esquivar el trancazo y, al mismo tiempo, alzó la pierna y le dio una patada a Anna sobre la espalda que la hizo caer de bruces, lejos de la pistola y encima de la gata que dio un brinco, un chillido y salió corriendo de la habitación. Anna recordó que había sido ella la que le enseñó a aquel joven todas las artimañas que sabía. No obstante, jamás había sido capaz de endurecer la mente y el corazón lo suficiente para matar a una persona a sangre fría y, mucho menos, a mano limpia.

—Ahora sí estoy convencida de que estás loco —le dijo como en un gruñido, mientras volvía a ponerse de pie—. ¿De veras pretendes luchar contra mí?

—No hagas la prueba, Anna —le suplicó él—, no lo intentes.

Ella lo miró por un instante con ojos que centelleaban y después saltó sobre él, como una fiera, dando manotazos a diestra y siniestra. Le asombró ver que él la esperaba a pie firme. Gregory esquivó el primer golpe y le agarró con fuerza la muñeca. El segundo golpe se lo descargó en un costado, originó un ruido sordo como si se hubiese golpeado un tambor y ella estuvo segura de haberle lastimado las costillas; pero Gregory permaneció firme, sin pestañear siquiera y, con movimientos rápidos, le tomó la otra muñeca. Ella se echó hacia atrás y principió a mover las piernas con la intención de darle una patada en la entrepierna, pero los pliegues de la bata le impedían moverse con fuerza. Ahora sí forcejeaba a brazo partido con el joven, mostrando los dientes y lanzando jadeos agudos, como chillidos. Gregory, asido a las dos muñecas, le dio un furioso empellón que la lanzó hacia atrás; trastabilleando, tropezó contra una silla, cayó sobre ella, la rompió y, acto seguido, cayó al suelo, junto con la silla destartalada. A duras penas, logró ponerse de pie y vio que Gregory se había apoderado de la pistola.

—Y, ahora, vas a cometer una auténtica tontería —dijo tartamudeando Anna que apenas podía respirar—, una verdadera torpeza... Si me matas, la NKVD te atrapará adonde quiera que vayas y donde quiera que te escondas —ya para entonces, Anna había recuperado el aliento—; pero tú no vas a matarme. No tienes los pantalones suficientes para hacerlo, a mí ni a nadie, Gregory Ivanovich. Tú no dispararás, ¿verdad, chico?

Anna observó la indecisión en su mirada, sonrió al tiempo que se afirmaba sobre las piernas y empezó a caminar hacia él.

—Dame la pistola, Gregory Ivanovich. Arreglaré mi asunto con la mujer. No tienes de que preocuparte. Bogolzhin estará aquí dentro de una hora y él nos ayudará a deshacernos del cuerpo. Luego, yo los sacaré a los dos fuera del país. También él tendrá que irse...

Estaba a un metro de distancia del joven y la pistola estaba entre ellos dos. Anna extendió la mano.

—Dame el arma, Gregory.

Anna no tenía conciencia más que del dolor y de la náusea. Pese a que su cerebro volvió a quedar totalmente despierto desde el instante en que abrió los ojos, transcurrieron algunos segundos hasta que se percató de que el dolor provenía de su cabeza, de sus brazos y de su espalda, no del pecho o del estómago. Entonces, el pobre muchacho necio, no le había disparado.

Movió la cabeza a un lado y al otro y desalojó a Tabasco, que había estado sentada sobre su cabellera. Se dio cuenta de que estaba acostada sobre el sofá. Gregory debió pegarle en la cabeza con la pistola, sin duda, con una fuerza brutal, a juzgar por el dolor que se hacía cada vez más intenso, por la hinchazón de su frente y por el hilillo de sangre que había humedecido el cojín sobre el que reposaba su cabeza. Pero, además, Gregory le había atado las muñecas por detrás de la espalda con el cordón de la bata, asegurándolo después alrededor de sus tobillos. Estaba atada con la fuerza suficiente para cortarle la circulación y para impedir cualquiera de sus movimientos.

"Era una lástima —se dijo—, que ahora Gregory se hubiera convertido en un caso perdido, en uno de esos sujetos a los que había que matar en cuanto le echaran la vista encima." A ella le hubiese gustado mucho tener encerrado a Gregory en una de sus celdas de Lubianka, en particular la número cuarenta y siete, junto con esa sarnosa perra rubia a su lado, durante una hora solamente.

Y eso podría ocurrir en realidad, se decía Anna, a medida que toda la habitación se aclaraba y todos los muebles ocupaban su lugar. Por supuesto que Gregory se había marchado, llevándose a la Hayman herida consigo; la sangre de Felícitas formaba una mancha oscura en la pared del fondo. ¿Cuánto tiempo hacía que se habían ido? Volvió la cabeza para observar la pantalla de la televisión. El programa que ella estaba mirando antes ya había acabado, pero el que le seguía no podía llevar más de quince minutos de iniciado; ella veía tanta televisión que era una experta. Por tanto, lo más factible era que la pareja aún estuviera cerca de Washington.

¿Adónde irían? Puesto que estaban intentando escapar del FBI, no era posible que Gregory se rindiera en el lugar donde se encontraba sin entregar también a la mujer como traidora. "El muy necio", pensó de nuevo; e incluso suponiendo que aún intentara alcanzar las fronteras de Canadá o de

México, ¿podría conseguirlo llevando a una mujer herida? De igual modo, imaginando que pudiera salir fuera del país, ¿qué podría hacer? ¿Creía, por ventura, que siendo el sobrino de Michael Nej, pudiese volver alguna vez a Rusia tras desobedecer las órdenes y haberla atacado a ella por añadidura?

Escuchó el ruido de la cerradura de la puerta y de nuevo hizo girar la cabeza. ¿Bogolzhin? Todavía era temprano para él, pero no podía ser otro. ¡Gracias a Dios por haberle enviado a Dimitri Igorovich! Había ocasiones, como ésta, en las que casi podría amarlo.

—Está abierto —contestó en voz alta—, entren.

La puerta se abrió y ella se quedó mirando a John Hayman. Detrás de él estaba un hombre mucho más viejo que ella jamás había visto, pero al que identificó por las fotografías suyas que guardaba, tanto en Washington como en Moscú.

Con grandes esfuerzos, pudo bajar las piernas hasta tocar el suelo con los pies y se incorporó un poco más en el sofá, sin apartar los ojos de John y viendo de soslayo a George Hayman que cerraba la puerta y le ponía la cadena.

John apagó la televisión.

—¿Dónde están? —inquirió parándose muy erguido junto a ella. Anna se percató de que su bata, que ya no estaba sostenida por el cordón, se había abierto casi por completo con sus movimientos. Probablemente, eso actuaba en su favor, según podía verlo en el brillo de los ojos de John.

—Buenas noches, John —comentó con mucha tranquilidad—. ¿Sabes que es un placer volver a verte? Ya empezaba a sentirme muy incómoda —se mordió los labios para forzar una sonrisa—. ¿Cuánto tiempo ha transcurrido? ¿Cuatro años?

—Anna —le dijo John en tono grave—, estamos buscando a mi hermana y a Gregory Nej. Ya estuvimos en su departamento y nos enteramos de que habían salido muy de prisa. Seguramente tenían una cita contigo o con tu gente. Ahora, dime lo que sucedió.

—El John Hayman que yo recuerdo —susurró Anna melosamente—, me habría desatado por lo menos, antes de empezar a hacer preguntas.

—¡John! —la voz de George tenía acentos apremiantes; acababa de mirar la mancha de sangre en la pared.

John se acercó a la vitrina de las bebidas a tocar con un dedo la sangre y comentó:

—No está seca todavía —dio media vuelta inmediatamente para quedar de frente a donde estaba Anna—. ¿Está herido alguno de ellos? —quiso saber—. ¿Está herida Felícitas?

—Ni tú ni nadie tiene derecho a irrumpir en mi departamento —reclamó Anna irritada—, soy ciudadana rusa, acreditada como mecanógrafa en la embajada. Tu actitud podría ocasionar un incidente internacional.

John se sentó junto a ella en el sofá, la observó fijamente a la cara y se esforzó por mantener la vista alta y no dejarla bajar para contemplar su cuerpo. Recordaba que en una ocasión estuvo a punto de sucumbir a sus encantos y, de vez en cuando, se reprochaba no haberse rendido. Acostarse con Anna Ragosina sería, tal vez, una experiencia inolvidable.

Sería lo mismo que dormir con una tigresa.

Aún era una de las mujeres más bellas que él hubiese visto, mientras que él pertenecía a una cepa de seres magníficos por su hermosura. Era necesario hacer un esfuerzo para odiar a esa mujer con profunda intensidad. Para sorpresa propia, John sintió que no había mayor dificultad en detestarla.

Anna continuaba sonriéndole.

—Tú también estás recordando, ¿no es cierto? Recuerdas cuando luchábamos juntos; cuando sólo éramos tú y yo contra todo el ejército alemán. Los otros no contaban, John. Éramos tú y yo. Sin nosotros, habrían quedado derrotados muy pronto. Escúchame, John: yo no voy a decir nada sobre tu incursión en mi casa. Siento una gran felicidad por haber vuelto a verte y deseo que te quedes conmigo esta noche. Dile al viejo que se retire y te quedas conmigo. Los dos juntos recrearíamos grandes recuerdos de aquellos días.

John sintió el impulso de provocarle un gran daño, de hacerla sufrir profundamente. Pensó que, en parte, aquel deseo se debía a su frustración sexual, al hecho de tenerla allí, echada sobre el sofá, atada de pies y manos, prácticamente desnuda y enteramente a su merced, para hacer lo que él quisiera con aquella carne blanca como la nieve; pero también pensó que, si él cedía por un instante a sus deseos, estaba irremediablemente perdido.

Por lo tanto, él tenía que convencerse a sí mismo que debía causarle mucho daño.

Le metió los dedos en sus cabellos, tiró de ellos y ella gimió cuando él levantó su cabeza del cojín en el que la apoyaba.

—Sí, Anna —le dijo como si la increpara—, estaba recordando. Recordaba todo lo que ocurrió durante aquellos años en que estuvimos juntos en el Pripet, todas las atrocidades que perpetrabas contra los que considerabas tus enemigos y también contra tus amigos, si acaso no obedecían tus órdenes. Anna: si no me dices lo que le ha ocurrido a mi hermana, voy a hacerte sufrir mucho más de lo que tú has hecho padecer a los demás. Te voy a hacer mucho daño, Anna.

—No me asustan tus amenazas, John —respondió ella—; tú eres y siempre has sido un caballero y no podrás hacerme algún daño. Si no quieres quedarte conmigo esta noche, será mejor que te vayas. ¡Lárgate! —se diría que había escupido con rabia esta última palabra.

John titubeó un instante; después, agarrando siempre de los cabellos a Anna, le hizo girar la cabeza hacia un lado.

—Sin duda, debe haber una estufa en la cocina —comentó—. George, ¿quieres hacerme el favor de ir a encenderla? Enciende todas las hornillas.

Esta vez, fue George quien vaciló; pero en seguida se metió a la cocina.

—Vamos —le anunció John a Anna. Metió un brazo bajo sus hombros, el otro en las corvas, bajo las rodillas dobladas y la alzó en vilo del sofá.

Por primera vez, la expresión de confianza que podía advertirse en la mirada de Anna desapareció.

—¿Qué vas a hacer? ¡Estás loco!

—No estoy loco; estoy enfurecido —le contestó John y, cargando con ella, cruzó la puerta de la cocina. Las cuatro hornillas de la estufa eléctrica ardían al rojo vivo. Anna empezó a agitarse y a retorcerse en los brazos de John, pero éste no la soltó.

—Ahora, Anna —le informó con firmeza—, voy a sentarte sobre la estufa y voy a retenerte allí hasta que se te tuesten las asentaderas o hasta que me confieses lo que quiero saber. Tú decides.

—¡Ah, tú... Cabrón! —vociferó ella agitando las piernas. Tenía los labios separados y los dientes apretados, como si se dispusiera a morderlo—. ¡No te atreverás, imbécil! ¡No te atreverás!

—¿Que no? Ya lo verás —expresó John y luego se dirigió a George—. Ayúdame un poco, ¿quieres? Levántale el borde de la bata hasta la cintura, para que quede su carne desnuda, por favor.

George lo miró consternado; pero estaba parado detrás de Anna y éste no podía ver la expresión de su rostro. John la sostenía tan cerca de la estufa que el calor de las hornillas ya estaba quemando su carne, incluso a través de la tela de la bata. Sin esa tela, hubiera tomado un instante quemarle la piel.

—¡Por Dios, no! —clamó—. ¡No lo hagas John! Fueron ellos los que me golpearon y después se fueron. ¿No ves el golpe que tengo en la cabeza? Es sangre mía la que está sobre el cojín...

George, quien estaba de pie junto a ella, le apartó el cabello.

—Sí —afirmó—, este golpe es reciente.

John bajó los brazos y la dejó caer de golpe al suelo. Anna lanzó un gemido de dolor cuando su cabeza pegó contra el piso y Tabasco, que estaba escondida bajo la mesa de la cocina, emitió un largo maullido de protesta y se fue a la carrera hacia la sala.

—¿Qué le sucedió a Felícitas? —interrogó John con tono imperioso, inclinándose sobre ella.

—Yo disparé la pistola contra ella —comunicó Anna—, la bala le pegó en el hombro y no pude rematarla porque ese entrometido de Gregory me dio un golpe en la cabeza. ¿Cómo puedo saber adónde se han ido? Se fueron y nada más...

También George se había inclinado sobre ella.

—Felícitas... ¿está herida de gravedad?

—Sangraba —explicó Anna—. ¡Ojalá que se desangre hasta morir!

—¿Cuándo ocurrió todo eso? —inquirió John.

—¡Bah!... Hace media hora más o menos.

—No pueden haber llegado muy lejos —indicó John—; en menos de cinco minutos, podríamos dar aviso para que los arresten donde quiera que se hallen... —dejó de hablar para mirar a George—, o quizá...

—No, no tenemos dónde escoger —manifestó George—; por encima de todo, mi hija puede estar sangrando hasta morir...

En ese momento, el timbre de la puerta sonó y los tres volvieron rápidamente la cabeza hacia la sala. John vio que Anna abría la boca, como si fuera a gritar y, con la rapidez de un rayo, le apretó la garganta con su mano abierta—. Creo que está esperando a alguien —murmuró—. George: ven a sujetarle la garganta. Y no te preocupes si aprietas muy fuerte.

George apretó los dedos de sus dos manos sobre el cuello de carne blanquísima de Anna y se preguntó cuáles serían los pensamientos que bullían en su mente, detrás de los ojos centelleantes que lo miraban. John se dirigió a la puerta, donde el timbre sonaba de nuevo.

—¡Anna! —exclamó una voz de hombre—. ¿Estás allí, Anna?

John extrajo su pistola y abrió la puerta. Esperó a un lado que el hombre entrara, le clavó el cañón de la pistola en las costillas y cayó en la cuenta de que lo conocía por las fotos de los archivos.

—¡Caramba! Dimitri Bogolzhin —mencionó—. En verdad, ésta es mi noche de suerte.

Gregory Nej apagó el motor del automóvil y dejó que el vehículo se deslizara suavemente a un lado del camino. No era posible continuar más adelante.

Debía haberse entregado en la misma ciudad de Washington. En cambio, había manejado el coche sin rumbo fijo, dando vueltas y más vueltas, escuchando el jadeo de la respiración de Felícitas y sus gemidos de dolor; aunque le había vendado la herida con un trozo de mantel que tomó en el departamento de Anna, sabía que estaba perdiendo mucha sangre y era consciente, además, de que no podría entregar a la joven a las autoridades estadounidenses. Por lo tanto, en un momento dado, había tomado aquel camino que corría hacia el noroeste y, en realidad, acababa de pasar una señal en la que se anunciaba que estaba entrando a la ciudad de Frederick; y ya podían verse, lejanas, las luces de las casas en los dos lados del camino. Conduciendo en esa dirección, iba, por lo menos, encaminándose vagamente a Canadá.

Aunque no había la más remota probabilidad de que se le permitiera cruzar la frontera canadiense, sobre todo con una mujer malherida a su lado. Entonces, ¿por qué no deshacerse de ella arrojándola a alguna cuneta y continuar su camino él solo? Eso, precisamente, era lo que todo su entrenamiento le estaba exigiendo que hiciera. Sin embargo, si era eso lo que tenía intención de hacer, ¿por qué había impedido que Anna consumara su decisión de matar a Felícitas? Eso era un camino seguro para su salvación.

A decir verdad, ese camino estaba aún abierto. Podía darle vuelta al automóvil y emprender el camino de retorno al departamento de Anna. Sin duda, la hallaría muy disgustada con él, pero ella jamás dejaba que su enojo obstaculizara las indicaciones de su obligación o de su sentido común. Una vez allí, cuidarían magníficamente de él. A estas horas, ya debía haber llegado Bogolzhin; entre los dos podían deshacerse del cuerpo de Felícitas y, luego, Anna planearía su huida. Ése era el único curso de acción razonable que le quedaba, aceptando, por supuesto, sacrificar a Felícitas. Él siempre había sabido que eso era lo que debía hacer, tarde o temprano. Una decisión como ésa habría resultado muy sencilla antes de haberse enamorado de ella.

La conciencia de su amor le sobrevino de repente, como un golpe inesperado. Era algo que jamás había admitido por sí mismo, algo que nunca pensaba reconocer. ¿Cómo podía haberse enamorado de una estadounidense neurótica de treinta y cuatro años que ni siquiera tenía el sentido común indispensable para reconocer el bienestar que su fortuna le otorgaba, ni la gran riqueza de su país?

Pero él sí había visto todo eso. Y él la amaba por encima del deseo de un muchacho fuerte y sano por una mujer voluptuosa que acababa de despertar a la sexualidad; él la amaba con un perpetuo y creciente deseo de amar y de ser amado. Su madre le había dedicado muy poco de su tiempo y su hermana siempre había sido la favorita. El único amor que había conocido antes de llegar a Estados Unidos había sido en brazos de Anna Ragosina y a eso no podía llamársele amor. En cambio, con Felícitas... Inclinó la cabeza para mirarla, apelotonada bajo el cobertor, esforzándose desesperadamente para no inquietarlo con sus quejidos, sobrecogido su cuerpo por el dolor. Ella lo había sacrificado todo por él. A cambio, una herida de bala y después... ¿la silla eléctrica? No. Eso no podría permitirlo jamás.

—Felícitas, querida mía —le dijo con voz serena—, escúchame, mi amor: voy a entregarme.

Ella alzó la cabeza.

—Eso no puede ser, Gregory.

—Oye lo que debo decirte: no tiene sentido que continuemos haciéndonos tontos. Si no ves de inmediato a un médico, puedes morir como consecuencia de tu herida y ésa es una idea insoportable para mí, querida mía.

Ella hizo un esfuerzo para sonreírle, torciendo sus labios apretados.

—Si me llevas con un doctor estadounidense, voy a morir de todas formas.

—No, estarás a salvo si haces lo que yo voy a pedirte. Fíjate bien: el plan que tu padre te propuso continúa en pie: en el momento en que te enteraste de que yo andaba inmiscuido en el espionaje, hiciste el intento de huir de mi lado, pero te retuve por la fuerza y quise obligarte a que te fueras conmigo como rehén. Como tú te resististe, te disparé. Recuerda bien todos los detalles.

—No, Gregory —susurró ella—, no puedo hacer eso...

—Debes hacerlo.

—Pero... ¿Qué será de ti?

Gregory se inclinó más para darle un beso en la mejilla.

—Me meterán a la cárcel; pero sólo será por una temporada.

Ella suspiró profundamente. Su fortaleza y, en consecuencia, su voluntad para resistir, menguaban cada vez más.

—Creo que podré ir a visitarte cada semana.

Él sacudió despacio la cabeza.

—No, mi amor. No debes procurar volver a verme; ni siquiera debes manifestar el deseo de verme, por lo menos públicamente. Pero tú y yo recordaremos siempre el tiempo que pasamos juntos.

Encendió el motor y condujo el automóvil dentro de la ciudad de Frederick. En su fuero interno, advirtió, por primera vez en mucho tiempo, una sensación muy agradable de alivio y de satisfacción. De repente, se sintió seguro de que estaba haciendo lo correcto.

CAPÍTULO XIII

J. EDGAR HOOVER LANZÓ UNA MIRADA FULMINANTE A TRAVÉS DE su escritorio a John Hayman.

—Yo debería arrojar sobre su pecho todo el condenado libro —declaró con acento amenazante—; es culpable de quebrantar prácticamente todas las reglas del servicio. ¡Por el amor de Dios, muchacho! Garrison iba en camino provisto de una orden de arresto. ¿No podía haber esperado? Y eso de implicar en el asunto al pobre viejo Hayman...

—No podíamos esperar —contestó John con serenidad—; mi hermana estaba involucrada y en peligro.

—¿Ah, sí? —preguntó Hoover—. Tiene una suerte condenadamente buena de que las cosas hayan salido bien.

—Supongo que Bogolzhin está hablando —comentó John.

Hoover miró de soslayo a Garrison.

—¡Por supuesto que sí! —admitió—. Está cantando como el canario campeón del mundo. ¡Claro! Ésa es la única esperanza que tiene de salvar el pellejo. Aunque es indudable que se está creando uno o dos enemigos, o se los echará encima cuando su caso se ventile en los tribunales. Yo no daría ni un centavo por las probabilidades que tiene de sobrevivir, incluso cuando quede absuelto. Varios de los nombres que aparecen en su lista lo dejarían sin aliento si los conociera —alzó un dedo como si quisiera reconvenir a John.

—¿Sabe que nosotros lo podríamos haber atrapado sin que usted efectuara su acto espectacular de detective privado?

—No lo habrían atrapado, señor Hoover —respondió John—. Usted mismo lo sabe. Garrison no iba a llegar a Washington hasta las dos de la madrugada. Mucho tiempo antes de esa hora, Bogolzhin se habría reunido con Anna y los dos habrían huido.

También hay otro detalle: nuestras investigaciones andaban mal desde un principio. ¿Por qué no se informó jamás que Bogolzhin visitaba a Anna con regularidad en su departamento?

—Porque no sabíamos que esa mujer fuera otra cosa que una simple mecanógrafa. Ése es el motivo. De hecho, creímos que Bogolzhin la estaba usando como mensajera entre él mismo y el embajador, pero en ningún momento pensamos en detenerlos. Esperábamos que ocurrieran cosas más importantes y que nos condujeran a un pez más gordo... —hizo una pausa y, de pronto, su rostro grave se iluminó con una sonrisa—. Pero, ahora, ya los tenemos, gracias a usted. Considerando las circunstancias, me parece que pasaremos por alto la alharaca de esa mujer acerca de la intromisión en su departamento y en su intimidad, de que fue maltratada y amenazada con torturas. Permitiremos que le platique todo eso al viejo Pepe cuando regrese a Rusia.

—¿De veras va a dejarla que se tueste en su propia grasa? —le preguntó Garrison a su jefe.

—Yo haría lo mismo —expresó John—; el castigo que le impondrán será ejemplar. Lo que yo quisiera saber es si intervenimos a tiempo.

Hoover se encogió de hombros.

—¿Acaso lo sabremos? Bogolzhin afirma que toda esa gente cuyos nombres aparecen en su lista aportaron datos e información acerca de la bomba. Verdaderamente provoca náuseas pensar que hay personas capaces de traicionar a su país de ese modo.

—Es posible que la idea de la bomba les causara náuseas a ellos en primer lugar —sugirió Garrison tranquilamente.

Tanto Hoover como John volvieron la cabeza para mirarlo con asombro; era increíble que Garrison hubiese hecho esa declaración.

—Pues sí —añadió Garrison bajando la vista un poco turbado—; de acuerdo con Bogolzhin, ninguno de ellos estaba pidiendo mucho dinero por su información. Algunos de ellos ni siquieran eran comunistas.

—¿Sí? —inquirió Hoover—. Ya sabremos cuánta información llegó hasta Rusia cuando hagan explotar una bomba, si acaso llegan a hacer explotar una. Hayman...

—Yo quisiera saber lo que va a ocurrir con Gregory Nej y con mi hermana —dijo John.

—¡Qué diablos! Yo no soy el juez, muchacho. Bogolzhin ha declarado que su hermana le pasaba información aportada por Gregory Nej y que sabía muy bien lo que estaba haciendo. Gregory Nej ha jurado que ella no sabía nada y que, tan pronto como se enteró, hizo el intento de escapar para venir con nosotros; entonces, él le disparó y la hirió para impedirle que hiciera eso. Así, herida, la secuestró por la fuerza para llevársela como rehén; pero, después, cambió de idea al pensar que posiblemente la mujer iba a morir. Y, por su lado, la señorita Hayman no dice absolutamente nada. De modo que todo el asunto puede resumirse en la versión que el jurado llegue a aceptar; no obstante, yo presiento que la señorita Hayman será declarada inocente, por el testimonio de Gregory Nej, si él lo sostiene. Y si es que lo mantiene, lo más probable es que le den su pasaje de ida sólo a la cámara de la muerte. Es un desertor de su patria y aquí solicitó asilo político. Ya estaban casi listos sus papeles para otorgarle la ciudadanía estadounidense. Agréguenle a eso sus intentos de asesinato y de secuestro... Ya sabrán lo que le espera.

—Así es —admitió John con aire pensativo y se puso de pie. No se atrevió a manifestar que Gregory había actuado de una manera noble y espléndida.

—Ahora, dígame, Hayman —le pidió Hoover—, ¿su hermana Felícitas quedará bien?

—¿Se refiere a la herida? Sí, quedará muy bien, con un poco de tiempo. Físicamente.

—Muy bien, aunque éste es un mundo cruel, Hayman. Por fortuna, esta vez usted salió con bien de todo el enredo, pero no cometa la tontería de creer que podrá hacerlo de nuevo. Y nosotros no somos tan tontos como para permitirlo. Así están las cosas. Queda usted despedido.

John Hayman, asombrado, levantó vivamente la cabeza.

Hoover le hizo un guiño y le sonrió.

—Pero ya tiene otro puesto: han solicitado sus servicios en esa otra agencia nueva, la CIA, la Agencia Central de Inteligencia. Parece que allí se están estableciendo las reglas a medida que progresan, por lo que es imposible romperlas. Les ha parecido que usted es, precisamente, el tipo de persona que andan buscando.

—Muchas gracias —dijo John—; pero, ¿no podemos suponer que yo quiero desvincularme por completo?

—Nadie se desvincula por completo de este servicio —aseguró Hoover.

—Es verdad —asintió John tras meditar un momento la idea—, señor Hoover; sin embargo, al cabo de dos años a su servicio, considero que merezco una recompensa.

—¿Usted cree? Bueno, déjeme decirle...

—No le costará ni un centavo —le interrumpió John—. Sólo deseo ver a solas a Anna Ragosina antes de que la deporten a su país.

Garrison avanzaba junto a él a lo largo del gran vestíbulo del aeropuerto, atestado de gente, en dirección a la pequeña puerta de una oficina particular, que estaba custodiada por algunos hombres en traje civil común y corriente.

—¿Quieres decirme de una vez por todas lo que hay entre tú y esa mujer? —le preguntó Garrison.

—¡Ojalá que yo lo supiera! —respondió John.

—¿De veras? Acuérdate que yo leí tus memorias. Tengo la idea de que entre tú y ella hubo algo muy profundo cuando los dos estaban en el pantano.

—Sí, sí —reconoció John—. Hubo algo entre los dos —ya les estaban abriendo la puerta de la oficina—. Me dijiste que podríamos quedarnos a solas.

Garrison se detuvo frente a la puerta y movió la cabeza afirmativamente.

—Sí, pero ten presente que puedes mirar y no tocar. Esa mujer tiene inmunidad diplomática.

—Lo tendré presente —prometió John y cruzó el umbral para entrar a la oficina.

Anna estaba sentada en una de las dos sillas que había dentro, hojeando una revista estadounidense. La gata estaba en un cesto, junto a su silla. Tanto la gata como ella se volvieron a mirar hacia la puerta; el animal emitió un ronroneo malhumorado y Anna se puso de pie de inmediato.

—Si te atreves a tocarme siquiera con un dedo... —le dijo en tono iracundo y amenazante.

—Ya no estás atada, Anna —comentó John sonriente mientras escuchaba que cerraban la puerta detrás de él—. Supongo que ahora podrías hacerme pedazos sólo con tus manos, si es eso lo que quieres. ¿Muerde ese animal que tienes allí?

Anna se le quedó viendo durante algunos segundos y luego cambió la expresión de su rostro y le sonrió; volvió a sentarse y cruzó las piernas. Llevaba un vestido color rosa, medias de seda, zapatos de tacón alto y lucía muy hermosa.

—Supongo que Tabasco tiene deseos de morderte —advirtió ella—, pero, de cualquier forma, te agradezco que hayas venido a despedirte de mí —abrió su bolso de mano, sacó un paquete de cigarrillos y le ofreció uno; cuando él sacudió la cabeza, ella lo tomó y lo encendió—. Me hubiese gustado saber que tú eras un integrante de la policía secreta. Nuestras vidas habrían sido más interesantes.

John fue a sentarse en la otra silla.

—En realidad, al FBI no lo consideramos como una policía secreta.

—Por supuesto —recalcó Anna—. En Estados Unidos, proceden de una manera deshonesta al disimular los nombres. De todas maneras, supongo que tu actuación en este caso te habrá otorgado un gran triunfo. Es una lástima que hayas tenido que condenar a muerte a tu querida hermana. Aunque eso... —hizo una pausa para arrojar una bocanada de humo al rostro de John—, también en Rusia se habría considerado como un acto de patriotismo.

Ya tienes tu futuro garantizado.

—Mi hermana no va a morir y no está condenada a muerte, Anna —aclaró John—, ni siquiera la van a encarcelar. En este caso, Gregory te jugó una mala pasada. Te dejó mal parada en muchos otros aspectos. Si quieres saber la verdad, Gregory se ha portado como un joven recto y decente. Se ha declarado como el único culpable e incluso ha llegado a aseverar que fue él quien le disparó a Felícitas y la hirió cuando intentaba escapar de su lado.

—Ésa es una mentira —determinó Anna con desprecio.

—¡Por supuesto que lo es! Pero, ¿serás tú la que afirme que es mentira? Disparar un arma de fuego contra alguna persona es una ofensa criminal y no una simple ofensa diplomática. Si hablas, aún podríamos detenerte, a pesar de todo; podríamos meterte en prisión por intento de asesinato, quizá para el resto de tu vida.

Anna entrecerró los ojos.

—¿Y Gregory? —preguntó con un murmullo suave. John se encogió de hombros—. ¡El muy imbécil! —el tono de su voz cambió y adquirió acentos coléricos—. ¡Ese pobre muchacho necio! Siempre supe que lo era y tuve varias ocasiones para decírselo en su cara.

—Y ahora dime tú: ¿también calificaste de imbécil a Alexandra Gorchakova, aquella pobre mujer a la que ordenaste meterse en el río congelado por desobedecerte?

Anna le sostuvo la mirada.

—Claro que era una imbécil. Cualquiera que fracasa lo es. Sólo las personas como tú y como yo, John, somos triunfadores y merecemos continuar siéndolo.

—¿Consideras que tu misión haya sido un triunfo, Anna?

Ésta volvió a mirarlo largamente, como si lo estudiara; a continuación, soltó una risa breve y mordaz.

—Precisamente me estaba preguntando para qué habías venido a verme —indicó por fin con tono irónico—. Parece que tu FBI es más listo de lo que yo calculaba. Pese a ello, tú no tienes para qué tenderme trampas para que yo te lo diga. John, si quieres saberlo, te diré que sí: la misión que me confiaron la he cumplido con todo éxito. Ahora, vuelvo para que se me tribute otro recibimiento de heroína. He pasado más de dos años desorganizando tu industria y recabando tus secretos militares y económicos. He triunfado a cabalidad en todo lo que me encomendaron hacer aquí. Esto que te estoy diciendo se lo puedes repetir a tus jefes. Y, ¿sabes otra cosa, John? También me las arreglé para divertirme y estar muy complacida conmigo misma. Creo que puedo contar estos años como los de más éxito en mi carrera. Y puedo decirte algo más: ya empezaba a sentirme cansada y aburrida. Estaba esperando que alguien descubriera mis actividades y me enviaran de regreso a casa. Me parece perfecto que hayas sido tú el que me descubrió —se inclinó hacia él en su silla para acariciarle una mano—, porque, lo que yo he realizado aquí, no tiene comparación con lo que voy a llevar a cabo después. Es muy probable que yo llegue a ser la primera mujer comandante de la NKVD, dentro de pocos años. ¿Llegarás tú a ser el comandante de la policía secreta estadounidense? Entonces, podríamos reunirnos, John, y divertirnos en grande los dos juntos.

John pensó que Anna era absolutamente sincera en todo lo que estaba diciendo, en cuanto a sus ambiciones y su seguridad de que se iban a realizar.

Se levantó de la silla.

—Tengo mis dudas de que llegue a ser así —le expuso con mucha seriedad—. Lo dudo muchísimo. Deseo que tengas un buen viaje —se dirigió a la puerta.

—John —dijo ella suavemente—, pórtate como el hombre que eres y acepta que te he derrotado de una forma absoluta y completa.

Él, frente a la puerta, se detuvo un instante y se encogió de hombros.

—Supongo que me has derrotado, Anna. Adiós —y salió rápidamente.

—Sólo se le conceden diez minutos, señor Nej —informó el guardia que le iba a abrir la puerta—; se trata de un caso de traición.

Michael Nej hizo un signo afirmativo con la cabeza y entró al pequeño cuarto. No había nadie adentro más que Gregory, quien ya estaba sentado detrás de la mesa; pero había estrechas ventanas con vidrios en los dos lados, por donde los guardias los estaban vigilando.

—Podemos suponer que hay micrófonos en la habitación para escuchar lo que decimos —mencionó Michael.

—Podemos suponerlo —admitió Gregory.

Michael se sentó frente a él, en el otro lado de la mesa.

—Bueno, yo no voy a decir nada que no pueda oírse. ¿Te han hecho daño? ¿Te han maltratado?

—Me han tratado muy bien, estupendamente bien, tío —contestó Gregory.

Michael lo estuvo observando durante algunos segundos, intentando adivinar si le estaba diciendo la verdad o no. Pero el joven se veía bien alimentado, no se advertían las marcas de algún golpe y estaba sentado con toda tranquilidad, sin dar muestras de molestia alguna.

—En ese caso, lo primero que debo decirte es que estoy muy orgulloso de ti. Cuando me enteré de que habías renegado de tu país, sentí que te aborrecía. No pensé más que en tu traición y en tu renuncia a todos tus antecedentes y a tus antepasados. Ahora que sé la verdad, estoy muy orgulloso de ti. Toda Rusia lo está.

Gregory se quedó callado.

—Pero Rusia no estará tan orgullosa —prosiguió diciendo Michael—, cuando se entere de que tienes la intención de hacer una confesión total.

—Ya lo he confesado todo —aseguró Gregory.

—Tu caso aún no ha llegado a las cortes —le recordó Michael—, tus abogados defensores pueden alegar que tus captores te arrancaron las confesiones por la fuerza, que fuiste golpeado y castigado. En este país, pueden hacerse cosas semejantes y salirse con la suya.

—Yo había creído siempre que tú no aprobabas los métodos que utilizábamos en Rusia, tío Michael —espetó Gregory.

—Yo bien quisiera que las cosas fueran diferentes —reconoció Michael—; son tantas las cosas que andan mal... También deseo un mundo perfecto y no veo la más mínima señal de que alguna vez lo lleguemos a tener. Por el momento, lo que me preocupa es salvarte la vida, Gregory.

—¿Por qué?

—¡Por el amor de Dios! Tú eres mi sobrino, el hijo de la desdichada Tatiana. Te puedo asegurar que tu padre está muy preocupado por ti.

Gregory lo miró con el ceño fruncido.

—¡Mi padre!... ¿Qué no está en la cárcel por el asesinato de mi madre?

—Tu padre es comandante de la NKVD en Tomsk —le anunció Michael—; sin duda, le han rebajado considerablemente en su puesto al reconocer que actuó con precipitación; pero el camarada Stalin ha decidido que, en estos momentos críticos, tu padre es un elemento demasiado valioso para prescindir de él por completo. Por supuesto que él tendrá la oportunidad de rehabilitarse.

—¿De rehabilitarse? ¿Un asesino implacable como él? ¿Y tú lo apruebas y lo favoreces? ¡Tú, tío Michael!

Michael suspiró tristemente.

—Yo ni apruebo ni doy mi visto bueno. Sencillamente, admito que quizá haya necesidad de que se haga lo que se está haciendo. Escúchame, Gregory: ahora mismo estamos involucrados en la lucha. Yo la veía venir e hice las debidas advertencias. Pero ya está aquí y, puesto que somos rusos leales y buenos socialistas, debemos apoyar a nuestra patria y a nuestro partido, sin ocuparnos de lo que eso implica. Incluso, es posible que estemos en las fases iniciales de la tercera guerra mundial. Lo cierto es que no podemos debilitarla ni desviarla de alguna forma. A ti te mandaron a Estados Unidos a desempeñar un trabajo. Lo realizaste maravillosamente, pero fallaste al fin. Ya he leído el informe de la camarada Ragosina. Te debilitaste cuando estabas a punto de...

—¿Sabes que estás hablando de la hija de Ilona Hayman? —preguntó Gregory—. Se trata de la hermana de tu hijo John.

—Pero tú eres mi sobrino por la sangre. Además, eres un oficial ruso, mientras que ella es la hija de un capitalista estadounidense.

—Yo había pensado que George Hayman y tú eran amigos.

—Somos tan amigos como puedan serlo dos personas que militan en ideologías totalmente opuestas. Nada podría alterar el hecho de que, al iniciarse el conflicto final, George Hayman y yo estaremos en campos opuestos, tratando de matarnos el uno al otro, incluso cuando ya estamos demasiado viejos para disparar las armas. Y debes tener muy en cuenta que él y su familia, por muy cercano que sea el parentesco que tengan contigo, son tus enemigos. Ahora bien, todos sabemos que esa historia absurda que has inventado de que sedujiste a Felícitas Hayman para encubrirte, que la usaste y que, cuando ella se enteró de la verdad, hizo el intento de huir, pero tú la secuestraste y trataste de ejecutarla, es una sarta de mentiras.

—Es la verdad —afirmó Gregory.

—Oye lo que voy a decirte: tengo informes de que puedes contar con una defensa si te retractas de esas declaraciones y dices la verdad; si dices que renegaste de tu país en favor de Estados Unidos con toda buena fe y que te enamoraste de esa mujer que es una socialista estadounidense. Mencionarás que ella te persuadió de que habías cometido una equivocación al desertar; señalarás que ya estaba ella en contacto con Anna Ragosina y que fue ella la que te introdujo a la red soviética que estaba trabajando aquí. Te garantizo que la camarada Ragosina presentará un testimonio escrito para ese efecto con el fin de favorecerte.

—Yo no modificaré mis declaraciones, tío, te lo aseguro —alegó Gregory.

Michael entrecerró los ojos para mirarlo iracundo.

—¿Has perdido la cabeza? Quizá no has comprendido con exactitud la situación. Tú no eres un ciudadano estadounidense y, como Rusia y Estados Unidos no están en guerra, es muy posible que tu espionaje se califique sólo de ofensa política. Pero, secuestrar a una persona y transportarla a través de la línea de un Estado, puede castigarse con la pena de muerte en este país. Si tú la forzaste a acompañarte, la ofensa es mayor: es un crimen. ¿Quieres morir?

—Yo me enamoré de ella —refirió Gregory—, esa parte de tu sugerencia es la única verdadera. Yo no quería amarla, pero la amo. No fue ella la que me sedujo, sino yo. Pero Felícitas me hizo detenerme a pensar. Todo lo que ha ocurrido últimamente, me ha hecho reflexionar. Creo que nuestras políticas están erradas; no puedo entender por qué mi padre no ha sido juzgado por la muerte de mi madre. Estoy convencido de que Estados Unidos no ha tenido jamás la intención de declarar la guerra contra nosotros, a menos que se vean obligados a hacerlo en defensa propia. No considero que su estilo de vida sea un error. Estoy seguro de que gozan de la libertad de hacer, pensar y decir lo que ellos deseen. Por cierto, vale la pena tener esa libertad. Pienso que ya no puedo ser de ninguna utilidad ni para la NKVD ni para el Estado soviético. Lamento mucho lo que ha sucedido aquí; pero, desde luego, nada de todo esto me hará cambiar ni una sola palabra de mi declaración.

De nuevo, Michael lo observó como si lo estudiara. A continuación, se levantó.

—Gregory Ivanovich —le dijo—: tienes mucho de tu madre en tu carácter y tu manera de ser. Pero yo voy a salvarte, incluso a pesar de ti mismo.

—¡George! —Michael Nej apresuró el paso para cruzar el vestíbulo del hotel, con los brazos abiertos, pero se detuvo un instante y los bajó al comprender que George no quería que lo abrazara. No obstante, mantuvo su sonrisa—. Hace tanto tiempo que no nos vemos, que he estado a punto de pensar que has tratado de evitar encontrarte conmigo.

George le estrechó la mano.

—Podrías haber tenido razón.

—Mi querido George —Michael lo llevo a una mesa del vestíbulo, llamó a un mesero y pidió bebidas—. Había aguardado con verdadera ansiedad venir a Nueva York, sólo para ver a Ilona y a ti y a la familia... Catalina también estaba ansiosa por venir a visitarlos. De hecho, no esperaba este frío recibimiento.

—Han ocurrido muchas cosas desde la última vez que nos vimos —especificó George.

—¡Oh! —Michael se quedó callado mientras el camarero dejaba las copas en la mesa y después alzó su copa para brindar—. Por un futuro dichoso. Estás pensando en el pobre de Boris, ¿verdad? Puedes creerme: he hecho todo lo que estaba a mi alcance y puedes estar seguro de que le conseguí los mejores tratamientos. Pero ya está muy avanzada...

—Michael —dijo George—: eres muy malo para mentir —Michael se le quedó viendo—. Y lo de Petrov no es ni la mitad de lo que ha pasado —continuó diciendo George—. ¿Qué pasa con ese sitio que están tratando de establecer en Berlín?

—Pero, mi querido George, ése es un asunto completamente técnico...

—¿Técnico? Lo han mantenido desde hace semanas.

—Pues sí —aceptó Michael—; pero tu gente no padece ninguna clase de penurias ni de privaciones. Les envían por aire todo lo que necesitan.

—Y se los vamos a seguir mandando todos los días —recalcó George con tono de reto—; pero ustedes, por encima de todo, envían a tu sobrino hasta acá, no sólo para espiar, sino para seducir a mi hija.

—Sí, ya lo sé —reconoció Michael—; es un asunto trágico. ¿Podrías creerme si te digo que yo no sabía que Gregory había sido enviado como espía?

—Pues, ¡con mil demonios!, ahora ya lo sabes.

—Sí, es una lástima. Un asunto muy triste. Pobre Felícitas... Llevo en mi corazón las penas de esa chica. ¿Quedará bien?

—No —replicó George—, Felícitas ya jamás estará bien.

—Pero, a mí me han comentado que se recuperará de la herida de la bala...

—A lo mejor.

—¿Sabes algo, George? —dijo Michael—. Tu hija ha tenido suerte. Tú sabes tan bien como yo que esa "confesión" de Gregory es una sarta de mentiras.

—No sólo eso, sino todo lo que tiene que ver con Gregory es falso —añadió George—. No esperes que me eche a llorar por la suerte de Gregory, Michael. Yo lo traje a este país, lo llevé a mi casa y lo traté como a un hijo. ¿Y todo para qué?

—Ahora está arriesgando el pescuezo para salvar el de tu hija.

—Después de poner en riesgo su pescuezo en primer lugar. No, Michael; como ya te dije, no esperes que me ponga a llorar por Gregory.

Michael apuró un largo trago de vodka.

—George... Yo no puedo quedarme con los brazos cruzados, contemplando que se llevan a Gregory a la silla eléctrica. Según están las cosas, indudablemente lo van a condenar.

—Yo diría que sí.

—¿Y no te importa?

—Aunque me importara, no hay nada que yo pueda hacer.

—Yo siento un gran cariño por Gregory, George. Es todo lo que queda de Tattie. También es tu sobrino, George.

—Hay ciertas cosas que tú no acabas de entender en su verdadera dimensión, Michael. No estamos en Rusia. Esto es Estados Unidos de América. Aquí, la justicia no es un capricho de algunos de los miembros del partido. Aquí se hace justicia. Gregory es un espía y así lo ha confesado. Además, ha aceptado su intento de secuestro y de asesinato. Ahora está fuera de nuestras manos y se halla en poder de la ley. Nadie puede intervenir en el proceso.

Michael vació su copa y la dejó sobre la mesa.

—Muy bien; sólo debes decirme lo que pides.

—¡Michael!

—¿La libertad de Petrov? ¿De eso se trata? Bueno, yo podría conseguirla para ti.

George frunció el ceño.

—¿Podrías obtenerla?

Michael se encogió de hombros.

—Es probable que logre convencer a Stalin de que sería una buena política. Incluso, podría solicitarle que saliera del país y que se fuera a Israel. Probablemente lo haga si es muy valioso lo que está en juego.

—¿Hasta ahora consideras el valor de lo que está en juego? ¿Qué te parece, por ejemplo, la dicha y la tranquilidad de ánimo de Judith?

El rostro de Michael adquirió una expresión sombría.

—Judith se ha vuelto contra nosotros.

—¿Y tú crees que yo aún estoy de tu lado?

—Estoy haciendo un trato contigo, George.

—Pero yo no tengo nada para hacer tratos contigo, Michael. ¡Entiéndelo, por el amor de Dios! Tal vez, si yo tuviera el poder, haría el trueque a cambio de la liberación de Boris. Pero, sencillamente, no lo tengo. Ninguno de nosotros lo tiene.

—¿Qué me dices de Truman? —George dejó despacio su copa sobre la mesa. Michael seguía viéndolo—. Pregúntale qué es lo que él quiere, George. Ya sé que, en este país, ni él puede presionar abiertamente a un tribunal de justicia para alterar el curso de un juicio; pero sí tiene el poder definitivo para conmutar una sentencia de muerte. Pregúntale qué es lo que él desea. Yo no quiero que Gregory sea ejecutado.

George ayudó a Felícitas a bajar las escaleras del hospital; una enfermera bajaba al lado de la herida. Ilona abrió la portezuela del automóvil para que ella subiera.

—¿Quieres sentarte adelante, querida? —le preguntó.

Felícitas sacudió la cabeza.

—No, iré atrás —respondió.

Ilona miró a George, quien asintió con la cabeza. Felícitas fue ayudada para acomodarse en el asiento de atrás. Ilona se sentó adelante e hizo girar su cuerpo para poder ver hacia atrás. George condujo el coche, lentamente, para cruzar el puente.

—Tu habitación ya está arreglada y esperándote —le informó Ilona con entusiasmo—. Todo está esperando a que llegues. Tu caballo Brutus, los perros... —prefirió quedarse callada al percibir la actitud de su hija. A pesar de que dentro del auto hacía calor, Felícitas se restregaba los brazos y se estremecía de manera continua.

—¿Todavía te duele? —quiso saber Ilona. Felícitas se limitó a mirarla, sin decir nada—. El doctor Patterson me comentó que la herida había cicatrizado perfectamente —prosiguió diciendo Ilona—. Supongo que habrá unos días en que te moleste un poco. Tenías tres huesos rotos, ¿sabes?

—¿Dónde está Gregory? —preguntó Felícitas.

—Está bajo custodia —respondió George rápidamente.

—¿Cuándo será su juicio?

—¡Bah! Falta mucho tiempo todavía. Gregory es parte del conjunto; tú lo sabes muy bien, Felícitas. Era uno de los integrantes de una extensa red de espías soviéticos que se infiltraron en Estados Unidos en el transcurso de los últimos dos años y que concentraron todos sus condenados esfuerzos para hacernos daño.

—Yo también era parte de esa red —dijo como si nada.

—Quisiera que te olvidaras de eso por completo —George fijó la vista en el camino que serpenteaba delante de él.

—Jamás podré olvidarme de eso —replicó Felícitas—, y no estábamos intentando hacerle daño a Estados Unidos. Simplemente, pretendíamos que el país no cometiera un crimen terrible.

—Pero, Felícitas... —dijo Ilona—. ¿Acaso has creído en todo lo que te dijo esa gente? Ya no es posible que lo creas.

—¿Alguien sabe lo que puede y lo que no puede creerse, madre? —inquirió Felícitas.

Ilona volvió a ver a George, como para pedirle auxilio.

—Hemos estado pensando —comentó George—, que quizá nosotros tres podríamos emprender un largo viaje. Yo, por ejemplo, tengo un gran deseo de retornar a Israel. Tu madre jamás ha estado allá ni tú tampoco. Sólo estuve allí al principio y desearía ver sobre el terreno cómo marchan las cosas. Ya sé, por supuesto, que allá existe todavía el estado de guerra, pero el fuego ya ha terminado. La mayoría han sobrevivido y están erigiendo un gran país, según me dice Judith. Sería muy grato volver a verlos a todos. También a Ruth. ¿Te acuerdas de ella, Felícitas? Ahora va a volver a casarse, ¿lo sabías? Se va a casar con un inglés que se llama Nigel Brent. Regresó de Inglaterra para pelear con ellos, como voluntario. Judith está verdaderamente feliz por ese matrimonio... —George dejó de hablar al contemplar, en el espejo retrovisor, el rostro frío de su hija que miraba, con indiferencia, por la ventanilla lateral. Se volvió para observar a Ilona—. Dime, Felícitas —le preguntó—, ¿qué es lo que más te gustaría hacer?

—Lo que más quiero es que me dejen sola.

—¡Pero, Felícitas...!

—Sólo quiero estar a solas conmigo misma —dijo—, para recordar.

—No puedes continuar viviendo en el presente recordando el pasado —afirmó Ilona con tono severo.

—¿Qué otra cosa me queda por hacer, madre? —interrogó Felícitas—. Dime tú, ¿qué voy a hacer? ¡Dímelo!

"Y si acaso me dejan sola y en paz —pensó para sí misma—, puedo dedicarme a odiar. Podría llegar a odiar a todo el mundo; pero, principalmente, a Anna Ragosina." No tanto por haber disparado contra ella, sino por haber destruido su sueño. Si alguien merecía pudrirse en el infierno, era Anna Ragosina.

Pero, ¿de qué servía desearle tanto mal? Porque, de todos ellos, Anna Ragosina era la única que había triunfado. Al parecer, siempre había triunfado. Sin duda, siempre resultaría triunfadora. Anna Ragosina.

CAPÍTULO XIV

JOSEPH VISSARIONOVICH STALIN REVISÓ DE NUEVO EL INFORME que tenía delante sobre el escritorio y se acarició el bigote. Anna Ragosina, quien lo observaba, se dijo que, de un momento a otro, iba a ronronear, tal como lo hacía Tabasco de vez en cuando.

—Esto está muy bien —susurró Stalin—, sí que está muy bien. Ya no faltan más que unos cuantos meses para que podamos hacer estallar nuestra propia bomba; sin embargo, nadie debe saberlo. Eso es indispensable. Naturalmente que cuando hagamos estallar la bomba...

—Será imposible que guardemos el secreto, Joseph —le completó Beria—; el estallido se registra en los sismógrafos, lo mismo que un temblor de tierra.

—No quiero, entonces, conservarlo en secreto —declaró Stalin—; por el contrario: deseo que el mundo entero sepa que ya contamos con un arma atómica. Sobre todo, quiero que lo sepan los estadounidenses.

Anna estaba esperando el alud de felicitaciones que, sin duda, tendrían que llover sobre ella. De hecho, se había sentido ofendida por la recepción tan fría y callada que se le había brindado al llegar; asimismo, estaba resentida por el rutinario trabajo de escritorio que se le había asignado durante los últimos meses; pero, por supuesto, las autoridades estaban esperando pruebas de su éxito. Ahora, el mundo volvería a quedar a sus pies; así lo demostraba la invitación que le habían formulado para concurrir a aquella oficina tan particular. Sólo había estado allí una vez, aquel día en que recibió la orden de practicar la detención de Iván Nej.

—Ahora sí estamos en posición de hacer una nueva revisión de la situación internacional —estaba explicando Andrei Vishinsky—, para establecer nuestras ganancias y nuestras pérdidas. Muy pronto, tendremos la bomba atómica. Eso es una ganancia inmensa; pero, en contra de ella, deberemos considerar la pérdida de casi toda nuestra organización dentro de Estados Unidos.

Todos los presentes volvieron la cabeza para observar a Anna Ragosina. Ésta, sin inmutarse, se encogió de hombros.

—Así tenía que ser, inevitablemente, de acuerdo con mi opinión. Había muchas cosas que hacer. Pero nosotros, camaradas, las hicimos todas.

—Jamás es posible hacerlo todo, camarada Ragosina —acotó Molotov—. En el campo de las relaciones internacionales; es decir, en cuanto a nuestro conocimiento sobre lo que la otra parte está planeando y realizando, no hay ni principio ni fin.

—Yo quisiera saber algo en concreto acerca de Gregory Nej —dijo Stalin—. ¿Qué noticias hay sobre Michael Nikolaievich?

—Gregory ha sido condenado a muerte —informó Beria—. Él y varios más; pero todos son estadounidenses. Bogolzhin escapó por muy poco de la pena de muerte, al confesar y entregar pruebas secretas.

—¡Bogolzhin! —exclamó Anna con un marcado tono de amargura en su voz—. Es el más vil de los traidores que haya venido al mundo. Si por lo menos pudiera ponerle mis manos encima...

—Estábamos hablando de Gregory Nej —interrumpió Stalin a Anna—; el joven hizo lo mejor que pudo. Quisiera tenerlo de regreso en casa. Sus conocimientos profundos sobre los procedimientos estadounidenses, sobre cómo es el interior del Pentágono, acerca de la forma en que los estadounidenses piensan, serían enormemente valiosos para todos nosotros.

—¿Traerlo de vuelta a casa? —preguntó Anna—. Imposible, ha sido condenado a muerte. Y ahora, le ha dado la espalda a Rusia.

—Michael Nikolaievich ha estado efectuando negociaciones en nuestro favor. Ha tropezado con incontables dificultades. Se diría que los estadounidenses son mejores negociadores de lo que parecen; insisten en decirle a Michael que ellos no pueden hacer nada. No obstante, hay posibilidades de hacer un acuerdo con Truman para que éste conmute la condena a muerte por una sentencia a prisión perpetua a cambio de ciertas concesiones.

—¿Cuáles concesiones? —inquirió Vishinsky.

—Pues... pretenden que Boris Petrov sea sacado del hospital y se le permita salir del país —Stalin se encogió levemente de hombros—. Eso no tiene verdadera importancia, suponiendo que Boris esté en buenas condiciones —al decir esto miró directamente a Beria.

—¡Oh, sí! Su salud es espléndida —aseguró Beria—; una bota vieja no se desgasta tan fácilmente.

—Pero también desean una actitud más positiva de nuestra parte hacia los judíos que deseen emigrar a Israel —de nuevo se encogió de hombros—. Bueno, tampoco ése es un problema trascendente. Podríamos autorizar la salida de uno o dos de los judíos menos relevantes. Mientras más judíos haya en Israel, los árabes redoblarán más sus esfuerzos para exterminarlos —volvió a acariciarse despacio el bigote—. Además, los estadounidenses solicitan la terminación del bloqueo a Berlín.

Vishinsky alzó la cabeza vivamente.

—¿Solicitan eso a cambio de la vida de un agente fracasado? Eso es absolumente absurdo.

—Estoy de acuerdo —aceptó Stalin—; sin embargo, creo que ha llegado el momento de analizar cuidadosamente de nuevo la situación de Berlín. Todo nuestro proyecto ha sido un fracaso.

—Con el debido respeto, Joseph Vissarionovich...

—Ha sido un fracaso total —repitió Stalin enérgicamente—; no hay necesidad de defender un proceso equivocado. No sólo hemos perdido amigos por esa causa, sino que hemos perdido prestigio. Simplemente, hemos permitido que los estadounidenses y sus aliados demostraran el gran poderío de sus fuerzas aéreas y la determinación de sus pueblos. Incluso, habríamos podido contribuir con la reelección de Truman al darle motivos para demostrar su determinación ante el pueblo estadounidense. Además, no hemos sido capaces de modificar en lo más mínimo los planes de los esdadounidenses. No ha sido sólo un fracaso: ha sido un desastre.

—Pero sería un absurdo ridículo si ahora nos echamos para atrás debido a Gregory Nej —advirtió Vishinsky con tono de lamento.

—Desde luego. Ese ridículo no lo haremos jamás. Pero estoy convencido de que es posible hacerle llegar a Truman, en privado, la noticia de que pondremos fin al bloqueo de Berlín y si, por añadidura, hacemos las otras concesiones: la devolución de Boris Petrov a la vida libre y la autorización para que algunos judíos emigren del país, dispondremos de los medios suficientes para salvarle la vida a Gregory Ivanovich. Como ya mencioné, yo deseo salvarle la vida, pues es un elemento valioso, aparte de las consideraciones prácticas —hizo una pausa para quedarse pensando unos instantes—. De hecho, yo sentía un profundo afecto por su madre.

—Sin embargo —acotó Anna—, nada de eso es necesario. ¿Por qué tendríamos que conceder cualquier cosa a los estadounidenses? Quizá pueda salvársele la vida a Gregory, pero, de cualquier manera, se quedará encerrado en una prisión estadounidense para el resto de su vida.

—Eso es mucho tiempo —indicó Stalin—. ¿Quién nos dice que no sea posible hacer un trato respecto de él, en uno o dos años más? Como ya sabemos, hoy en día hay agentes estadounidenses infiltrados en Rusia; si pudiéramos atrapar a uno o dos de ellos y negociar un intercambio... ¿Quién sabe? Pero, de todos modos, Gregory Nej no es tan importante. Lo que sí lo es es que, en estos últimos dos años, hemos actuado con demasiada precipitación —lanzó una mirada de reojo a Vishinsky—. No hemos conseguido ningún resultado concreto. No hemos sido capaces de impedir que se concretaran los planes estadounidenses de construir un ejército de la Europa occidental ni pudimos evitar que volcaran sus arcas de dinero sobre Europa ni que, por regla general, robustecieran su posición en todo el mundo y no hemos demostrado nada que no hubiésemos podido demostrar con nuestros antiguos medios amistosos, tranquilos y pacientes. Podría decirse que hemos experimentado demasiadas pérdidas con nuestra agresividad. En este momento, tengo la convicción de que ese asunto de Yugoslavia ha sido fraguado por los estadounidenses. ¿Cómo le llaman a esa nueva organización que han fundado? ¡Ah, sí! La CIA. Por lo tanto, yo considero que ya ha llegado la hora de que enfrentemos de otra forma nuestras relaciones con el Occidente, ofreciéndole, de nueva cuenta, nuestra mano amiga. Es posible hacerlo, sin perder prestigio ahora que contamos con la bomba. Probablemente la terminación del bloqueo de Berlín es la opción más atinada de demostrarles que estamos animados por la mejor voluntad del mundo.

—Yo sigo creyendo que eso es innecesario y, además, riesgoso —Anna pronunció estas palabras, ya que consideraba indispensable recordar a ese grupo de viejos fatigados que ella poseía grandes talentos y fuerza de decisión—. El caso de Berlín es una prueba de la tensión de las relaciones que existen entre Estados Unidos y nosotros. A los ojos del mundo, el hecho de que finalicemos el bloqueo de Berlín equivaldría a un acto de rendición, puesto que todos saben que no hemos logrado nuestros propósitos. Respecto de Gregory Nej, sólo puedo decir que ha procedido con vileza y puede calificársele como a un traidor. Yo fui atacada por él. Creo, sinceramente, que ya no podremos volver a emplearlo en el futuro. Merece ser ejecutado. Si acaso alguna vez vuelve aquí, tendré el gusto de ejecutarlo yo misma.

Todos los presentes se le quedaron viendo.

—Fue usted misma la que lo seleccionó para ocupar el puesto, camarada Ragosina —advirtió Beria.

—Ella fue, por supuesto —señaló Stalin con tono severo—, y, a medida que revisaba los informes, me convencía cada vez más de que no fue culpa suya que la organización quedara tan repentina y tan completamente destruida. Más bien, se diría que el origen primordial de esa destrucción estriba en el hecho de que John Hayman haya identificado a la camarada Ragosina en una fotografía tomada en la embajada. Y eso fue algo sobre lo cual la prevenimos muy cuidadosamente.

—Ésa fue una simple casualidad, Joseph Vissarionovich —protestó Anna Ragosina.

—Yo no creo que haya sido eso. No pudo haber sido por casualidad que la camarada Ragosina asistiera a una reunión de la embajada. No fue una casualidad; fue un descuido.

—Ya había asistido a otras reuniones antes. ¿Cómo podía yo saber que el FBI había intensificado sus actividades hasta llegar al extremo de introducir fotógrafos clandestinos en la embajada? —inquirió Anna.

—Yo no sé cómo ibas a saberlo, Anna Ragosina —replicó Stalin—, pero sí sé que debías saberlo —la voz de Stalin había adquirido un tono suave y acariciante—. También sé que, debido a tu descuido o mejor dicho a tu incompetencia, fuiste tú la que destruyó nuestra organización.

Anna se le quedó mirando con gesto sombrío, consciente de que los latidos del corazón se le aceleraban a cada instante.

—Yo di cabal cumplimiento a todo lo que se me ordenó hacer.

—También te hemos recordado, Anna Pavlovna, que jamás se ha dado el caso de que se haya realizado todo lo que era necesario hacer. Ahora, deberemos formar una nueva organización en Estados Unidos. Sin duda, lo conseguiremos; pero será una labor mucho más complicada ahora que los estadounidenses están al tanto de nuestras actividades. Debo confesarte que me has desilusionado profundamente, pues había cifrado muchas esperanzas en ti; a lo mejor un día lleguen a realizarse. Pese a ello, por ahora, consideramos que eres aún demasiado joven como para confiarte un puesto de mando —se volvió para mirar a Beria y a él se dirigió—: ¿No te parece que estoy en lo correcto, Lavrenti Pavlovich?

—Claro, precisamente, Joseph —se apresuró a responder Beria—, yo siempre lo había pensado así y lo he mencionado...

—Sí, sí, ya lo sé —reiteró Stalin haciendo un leve gesto con la mano, como si estuviese muy cansado—. Lo que ahora quiero es encontrar un puesto de menos responsabilidad para la camarada Ragosina. Lo desempeñará durante uno o dos años con el fin de que pueda considerar sus errores y pueda saber cómo evitarlos en el futuro y cómo podrían haberse evitado en el pasado. ¿Tienes un puesto así para ella?

Beria sonrió.

—Yo te conseguí las fórmulas para las armas atómicas —vociferó Anna—, fui yo y nadie más.

—De acuerdo con tus propios informes, Anna, aquellos estadounidenses traidores estaban ansiosos por entregar los secretos no sólo a ti, sino a cualquiera. Si tú no hubieses estado allí, se los habrían entregado a otra persona. A mí no me parece que debas ufanarte de eso.

—Tomsk —dijo Beria.

Anna hizo girar su cabeza con tanta fuerza que parecía impulsada por un resorte.

—Tomsk es un buen lugar para reflexionar —insistió Beria—. ¿No estás de acuerdo conmigo, Joseph Vissarionovich?

—Sí, por supuesto. Tengo entendido que Iván Nikolaievich está progresando mucho en Tomsk.

—¡Iván!... ¿Iván Nej está en Tomsk? —preguntó Anna.

—Sí. Y lo está haciendo muy bien, como acaba de decirlo el camarada Stalin. Ha tenido el tiempo suficiente para reflexionar acerca de quiénes son sus amigos y quiénes sus enemigos... Tú irás a Tomsk como su ayudante.

El rostro de Anna se había puesto intensamente pálido.

—¡No puede ser! —exclamó—. No es posible que me envíen de nuevo con Iván Nej.

—¿Por qué no? —preguntó Beria—. ¡Ah! Ya sé que entre tú y él ha habido pequeñas diferencias. En alguna ocasión, él te detuvo y te envió a un campo de trabajo. Pero, en cambio, mi querida Anna, tú lo arrestaste no hace muchos años y lo preparaste para los interrogatorios. Estoy convencido de que ahora querrá discutir sus métodos contigo y quizá te señale dónde cometiste tus errores. Saldrás ganando eso; por lo menos, durante el tiempo que pases en Tomsk, camarada Ragosina. Además —se tocó la frente con un dedo, como si estuviera pensando—, yo le prometí una vez que tú volverías a estar bajo su jurisdicción, aunque sea durante algún tiempo. Ahora, estará encantado de volver a verte.

—En vista de que usted ha estado en este asunto desde el principio, Hayman —declaró el presidente Truman—, pensé que le gustaría ver esto.

George leyó lo que estaba escrito en el papel y alzó la cabeza.

—Ni más ni menos que todo lo que hubiésemos podido solicitar.

—Lo será dentro de muy poco tiempo —admitió Truman—; nada de todo eso es para publicarse. En el trato, quedó estipulado que debían ser los soviéticos quienes tomaran la iniciativa y dieran el primer paso. Ahora, por lo menos, me han ofrecido toda clase de garantías de que ya está gestionándose la liberación de Petrov y que, antes de un mes, estará en Israel.

—Esa noticia me agrada muchísimo —afirmó George—; aquellas dos mujeres han soportado la existencia más dura que pueda imaginarse. Quizá ahora podrán estar en paz. Sólo Dios sabe...

—Así es —reconoció el presidente—, nadie puede predecir lo que ocurrirá allá, en el Cercano Oriente; pero, por lo menos, ya adelantamos en este aspecto. Ahora, todo lo que debo hacer es conmutar la sentencia de ese joven Nej por otra de prisión perpetua. No podría decir que hago con gusto ese cambio, tratándose de ese criminal, y me parece que usted debe sentir lo mismo que yo, pero con mayor fuerza; no obstante, considero que vale la pena hacerlo.

—El joven hizo su confesión —dijo George lentamente y eligiendo las palabras con cuidado— y exoneró a mi hija de toda culpa. No puede ser un malvado. ¿Ha caído en la cuenta, señor, de que Stalin desea que el muchacho sea regresado a Rusia en alguna etapa de su proceso?

—Sí, esa misma idea se me había ocurrido.

—Pero yo sospecho que Nej no querrá volver.

—¿Será posible? Bueno, ése es un asunto que él y nosotros analizaremos cuando se presente; pero la realidad es que no permitiré que el viejo Pepe prosiga echándome tierra sobre los ojos, Hayman. Tengo plena conciencia de que todo ese palabrerío sobre un nuevo acercamiento entre los dos países, ahora que ya no pueden quejarse de alguna desigualdad de fuerzas, por lo menos no habrá de ser así durante mi gobierno, se lo aseguro.

—Pero, ¿no están diciendo los rusos la verdad más absoluta? ¿No está acaso Stalin negociando desde una posición de completa igualdad? De hecho, ¿no es Rusia la que ha salido ganando con todo esto? —George planteó estas preguntas con cierta irritación—. Ahora tienen la bomba, ésa era la meta a la que querían llegar y ya la lograron.

Truman lo estaba observando.

—En todo momento supimos que la conseguirían, tarde o temprano, Hayman. Es imposible que los detengamos para que no progresen. El secreto que en este momento debemos conservar radica en mantenernos uno o más pasos adelante de ellos. Dícelo tú, Dean, y no dejes de recordarle a Hayman que todo lo que se comente aquí es de absoluta confidencialidad.

Dean Acheson, el secretario de Estado, se inclinó hacia adelante.

—Los soviéticos poseen la bomba atómica, Hayman; pero, para nosotros, eso ya quedó en el pasado —aseveró pausadamente—: nuestros expertos están trabajando en una nueva bomba tan extraordinariamente poderosa que equivaldrá a cien o tal vez a mil bombas atómicas. Será el arma más destructiva que todo el universo haya conocido jamás.

—Pero... ¡Que Dios nos asista! —exclamó George—. Hace apenas unos meses que todos aseguraban que una guerra atómica podría destruir al mundo entero. ¡Y ahora, tenemos esto...!

—Lo que importa es tenerla primero —aclaró Truman—; ése es el mejor medio para impedir que se utilice alguna vez a impulsos de la cólera. Claro que no me hago ilusiones. Con el tiempo, los soviéticos también tendrán esa nueva bomba —su rostro se arrugó con una especie de sonrisa—. Sólo nos falta asegurarnos de que, para entonces, nosotros contemos con algo superior.

La cena dominical en Cold Spring Harbor. A lo largo de la mesa, George le sonrió a Ilona. Si bien era cierto que había motivos de tristeza en aquella silla vacía —Felícitas prefería tomar la mayoría de sus comidas en la intimidad de su recámara, sobre todo los domingos, cuando toda la familia estaba reunida—, había también razones de dicha, según pensaba George mientras escuchaba el runrún de las conversaciones.

—Está embarazada —comentaba Ilona con Beth y con Natasha—. ¿Quién lo hubiera pensado después de... Bueno, luego de tantas cosas por las que Ruth ha pasado? Yo estoy encantada, por supuesto.

—¿El príncipe Peter está contento con la noticia? —quiso saber Natasha.

—Yo lo dudo. No hay nada que tenga contento a Peter. Continúa pensando que Ruth lo abandonó, y en la causa, naturalmente. Y aún se lamenta de que los rojos estén en Rusia, sigue ambicionando expulsarlos alguna vez. ¡Y hubiera podido hacer tanto con su vida... tanto...! —suspiró profundamente y George adivinó que estaba pensando en Felícitas, quien se parecía mucho a su tío Peter en la intensidad de su personalidad, de sus ideales.

Sin embargo, Felícitas aún era muy joven y podía reponerse e incluso hallar causas para su esperanza, puesto que Gregory estaba vivo y, a lo mejor, algún día quedaría en libertad.

—Sigues trabajando en lo de la publicidad, ¿no es verdad, tío John? —la pequeña Diana formuló la pregunta para cambiar de rumbo la conversación y animar un poco a John, quien parecía cabizbajo y pensativo.

—¿Ah? Sí —respondió John—. Tengo miedo de quedarme en esa área para el resto de mi vida —volvió la cabeza para ver a George.

—¿Por qué motivo jamás vemos uno de tus anuncios publicitarios? —preguntó el joven George.

—Porque soy un muchacho de los cuartos interiores —contestó John sin inmutarse—; creo que ésa es la triste historia de mi vida. Aunque, en realidad, en mi nuevo trabajo, estaré vendiendo anuncios. Eso significa que estaré fuera mucho tiempo, viajando por todos lados. Natasha no está muy contenta que digamos, pero pagan buen dinero.

—¿Qué nos dices de tu padre? —inquirió el joven George—. Mi madre estaba platicando que ahora que hay un deshielo de la guerra fría; oficialmente, Michael Nej, su mujer y su hija Nona vendrán a visitarnos alguna vez. Debo decir que me gustaría mucho conocerlo.

—Yo estoy seguro de que también le gustará mucho conocerte a ti —aseveró John.

Así que ya todos eran amigos de nueva cuenta, se dijo George, por ahora por lo menos. Aunque, quizá, pudieran continuar siendo amigos mientras las personas como Truman y como John, en "su nuevo empleo", tuvieran siempre presente que a los leopardos jamás les cambian las manchas.

George dio unos golpecitos a la copa con el canto del cuchillo y todos los rostros se volvieron hacia él.

—Hoy —dijo—, deseo hacer un brindis especial —alzó su copa—. ¡Por Gregory Nej!

—¿Por... Gregory Nej? —preguntó Ilona extrañada.

—Ya sé que está en el otro bando —advirtió George—, pero fue un enemigo muy valiente. Y muy galante, también. Fue lo que se llama un caballero. Me siento tan feliz como puedo serlo, pues el presidente ha ejercido su clemencia en favor suyo. ¡Brindo por Gregory Nej! —repitió levantando la copa y sonriendo a la concurrencia—. ¡Y maldito sea su jefe!